ジェインズヴィルの悲劇

ゼネラルモーターズ倒産と企業城下町の崩壊

エイミー・ゴールドスタイン［著］
松田和也［翻訳］

創元社

JANESVILLE –An American Story

Japanese translation rights arranged with
SIMON & SCHUSTER, INC.
through Japan UNI Agency, Inc., Tokyo

言葉を愛すること——そして調べること——を私に教えてくれ、常に社会をより良くしようとし続けた、シンシアとロバート・ゴールドスタインに。

日本語版凡例

・原註は、星印つきの番号（☆1）で示した。
・本文内の訳註はキッコー〔　〕で示した。長文の訳註はアスタリスクつきの番号（＊1）を振り、原則として、該当箇所の見開き左頁小口側に註記を置いた。
・差別的な意味合いを持つ語句が含まれているが、原文中の単語や卑語のニュアンスを表現するために必要と判断し、敢えて用いた。
・巻末の地図は本文中に登場する主な都市の位置関係を示すため、創元社編集部が新たに作成した。

目次

第2部　2009年

第3部　2010年

第5部　2012年

第6部　2013年

装丁　森裕昌

登場人物紹介

▼自動車工とその家族たち

クリスティ・ベイヤー……リア社の工員。勤続一三年。同社はゼネラルモーターズ用のシートを製造している。

ヴォーン家

マイク……リア社の工員。勤続一八年。全米自動車労働組合（UAW）第九五支部職場代表。
バーブ……リア社の工員。勤続一五年。
デイヴ……ジェインズヴィル組立プラントに三五年間勤務したゼネラルモーターズの退職者。UAW第九五支部副議長。

ホワイトエーカー家

ジェラード……組立プラントの工員。勤続一三年。
タミー……ホーム・エントリー・サービスでパートタイムのデータ入力作業に従事。
双子……**アリッサとケイジア**
その弟……**ノア**

ウォパット家

マーヴ……組立プラントに四〇年間勤務したゼネラルモーターズの退職者。元UAW‐GM従業員援助プログラム代表。ロック郡管理委員会委員。

マット……組立プラントの工員、勤続一三年。

ダーシー……ホールマークのディスプレーに従事するパートタイマー。

娘たち……**ブリタニー**、**ブルック**、**ブリア**

▼その他の労働者

リンダ・コーバン……パーカー・ペン社に勤続四四年。

スウ・オルムステッド……SSIテクノロジーズに勤続一九年。自動車と工業用部品の製造に従事している。

▼政治家たち

ティム・カレン……元、および将来の民主党州議会上院議員。GM維持タスクフォースの副議長。

ポール・ライアン……共和党所属の合衆国下院議員。ウィスコンシン州第一区。

▼教育者たち

アン・フォーベック……ソーシャルワーカー。ジェインズヴィル学区のホームレス学生連携。

シャロン・ケネディ……ブラックホーク技術大学の副教育部長。

デリ・ウォーラート……パーカー高校社会科教師。パーカー・クロゼットの生みの親。

▼財界人

ダイアン・ヘンドリクス……ベロイトのABCサプライ社会長。ロック郡5・0経済発展イニシアチヴ共同議長。

メアリ・ウィルマー……M&I銀行地域本部長。ロック郡5・0共同議長。

▼地域社会のリーダーたち

ボブ・ボレマンズ……南西ウィスコンシン労働開発委員会事務局長。ロック郡ジョブセンターを運営。

スタン・マイラム……元『ジェインズヴィル・ガゼット』記者。WCLO(1230AM)ラジオ「スタン・マイラム・ショウ」ホスト。

プロローグ

午前七時七分、最後のタホ*が組立ラインの終点に到着する。外はまだ暗く、気温は華氏一五度、積雪三三インチ——一二月としては新記録に近い——刺すような風がだだっ広い駐車場に吹きすさび、雪を吹き寄せている。

ジェインズヴィル組立プラントの内部では照明が煌々《こうこう》と輝き、人間たちがひしめいている。今まさにこのプラントを出て不確かな未来に向けて歩き始めた労働者たちが、ちょうど入って来た年金暮しの退職者たちと並んで立っている。その胸は不信と郷愁でいっぱいだ。これらのGMマンたちは全員、蛇のようにラインを流れるタホに付き従ってきた。歓声を上げ、抱き合い、泣いている。

最後のタホは見事なものだ。黒いLTZ、オートヒート・シートにアルミニウムのホイール、九つのスピーカーを備えるボーズのオーディオ・システム、全部揃っている。表示価格は五万七七四五ドル。このご時世で、この素晴らしいゼネラルモーターズのSUVを買いたいという人間がいれば、の話だが。

＊ タホ：ゼネラルモーターズ（GM）がシボレーブランドで販売するフルサイズSUV《スポーツ車》。

サンタ帽を被った一人を含む五人の男が、黒光りするＳＵＶの前で広い横断幕を掲げている。その余白は労働者たちの署名で埋め尽されている。「ジェインズヴィル組立ライン最後の自動車」の文字。そして二〇〇八年一二月二三日の日付。これは郡歴史協会に寄贈されることになっている。

遥か彼方のオランダと日本から、ＴＶクルーがこの瞬間を撮影しにやって来ている。この国の最大の自動車メーカーの最古のプラントが最後を迎える瞬間を。

かくして、クリスマスの二日前の組立プラントの閉鎖は、その一部始終が記録に残される。これは、その次に起こることの物語だ。

★

ウィスコンシン州ジェインズヴィルは、東西の大洋を繋いでアメリカを横断する州間高速道路《インターステイト》90号線でシカゴからマディソンへ向かう途上の四分の三の位置にある。ロック川の湾曲部に築かれた人口六万三千の郡庁所在地、その川幅が狭まる部分の河岸に組立プラントは位置している。

ゼネラルモーターズがジェインズヴィルでシボレーを造り始めたのは一九二三年のヴァレンタイン・デー。それから八五年もの間、この工場は万能の魔術師のようにこの街のリズムを支配してきた。ラジオ局はニュースの放送時間を工場のシフト交替時間に合せていたし、食料品の値段はＧＭの賃金に合せて上がっていった。人々が街中を行き来するタイミングすら、毎日のように部品を運び込み、そして完成した自動車やトラックやＳＵＶを運び出していく貨物列車の運行時間に支配されていた。プラントが閉鎖される頃には合衆国の経済危機は既に壊滅的で、国中に失業者が溢れ、賃金は暴落していた。それでもジェインズヴィルの人々は、未来は必ず過去の栄光を取り戻し、自分たちの運命もまた立て直すことができると信じていた。そう信じるだけの理由も彼らにはあった。

ゼネラルモーターズがやってくる遥か以前、ジェインズヴィルはウィスコンシン州南部の豊かな農場に囲まれた小さな工場町だった。街の名は入植者ヘンリー・ジェインズに因《ちな》んでいて、工場町としての歴史はずいぶん早くに始まった。南北戦争の数年前にはロック川製鉄所がサウス・フランクリン・ストリートの複合ビルで農機具を作っていたし、一八七〇年までには地元の商工名鑑には一五軒のジェインズヴィルの馬車工場が載っていた。川沿いには紡績産業が栄えた――まずは羊毛、その後は綿。一八八〇年にはほとんどが若い女性からなる二五〇人の労働者がジェインズヴィル紡績工場で布を織っていた。

二〇世紀が到来すると、[☆1] ジェインズヴィルは人口およそ一万三千人の都市となった――東海岸から来た元来の入植者たちの子孫と、何十年の間にアイルランド、ドイツ、ノルウェイからやって来た移民たちだ。ダウンタウン・ストリート、フランクリン・ストリート、リヴァー・ストリートには工場が建ち並んだ。ミルウォーキー・ストリートとメイン・ストリートは商店や事務所で賑わい、そして一頃《ひところ》には、住民二五〇人あたり一軒ずつのサロンがあった。週の仕事が終ると街にやって来る農民の家族のために、商店は土曜の夜も店を開けていた。ジェインズヴィルは鉄道のハブでもあった。毎日、六四本の客車と貨物列車が街を出入りした。原料が工場に、政治家が地方遊説に、ボードビルのスターたちがマイヤーズ・グランドオペラ劇場でのパフォーマンスのためにこの街にやって来た。

ジェインズヴィルのものづくりの長い歴史において、とりわけ抜きん出ている人物が二人いる。いずれも地元の産業界の大物で、ほとんどのアメリカ人にはあまり知られていなくとも、ジェインズヴィルの学童みんなのレジェンドだ。彼らはこの街の経済のみならず、アイデンティティまで形作ったのである。

一人目は街の若き電信技術指導者ジョージ・S・パーカー。一八八〇年代、彼は改良型の万年筆の特許を取り、パーカー・ペン社を起こした。すぐにパーカー・ペン社は世界中に市場を拡大した。そのペンは世界の指導者たちの条約の署名に使われ、万国博覧会にも登場した。パーカー・ペン社はこの街に、不相応なほどの名声と地位をもたらした。そのお陰でジェインズヴィルは地図に記されることとなった。

二人目は、同じく才覚ある実業家のジョゼフ・A・クレイグ。ゼネラルモーターズにジェインズヴィルの能力を知らしめた。第一次世界大戦が終結しようとしていた頃、彼はこの街へのGM誘致に成功したのだ。最初はトラクターの製造。数年のうちに、組立プラントは四八〇万平方フィートにまで広がった。フットボール場一〇個分だ。全盛期には七千人以上の労働者を抱え、近くの部品製造会社に何千という雇用をもたらしていた。ジェインズヴィルを地図に載せたのがパーカー・ペン社なら、それを維持したのがGMだ。GMはジェインズヴィルが歴史の痛打に耐えて逆境に打ち勝つことができることを証明した。大恐慌の際にGMは撤退したが――翌年、再開。合衆国の労働史上、画期的な出来事だった座り込みストライキでは、他所《よそ》の労働者たちは暴動を起こしていたが、ジェインズヴィルでは平和が保たれた。第二次世界大戦中のプラントは銃後の一部として砲弾を製造し、そして戦後にはこれまで以上の規模で生産を再開した。一九七〇年代に自動車産業の業績が翳《かげ》り始め、他所のプラントの命運が尽きつつある時にも、ジェインズヴィルの組立ラインは動き続けた。

だから二〇〇八年一二月のとある凍《い》てつく朝に組立ラインが停止した時にも、今回ばかりはこれまでとは違うということを知るすべが街の人々にあっただろうか？　今回はもはや二度と再び復活はないのだと覚悟させるようなものは、過去には何ひとつなかったのだ。

ここで消滅した雇用は——この郡庁所在地とその近辺で、二〇〇八年と〇九年に九千人もの人々が仕事を失った——「大不況《グレート・リセッション》」によって合衆国から一掃された八八〇万の雇用の一部だ。言うまでもなく、アメリカのコミュニティがその特徴的な産業で雇用を失うのはこれが初めてではない。マサチューセッツ州ロウェルの織物工場は早くも第一次世界大戦の頃には廃業するか、南部へ移り始めた。オハイオ州のヤングズタウンは一九八七年のブラックマンデーに鉄鋼と関連産業で最終的には五万人に至る労働者の首を切り始めた。だが今回の格別の不況は——一九三〇年代以降で最悪の経済状況で——単なる一産業だけではなく、単なる不運なコミュニティの一群だけではなく、東海岸から西海岸に至るありとあらゆる経済の階層において、アメリカ人の雇用を奪っていったのだ。ラストベルト*のような斜陽経済地帯とは無縁の場所でも、またこれほど痛めつけられるとは想

＊　ラストベルト：旧式の産業工場を抱える米国中西部及び北東部の重工業地帯。

像もしていなかった場所でも。そう、ジェインズヴィルのような場所ですら。

★

現在、組立プラントは南京錠で閉ざされ、金網のフェンスで囲まれている。アール・デコの入場口のポルティコ〔屋根付きのポーチ〕の上には今なおそのロゴが見える。それぞれデザインの異なる三つの歯車から成るロゴだ。右の歯車にはGMのシンボル。左にはUAW《全米自動車労働組合》の紋章。真ん中のそれにはウィスコンシン州の形の白い領域があり、その底部のジェインズヴィルに当たる位置にキャンディピンクのハート型がある。上には黒い文字で「JANESVILLE PEOPLE WORKING TOGETHER《共に働くジェインズヴィル人》」。ロゴは錆《さ》び始めている。

プラント内部は暗闇だ。そのはらわた[☆2]——旋盤から溶接機から五トンの巻上装置まで、死んだ自動車工場がもはや必要としなくなった装置の全て——は、仕分けされて売り払われた。外のコンクリートの駐車場はがらんとして何もなく、ただ警備員のセダンがぽつんと一台。空を背景に、永遠に突っ立っているかのような煙突群は、もはや何も吐き出すことはない。

奥の方はかつて出荷を控えたぴかぴかのSUVがずらりと並んでいたところだが、今では自然が復活し——若木が勢いよく伸びている。裏口を見ると、警備員入口の上に小さな看板がかかっている。その文字は幾つか欠落している。「T FOR HE MEMORIES」[*]。

組立プラントを失ったジェインズヴィルだが、その経済的な大地震にもかかわらず、上辺《うわべ》だけは不気味なまでに平静を保っている。上辺を取り繕って苦悩の浸透を隠そうとするのは、良い仕事を失った中流階級の人々が中流から転げ落ちそうになった時にとる行動の一つだ。州間高速道路から街の中心に向かうラシーン・ストリートに沿って、全ての街灯に小さなアメリカ国旗がはためいている。赤とミルウォーキークリームの煉瓦の一九世紀の建物が立ち並ぶメイン・ストリートは、その優美な建築を維持している。店舗の一部に空きがあるのは今に始まったことではない。ダウンタウンからモールが撤退し始めたのは一九七〇年代のことだ。最近の「都心の野外芸術キャンペーン」で、ダウンタウンの建物の壁面に大きなパステル壁画が溢れている。それぞれの壁画は、一八三六年に創建されたジェインズヴィルの最初の一〇年間のうちの一年を描いている。一八五〇年代の鉄道敷設を主題とする市庁舎の裏の壁画には、蒸気機関車と犬釘《いぬくぎ》を打ち込む男。絵の一番下には「歴史、ヴィジョン、気骨」の文字。

そんなわけでジェインズヴィルはどうにかやっているが、それでも変化はある。その変化は、住宅街の街路に貼られたたくさんの「売家」の看板に、ダウンタウンから北へ伸びる商店街ミルトン・アベニューに沿って開店しているペイデイ・ローンのフランチャイズ店に、そして今は救世軍ファミリー・センターが占拠している広大な空き地に見て取ることができる。

では、ジェインズヴィルの市民は？　彼らは街と自分たちの再開発に乗り出している。街の外には——民主党であれ共和党であれ、マディソンやワシントンの官僚であれ、衰弱する組合であれ苦

＊　T FOR HE MEMORIES : Thanks for the Memories（思い出をありがとう）か？

闘する企業であれ——中産階級を新しく造り直す鍵を持ち合せている者など誰もいないということがすぐに明らかとなった。ジェインズヴィルの人々は諦《あきら》めない。自動車工だけではない。大手の銀行員からソーシャルワーカーまでがホームレスの子供たちの保護に努め、人々は互いにリスクを背負い、街を愛する心が彼らをこの街に留《とど》めている。

容易なことではない。廃墟と化した組立プラントは、まさに彼らのジレンマを体現している。どうやって未来を創り出せというのか——むしろ、過去を手放す必要をどうやって理解するのか——川縁に、四八〇万平方フィートの産業の殿堂の死骸が、今も沈黙のうちに鎮座しているというのに?

それでも、人々はジェインズヴィルの「為せば成る」精神にしがみついている。組立プラント閉鎖の一ヶ月前、その経営陣と全米自動車労働組合支部は、最後のタホはノース郡ユナイテッド・ウェイ*に寄贈されラッフル販売**されると広報した。一枚二〇ドル、もしくは六枚で一〇〇ドルのチケットが大量に売れた。その多くは、レイオフされて次の給料をどこから貰えるのか見当もつかない労働者たちが買った。ラッフルは二〇万四六〇〇ドルを集め、不況のどん底にあってユナイテッド・ウェイの年間キャンペーンの目標額を上回った。

ウィニング・チケットは三七年にわたってこのプラントで勤め上げたGMの退職者の手に渡った。そのタホ愛ゆえに、このクルマが彼のガレージを出ることは滅多にない。

＊　ユナイテッド・ウェイ:アメリカの慈善福祉団体。
＊＊　ラッフル販売:慈善事業などの資金集めのため番号のついたくじを売り、当選者に品物を渡す一種の富くじ販売方法。

第1部

★2008年★

1　電話鳴る

ポール・ライアンがキッチンに突っ立っていた時、ベルトに着けた携帯が鳴り始めた。もし違う曜日の夜なら、ポールはワシントンにいて遅くまで働いていたろうし、たぶん今頃は連邦議会議事堂の向かいの、大理石でできたロングワースハウス・オフィスビルにある自分のオフィスの簡易ベッドで寝ていただろう。だが今日は月曜の夜で、ワシントンに戻るのは明日の午後だ。

ポールが初めて議員に当選し、ジェインズヴィル―キャピトル・ヒル間の八〇〇マイルを往復する二重生活を始めたのは、彼が僅か二八歳の時。あと数ヶ月で満一〇年になる。この一〇年というもの、彼は帰省というただ一つの楽しみに固執してきた。今日の月曜日、すなわち二〇〇八年六月二日の時点で、彼はいつもの週末よりも長い時間を故郷で過している。一二日前、彼は「アメリカの未来へのロードマップ」という大層な題の計画を出した。共和党で一番の予算専門家に登りつめんとする彼の、新たな頂だ。それからジャンナと子供たちのご機嫌を取るために、メモリアル・デイを挟んで二週間近くの休暇――だからその電話のあった夜、ポールはコートハウス・ヒルの自宅のキッチンにいたのだ。威厳のある赤煉瓦の家――ジョージアン・リヴァイヴァル様式で、辺り一帯が国家歴史登録財に指定されていて、ポールが生まれ育った家のバックヤードとの仕切はただの小さな木立だけだ。[☆1]

ポールの胸にぐっとくるジェインズヴィルは、彼にとっては子供の頃から自転車に鍵をかける煩わしさと無縁の場所だった。☆2この街で彼は級長に選ばれ、その特権として『風と共に去りぬ』をテーマとする卒業パーティ《プロム》で主人公の愛人「レット」の座を射止めた。この街で工具店に立ち寄った時、そこで出くわした男たちは一緒に少年サッカーをプレイした子供たちであったり、その兄弟姉妹や親や子供たちなのだった。

　彼の人生に占めるジェインズヴィルの部分はいまだに広く深く、そしてあまりにも根強い。だからこの時の彼には、携帯の呼び出し音がもたらす変化の凶悪さを把握するだけの心の準備さえできていなかった。

　ベルトから電話を外してコールに応えたポールは驚愕する。この声はリック・ワゴナー、ゼネラルモーターズの会長兼ＣＥＯだ。ポールは自由市場を信じているが、ことはＧＭ、すなわち彼の故郷のみならずウィスコンシン一区全域の最大の雇用主である。これまでも彼は同社のトップの大物たちとの関係構築に努めてきた。リックがワシントンにいる時には、ポールは彼と朝食を共にする。ほとんど毎週、ＧＭノース・アメリカ社長トロイ・クラークと話す。だから彼は間違いなく、ＧＭが既に不況《リセッション》以前から弱りつつあったこと、ガロンあたり四ドルを超えたガソリン価格が史上最高値を更新する寸前であること、そしてジェインズヴィル組立プラントが生産しているフルサイズでガソリンを馬鹿食いするＳＵＶの人気が崖から転げ落ちたこと、などの事実が全く念頭になかったわけではない。

　ポールはこれらの事実を認識している。とはいえ、ゼネラルモーターズの社運が落ちに落ちている最近ですら、リックをはじめとする大物たちとの個人的な会話にも、組立プラントの未来が危機に瀕しているという懸念は露ほども出てきたことはなかった。

だから彼にとっては、リックが電話で告げている内容を呑《の》み込むのは困難だった。すなわち明日、ゼネラルモーターズはジェインズヴィルでの生産停止を発表すると。

束の間、ポールは茫然とした。

それから、突然、激怒した。キッチンの窓から見えるのは、共にGMで働いている夫婦の家、それにシート製造工場の賃金で生計を立てている家族の家だ。その工場というのは組立プラントの最大の下請で、もしもプラントが潰れたりしようものなら、何百もの雇用が確実に消滅することになる。

「お解りでしょうが、そんなことをされたらこの街は破滅です」とポールは電話に向かって吠える。「うちの市民はあなたがこれまでに得た最高の労働者でしたし、この街もずっとあなたに忠実でした。プラントを閉鎖するにしても、ここほど酷いことにはならない大都市でやられたらどうなのでしょうか？」。

だが、いつもの陽気な仮面《ペルソナ》とは正反対のこれらの言葉がポールの口から溢れ出している最中にも、怒りの他にもうひとつの感情が衝《つ》き上げて来る。つまり自分にはCEOの気持ちを変えることができるという自信だ。簡単なことだ。もしも大衆がもはや、ジェインズヴィルが作っているガソリンを馬鹿食いするSUVを欲しがらないのなら、GMは労働者たちに別の、もっと人気のある自動車を作らせればよいのだ。

議員は立て板に水のようにGMのモデルを並べ立てる。「キャヴァリエをくださいよ」と彼はリックに言う。「ピックアップでも」。

電話を切った後、ポールは参謀長に電話を入れる——彼同様、ジェインズヴィルの男だ。「朝イチでな」とポール。「対応を調整するために電話をかけまくる必要があるぞ」。

ポールは一睡もできない。横になったまま、GMの従業員について、経済的ショックについてひたすら考えあぐねる。自身や親がプラントで働いている幼馴染《おさななじみ》たちのことを想う。鳩尾《みぞおち》にしこたまパンチを食らった気分だ。

それでもなお、みんなで協力すれば——共和党も民主党もない、未来のために戦う共同体として一丸となれば、この街はゼネラルモーターズと共に勝利できるはずだという確信は揺らがない。だってこれまでに一度だって、プラントを閉鎖させたことなんてないんだから、とポールは自らに言い聞かせる。それがジェインズヴィルだ！

★

「ニュース速報です！」。ジェインズヴィルの地元AMラジオWCLO1230の声はアドレナリンを迸《ほとばし》らせている。ちょうど午前五時三〇分になろうかというところ、ジェインズヴィルのベテラン・ジャーナリストで、今は正午のラジオ番組のホストを務めるスタン・マイラムは徹夜明けだった。昨日、スタンは噂が噂を呼んでいるのを感じ取っていた。曰《いわ》く、明日の朝、デラウェアで開かれるゼネラルモーターズの年次株主総会で、何やらデカいことが起こるらしい。人生最大のニュースを速報するのに徹夜しなきゃならないというなら、喜んで起きていよう。何時間もの間、狭苦しい書斎でコンピュータの画面を覗き込んでいた彼は、ついに間もなく放送されるケーブルTVニュースのスポット予告を見つけた。何でも、ゼネラルモーターズが北米の四つのプラントを閉鎖しようとしており、ジェインズヴィルもその一つだという。彼はGMの広報の男を叩き起こし、その日の朝にプレス・カンファレンスが予定されているということを聞き出した。スタンはプレス・カンファレンスを漫然と待つ気は毛頭なかった。ラジオ局に駆けつけると、ゼネラル・マネージャーの前を駆け抜け、調整室に飛び込み、仰天しているボード・オペレータに向かって叫んだ、「マイクを寄越せ」。

★

第一シフトの開始は午前五時四八分。ニュース放送が出た後だ。だがそんな朝っぱらからトークラジオを聴く酔狂な者はほとんどおらず、だから組立プラントにぞろぞろと入って行くGMマンたちが既にニュースを聞いたようには見えない。だからジェラード・ホワイトエーカーにとって、その日の朝は特に変り映えもなく始まっている。

その朝の時点で、ジェラードは既に一三年と六日にわたってGMマンをやっている。この間、彼はプラント内のあらゆるところで働いてきた——普通トラックのラインがなくなるまではそこで。それからSUV。そして正直、組立ラインで仕事をしてきた部署はどれもこれも退屈極まりないものだった。とは言うものの、街には二八ドルもの時給をくれる仕事は他にはないし、それにSUVの売上が下がるまで、ほとんどの期間は一週間に一〇時間、時給が五割増しになる残業のスウィート・アワーがあった。彼の父も義父もプラントでの三〇年を憎んでいたが、退職後はGMの気前の良い年金を貰っていた。だからジェラード自身が中年に差しかかった時も、あの二人が我慢できたんだから自分にもできる、と理解した。少なくとも第一シフトに入れれば、家でタミーや三人の子供たちと夕食を共にできる。家族が全てだ。

タイムレコーダを押す。最終組立の燃料ラインの持ち場への道すがら、妙なことが起こる。ビラだ。一二五〇人いる第一シフトの労働者全員に配られている。午前六時三〇分をもって組立ラインは停止する、全員プラントの二階に集合するように、と書いてある。そんなわけで、僅か三〇分ほどの間、ほとんどでき上がっているSUVにガスとオイルとトランスミッション液を注入した後、ジェラードは作業を中断する。階段を上がる大量の労働者たちの塊に加わる。かつてトラック・キャビンのラインだった二階の広間で、デトロイトから来たエグゼクティヴのビル・ボグズがステージに立っている。それと、陰鬱《いんうつ》な顔つきの自動車労働者組合第九五支部のリーダー二人。

ボグズの告知は簡潔だ。ニュースはすぐに済む。

ジェインズヴィル組立プラントは二〇一〇年までに生産を終える。つまりあと二年だ。ゼネラルモーターズはジェインズヴィルに新たな製品の生産を与えない。

それだけ。ボグズは質問すら受けつけない。

ジェラードの周囲の何人かが泣き出す。ほとんどは黙りこくっている。暗澹《あんたん》として。皆でぞろぞろと階段を降りる。組立ラインは再び始動する。

SUVに液体を注入しながら、ジェラードはこのニュースに対する自分の反応に驚いている。周囲の連中は、心配だとか何だとか話している。だが彼はほっとしている。組立ラインは彼に向いていないのだ。二年以内に組立ラインは止るだろう。腐ってもGMマンだ、失業手当と組合のレイオフ・ペイを合せれば今の賃金に近いものとなるだろう。なら家族を食わせるのには十分だ、と彼は思う、もっと楽しい仕事が見つかるまで。この仕事を嫌っていながらも、彼はそれがなくなった後も依然としてそれが自分を守ってくれるものと信じ込んでいる。

★

あと三日。今朝は火曜日、で、木曜日はパーカー高校で社会科を教える二年目の最後の授業。デリ・ウォーラートは仕事用に装ったまま、整えていないベッドの端に座っている。パーカーの理科教師ロブ〔デリの夫〕はバスルーム、ドア全開で髭を剃っている。九ヶ月になる赤ん坊のエイヴリは彼女の腕の中で瓶を吸っている。寝室のTVは点《つ》けっぱなしで、マディソンのNBC系列が流れている。そして突然、TVはこれからゼネラルモーターズに関する大切なお知らせがあります、と言い始める。

「シット。オー、シット」とデリ。

彼女はその意味を知っている。そして、なくなった雇用がどうなるのかも。

デリの育った町フォート・アトキンソンはジェインズヴィルから北へ車で三〇分、父は近隣のフリスキーズのペットフード工場でマネージャーをしていた。七年生の時、父がウィルスに冒された。それは彼の背骨に棲み着き、腰から下を麻痺させた。お陰で彼は二年後に退職せざるを得なくなった。ティーンエイジャーで車椅子の父を持った体験は、惨めな人々への感受性をデリに植えつけた。

そんなわけで、反射的に、彼女は今、ゼネラルモーターズで惨めなことになる人々を想って動揺している。ロブの親友ブラッドのことを想う。組立プラントのエンジニアだ。エイヴリの名づけ親で、自らも二人の幼い女の子の父。デリは思う、彼はどうなるの？　そしてブラッドに対する心配から、さらに大きな疑問が浮かぶ。彼女とロブは、あの組立プラントで最低でも何人の人間が働いているのか、思い出そうと努める。三千人だった、と二人は思う。この人たちはみんなどうなる？

告知は見たいが、デリはTVを消す。エイヴリをデイケアに連れて行かねばならない。ロブは先に学校に着いている必要がある。デリがパーカー高校に到着する頃には、教師たちは互いに、ニュースを聞いたか、と訊《たず》ね合っている。デリは今日はまだ閉鎖のニュースを社会科の生徒たちと話し合わないことにする。まだ何も解っていないのだ。

だが既にデリには、ジェインズヴィルの暮しが変りつつあることを感じ取っている。彼女は理想主義者かもしれないが、同時にまた明敏な洞察力の持ち主だ。そしてもしも街に助けを必要としている人があれば、すぐに駆けつけよう。ただ、状況をよく見て、そのための最善の方法を探すだけだ。

★

ボブ・ボレマンズは州間高速道路《インターステイト》39号線をジェインズヴィルに向かって南下している。小型のランナバウト・ボートが愛車GMCソノマの後ろに繋がれている。その日の午後はキャメロット湖に行って、静かな湖面にランナバウトを滑らせるか、筏《いかだ》を漕いでどこかに錨《いかり》を下ろし、転寝《うたたね》のひとつもするかと考えていたのだ。だが実際には、この年に一度の休暇の三日目に、ロック郡ジョブセンターの職員から電話が入った。ゼネラルモーターズのCEOがたった今、ジェインズヴィル組立プラントを閉鎖すると発表したと。このジョブセンターに基盤を置く、サウスウェスト・ウィスコンシン労働力開発委員会の責任者として、常にそこにある最大の恐怖こそGMの大量解雇であったことをボブはよく知っている。俺の休暇は、と胸の高鳴りと共に彼は理解する、終った。この、長く恐れられてきた破局に対応するイメージと現実を作り出すことは彼の責務なのだ。キャメロットという名の湖で、のんびり筏なんぞの上に寝転んでいる時ではない。

2　メイン・ストリートを泳ぐ鯉

ボブ・ボレマンズはロック郡ジョブセンターのだだっぴろい駐車場にクルマを乗り入れ、オフィスとキュービクルが雑居する、かつてジェインズヴィルの南側のKマート*だった建物に飛び込む。

この棄てられた店舗の中心にある小さなオフィスからボブは六つの郡に跨《また》がる地域の、仕事とそれを見つける手段を欲している人を手助けする業務を担当している。国中に何百とある労働力開発委員会の一つを主宰しているのだ。その全てが、仕事を必要としているアメリカ人を訓練するカネと専門知識を与えるという政府の政策——一九六〇年代以来、連邦法に染み込んでいる——のための導管だ。そこには仕事を失って再就職のアテのない労働者たちの再訓練も含まれている。

仕事柄ボブは、今現在猛烈な勢いで街に広がっているゼネラルモーターズのトップが組立プラントに対して考え得る最悪の運命を告げたという不安のど真ん中にイヤでも立たねばならない。ボブはパニックを起こすような男ではない。何十年もの間、噂だの誤報だのは何度もあったじゃないか、と彼は考える、閉鎖が本当だなんて誰に判る？　それにたとえそうでも、GMマンはあと二年は働けるじゃないか——次に起こることに備えるには十分な時間だ。どうってことはない。みんなを安心させるためにも、ぐずぐずしているヒマはない。もしもロック郡の経済の中枢で何千もの雇用が失われようとしているのなら、これは彼がこれまでに直面したいかなる試練をも軽く凌《しの》ぐほどの大激変となるのだ。

ボブは五年にわたってジョブセンターの所長を務めていた。ほぼ四半世紀前、彼はブラックホーク技術大学の理事だった。この街の職業訓練のほとんどを提供している二年制の学校だ。若い頃は控えめで、部屋の奥の方にいるような男だったが、ある時、彼の中に創造性の煌《きら》めきを見出した校

＊　Kマート：ディスカウント・ストアを中心に展開するアメリカの大手小売企業。

長が彼を副校長に抜擢し、自分の声を出すように促した。年月が経つと共に彼はますますはっきりと率直な意見を述べるようになっていった。六〇を越えて数ヶ月過ぎ、きちんと整えた顎鬚《あごひげ》が白くなった今でも、時折ボブは自分の若い頃を知る人が今の自分を見ても判らないだろうなと思う。傲慢《ごうまん》とでも何とでも、言いたければ言えばいい、だがボブは自らを調停屋と見なしている——部屋の中の大人、学位を持ち、プロジェクトを引き受けて他の誰よりも上手くできる人間だ。特にプラントが閉鎖される時に最も必要とされるスキルの達人なのだ——政府に助成金を申請すること。

ボブは官僚でありながら、マディソンとワシントンの官僚どものことは腹に据えかねている。連中は職業安定所にとって生き血とも言える求職と職業訓練のためのカネの流れを監督している。バケーションを途中で切り上げてオフィスに戻ったボブは直ちに、彼のような立場の人間がこのような状況において為すべきだと政府から命じられているステップに取りかかる。[☆3] 最初のステップは労働省が規定しているプロトコル、通称「ラピッド・レスポンス」。だがボブはすぐに疑念を抱く。「ラピッド・レスポンス」の第一部の規定によれば、職業安定所は企業が大規模レイオフを考えていることを前もって知り、その考えが不測の事態として実現することを防ぐためにできることは何でもやることになっている。だがその考え自体が間違いであることはボブにとっては明白だ、というのも企業というものは既に決定されたことを発表するまで、人員削減の予定など明かすはずがないのだから。特にこの組立プラントの人事部長ときたら、プラント維持の何らかの介入に関して彼と話し合うことには毛ほどの関心も持っていない。「ラピッド・レスポンス」の真骨頂は、とボブは理解している、第二部——衝撃緩和のための方策の工夫だ。彼が着手したというのはまさにこれである。

人事部長は、少なくとも従業員名簿をジョブセンターに提供するつもりはある。そしてボブは自分以外にこの衝撃緩和の努力に名を連ねるべき人々を正しく理解している——UAW《全米自動車労働組合》第九五支部の議長、それに国の官僚だ。その中から何人かのケースワーカーを連れてくることができるだろう、何しろ今は、つい先日数名の職員を失ったばかりのジョブセンターにとっては最悪のタイミングなのだ。

ボブは予期している、ジョブセンターは爆撃を食らった自動車工らを宥《なだ》め、事情を知らせる必要があるだろうと。彼は予期している、レイオフされて学校に戻ることを望む労働者のために政府援助の蛇口を街に引いてくることもできるだろうと。

予期していなかったのは、雨だ。[☆4]六月一一日水曜日、すなわちGMが切迫した経済災害を発表して八日後に、国立気象局は週末の自然災害の予報を出した。政府が記録を開始して以来のロック川の最悪の氾濫だ。[☆5]ボランティアと囚人たちが二六万個以上の土嚢《どのう》を積む。保安官はウィスコンシン州兵の出動を要請する。

ウィスコンシンとアイオワでは、七インチを越える雨量が苛烈な豪雪に閉ざされたままの地面に降り注ぐ。水はダウンタウンの護岸堤防を越え、モウル=サドラー住宅団地全域に溢れる。愛らしいトラクスラー・パークを沈め、隣接する郡の農地を浅い湖に変える。川の堤防と背中合せの歴史的な煉瓦造りの商店が建ち並ぶメイン・ストリートに沿って、水は店舗やオフィスを満たし、家具を泥で磨き、法律事務所のファイルを浸し、電気のスイッチの高さまで黴《かび》を生やすきっかけとなる。

豪雨は記録を破る。ジェインズヴィルに最も近い観測所でロック川は土曜日に最高水位に達する。[☆6]ゼネラルモーターズの告知から二週間と四日後だ。川の水深は一三・五一フィートに達し――洪水位よりも四・五フィートも高い――一九一六年の一三・〇五フィートという旧記録を塗り替えた。一〇〇年に一度の洪水を越えている。郡は被害額を四二〇〇万ドルと見積もる。

農地とダウンタウンの水浸しの建物への被害のため、人々は何ヶ月もの間、仕事にあぶれる。「無期限休業」とメイン・ストリートの散髪屋の窓にテープで留められた手書きの貼紙。一九五〇年代からこの街で髪を切ってきた店だ。貼紙には整髪の必要な常連さんのために店主の自宅の電話番号が書いてある。

ジョブセンターが入居している元Kマートは少し高いところにあって、水を被ることはなかった。だが洪水が奪っていった仕事は、これまたボブにとって問題だ。ただ、いくらこの一世紀の間にジェインズヴィルに降った最大の雨とはいえ、これから発生しようとしている何千もの失業を食い止めるという曖昧《あいまい》な問題に比べれば、彼もまたこの工業都市も対処の方法を知っている難関ではある。ボブは恐れ戦《おのの》く自動車工たちからは一旦離れて、洪水で大被害を被ったこの地域のための緊急助成金の言質《げんち》をとることに集中する。連邦助成金があれば、大恐慌の時の雇用促進局よろしく、ジョブセンターは復興という泥まみれの地道な仕事に取り組むための組織を編成できるだろう。

だがジョブセンターへの助成金といえども、自然を手懐《てなづ》けることはできない。ロック川の流れはあまりに速く、水位は高く、当然ながら魚も流されてくる。鯉は今や、メイン・ストリートを泳いでいる。[☆7]ストリートの北端近く、北ロック郡ユナイテッド・ウェイの冠水した駐車場が、鯉たちの新たな繁殖場だ。

迷い込んだ魚の話を聞きつけた街の人々は、これを災害ではなく、見物だと見なした。冠水したストリートで最初に水の引いた場所で、周囲の被害にもかかわらず、ジェインズヴィルの人々は――それに何人かの観光客も――何日も寄り集まっては、何百匹もの黄色い鯉が泳いでいくのを見て笑い、歓声を上げ、写真を撮る。

3　クレイグ

ゼネラルモーターズがジェインズヴィルに来たのは何も偶然ではない。それは第一次世界大戦末期のとある日に、地元の明敏なトラクター工場主の巧みな手腕によって街にもたらされたのだ。それから一世紀を経て、彼はジェインズヴィルの「為せば成る精神」の体現者の一人と見なされるに至っている――自分の運命は自分で切り開くことができるという、街の人々の楽天主義だ。

ペンシルヴァニア州西部に生まれたジョセフ・アルバート・クレイグは、若い頃にミルウォーキーに移り、農機具メーカーのセールスマンとして働いたが、そのライバルであるジェインズヴィル・マシン・カンパニーに引き抜かれた。ジェインズヴィル・マシン・カンパニーは鋤《すき》、耕耘機《こううんき》、播種《はしゅ》機、草刈機などを生産し、中西部一帯に売り捌《さば》いていた。一八九七年、三〇歳の時にクレイグは総支配人となった。[☆8]それから一〇年のうちに、同社はジェインズヴィルに数ある製造業者の中で最大かつ最も儲かる企業となり、サウスリバー・ストリートとサウスフランクリン・ストリートに沿って三ブロック近くを占める複合体となった。

一九〇九年[☆9]、街で最初の自動車工場が、サウスパール・ストリート沿いの古い鉄道工場でオーウェン・トーマスの自動車を生産し始めた。翌年、ウィスコンシン・キャリッジ・カンパニーが自動車を生産する子会社を作り、ウィスコ〔車種の一〕を生産したが、これは短命に終った。シカゴからやって来たモニター・オート・ワークスは、古いタバコ倉庫の跡地でこの街で最初のトラックを数年にわたって生産した。

だがクレイグは別の発明品――ガソリン駆動のトラクター――に興味を持っていて、彼の指導の下、ジェインズヴィル・マシン・カンパニーはその製造に手を広げた。工場は繁栄した。一九一八年、第一次世界大戦が終結を迎える数ヶ月前、クレイグはゼネラルモーターズの創始者にして社長であるウィリアム・C・デュラントからデトロイトへの招待状を受け取った。デュラントは過去一〇年の間に小規模の自動車会社を繋ぎ合せてGMを創り上げていた。成長著しい農業機械の市場――その前年、フォード・モーターは既に大量生産のトラクターを製造する初のメーカーとなっていた――に興味津々のデュラントは、経営難のカリフォルニアの企業サムソン・トラクターを買収していた。デュラントは敏腕ビジネスマンというクレイグの評判を聞きつけ、三月にデトロイトでサムソンの経営者の仕事を彼にオファーした。ここ[☆10]でクレイグはその機知に富んだ作戦を遂行し――ジェインズヴィルの運命を変えた。彼はそのオファーを断った上で、数時間に及ぶミーティングの間に逆提案を呑ませたのだ。デュラントはジェインズヴィル・マシン・カンパニーを買収し、サムソンと合併させることに同意した。そしてゼネラルモーターズのサムソン・トラクター部門の拠点としてジェインズヴィルに新工場を建てる運びとなった。責任者は当然クレイグだ。

GM[11]は一九一九年にジェインズヴィルで初のトラクターを製造、翌年には同社が購入したダウンタウンの南の河岸の五四エーカーの土地に広大な工場を建築した。最初の一年でトラクターの生産は日産一〇台から一五〇台にまで膨れ上がった。クレイグは市の役人を説得し、急速に増加する労働者たちのために道路や学校、住宅を拡充させた。デュラント自身もジェインズヴィル開発協会に一〇万ドルの小切手を切り、同市の商工会議所に送った。「私[12]のこれまでの経験でも、これほど慎ましい大きさの街に、ここ以上に気高い精神、あるいはこれ以上に立派な達成を見たことがありません」とデュラントは同封の手紙に記した。「私はジェインズヴィルに輝く未来があることを予見します」。

だが、農業不況とデュラントの拡大しすぎた財政はGMのトラクター部門に壊滅的な打撃をもたらし、一九二一年の秋にはジェインズヴィルでのトラクター生産は終了した。それから、何十年にもわたる数多くの不死鳥物語の第一号が始まる。クレイグがこの若い工場を甦《よみがえ》らせるために、ここを乗用車とトラックの生産拠点とするよう会社を説き伏せたのだ。かくしてシボレーの組立プラントとフィッシャーの車体工場が設置された。ジェインズヴィル組立ラインからの最初のシボレーは一九二三年二月一四日にお目見えした。

九年後、大恐慌のどん底でこのプラントは閉鎖された。だが[13]翌年春にシカゴの「進歩の世紀」万国博が開幕すると、レイオフされていたジェインズヴィルの二〇〇人の自動車労働者がゼネラルモーターズによって組立ラインのデモンストレーションに抜擢された。「科学の驚異――まさに芸術」とは、この展示のキャッチフレーズ。毎日、ジェインズヴィルの男たちは七ドルと真新しい制服を支給され、千人の見物人が乗れるキャットウォークの下でシボレー・マスター・イーグル4ドア・セダンを作る。「近代産業のドラマにおけるあらゆる壮麗なスペクタクルの中で」と同展のGMのパンフレットは謳《うた》う、[14]「自動車の組立を見ることほど魅惑的なことは他にありません」。

一九三三年一二月五日、[15]ジェインズヴィルのプラントは再開した。ウィスコンシン州知事アルバート・シュミードマンがその場で、復活した組立ラインから出て来た最初のトラックを買い取り、州に寄贈した。

逆境に対するジェインズヴィルの物静かで善良な反応を最も鮮やかに表しているのが、合衆国の労働史上、最も重要な瞬間にこの街が果した役割だ――一九三六～三七年のゼネラルモーターズの座り込みストライキである。座り込みはストライキの新しい形だった。工場の外でピケを張る昔ながらのやり方の代りに、ストをする組合員たちはただ工場に立て籠《こ》もって梃子《てこ》でも動かずにいるだけで生産をメチャメチャにできるということを見出していた。GMの座り込みはこの新たなスト方法の最も有名な事例となり、五つの州で七つのプラントの操業を止め、最終的に最初の全国労働協約を締結、全米自動車労働組合はGMの労働組合の代表として公式に承認された。

[16]ミシガン州フリントではストライキは四四日にわたって続き、とある一月の夜には暴動が勃発した。会社の警備員と警察は労働者に夕食を届けようとした女性たちに向けて催涙ガス、棍棒、少数の実弾を使用した。これに対して労働者はプラントの窓から外の警官に消防ホースを向け、自動車の金属部品を投げつけて対抗した。

これと対照的に[17]、ジェインズヴィルでは座り込みは九時間と一五分で終った。この時既にジェインズヴィルには市制管理者を置く統治形態があり、進歩主義時代の改革があり、ヘンリー・トラクスラーという名の卓越した市制管理者がいた。一月五日に座り込みが始まってから僅か数時間後に、トラクスラーはプラントの組合リーダーたちを自分のオフィスに招き、一つの提案を行なった。プラント経営陣は全国でストライキが沈静化するまでジェインズヴィルで自動車の製造を行なわないと約束する。その代り労働者たちはプラントから立ち去る。その夜の九時[18]、郡保安官と警察署長にエスコートされたトラクスラーは組合指導者たちを連れてプラントに戻り、ストライキ中の二七〇〇人の労働者たちに自分の提案を説明した。彼らは拍手喝采でそれを受け入れた。午後一〇時一五分、労働者たちはプラントの正門を出て「陽気で騒がしい、元気な集団」となり、真夜中近くまで街のビジネス地区をパレードした。[19]それから五週の間、フリントで暴動が起き、労働長官のフランシス・パーキンズが自ら産別協定の仲介に動こうとしていた頃、小さな委員会――保安官、二人の実業家、そして市制管理者――がジェインズヴィルのプラントを平和裡に視察し、地元のUAWの指導者たちに、自動車が生産されている気配は何もないという報告書を上げた。

合衆国が第二次世界大戦に参戦して数週間後、ジェインズヴィルのプラントはまたしても閉鎖された。政府が民間の乗用車やトラックの製造を禁じたためだ。だが八ヶ月以内には操業を再開した――今回は、女性と老人が戦争のための砲弾を作ることとなったのだ。「撃ち続けろ」[20]のスローガンの下、一六〇〇万発の榴弾が生産された。後に戦争省はこのプラントに「軍需物資生産における驚くべき達成に対する陸海軍生産賞」を授与し、プラントに勤める全ての男女に「勝利への推進力におけるリーダーシップの証」として身に着ける襟章が与えられた。一九四五年には何百人ものジェインズヴィル住民が集まり、平時生産の再開以後、最初に組立ラインを出たトラックを祝した。

この数十年間、ジェインズヴィルのGMマンたちの仕事のクオリティを認識していたのは何も戦争省だけではない。このプラントとそれが製造した乗物はJDパワーの賞を受け、工場長らは時折、受賞記念の袖章のついたジャケットを従業員全員のためにオーダーした。[☆21]一九六七年、ゼネラルモーターズはジェインズヴィルに同社の一億台目の乗物を作る栄誉を与えた。それは2ドア、ハードトップの青いシボレー・カプリスで、GMの会長の目の前で組み立てられた。その日のオープン・ハウスには三万人が集った。GMの自動車をオーダーする人々は時に、ジェインズヴィルで生産されたものを名指しで所望した。

組立ラインは恐怖も体験した。[☆22]一九八六年、ゼネラルモーターズはジェインズヴィルのピックアップ・トラックの全ラインを移転させた――当時の同プラントの二つの組立ラインのうちの一つを丸ごとだ。同時に、一八〇〇人分の仕事がインディアナ州フォートウェインに移った。労働者たちは転居するか、さもなくば十中八九失業すると告げられた。好きな方を選べと。一二〇〇人以上の労働者が転居した。そしてさらに数ヶ月後、ゼネラルモーターズは間もなく普通トラックを組立ラインに乗せると予告した。ジェインズヴィルはまたしても雇用を増やした。仕事は潤沢にあり、支払いは良かった。新たな労働契約で、一日一〇時間の週四日労働、金曜日には一〇時間分の残業手当もあり、という取り決めになった。

二〇〇八年にゼネラルモーターズが組立ラインに死刑判決を下す日以前から、プラント閉鎖の噂はあまりにも長く囁《ささや》かれ、もはやジェインズヴィルでの生活にはよくある風景となってしまっていた――不安には違いないが、あまりにも頻繁すぎて、人々はそんなことが起きると信ずるのを止めてしまっていたのだ。僅か三年前にもゼネラルモーターズは――当時、マーケット・シェアは激減し、経営は暗礁に乗り上げていた――三万人分の雇用削減によるコストカットを実施すると告知したばかりだ。同社最古の操業中プラントであるジェインズヴィルはその筆頭候補であり、GMが削減先を決定する迄の数ヶ月は苦痛に満ちたものとなるだろうと思われた。だが二〇〇五年の感謝祭の週、リック・ワゴナー――現在の一撃を下した当のCEO――は遂に北米の一二の施設を閉鎖もしくは縮小すると発表した。その中にジェインズヴィルの名はなかった。

その日、『ジェインズヴィル・ガゼット』紙の第一面には大見出しが躍った、「ヒューッ、一安心」。

4　退職祝賀パーティ

マーヴ・ウォパットは友人に恵まれた男だ。七月の最初の土曜日の午後、二〇〇人以上の友人たちがシルバーグ・パークに家族が借りたパヴィリオンに集結していた。全てのGMマンが待ち望む通過儀礼を祝うためだ。マーヴは退職したばかりだった。

最後の日を迎える時まで、マーヴは四〇年と四ヶ月にわたって組立プラントにいた。六一歳。もじゃもじゃ白髪でがっしりしたガタイの良い男――もしこの閉鎖が事実なら、彼のような古株はもはや存在しなくなる。今や、ほとんどゼネラルモーターズの生得権と言えるたっぷりの年金を貰っている。だが彼は最初から組合員と会社の犬の両方の特権を享受していた。

若い頃、長年にわたる痛飲の果てに禁酒に追い込まれた時、GMは彼の味方だった。それは彼に癒しの場を与えてくれた。その次には他人の癒しを手伝う場を。四〇年のうちの二五年、最後の日まで、彼は同プラントの従業員援助プログラムの代表者としてUAWと経営者の間に立ち、依存症をはじめとする困難な状況に立ち向かう仲間たちを助ける仕事を担当していた。これにより、彼はプラントになくてはならぬ人材となった。加えて、三ヶ月前にはロック郡管理委員に選ばれた。

マーヴはハーレー乗りだ。情に厚く、涙もろい。この日の午後、彼はこんなにも大勢の人が公園の中の赤屋根のパヴィリオンに駆けつけてきてくれたことを大いに喜んでいる。ここはジェインズヴィル北端の境を越えたミルトンにある彼の家から歩いてすぐのところだ。だが正直言うと、彼は物思いに沈んでもいる。自分が、ジェインズヴィルの生活がかつてほど安定したものではなくなってしまう岐路のちょうどぎりぎり安全な側にいることに気づいているからだ。

彼と同年代の街の人々の多くがそうであるように、マーヴはかつては農家の子供だった。ウィスコンシン州エルロイの酪農場で育ち、ロイヤル・ハイスクールを卒業して二週間後に海軍に入隊。フットボールの地区大会でMVPに選ばれるほどのタックルを見込まれて大学の奨学金をオファーされていたのに、断ったのだ。卒業から入隊までの一週間のうちに、チアリーダーだった彼女と結婚した。ヴェトナムは大荒れだったが、彼は幸運にも出征を免れ、テキサスの飛行場で消防車を運転していた。そんなわけで一九六八年にジェインズヴィルにやって来た時、彼は二一歳で、市の消防署に入ろうと計画していたのだが、GMマンである義兄が入社を促した。北の方の農場や小さな町から若者たちがジェインズヴィルに押し寄せていた時期だ。良い仕事があった。ゼネラルモーターズはマーヴのように大柄で屈強な農家の若者を雇いたがっていた。以後、ここ以外で仕事をしたことはない。

この日の午後、友人たちがブラッツ*とバーベキューをむしゃむしゃやっている間に、マーヴは短いスピーチに移る。俺は恵まれてた、と彼は言う、これまであのプラントにいられて。一番良かったのは、みんなと一緒に働けて、みんなの手伝いができたことだ。プラントの閉鎖については口を閉ざす。この不気味な事実からはひたすら目を背けている。だがそのせいで、よりにもよってこの退職祝賀パーティで、それまで夢にも思っていなかった気持ちに沈んでいる。その気持ちは物思いから罪悪感へと傾いていく。何故なら現実は、自分だけはちょうど年金にありつくことができたが、今まさにこのパヴィリオンにいる二人の子供たちはまだその組立プラントで働いている。そして間もなくその職を奪われるのだ。

★

これを予見できた者がいるだろうか？　僅か五ヶ月前の明るい二月の朝、ちょうど組立プラントに着いた時にマーヴはホワイトハウスへの夢を持つイリノイ州知事バラク・オバマの話を聴いた。

＊　ブラッツ：ブラットヴルストというソーセージの通称。ウィスコンシンの名物。

いつもの希望に満ちた経済の話、ジェインズヴィルの未来は過去と同様の繁栄を遂げると。

マーヴは午前二時三〇分にいつものように第二シフトを離れ、朝にプラントに戻れるように四時間ちょっと寝た。[☆23] 南のエントランスに近づくと、爆発物探知犬が入口にいた。シークレット・サービスの連中が金属探知棒を振っている。だがプラントの警備員は皆マーヴとは顔見知りで、手を振って通してくれた。

ジェインズヴィルは小さな街だが、一八五九年秋にエイブラハム・リンカーンが立ち寄って以来、大統領やその候補者や将来の大統領らが皆、この街に来るほどには大きい。オバマの番になると、彼の選挙事務所は組立プラントを主要な経済スピーチの小道具に仕立てた。参加を希望した第二シフトの労働者たちはこのプラントでの慣例に従い、勤続年数に基づいて予《あらかじ》め選ばれていた。マーヴはただ組合の男から電話を受けて、行きたいかと訊ねられた。勿論だ。[☆24] マーヴは民主党支持者で、労働者階級に対するオバマの関心は前々からよく知っていた。

マーヴが入ると、候補者は既に一階の会議室にいて、GMの経営陣やUAW第九五支部の役員たちが鮨《すし》詰めになっていた。全くの偶然で、マーヴがしばらくの間、入口近くの廊下に突っ立っていた時、チャコールのスーツに小綺麗な白いシャツ、赤いプリントタイのオバマが会議室のドアのところに出て来て、真っ直ぐ彼に歩み寄り、話し始めた。

「ここにどれくらい勤めてるの?」と候補者はマーヴに訊ねた。

UAWの紫のパーカーに広い両肩を詰め込んだマーヴは、かれこれ四〇年さ、と言った。何の仕事してるの、と訊ねる議員に、マーヴは従業員援助の代表者であることを告げ、パーカーの胸ポケットからもみくちゃになった『ジェインズヴィル・ガゼット』の最近の記事を引っ張り出した。「ジェインズヴィルで影響力のある五〇人の一人」として彼が採り上げられた記事だ。オバマはペンを借り、その切り抜きにサインすると、階段を駆け上がって二階へ向かった。

候補者は演壇に立って話し始めた。民主党のウィスコンシン州知事ジム・ドイルが第九五支部のリーダーやGMのエグゼクティヴらと共に最前列にいる。折畳み椅子とその周囲の観覧席に六〇〇人近い労働者たち。演壇には正面入口に掲げられているのと同じジェインズヴィル組立プラントのロゴ入りの飾り額、その一番上には「People Working Together」の文字。

偶然にも、「労働」こそがオバマがこの街に話しに来たテーマだった。この郡はもう二ヶ月も酷い不況に喘《あえ》いでいる。自動車工は恐れを抱いている。前日[☆25]、ゼネラルモーターズは二〇〇七年度は三九〇億ドルの赤字だったと発表した。同社史上空前の赤字であり、七万四千人に及ぶ非組合員の時間給労働者に補償金付きの退職を申し入れる事態となった。折り畳み椅子と観覧席の多くの者が、その申し入れを受け入れるか否かを巡って議論している。マーヴは数ヶ月前に退職を決意していた。自動車産業が縮小していることは解っていた。彼にとっては後進に道を譲る潮時だ。

経済と自動車産業は揺らいでいたが、今朝のオバマは陽気だった——七つの州で勝利を収めたばかりで、次のウィスコンシン州の予備選でも、この勢いの維持を見込んでいる。

「繁栄[☆26]とは、これまでも常に、容易《たやす》くやって来るものではありませんでした」と彼は言った。「困難な時期を乗り越え、見事な、偉大な挑戦と偉大な変革を通じて、ジェインズヴィルの約束はアメリカの約束となったのです——われわれの繁栄こそ、全ての船を乗せる潮流となることができ、またそうでなくてはならないと。われわれは浮かぶも沈むも同じ一つの国であると。この国の中産階級が成長し、機会が可能な限り広く広まった時、われわれの経済は最強となるのだと」。

それからオバマはゆったりした口調に変え、「夢を訴え、繁栄を再建する」というアジェンダを掲げた。マーヴは候補者の言葉に聞き入った。「私は信じています、もしも政府の役割があなたを支え、この再編と改革に必要な支援を与えることであるならば、このプラントはここで、さらに一〇〇年にわたって稼働するだろうと」。

知事、組合リーダー、GMのエグゼクティヴ、そしてその周囲の何百人もの労働者たちは拍手喝采し、議員の希望に満ちた言葉が掻き消されるほどに盛り上がった。そして拍手しながら、皆が立ち上がっていた。知事も組合リーダーたちもエグゼクティヴも労働者たちも、そしてその一人である、四〇年にわたってこのプラントの歴史を歩み、今まさに退職を目前に控えたマーヴも。

★

閉鎖の告知の朝、マーヴは、おい聞いたかという友人からの電話に叩き起こされた。電話を切るや否や、彼はGMマンである子供たちに電話した。息子のマットと娘のジャニス。子供たちにそれを真っ先に報せるのは自分であって欲しかった。何にせよ、幼い頃の彼らに組立プラントこそが安定して高給を取れる最高の職場だと教え込んだのは他ならぬ彼なのだ。にもかかわらず、状況は今や最悪だ、間違いなく。マーヴは子供たちへのこの最初の電話で、まずは自分の信念を告げた。会社がジェインズヴィルを閉鎖すると言ったからといって、その代りプラントに新しい製品が来ないと考える理由は何もない。たとえ一時的に閉鎖するとしても、また再開するさ。ずっとそうだったんだ。

今、シルバーグのパヴィリオンの下で、マーヴは全てが上手くいくと信じたがっている。だから自分の中で燃え上がっている考えを口に出して言うことはない——マットとジャニスは、定年までこのプラントで働くことはできないかもしれない。

5 八月の変化

シフトを終えたマーヴ・ウォパットの息子マットは、一人ロッカーに向かい、ドアを開けて予備のバックパックに手を伸す。注意深い男でありプランナーである彼がこの日のために用意しておいたものだ。プラント閉鎖の告知から二ヶ月と五日。ある者にとってはラッキーな日付——二〇〇八年八月八日。世界中の花嫁と花婿が婚礼を挙げているから、この日が彼らの結婚記念日となる。オリンピックが北京で開幕している。だがマットにとっては、この日はラッキーとは程遠いシュールな日だ。今日は組立プラント最後の日で、数分後に駐車場に出るまでにロッカーを空にしておかなければならない。

三七歳のマットは、子供の頃から自分は自動車工になるために育てられているのだという感覚を持っていたことを思い出す。いつだってプラントに向かう父のマーヴを見ていた。マットが幼い頃、父はライン工だった。だがティーンエイジャーになるかならないかの頃になると、父は従業員援助代表という後半の二五年を開始していた。つまり、マットの人生のほとんどの期間、父は仲間のアル中やその他のさまざまな問題を抱えた連中が自らの秘密を打ち明ける相手だったわけだ。だからマットは、GMこそ良い給料、良い手当、安定した職業生活、そして――もし必要なら――親身になってくれる人まで提供してくれる最高の職場だと理解して育った。高校二年生だった一九八六年、マットは落胆した。プラントが大量に求人を出したというのに、彼はまだ一六歳だったからだ――雇われるには二年足りない。ようやく一八になった年にはプラントに求人はなかった。そこで彼は「Uロック」の一般科目に挑んだ。これはロック郡にあるウィスコンシン大学の二年制コースだ。だが本当に学びたいものが何も見つからなかったので、一年で大学を辞めて〈ファーストフォワード〉のマネージャーになった。これは高校時代のバイト先のボスがマディソンにオープンしたローラースケートリンクだ。四年後、GMには依然として求人はなかったので、彼はジェインズヴィルで同プラントのためにシートを製造している工場であるリア・シーティング社に入った。

GMに空きがある時ですら、入社はコネ中心で、知り合いがいるかどうかの問題だった。志願者は紹介が必要で、GMの従業員はそれぞれ一枚ずつの紹介状を与えられており、それを一人の親戚や友人に使うことができた。マットは父親から紹介状を貰ったが、妹もまたそれを欲しがっていた。それからプラントは抽選を行ない、一九九五年五月一七日、マットはついに、ずっと自分の居場所だと思っていたところで働き始めることとなった。

六フィートのマットは父親よりも一インチだけ低い。そして肩幅が広く意気盛んなマーヴに対して、マットはスリムで控えめ。そして信頼できる男だ。GMマンとなって四ヶ月後にダーシーと結婚すると、その娘ブリタニーを養女にした。二人はさらに二人の娘、ブルックとブリアを儲けた。人生は満ち足りていて完璧で、ゼネラルモーターズの高い給料のお陰で一家の良き大黒柱であることができるのが嬉しかった。

入社日は常に、このプラントでは重大な問題だった。誰もが自分の入社日を片時も忘れない。プラント内で何らかの機会が生じると、この記念日が序列を決定するのだ。三〇年勤続して退職の資格を得るのもこの日が基準となる。この夏、入社日にはさらに死活的な重要性が新たに付加された。プラント閉鎖に先だってシフトの一つが廃止される際、職を失うことになる労働者の半分がそれによって決定されることとなったのだ。マットの入社日――一九九五年五月一七日――はまさに境界線上だった。もう数日早く入社していれば、当面はまだ仕事がある。逆に入社が数日後だったなら、もう既に仕事はなかったところだ。その境界線上にいた彼は、何とかあと二週間、時給二八ドルでしがみつくことができた。そしてこの小さな事実に彼は感謝している。

だが、ルーティンの男であるマットにとってこの二週間は何もかもあべこべだった。いつもは第二シフトで働いていたが、その第二シフトがなくなってしまったのだ。そこでこの貴重な退職間近の二週間、彼は夜明け前に起きて間に合せの仕事――一〇〇に及ぶ重要なSUVのコンポーネントのトルクの品質管理――に出かけることとなった。唯一残った第一シフトで。

特例の二週間は第一シフトにいたので、仕事が終ってロッカーを開けるのは昼下がりだ。彼は予備のバックパックに、遠い昔の休憩時に読んでいた推理小説と古い『ガン・ドッグ』誌を丁寧に詰めた。マットは最後のタイムカードを押し、そして――一三年と三ヶ月と二二日間にわたって通い慣れた道を辿って――プラントを出た。気持ちの良い二七度の日差しの下でシフトが終るなんて、実に奇妙な感覚だ。

彼は依然としてルーティンの男だが、今では次に何が来るのか、全く何の保証もない。だがマットはマーヴの話を聴いていた。何と言ってもプラントで四〇年を過した男だ。父は退職後の年金で悠々自適、数週前には公園で祝宴を催したばかりのご身分だが、それでも彼の言葉はマットに希望をもたらし、心を落ち着かせてくれた。マットは博打《ばくち》打ちではない。それでもなお、彼はこの組立プラントが返り咲いて全力を出すのは時間の問題だということにカネを賭けるだろう。

★

ジェラード・ホワイトエーカーの双子の娘、アリッサとケイジアは、何かを理解しようとする時、まるで自分たちが二人で一人の人間であるかのように感じる。二卵性の双子で、アリッサはブロンド、五フィート五インチでケイジアより四インチ高い。ケイジアはいつも五分早く生まれて先にスタートすべきだったと考えていた。一卵性ではないのに、心は自然に一つになる。それが今はとりわけ便利だ。何故なら八年生〔中学二年〕になるこの夏に突然降って湧いた難題のようなものにはそれまで一度たりともお目にかかったことがなかったから――ある朝気がつくと、全く突然、父親が家で朝食を摂っている。このだらけた八月の間はちょっとは寝坊もできるというのに。

人生のほとんど、そしてここ数年は常に、父親のジェラードは双子が朝起きる前に家を出ていた。先月のこと、二人が初めてキッチンの隅の円いテーブルに彼を見つけた時、どうしたことかと話し合い、そして毎年の夏にプラントが二週間休みになることを思い出した。大したことじゃないわ。だが今や、労働者の日《レイバーデイ》の一週間前、新学年が始まろうとしているのに、父はまだ朝食に顔を出している。二人は共有している地下のベッドルームのツインベッド——アリッサのはワイルドな七〇年代のレトロなグリーン、ブルー、パープルのベッドカバー。ケイジアのベッドカバーはグレイとオレンジで、真ん中にサーフボード——に座って、状況を話し合った。アリッサとケイジアと弟のノアには聴かれていないと思っている時に、両親が話していた言葉の断片を教え合う。

幾つかの言葉——早期退職金《バイアウト》、SUBペイ《補助的失業給付》〔組合の給付金〕——はさっぱり解らない。だがただひとつ、完全に理解できる恐ろしい言葉——引っ越し——があった。そんなこと、絶対に嫌。四年生の時、フットヴィル——たった九マイル西の農村だけど、転校せざるを得なかった——から一家五人で越してきた時にも、新しく友達を作らなきゃならなかった。引っ越しの理由はジェインズヴィルの学校への転校。二人の成績は良かったが、フットヴィルの学校にはAPコース*がなかったのだ。ママのタミーは二人が高校に上がったらそれを受けさせようと考えていた。彼女はいつだってその調子で、二人の潜在能力にフォーカスしていた。双子が六週間早く生まれた時、医者たちはこの双子は小さすぎるので、学習が困難でしょうと言った。ママはずっと、医者たちが間違っていること

＊ APコース：高校生に大学の初級レベルのカリキュラムと試験を提供する早期履修プログラム。

を証明しようと決意してきた。実際、医者は間違っていたのだが、その予言のお陰で母親は常に、双子の知性と成績にことのほか満足してきたのだった。

　アリッサとケイジアはベッドルームのマインドメルド・セッション*で、両親のどちらかに何がどうなってるのか訊ねるとするなら、パパじゃない方が良い、という結論に達する。だって、何が起こってるにせよ、面倒ごとに違いないし、もしパパがその気なら、もうとっくに言ってるはずだから。そこで二人は交替で、ママにそれとなく幾つかの質問をする。「どうにかしようとしているところ」というのが、返ってきた答え。何が何だか。

　だから、二人はニュースと友達の話を繋ぎ合せて、パパの入社日が運悪く、既にレイオフされたGMのシフトに入ってたに違いないわね、と結論する。二人の推論は正しい。パパの入社は一九九五年五月二九日、パパの父からの紹介だ。二人のパパもママも、GMの賃金に守られて育った。アリッサとケイジアと弟も、この夏まではそうだった。

　家での朝食の謎を解いたアリッサとケイジアは、これまでにない不安に襲われる。どこか他所《よそ》へ追いやられることになるかも、フットヴィルの時みたいに。あれこれ心配しているうちに、はっきりしてきたのは、アリッサが一番恐れているのがバスケットボール・チームを諦めなきゃということ。ケイジアは友達との別れ。

　この一番の心配について考えていて、二人は気づく。一番ヘンなのはパパの機嫌だ。思い出せる限りの昔から、パパはずっと不機嫌で、時々黙り込んでいる人だったのに、今は軽口を叩いている。これ自体はすごく嬉しい。もう少し注意してみれば、ママがいつもより神経質なことに気づいただろう――ちょっとぴりぴりしてると。でもパパはゆっくり眠れて喜んでるし、ちょっとした庭仕事をする以外は、貰って当然のバケーションみたいに楽しんでる。

★

穏やかな風が吹いてはいても、八月の蒸し暑さは依然として残っている。午前九時少し前、クリスティ・ベイヤーは煉瓦造りの低めの建物に到着し、中に入る。迷路みたいに入り組んだ廊下を迷いつつ、遂に二六〇六号室を見つけ出す。並んだ机の列の真ん中辺りに座り、周囲を見回すと、周りのみんなは彼女よりずっと若い。何とか焦りを隠せてたらいいけれど。

ブラックホーク技術大学での最初の授業。クリスティは三五歳、がっしりした体軀、薄茶の髪は分別あるショートカット。再婚で、息子は大学に通える年だが、そうしないで高校を出てすぐにウィスコンシン州兵のブート・キャンプに入った。

八月の四週目の朝。クリスティがリア・コーポレーションの仕事を失ってからまだ二ヶ月にもならない。州間高速道路のすぐ東にある工場で、一九九〇年からカンバン方式で操業していた。カンバン方式というのは自動車のシートを作り、それがGMの自動車に組み込まれるちょうど三時間前

＊　マインドメルド・セッション：「マインドメルド」はアメリカのSFドラマシリーズ『スタートレック』で異星人ミスター・スポックが他者と考えをシェアする能力。

に組立プラントに納入することだ。六月下旬のゼネラルモーターズの一つのシフトが閉鎖されたのと同じ日、リアでの彼女のシフトもなくなった。今、ブラックホーク技術大学の秋期セメスターが始まったが、レイオフされた工員の中でキャンパスにやって来たのは僅かだ。ほとんどは彼女同様リア難民。GMマンと同じUAW第九五支部に属していたのに、彼らの労働契約は今みたいにレイオフされた時のための組合のSUBペイを約束していなかった。つまりGMマンなら立場が安定するまでの暫くの間、貰えていたはずの緩衝材もない。

クリスティは一三年の間、リアの組立ラインで働いていた。彼女が工場内でちょっとは名を知られた存在だったのは、仕事中に着る新しいエプロンのデザインのお陰だ。彼女のデザインには人間工学的にデザインされたポケットがついており、また万一機械に巻き込まれた場合にはすぐに外れるようになっていた。彼女はそのデザインを地元のラブ・セイフティ・サプライ社に売り、エプロンが売れるたびにライセンス料を得る契約を結んだ。リア社が潰れたらラブ・セイフティが提示する一括払いを受け取る方が良い、と彼女は決めていた。彼女のデザインしたようなエプロンを必要とする労働者がこの先出て来るかどうかなんて誰にも判らないのだから。このエプロンがクリスティの中に潜んでいた起業家精神を示唆するものだったとしても、それ以後、それが二度と顔を出すことはなかった。

さて、自分が失業し、そして夫のボブもまたすぐにリア社の仕事を失おうとしているという目下の問題以上に気を揉んでいるのが、息子が州兵に入ったこと。何故なら今、一部の部隊が中東に派遣されているからだ。彼女がジョシュを生んだのは一六の時。あんたは何でも生き急ぎすぎだよ、と母親は彼女をよくからかった。クリスティはいつだって母親との格別な絆を感じていた。二人の兄と四人の従兄弟《いとこ》のいる拡大家族の中でただ一人の女の子として育ったからだ。リア社でのシフトがレイオフされると知った日、クリスティが最初に電話したのは母親だった。「まずいことになったわ」。

何ごとにも生き急ぎすぎのクリスティが、仕事もないまま無為にTVの前に座っていることはなかった。再教育を受けるための政府の補助金がある。だから彼女は今ここにいる。落ち着き払ったふりをしながら、「刑事司法制度」の最初の授業に。

真ん中の列の彼女の傍に女性がいた。彼女より少し背が高く、明るいブラウンの髪に大きな、深く窪んだ目。間違いなく子供じゃない。バーブ・ヴォーンもまた、リア社の組立ラインで働いていた——一五年、クリスティより二年長い。シフトが違うし、工場には八〇〇人もの労働者がいたので、これまで顔を合せたことはなかった。

バーブもまた若くして母となった。ホワイトウォーター在住の酒好きパーティ好きなティーンエイジャーだった彼女は、高校を二年で中退して一八で妊娠した。暫くの間、三人の娘と二つの仕事を抱えたシングルママだったが、やがてリア社に就職。より良い給料と給付金で生活は楽になり、さらに工場でナイスガイと出会った。それがマイク・ヴォーン。妻とは別れていた。とは言うものの、就職して生活は楽になりはしたけれど、高校中退の引け目で彼女はいつも恥ずかしげに黙っていた。マイクと出逢って五年以上もの間、彼女は彼に話しかけたことはなかった。リアに入る前も後も、マイクと話す前もその後も、彼女はGED《高卒証明書》の取得を目指していた。だが生活は常にそれを邪魔した——幼い子供たち、多すぎる仕事。自分はGEDでも落第生だと感じていた。

だから、リア社が今度こそ閉鎖されるという噂が明らかとなった時、バーブは自分のすべきことが解っていた。マイクはまだリア社にいる。彼はこの工場のUAW第九五支部のリーダーで、つまり今のところ、まだこの仕事にしがみついていられる。もう長年、組立ラインからは外れているが。一方彼女の身体は工場の仕事に疲れ果てていた。リアでの年月の結果、彼女は右肩の回旋筋腱板《かいせんきんけんばん》を傷め、手首に障害が残った。二度手術を受けたが、もう十分だ。もう工場は辞めようと自分に約束した。

できるだけ早く、ウィスコンシン州の高等学校卒業程度認定プログラムに申し込んだ。これまでの人生で一番ハードに勉強に打ち込み、試験を受け、さらに勉強してさらに試験を受けた。全てを、彼女自身が驚くほどのスピードで片づけた。そして今、齢《よわい》四七にして彼女は遂に、遂に、高卒となった。そして自分の中にあった馴染のない成功への衝動を如何《いかん》ともし難く、必然的に次に為すべきこととして、思いがけずブラックホークが浮上した。

この日の朝、クリスティとバーブは互いに、相手もまた自分の中の恐れを隠そうとしているということを知らない。不況で仕事を奪われてブラックホークにやって来た自動車工たちの第一陣であった二人は、自分たちが脱皮し、古い工場の習慣、自分を縛っている工場のやり方を脱ぎ捨て、新しいやり方を採用すべきだということを知らなかった。

クリスティとバーブ、両者の過去には、この個人の再教育の最先端の場で、いかにも二人をジェインズヴィルの失業者らしく見せるような要素はあまりない。だがそれでも、彼女らはここにいて、真ん中の列のデスクに就いている。「刑事司法制度」の授業の初日、ケヴィン・パーセルという名の教官が、講義摘要《シラバス》なるものと、出席要件と買うべき本を説明した。クリスティもバーブもまだ今朝の時点では、自分自身の中にある猛烈な競争心と、新しい親友のことを知らない。そんなのはあまりにも無縁に思えたので。

6 ルネサンス・センターへ

不況で破壊された夏の終わりが近づくにつれ、ポール・ライアンは二つの場所に同時に居ることができたら、と願っていた。九月の第二金曜日、ジェインズヴィルの代表団がデトロイトに到着して、組立プラントの救済を試みることになっている。同じ日、ゼネラルモーターズのチーフ・エグゼクティヴがキャピトル・ヒルに到着して、自動車産業の救済を試みる。ポールは答えを出さなければならない、自分はどちらにいるべきか?

その夏がゼネラルモーターズにとって厳しいものだったことは知っている。年半ばにして売上は二〇%近くも落ち込んだ。株価はここ半世紀で最低を記録した。ガソリン価格はあまりにも高く、ジェインズヴィルの組立ライン謹製の大型SUVは特に不人気だ。三ヶ月前にポールに警告の電話をかけてきたCEOのリック・ワゴナーは、合衆国の自動車メーカーの唯一の参考人として上院エネルギー・サミットに招かれている。だがワゴナーの心中にはさらに切迫した目的があった。将来的な自動車産業への緊急援助の取っかかりに、低燃費自動車生産への転換の一助として、連邦金融公庫からの二五〇億ドルの拠出を議会に求めているのだ。ワシントンにいる間に、ワゴナーはウィスコンシン州議会の代表団と会うことに同意していた。組立プラントを閉鎖しないよう陳情してきた人々だが、ポールほどワゴナーに近しい者はいない。

タイミングは最悪だ。ワシントンでのワゴナーとの打ち合せは、ちょうどデトロイトでのプラント救済ミッション当日に当たっている。このミッションには、予めゼネラルモーターズに強い要請と多額のカネを送っておくことが必要になるだろう。それにまた、全員が総力を挙げて連帯を示すことも必要だ、とポールは理解している。連邦議会の議員が顔を出さねばならない。それも共和党となると、つまり彼しかいない。

仕事が危機に瀕しているのは彼の支持者、彼の隣人たちだ。そして彼の故郷の街のほぼ全ての家族がそうであるように、彼の家族もまたプラントと関わっている。ポールはジェインズヴィルの第五世代で、ライアン一族の中でも街では「アイリッシュ・マフィア」と総称される三つの分家のうちの一つに属している。呼び名の由来は、ライアン家の多くの者を裕福にした建設業だ。だが祖父の代から、彼が属する分家は法律を選んだ。だがそれでも彼の父はロースクールの夏をGMの組立ラインで過し、機械に挟まれて親指の先を失った代償に得た賃金で授業料と教科書を買った。

この金曜日の朝、ポールはキャピトル・ヒルを発ってデトロイト行きの飛行機に乗る。

到着すると、そこにたまたまウィスコンシン州知事ジム・ドイルと市民団体、組合、実業界のリーダーたちの小集団。☆27その中には、ともかく鬼のようにプラントを守ることを目的とするGM維持任務部隊《タスクフォース》のリーダーとして知事がこの夏に選んだ二人の男もいる。一人はUAWのリーダーで、もう一人は元民主党州議会議員のティム・カレンだ。彼とポールはずっと一緒にやって来た。何故なら これは結局のところ、議会ではなくジェインズヴィルの問題なのだ。穏健で控えめなティムはウィスコンシン州議会の多数派のリーダーにまで登りつめたが、その後政界を去って二〇年間ブルークロス／ブルーシールド社のエグゼクティヴを務めた。先頃隠退し、ジェインズヴィルの教育委員に席を得た。ポール同様、ティムもまた家系のルーツは組立プラントにあり、彼の場合は祖父にまで遡《さかのぼ》る。ジェインズヴィル・マシン・カンパニーの時代だ。父は高校を中退して組立プラントに就職、その後終生そこで過した。ティムが一九六二年に高校を卒業した時、GMは労働者の息子たちを雇っていて、だから彼は夏の組立ラインの賃金で自力で大学に通った。街のほとんどの者とは違って、ティムはずっと昔からプラントの運命を考えてきた。一九七一年、彼がジェインズヴィル市議会にいた当時に、議会は一人のコンサルタントに依頼してこの街が経済的な未来を守る最善策を研究させた。この研究の核となる勧告――多様化――が出たのは、プラントが七一〇〇名という空前の労働力に迫りつつあった頃で、この勧告を真剣に受け止めた者はティム以外にはほとんどいなかった。ジェインズヴィルはいつの日か、この近視眼の代償を支払うことになる、と感じた彼だが、その彼にしても、まさかこの自分が、隠退した身を引き抜かれてこの街を恐るべき不況から救うことを嘱望されることになるとは思ってもみなかった。

つまりこれがプラント救済チームだ。共和党の議員と民主党の知事。組合のリーダーと事業主。連邦政府、州、郡、そして地方の役人たち。献身的な統一戦線たる彼らは、デトロイトのダウンタウンにある、希望に満ちた名を冠するガラスの超高層ビル群、ルネサンス・センターを訪ねた。

救済チームのメンバーはデトロイト川を見下ろすガラスのエレベーターに乗る。それはゼネラルモーターズ社の本部のある三九階建のビルをするすると登って行く。最上階、エグゼクティヴ・オフィスの大理石造りのレセプション・エリアに足を踏み入れた彼らは、会議室に案内される。待ち受けているのはトロイ・クラーク。小綺麗な茶色の髭を蓄えた感じの良い男クラークは、ポンティアック大学の職業体験学生《コーオプ》としてゼネラルモーターズに入り、以来、同社以外で働いたことはない。三四年のキャリアを経て、GMの北米オペレーションズの社長となった。

この会議室で、チームのメンバーはそれぞれ整然としたモザイク状に、予め練習してきた通りにGMがジェインズヴィルでの生産を継続すべき理由を訴える。ポールはこのクラークをよく知っている。毎週のように話しているのだ。ポールのモザイクのピースは、彼がキャピトル・ヒルで、ゼネラルモーターズの年金費用に関して同社の利益のために戦った事実をクラークに思い出させること。ティムの口上は、テキサス州アーリントン——閉鎖の話などとんと聞かない新しいプラント——で同じSUVを作るよりも、ジェインズヴィルの方が一台あたりのコストが低いという厳然たる事実。

[☆28]最後に、知事が陳情をまとめた。ウィスコンシン州は今後もゼネラルモーターズとの関係維持にコミットし続けます。そしてそのコミットメントの真剣さを強化するため、同州とロック郡、そしてジェインズヴィルと地元のビジネス・コミュニティは、GMを慰留するための大きな経済的インセンティヴ・パッケージに磨きをかけます。ゼネラルモーターズは、この部屋の誰もが存じ上げておりますが、この恐るべき不況を受けて、企業としての対処メカニズムとして安価なサブコンパク

ト・カー・モデルを計画しています。ウィスコンシン州は、と知事は言う。御社にとって、その最古の組立プラントが、最新の小型車の製造において信頼していただける価値のあるものにして参ります。

ルネサンス・センターのこの部屋には、ゼネラルモーターズのCEOがワシントンで並行して行なっている、もうひとつの救出作戦に言及する者は誰もいない。ポールは気づいている、彼はクラークとの関係構築に心血を注いできたし、クラークは現在、ジェインズヴィルの運命を左右する力を持っている。だがその他ならぬクラーク自身の未来――このエグゼクティヴがその職業人生の全てを費やした企業の未来が、今や流砂の上にあり、来たるべき数ヶ月の間にワシントンで合衆国の自動車メーカーにとって事態がどう展開するかにかかっているのだ。

少なくとも今は、クラークの力は健在だ。彼は丁寧に耳を傾けている。彼は言う、GMはウィスコンシン州の経済的インセンティヴ・パッケージを入念に考慮するでしょう。プラントを閉鎖するというGMの決定が最終的なものだとは言わない。救済チームにとって、これは朗報と受け止められる。

ティムは知事のプライヴェート・ターボプロップでマディソンにとって返す。ポールはミルウォーキー行きの飛行機を捕まえる。いつもの金曜日と同様、空港に停めてあるシボレー・サバーバンに乗り込み、いつもの七〇マイルの家路を辿る。救済チームは、と彼は思う、あらゆる手を尽した。できることはやった。だがそれでもなお、これからどうなるのか、全く何も解らない。

7　ママ、何とかしてよ

事態の次の展開は、最初と同じく突然だ。一〇月の第二月曜日、デトロイトからエグゼクティヴが組立プラントに戻って来る。そして幸運にもまだ仕事のあったGMマンたちは第一シフト開始から一八分後に、またしても全員が集会に呼ばれる。会社はまだジェインズヴィルが新型小型車を獲得するか否かの結論を出していない。だが、もうひとつ別の決断をした。ゼネラルモーターズは四ヶ月前、すなわちこのプラントに二〇一〇年の死刑判決を下した時点よりもさらに逼迫《ひっぱく》した状況に陥っている。あの時はまだ楽天的だった。今や生産はあと一〇週で終了する。八五年に及ぶシボレーの生産が――パッと、消える。クリスマスの二日前に。

このようなニュースが街中を駆け巡ると、メイン・ストリートのM&I銀行では、それは直ちにメアリ・ウィルマーの耳に入る。ジェインズヴィル最大の銀行であるM&Iの支店長であるメアリはもう何週間にもわたってずっと気持ちが動揺していた、彼女のような地位にある者にとって、これ以上の事態の悪化はあってはならない。[☆29]四週前の月曜日、歴史に名高い投資銀行リーマン・ブラザーズが破綻し、合衆国史上最大の破産申し立てをした。先週の月曜日、株式市場は崩壊した。[☆30]金曜日にはダウ・ジョーンズ工業平均株価は一八%下落し、週間最大下落幅を叩き出した。[☆31]土曜日、ワシントンのホワイトハウスから数ブロックの場所で行なわれた会合で、国際通貨基金の専務理事はヨーロッパとアメリカの金融機関の脆弱性が「グローバル金融システムをシステミック・メルトダウンの縁にまで押しやった」と警告した。[*]

メアリはジェインズヴィルの大物たち全員をよく知っている。そしてたまたま銀行員ではない街のほとんどの人にとって、これらの事態は遠く離れたどこか他所の危機のように見えていたということも。だが今日、その危機はここまで来ているのだ。

メアリはこのコミュニティを理解している。この打撃の意味するところを理解している。五〇の声を聞く彼女は、もう四半世紀近くもM&Iに身を置いてきた。最初はプラントの直ぐ傍、街の南端の支店の下っ端として入行した。顧客はGMマンか、下請の労働者たちだった。彼女の兄は職業人生の全てをプラントでフォークリフト運転手として過し、数年前に退職した。義姉はまだそこで働いている。

加速度的に近づく閉鎖は恐ろしいことだ、それは間違いない。だがメアリが心配しているのは単にGMマンのことだけではない。リーマン・ブラザーズとウォール街が崩壊した今、M&Iの将来はどうなる？　ミルウォーキーに本部を置く彼女の銀行は単にジェインズヴィルのみならず、ウィスコンシン州で最大だ。M&Iは多角的であり、他所よりも脆弱ではないことは知っている。だが最近、M&Iが直面している実際のリスクの中で彼女が責任を負わねばならない部分はどの程度なのか、計算しておくのが賢明だと考えてきた。

頭の中で日がな一日鼓動を打っているこの双子のプレッシャー——プラントと銀行——を抱えた

＊　システミック・メルトダウン：ある金融機関や市場の不全が金融システム全体に影響を及ぼす危険性が高い状態。

メアリは夕方、家に帰り着く頃にはすっかり疲労困憊だ。家は白いコロニアル様式、M&Iのモーゲイジ契約の責任者である夫と、二人の子供がいる。キッチンに立って居間をちらりと見る。一五歳のチェルシーが友人たちと一緒にいる。メアリはよくこの気持ちの良い暖炉のある居間に子供たちの友人を招かせていた。だが、今日のは異様だ。一〇人のティーンエイジャーが床に輪になって座っている、しかも無言で。泣いている者もいる。その一人はチェルシーだ。

メアリは部屋に入っていって「ハーイ」と声をかける。すぐさま、この子供たちを慰めることはできないと気づく。自分にできるのは、キッチンに退いて何か食べ物を出すくらいのことだ。

キッチンは広く、二つの食品庫《パントリー》を備え、床は硬材、調理台は御影石、パティオと奥のプールも見わたせる。メアリが人前でその事実に触れることは滅多にないが、彼女の人生は常にこんなに贅沢だったわけではない。父はユーゴスラヴィアの移民で、ウィスコンシンの酪農場を夢見、そしてその夢を摑んだ。だからメアリは郊外のホワイトウォーターの小さな農場で育った。父に癌《がん》が見つかり、その四ヶ月後に死んだ時、彼女は一〇歳。その後、彼女と母親は農場のごく一部を糧として生きた。赤貧にまみれたこともある。この貧困の時期に、ある日二人が食料品店に買い物に行った時、母はメアリが見たこともないクーポンのようなものを財布から出した。そのクーポン何、と彼女は訊ねた。その答え——フードスタンプ——を聞いた時のあまりの恥辱と恐怖は絶対に忘れることができない。何年も経って、ウィスコンシン大学ホワイトウォーター校で経済学を学ぶためにお金を掻き集めていた時、彼女は既に銀行家になることこそが他者に奉仕し自分自身を守ることだと確信していた。卒業してすぐに心臓発作で母親も亡くしてしまったが、ジェインズヴィルに移るという計画に変更はなかった。そこで彼女は三年間、不動産事務所で働きながら銀行への就職の準備をした。銀行の支店長に登りつめるまでの長い道のりで、彼女はジェインズヴィルの名士の一人となっていた――ヌーン・ロータリー議長、警察市民会議議長、ユナイテッド・ウェイ議長、及び〈フォワード・ジェインズヴィル〔ジェインズヴィルの商工会議所〕〉のウーマン・オヴ・エクセレンス。それでもなお、メアリの中の一つの部分は、自分と母がなけなしのものを失うかもしれないと恐怖した暗黒を忘れていない。

チェルシーが泣きじゃくりながらキッチンに入って来た時、メアリはその自分だけの恐ろしい部分に今も触れることができる。居間にいる友人たちの半分は、親が職を失ったのだという。親友エリカの父も。

聡明で感受性の強い娘が涙に濡れているのを見て、メアリは理解する、チェルシーには、フードスタンプなしには十分に食べることさえできないことに気づかされた、怯《おび》える農家の少女の姿は見えてはいないのだと。チェルシーの目に映っているのは銀行家であり、街の名士だ。いつだってコミュニティのために解決策を持ってきてくれることを期待されている。

「ママ」とチェルシーは訴えた、「何とかしてよ」。

8 「一つの幸せのドアが閉じる時、もう一つのドアが開く」

六月の洪水は引き、国家緊急助成金という連邦のカネが泥土の除去や清掃、地盤修復のための暫定的な公共事業に注ぎ込まれていた。そこでジョブセンターでは、ボブ・ボレマンズの目下の関心は前々から予期されていた課題に集中している――自動車工たちだ。

知事とその救援委員会がゼネラルモータースのプラントを救おうとしていることはそれでいい、とボブは思う、だがよしんばそれに成功したところで、設備を一新した組立ラインから新製品が一夜にして出てくるわけではない。そうこうするうちにクリスマスまであと二日、何千人もの人が最後の就業日という差し迫った現実に直面している。プラントの第二シフトは七月から稼働を止めているから、もう既に何千人もの人が仕事にあぶれている。不況に突入して一年近く、求人がその辺に転がっているわけではない。人々はどこへ向かうべきかも解らない。ボブは彼らの不安、彼らのもどかしさの重みをひしひしと感じている。

それでも、これまでにも長い間さまざまな問題をねじ伏せてきたことに誇りを持つボブは、自分が既に打った手を喜んでいた。仕事を追われた、あるいはすぐに追われることになる人々の役に立つ、街の全てのリソースへのガイドを作成したのだ。彼は責任者としての満足感を感じている。彼[☆32]と何人かのジョブセンターのスタッフは既に、ロック郡一円の組織のリーダーたちにコンタクトし、この新たなガイドに掲載する許可を乞うた。職業訓練、消費者信用、住宅供給、ヘルスケア、識字、食料、抑鬱《よくうつ》、依存症、ドメスティック・バイオレンスなどへの対策を提供してくる組織――全部で二〇〇に及ぶ、広範囲の援助を提供する組織だ。

彼がこのアイデアを得たのは、つい先頃のワシントンのカンファレンスでの、同じようなジョブセンターを営んでいる女性との朝食時の会話からだ。彼女の東海岸のコミュニティは大規模なレイオフを受け、そこで彼女はヘルプガイドを作成することにした。これはまさにボブ好みのアドヴァイスだった——実用的で、穏健だ。彼は彼女のコミュニティを気の毒に感じた。それはこれまでの、そして恐らくは今後のジェインズヴィルよりも遥かに悲惨だったのだ。しかし彼はこの会話を肝に銘じた。

そして今、ジェインズヴィルの幸運が逃げ去ろうとしている事態を前に彼はそのアイデアを持ち出してきた。そのガイドには援助を提供してくれる組織のリストに加えて、良い仕事を奪われた事実に対して感情面で折り合いをつけるための幾つかの助言も収録すると良さそうだ。☆33 そんなわけでガイドのA8頁《ページ》に囲み記事を入れてみた。表題は「レイオフ後にすべきこと」。この記事には一四項目の箇条書きがある。その第一は、失業による麻痺状態への重要な解毒剤だ。「恥ずかしいと思わない」というのがこの第一の項目の見出し。「レイオフはあなたのせいではありません」。

そしてガイドの全体に、困難に立ち向かったことで知られるアメリカ人の言葉をちりばめた。エイブラハム・リンカーンの言葉、「成功への不屈の思いを常に心に抱く、これは他の何にもまして大切なことだ」。そしてヘレン・ケラー、「一つの幸せのドアが閉じる時、もう一つのドアが開く。しかし、よく私たちは閉じたドアばかりに目を奪われ、開いたドアに気づかない」。

レイオフされた労働者のためのヘルプガイドは、秋までに完成した。ボブは喜んだ。気持ちを鼓舞すると同時に便利でもある、それはまさにジェインズヴィルの、逆境に善政で対応する伝統に則っている——七〇年前、暴力を内に秘めた座り込みストライキを宥め、労働争議を夜のダウンタウンのパレードに変容させた、あの伝統だ。

幸いなことに、これらの組織への問い合せ自体が重要な波及効果を生んだ。北ロック郡ユナイテッド・ウェイ――数ヶ月前、その駐車場で鯉が抱卵する光景が見られた――をはじめとする組織のリーダーたちが、ボブにさらなる大きな前進を促したのだ。大規模レイオフに対応するために団結する連合体を創れと。

素晴らしいアイデアだとボブは思った、援助者をコーディネイトしてその力と効率を最大化する。もうずっと昔からこの街の周りに、ボブはこの連合体を有効に機能させるために必要な人材を知っていた。例えばブラックホーク技術大学の副教育部長シャロン・ケネディ。そして郡の各学区と公立図書館の優れた人材。彼がこの連合体結成の招待状を送付している時、ワシントンとマディソンにいるジェインズヴィルの政治家たちはこれらの計画を聞きつけ、自分も参加したいと申し出る――そのほとんどは民主党だが、共和党のポール・ライアンの側近もいる。この側近は、ミシガン大学からチームを招聘《しょうへい》するというアイデアを推し進める。同じように雇用削減によって拠《よ》り所を失った中西部の、二ダースに上る他の地域のコンサルタントとして働いてきたチームだ。

そんなわけで一二月一〇日の午後遅く、ボブは混乱対策合同機構――後にCORDと呼ばれるようになる――の初会合に出席し、ミシガン大学のあるアンアーバーから来たラリー・モルナーという男のプレゼンを聞いている。モルナーはミシガン大学の地域景気調整プログラムで研究者兼経済建設コーチを務めている。彼はジェインズヴィルが彼のプログラムに従うことの利点を滔々《とうとう》と述べ立てている。例えば経済的に苦しんでいるコミュニティを援助する目的で存在する六〇〇種に及ぶ政府助成金のほとんどを利用するためのガイダンス――それに加えて、どのコミュニティがそのカネを受けるに相応《ふさわ》しいかを裁定する政府及び州の責任者への個人的紹介。

このプレゼンを聞きながら、ボブ——リアリストで功利主義者、冷笑的なユーモアの持ち主である六〇歳の男——は、微かな希望を感じている。組立プラントはあと一三日で閉鎖される。間違いなく、ゼネラルモーターズが去った後に残るのはクレーターだろう。だが、と彼は思う、ジョブセンターとアンアーバーからの助力、それに彼が集めた援助者たちの連合体があれば、この困難を乗り越えられるかもしれない。

ボブに言わせれば、大GMの給料という足枷は現状に対する自己満足を育み、人々を三〇年から四〇年にもわたって——つまり職業人生まるまる——組立ラインに縛りつける役割を果していたのだ。たとえその仕事が嫌で嫌でしょうがないとしても。CORDが誕生し、莫大な助成金が視野に入った今、この破局は期せずして、人々がもっと自分に合った仕事を見つける機会となるかもしれないではないか。確かに、人々はこの新しい仕事のために再訓練を受ける必要があるだろう。だがそれこそ彼の専門であり、この不況の坂を越えた時に出てくる仕事を待つ間、彼らが学校に戻るのを助けることができる。

ジョブセンターとCORDはジェインズヴィルの仕事を失った自動車工が、その隠された夢を見出すことを助けることができる、とボブは信じている。

9　パーカー・クロゼット

デリ・ウォーラートは、生徒の一部が不安で悲しいクリスマスを迎えることになるのを懸念している。既に一二月の半ば、パーカー高校の校長に「パーカー・クロゼット」の開設を説得してから三ヶ月になる。社会科教師である彼女は、まだ収納室《クロゼット》に関してちゃんとした計画を立てていたわけではない。だがパーカーでの一年目に、彼女の一時間目のクラスにいるサラという二年生が学校に遅刻し、体重を減らしている理由の秘密を知って以来、それはますます避けがたいことに感じられるようになったのだ。ある日、サラがデリに打ち明けた、母親が家出してしまい、彼女は電気や食料すらないアパートに幼い弟と共に置き去りにされたのだと。デリはサラの生徒指導員である数名の教師に相談し、協力してサラのために食料と衣類を集め始めた。そのうちにデリは、他にも助けの手を必要としている子供たちがいるに違いないと思い至った。

この援助という仕事に関しては、デリは頭抜けていた。彼女がまだティーンエイジャーだった頃、父がウィルスに感染し、麻痺の後遺症が残った。彼は四〇代で、数年後に泣く泣く仕事を辞め、一家は食いつめた。ささやかな貯金と社会保障の障害手当だけでは失われた給料には遠く及ばなかった。「障害を持つアメリカ人法」は彼が病気になった時点で成立後まだ一年しか経っていなかった——まだ新しすぎて、車椅子用スロープは歩道やレストラン、オフィスの入口にはほとんど備えつけられていなかった。デリは当時住んでいたフォート・アトキンソンという小さな町の人々の凝視と噂をよく憶えている。彼はAIDS《エイズ》なの？　いいえ、ただの不運な、普通のウィルスです。中産階級の白人の男とその家族ですら差別的な扱いを受けることがあるということを彼女は学んだ。

早い段階から、彼女は自分が共感を向けることで恩恵を受ける人や場所を探し始めた。車椅子オリンピックに出場することになる高校の友人。ウィスコンシン大学ホワイトウォーター校にいる間に綺麗にする必要のある空き地。とある教授は、不正を正そうとする彼女のヒッピー的な熱意は六〇年代のものだと言った。

卒業後、自然保護活動に携わるようになった彼女は、幸運にも環境コンサルティング会社に雇われたが、その会社は数ヶ月で潰れた。最終的に大学の友人が、彼女には代用教員の資格があることを指摘した。直ちに彼女は天職を得たと感じ、歴史科二級と中等でもう一教科を取得、二〇〇六年に初めてのフルタイムの仕事としてパーカー高校に赴任した。プラント閉鎖の問題など話題にもならなかった頃だ。デリは心と魂にお気に入りの詩を刻んでいた。賢人が海岸に立つ若者に気づく。彼は海の中に海星《ひとで》を投げ返している。海岸線は数マイルもあるぞ、と賢人は告げる、海星も多すぎてとても全部は救えぬぞ。すると若者は、波濤を越えて別の海星を海に投げ込みながら、賢人に答える。「少なくともこいつは救えましたよ」。[☆35]

だからデリはサラを救い、それから注意深く観察しているうちに、他にも数人、飢え疲れて学校に来る子供がいるのに気づいた。最近では、親が仕事を失うまでは中産階級の家庭だった子供たちもちらほら目につくようになった。この学年の始まりに、デリの校長は彼女の社会科の教室である一一五一号室から二部屋向こうの予備の収納室を提供した。こうしてパーカー・クロゼットは現実のものとなった。二人の生徒が誰にも知られないように、友人たちが見ていない時に身を屈めてするりと部屋に忍び込み、寄付されたラバーメイドの箱を探って、歯磨きや使用済みのジーンズ、スープ缶を見つけ出す。

今、クリスマスとプラント閉鎖がすぐそこまで近づいて、デリはクロゼットの子供たちが家でプレゼントも貰えないかもしれないと思いついた。そこでスペシャルな寄付——彼女の言う大きな贈物《ビッグ・ギヴ》——の準備を始めた頃、彼女はトレントという新入生に何か欲しいものある？と訊《き》いてみた。そして彼の答えに心底ぶったまげた——マットレスだと。マットレス？「家のはどうしたの？」と彼女は訊ねた。驚きが声に出ないようにしながら。あれはさー僕が生まれる前から使ってるファックなやつでさー、とトレントは言った。薄っぺらで、コイルが飛び出してて、ガタガタでさー。小さい頃はまあそんなにファックでもなかったんだけど、今じゃもう身体も大きくなったからさー、時々ファッキングに痛くて眠れなくてさー。何か他に、もっとプレゼントっぽいものはないの？と訊ねると、彼は答えた、「ママの分も何か貰えるかな？」。

デリは暫くの間、パーカー高の新入生が粗末なベッドの所為《せい》で横になっても眠れずにいるという事実から目を逸らせていた。そんな時、彼女はトレントの双子の兄のメイソンに出くわした。彼女は訊ねた、あなたの弟がクリスマスにマットレスを欲しがってるんだけど、どう思う？「そりゃ絶対、新しいのが使えりゃね、エヘ♡」との返事を聞いて、彼女は思った、「オーマイガッ。どうやってそんなもの手に入れるのよ？」。だがデリは、二つのマットレスを寄付してくれるという店を見つけた。しかも配達まで。そこで彼女は、その他の寝具類もついでに何とかなるかもしれないと計算した。

　こうしてある日の放課後、彼女はクルマからバカでかい荷物を引っ張り出し、小綺麗な青いランチハウスまで運んだ。二つの枕。二つのネイヴィ・ブルーの羽毛布団。おそろいのシーツと枕カバー。ドアベルを鳴らすと、次の瞬間にはこの家の遊戯室に立っている。トレントとメイソンはここで母親のシェリー・シェリダンと一緒に暮している。初めて会ったというのに、次の瞬間にシェリーは彼女をとても大きなハグに引き込んでいた。このママは心から感謝して、まるでデリが放課後の任務でやって来た三〇歳の教師ではなく、本当の客であるかのように、既に飲み物を勧めていた。彼女のハグに包まれている間、デリは今すぐ帰ってはだめだ、彼らの生活について少し訊ねないと、と感じた。

　淡いブルーの家は組立プラントから一マイルも離れていない。だがシェリダン夫人がGMに勤めていたことはないと解った。彼女は高齢出産で、双子が生まれた時点で四六歳だった。そしてそれより遥か以前から、妊娠中に息子たちの父親を蹴り出す遥か以前から、彼女は託児所を営んでいた。実入りの良い仕事で、息子たちを快適な環境で育てることができた。だが最近、子供たちが一人また一人と託児所を出て、彼女の遊戯室もほとんど空き部屋同然となった。ママやパパたちが不況の直撃を受けたからだ。それはゼネラルモーターズだけの所為ではなかった。あるパパはカーペット屋、またあるパパは左官、仕事がなくなり、一日中家にいることになって、自分の子供の面倒を見られるようになったのだ。「もう子守は要らないのよ」と彼女はデリに言い、涙をこぼした。

　デリの頭に一つの考えが浮かぶ。プラント閉鎖に関する話には、とても大きなことが抜け落ちていると彼女は気づく。仕事を失うのは『ガゼット』紙が記事にしているGMの労働者だけじゃない。GMの部品を降ろす必要がなくなる貨物倉庫の人々もそう。苦しい時期にみんなが買い物を諦めるために客が来なくなる小さな商店もそう。もう既に建てるものがなくなった建設工もそう、そして客がカネを払えなくなったカーペット屋や左官屋もそうなのだ。かつては金回りが良く、栄えていた労働者だったこれらの男女が、今は子供たちと共に家にいる。もはやシェリダン夫人は要らないのだ。この素敵な女性は再びデリをハグし、お礼を言っている。マットレスに、ネイヴィの羽毛布団に、その他全てに。その中には、デリが彼女のために持って来た寄付の財布も含まれている。財布の中には数ブロック離れたセンター・アベニューにあるイーグル・イン・ファミリー・レストランの商品券も入れてある。この経済状況の中で託児所が死につつある人だって、外食する権利くらいある。少なくとも、時々は。

デリはこのママに、自分の考えを聞いて貰いたいと願っている。だがそうはしない。今気づいたばかりの事実に動転しているし、それにクロゼットを立ち上げたばかりとはいえ、既に一つの重要なことに気づいているからだ。自分の感情をあまり出しすぎずに、相手に発散させる――彼らの怒り、不満、恐怖を彼女に対して吐き出させる――方が良いと。何故なら、もしも彼女が自分の感情を出してしまったら、子供たちやシェリダン夫人のようなママたちは教師を動転させたことを申し訳なく感じ、打ち明け話を止めてしまうからだ。そうなれば、クロゼットの目的自体が駄目になる。

だから彼女は自分の考えは胸に納め、シェリダン夫人がもう一度礼を言うのを見守る。だが、プレゼントで一杯のポンティアック・グランダムに戻る道すがら、頭の中に流れる言葉を止めることができない。ワオ、ここは問題山積ね。言葉はまだ渦を巻いている。彼女は住所のリストをチェックし、次の配達に向かう。

第２部
★2009年★

10　ロック郡5・0

メアリ・ウィルマーはあの一〇月の夜のことを忘れてはいない。家に帰ると、一五歳になる娘のチェルシーが友人たちと輪になって泣いていた。彼らの親たちは仕事を失おうとしていたのだ。娘は彼女に、この状況を何とかしてよとせがんだ。その答えは、一月に自《おの》ずと現れ始める。プラント閉鎖直後、小さなチームが週に一度、秘密裡《り》に会合を開くことになったのだ。

彼らはしばしば、M&I銀行メイン・ストリート支店の二階にあるメアリの執務室の外の会議室に集合する。ジョン・ベコードはこの街の商工会議所である〈フォワード・ジェインズヴィル〉の所長としてここにいる。ジェイムズ・オタースタインはロック郡の経済開発マネージャー。時折その他数名。そしてもちろん、メアリ。

核心的な問題は明らかで、かつ圧倒的だ――いかにして地域経済をこの自由落下から救い出すか？　彼らはすぐに気づく。一つの障害は、誰一人として――〈フォワード・ジェインズヴィル〉の誰も、ロック郡の誰も、ジェインズヴィル市当局の誰も、この郡で二番目に大きい都市であるベロイトの誰も――強力な経済開発キャンペーンに投資する現金を持っていないということだ。

この週一のプライヴェートな会合の最中、ある日ジョン・ベコードは一対一で話し合うためにメアリのオフィスにやって来る。ジョンは陽気な砂色の髪に髭を蓄えた百戦錬磨の経済開発のプロ。八年前にアイオワからジェインズヴィルにやって来た。〈フォワード・ジェインズヴィル〉は、と彼は言う、真剣にこの問題の進展を望んでいます。これは単にこの街の主要な雇用主が不景気の最中に街を去ったというだけのことではない。ジェインズヴィルのブランドに傷がついたのです。今や、その経済的な命運が尽きたと知れわたっています。ブランドを立て直すには——地元経済界からカネを集め、マーケティングを行ない、企業を維持し、新たな企業を誘致するには——強力なリーダーが必要です。大きなコミットメントとなるでしょう。率直に言って、可能ならあなたにお引き受けいただきたい、と彼はメアリに言う。

メアリはこれまでこんなことを言われたことはない。いざ言われてみると、まずは疑念が浮かぶ。大風呂敷だけは広げているが、この小さなチームには今のところ具体的な計画は何もないのだ。〈フォワード・ジェインズヴィル〉の役員ではあるが、彼女は何も経済開発の達人ではない。何もかもあまりにも茫洋《ぼうよう》としすぎている。

それから、いきなり一瞬頭が冴えわたり、メアリは答えを思いつく。このキャンペーンを成功させる唯一の方法は、と彼女はジョンに言う、「この郡全体を抱き込めるかどうかです。ジェインズヴィルではなく、ベロイトでもなく、郡全体を巻き込み、本当に大胆な声明を出すのです」。

他の多くの場所ならこんなアイデアは自然に出てきていただろう。だがジェインズヴィルでは、それは新奇であり、ほとんど異端に近い。誰でも憶《おぼ》えているほど長きにわたり、ジェインズヴィルとベロイトは、敵ではないにしても激しいライバルだった。ベロイトは一三マイル向こう、イリノイ州境のすぐ上にある。ダウンタウンからセンター・アベニューに沿って真っ直ぐ行って、改装したKマートの中にあるジョブセンターを通り過ぎ、ルート51に乗ってロック川が蛇行を止めるところまで直進、その後の道は川に沿ってそのままベロイトに向かっている。これほど近いにもかかわらず、この二つの小都市はこれまで天と地ほども違っていた。スポーツでライバル関係にある街同士はあるが、ジェインズヴィルとベロイトは全ての面でライバル関係にあった。どちらの住民も、相手側に外食に出たり、買い物に行ったり、相手側の地元紙を読んだり、ラジオ局を聞いたりすることはなかった。ジェインズヴィルはほとんど常に圧倒的に白人のコミュニティで、かつてはスラム化した土地に特定警戒地区を示す赤線を引いていたこともあった。一方、ベロイトの産業は二〇世紀初頭、「黒人大移動」の一環として南部からアフリカ系アメリカ人を引き寄せた。だがこのライバル関係は特に人種のみのことではない。アイデンティティの問題だったのだ。そして過去一〇年に関しては、ジェインズヴィルの経済的優位の問題だった。[☆1]ベロイト・コーポレーションは南北戦争直前に鋳鉄所として開業し、その後ピーク時には七七〇〇人の労働者を抱える国内最大の製紙機械メーカーとなった――ジェインズヴィルの組立プラント以上だ。だがそれは売却され、破産し、閉鎖された。[☆2]栄光の工場から、有毒なスーパーファンド・サイト[*]への墜落だ。優良な雇用を抱えたジェインズヴィルはベロイトを見下していた。だが今、まさにGMが閉鎖され、メアリはジェインズヴィルとベロイトが同じ苦境にあると見ている。

だから彼女はジョンにこう答えた――はい、この形も名前もない経済発展キャンペーンのリーダーをお引き受けします、もしもベロイトの誰かがパートナーになってくださるなら。多くの名が挙がる。そして理想的な人物で意見の一致を見る。かくしてジョン・ベコードは、アメリカで最も裕福な自主独立の女性の一人であるダイアン・ヘンドリクスにアプローチすることとなる。

ダイアンとその夫はホレイショ・アルジャーの小説に出てくるような、努力して貧困から身を立てた夫婦だったが、今では彼女一人となっている。酪農農家である両親の九人娘[☆3]の一人だった彼女は、一七歳で妊娠・結婚し、二一歳で離婚した。不動産を売買していた時にケン・ヘンドリクスと出会う。屋根屋の息子で高校中退、二一歳の時に自らの屋根施工会社を興《おこ》した。二人は共同でベロイトにABCサプライ株式会社を設立した――ケンは設立当初から、ジェインズヴィルの実業界から敬遠されていると感じていた。長年かけてヘンドリクス夫妻はABCを国内最大の屋根と外壁の素材供給業者に育て上げた。二〇〇六年[☆4]、『Inc.』誌はケンを起業家オヴ・ザ・イヤーに奉《たてまつ》った。彼ら[☆5]は財産を築いた――三五億ドル、お陰で彼は、『フォーブス』誌によれば二〇〇七年一二月二〇日、すなわち組立プラント閉鎖の一年と三日前に――合衆国で九一番目の金持ちとなった。その夜、二人はビジネス・パーティから戻り、そして数分後に、ケンはガレージの改築の様子を見に行った。二人の家を一万平方フィートの夢に改造する工事の一環だ。六六歳[☆6]の屋根屋は、彼自身のガレージの屋根の、防護カバーで覆われた下張り床を突き破って落下した。ダイアンが発見した時、彼は意識を失って下のコンクリートに倒れていた。彼は夜明け前に死んだ。

それ以来、ダイアンは会社の経営は続けたが、多くのコミュニティ活動からは退いていた。六一歳、痩身、印象的な目、流れるような褐色の髪。ジェインズヴィルとベロイトの間の川を見下ろす、樹木の生い茂る二〇〇エーカーの邸宅に、鹿の小さな群れと共に暮らしている。夫の死後に彼女が

＊ スーパーファンド・サイト：廃棄物による汚染が深刻で、米国政府によって浄化が必要であると指定された場所。

完成させた家だ。

メアリがよく知っていたのはダイアンよりもむしろケンの方だ。それにこのなりたての未亡人が不景気の最中の、大規模だが形のない経済開発キャンペーンに乗ってくれるかどうか、定かではない。だが果して、ジョン・ベコードが依頼すると、ダイアンは乗った。

ダイアンと初めて話したメアリは、大いに意気投合して喜んでいる。意見が一致した中心的な点の一つは、このキャンペーンがどうなるにせよ、地元のビジネス界はそれに投資する必要があるということだ。「政府が助けに来てくれるのを待つつもりはありません」というのがダイアンの好きなセリフ。「GMが助けに来てくれるのも待っていられません。私たちは、自分でやらなければ。この仕事をやり抜きましょう」。

これらのアイデアを郡のビジネス・リーダーたちに説明し、協力を要請するには、素速い動きが必要だ。だが最初に、彼らは難問に直面する。初会合にジェインズヴィルとベロイト双方のビジネス界を集めて、そもそものとっぱじめから、ロック郡全域の経済的利益を一本化して進めるというこの非正統的な考え方を明らかにすべきなのか？　重すぎるし、速すぎる、とメアリとダイアンは決断する。まずはジェインズヴィルのみで開始すべきだ。

彼らが選ぶ冬の夜は、メアリが初めて手がけるジェインズヴィル経済復活のためのこの未熟なヴィジョンの路上試験だ。彼女のコミュニティの企業が彼女を援助してくれるか否か。その夕べは資金集めのパーティだ。ギャンブル。ジェインズヴィルの未来にとっては死活的に重要だ、とメアリは知っている。彼女は恐れている。

〈フォワード・ジェインズヴィル〉は時に、地元のビジネス・リーダーの自宅で会合を行なう。この夕べにはメアリの友人であるベインズファーム＆フリート社の副社長が、川の断崖の上にある印象的な自宅を提供している。凝った装飾、高い天井、クラシックなヨーロッパ調。二つの部屋のテーブルで、二ダース以上のビジネスマン／ウーマン相手に着席形式のディナーが供される。「コミュニティの空母」、ジョン・ベコードはこの会合をそう呼んでいる。ディナーが終ると、彼はこの夕べの公式プログラムを開始する。次にメアリの番。

彼女が話す頃にはもう既に、彼女とダイアンが主導する、まだ生まれたばかりの半公半民のジェインズヴィル＝ベロイト共同のキャンペーンには名前がついている。「ロック郡5・0」。五つの主要戦略。経済復興の五ヶ年計画。これら全ての概略を述べ、それがいかに難しいかよりも、いかに重要であるかを強調する。彼女とダイアンに質疑応答。最後に、メアリが調達する資金の目標額を発表する時がくる。一〇〇万ドル。M＆I銀行――彼女の銀行――は五万ドルを約束する。最終的には遥かに多くの金額を提供することになるだろうが、ダイアンもまた、ABCサプライは五万ドルを出す、と述べる。

メアリは待つ。誰か力になってくれる者はいるか？

部屋は静まり返っている。このアイデアは今、この居間で死んでしまうのか、とメアリは恐れている。

遂に一人が手を挙げる。JPカレンの会長だ。この辺りで最も成功を収めている建築会社で、何十年にもわたって組立プラントで多くの仕事をしてきたが、それが今失われようとしている。これをきっかけとして、他の人々も一人ずつ手を挙げ始める。

会合が終る。メアリはぞくぞくし、圧倒されている。しばらく一人になりたい。エレガントなバスルームの扉を開く。そこに立ち尽す。慄《ふる》えている。安堵のあまりほとんど咽《むせ》び泣いている。ドアの向こう側には、この新たな希望——今、形を成しつつあるロック郡5・0——を信頼し、カネを出すと約束したジェインズヴィルのビジネス・リーダーたち。もしもこの夕べが失敗していたら、プランBはなかった。だが今、鏡を覗き込みながら、メアリは自らに言い聞かせる。「私たちは本格的に動き出した」。

11　四度目の終末

機械が撤去された。組立ラインが撤去された。労働者が撤去された。四月一〇日、マイク・ヴォーンのリア・コーポレーション最後の日。二〇年近くにわたって、リア社はゼネラルモーターズに部品を供給するジェインズヴィル最大のメーカーであり続け、組立プラントから出てくる全ての自動車のシートを製造していた。一九一七年、デトロイト郊外に創立されたこの会社は最終的に、カーラジオや8トラック・テープ、リア・ジェットなどを開発した発明家兼実業家ウィリアム・リアの事業と合併する。それは今や三ダースもの国に二〇〇の事業所を持っている。ジェインズヴィルでは、組立プラントはリア唯一のクライアントで、まさに運命共同体だった。

今、マイクは入口に立ち、工場の抜け殻を茫然と見詰めている。

この空間の中で彼は妻のバーブと出逢った。二人の賃金の合計と残業手当で、リアは二人に素晴らしい六桁、すなわち年収一〇万ドル以上一〇〇万ドル未満の生活を提供していた、去年の夏に彼女の仕事がなくなるまでは——時給二二ドルが突如としてなくなったが、バーブは組立ラインからの解放を歓迎し、さっさと学校に戻った。これまでは何とかやりくりしてきた。だが今日以後、稼ぎ手は一人からゼロになる。

　この空間の中でマイクはかつてUAW《全米自動車労働組合》第九五支部のための職場代表だった。八〇〇名からなるリアの組合の兄弟姉妹の代表だ。この責任ゆえに、マイクはUAWローカルでリーダーを務めるヴォーン家の三代目となった。彼の祖父トムは鉛鉱からGMに移り、退職までの三〇年と半年の間、組立プラントで働いた。父のデイヴは、一九で組立プラントに入り、同じく退職するまで三五年間勤め上げた。

　四一歳のマイクはぶっきらぼうな男で、短く刈った黒髪に真面目な物腰。高校を出てすぐゼネラルモーターズに志願したが、お呼びがかかることはなく、仕方なしに一年間Uロックに行った。何やらピントがずれてるような気がして、マーシー病院のキッチンでコックに。ゼネラルモーターズは依然として求人を出さず、仕方なしに兄のDJに倣《なら》ってリアに入った。まずは雑多な組立の仕事から始め、それからリリーフ・オペレータ。これは工場の至るところの仕事の穴埋めで、その後、他の人間をリリーフ・オペレータとして教育する係に。組立ラインを離れた二〇〇〇年の時点で組合加入から数年経過しており、昔からの労働者の伝統である「リリースタイム」*に第一シフトの二五〇名の労働者の代表を務める。四年後、仲間の労働者たちは彼をリアの全交渉単位の議長に選んだ。彼は経営陣と共に不平不満に取り組み、全員に工場のポリシーを理解させ、この地域のリアの労働者を代表した——ちょうど父や祖父と同様に、組合を労働者たちの避難所とするために。

だがこの春の日までマイクが負っていたのは、父や祖父が想像だにしていなかった責任だった。段階的に消滅しつつあるプラントの交渉単位のために、貿易再調整給付金——海外貿易によって不利益を被った労働者に対する政府援助——獲得のための認可を求める労働省☆7への申請書作成。そして組合の兄弟姉妹たちが解雇の波を被るたびに、彼は彼らの側に立ってきた。そんなわけで今日はマイクにとって、まるで四度目の終末のように感じられるのだ。

最初の終末は一五ヶ月前、数ダースの第二シフトの労働者がレイオフされた時だ。それはよくある普通のレイオフに見えた。上の組立プラントではSUV市場の弱体化を受けて生産量が削減されていた。だからゼネラルモーターズはさほど多くのリアのシートを必要としなくなったのだ。従業員ミーティングで最初の不運な労働者の一群にレイオフ伝票が与えられた時、マイクも同席していた。彼は失業手当やCOBRA健康保険＊＊、訓練機会に関して彼らが知っておくべき全ての情報が彼らにいきわたるよう目を光らせていた。組合側からの質問にも親身に答えた。彼らの最後の日に、彼らのためにそこにいたのだ。

二度目の終末——組立プラントで一つのシフトが消滅した同じ夏の日——は、リアの労働者の半分の仕事を奪った。最長一五年もここにいた人々だ。今回は不安に怯《おび》える失業者の中にバーブもいた。この時には既にGMは組立プラントの閉鎖を通達しており、だから彼は彼女と共に自分自身の給料が消滅するのも時間の問題だと解っていた。酷いショックだった。それは彼の胃の腑を直撃した。

三度目の終末は一二月二三日。組立プラント閉鎖の日だ。今回失業したリアの労働者の中にはマイクの兄のDJもいた。ずっと昔、彼に入社を勧めた男だ。この日が近づくと、マイクは先の二度の終末の時にもしていなかったことをした。プラント内を歩き回り、UAWの兄弟姉妹の少数グループと会って一人一人にさよならを言ったのだ。この時点でさよならを言うべき相手は三七一人。だからできるだけ多くの人に話しかけるのに数日をかけて、自分が代表者を務めてきた男たち、女たちに対して、何があってもポジティヴでいろ、そして君たちは誇らしい人々だ、賢明で勤勉だということを忘れるなと語りかけた。「次に来るものを最大限に活用しなくては」と何度も何度もマイクは言った、「そして自分で計画を立てるんだ」。彼は知っていた、バーブはそれを最大限に活用するために高校卒業資格を取り、ブラックホーク技術大学で刑法の勉強を頑張っている。それでもなお、プラントのフロアで計画を立てろというメッセージを広めている間、彼は何度も泣いた。

全てのさよならを終える頃には、マイクはこれが単にリア・コーポレーションだけの問題ではないということを理解していた。同社はその夏に破産申請することになる。単にリアとゼネラルモーターズだけのことですらない。GMは常に最高の賃金とバケーションの福利厚生によってこの地域

* リリースタイム：組合等の活動のため、通常の労働から解放される期間。元来は学校の放課後の課外活動の意。
** COBRA健康保険：一九八五年に施行された連邦法COBRA（統合包括予算調停法）が保証する、勤務先から提供される団体保険に加入していた人が、解雇などでその資格を失った場合、個人で保険料を支払うことにより一定期間継続できる制度。いわゆる任意継続。

の下請で働く多くの労働者から恨まれてきた。たとえUAW第九五支部においてはGMも下請もないとしてもだ。ゼネラルモーターズは恨まれながらも、必要不可欠なものとして認められてきた。もしも組立プラントがなければ、他の多くの雇用はそもそも存在すらしていなかったのだし、現にGMの閉鎖を迎えた今、雇用は街中至るところで消滅しつつある。[☆8]クリスマスの二日前、GMとリアが生産を止めた日、ロジスティクス・サービス有限会社の一五九人も解雇された。部品を整理して組立プラントに配達していた倉庫会社だ。同じくアライド・システムズ・グループの一一七人の労働者も、中西部全域のカーディーラーへのGMの自動車の運搬を突然停止した。そして近隣のブロードヘッドではウッドブリッジ・グループの七〇人の労働者が、GM用シートの詰め物としてリアに納入されていたフォームの生産を止めた。それ以外のウッドブリッジの九九人の労働者は、春までに工場が閉鎖されるのに伴ってレイオフされるだろう。そう、二月までにロック郡の失業率を一三・四%にまで押し上げるのは[☆9]GMとリアだけではないのだ。

　これら何千人もの労働者が職を失った。その夜遅く、これから彼らはどうなるのだろうと心配するマイクの頭の中にはもうひとつ別の事実があった、第四の終末が来るとすれば、それは彼の番だ。職場代表である彼は少数のメインテナンス部員及びフォークリフト係と共に残留を許されている。全部でたった一五人だが。クリスマスからイースターの二日前——聖金曜日——までの間、彼はこの小さな集団が毎週のように一人また一人と組立ラインから、プラントから離れていくのを見ていた。その後もさらに何人かが離れ、今日、遂に全くの空っぽとなったのだ。全くの空っぽ、それはまさにマイクの心境そのものでもある。

今朝、彼は小集団の一人一人にさよならを言った。これまでに去った多くの人々と同様、これほど彼らに親しくしたことはかつてなかった。彼自身の最後の日の午後を迎えた今、もはや長話にはまり込むまでもない。だから彼は入口から中を一瞥《いちべつ》する。リアでの一八年が終った。

12　入札合戦

六月一一日午後六時、マーヴ・ウォパットはロック郡裁判所の四階にある大きな法廷に入る。組立プラントでの四〇年は終ったかもしれないが、働く男たちのために——より正確に言うと、仕事を失うまで働いていて、再び働きたいと渇望している男女のために戦うスピリットはまだまだ健在だ。彼自身の二人の子供たちもその一員なのだ。彼らを強力に後押ししたい一念で、彼はこの夜を待ち侘びていた。

郡管理委員会は月に二度、木曜日にこの法廷に集まることになっている。今夜がそれだ。委員たちは部屋の正面に向かって、中央の通路で分れている二列の席に就いている。過去一四ヶ月の間、マーヴは第二列、通路の右二つ目の椅子にその巨体を押し込んできた。彼はジェインズヴィルのすぐ北にあるミルトンの街の代表だ。これまでにもずいぶんとコミュニティのために仕事をしてきたが——依存症によって生活を締め上げられている人の相談を聞くのみならず、各種委員会なども——マーヴが公選職を得たのは六二年の人生でも初めてだ。

この狭苦しい席から、今夜、マーヴは挙手して、法廷の高座にいる委員会のリーダーに認められる。その[☆10]轟《とどろ》きわたる声で――あまりにも大きいので、彼がマイクを取るたびに郡書記官はオーディオ・システムの音量ダイヤルに手を置かねばならない――マーヴは非公開の秘密会への移行を求める動議を出す。

この晩春の夕べはプラント閉鎖の告知からちょうど一年目。マーヴの退職から満一年には数週足りない。ゼネラルモーターズは現在、社運を賭けて起死回生を期す次世代サブコンパクト・カーの生産拠点の候補地として、合衆国内の三つのプラントを挙げている。そしてジェインズヴィルは依然としてその一つである、ということが発表されてからは一〇日が過ぎた。[☆11]今日はその発表以後の初の会合となる。GMの社運は往時からは想像もつかないほどのどん底に落ちた。ジェインズヴィルが最終候補の一角であることが発表され、合衆国財務省が同社に対して一九四億ドルの融資を注入することとなったにもかかわらず、昨日の午前八時、ゼネラルモーターズはマンハッタン裁判所に破産を申請した。事業再編の一部として、同社はさらに合衆国内の一四箇所のプラントを放棄し、二万一千名の時給労働者を解雇すると述べた。政府はさらに三千万ドルの追加融資を決めた。[☆12]リック・ワゴナーはそこにはおらず、この最新の恐ろしいニュースを伝えることはできなかった――彼は三月にCEOの座を追われていたのだ。

これらの遺灰の中にマーヴはむしろチャンスを見ている。彼の動議に応じて扉が閉ざされ、委員たちと少数の経営者だけが法廷に残る。議題項目は、ウィスコンシン州がゼネラルモーターズに提示しようとしている最終的なインセンティヴ・パッケージに郡がどれほど貢献するか。委員のほとんどは五〇〇万ドルで十分だと考えている。郡は、と彼らは言う、この恐ろしい経済状況にける税基盤の出血ぶりからしてそれ以上は出せない。

マーヴはぶっきらぼうだ。「われわれは最高のオファーをする必要があります」と彼は吠える、「さもなくば、他所《よそ》がわれわれより高い値をつけるでしょう」。

マーヴも、組立プラント再開のために闘っている他の全員も、同じくこの競争に加わっている他の二つのコミュニティ――テネシー州スプリングヒルとミシガン州オリオン郡区――の提示額は知るよしもない。とはいうものの、灯《ひ》の消えた自動車プラントを再生させるための入札合戦で勝利を収めるには総力戦の覚悟が必要だ。そう認識しているのはこのジェインズヴィルで自分だけではない、とマーヴは見て取っている。

街の二つの医療管理機関であるマーシー・ヘルスケア・システムズとディーン・メディカル・グループは、ゼネラルモーターズが戻ってくるなら労働者の健康保険料を割り引くと約束している。アリアント・エナジー社は組立プラントの電気料金を下げると。幾つかの地元の事業主は結束して居酒屋ザチョウズを言い値で買いとるとまで言っている。もともとあったプラントの駐車場がどんどん拡張されると共に、何十年もの間にザチョウズは周囲全てを駐車場に取り巻かれ、ひとりぽつんと取り残されることとなった。ゼネラルモーターズが泡を食ったことに、ザチョウズは今なおその猫の額のような土地に居座り続けている。もしもプラントが再開するなら、事業主たちはこの居酒屋を再びGMで働き始めた子供たちのための託児所にしようと計画している。

みんなが懸命に協力しているのだ、とマーヴは獅子吼《ししく》する、ロック郡がケチってよいはずがない。さらに彼はささやかな計算を披露する。プラントが多忙を極めていた時期の一日の残業手当のことを考えてみなさい――全てのGMマンとリア社の連中、それに部品を積んできてジェインズヴィル製の自動車を運び出す貨物列車に荷物を積み降ろす人々全員に、五割増しの給料が支払われていたのですよ。そしてこれら労働者全員の賃金から得られることになる税収入。五〇〇万ドルなんてあっと言う間です。

これがマーヴの主張だ。さらにはもしもプラントが閉鎖されたままで人々が仕事にありつけなければ「ロック郡で使われるカネはなくなる」という事実。実際、それは郡の予算を何とかするために市民によって選ばれた委員たちにとってはありがたくない予測だ。

マーヴ☆13が話を終えて投票が集計され、誰かが法廷の扉を開けて市民たちが戻ってくる頃には、委員たちはマーヴの望み通りの額をゼネラルモーターズに提示することで合意していた――二千万ドル。

このことはすぐには市民には報されない。だがマーヴはほっとしている。彼は今夜自分がここに来た目的を成し遂げたのだ。この二千万ドル――満身創痍の郡にとっては一財産――があれば必ず事態は好転する、と彼は信じている。

13 音速《ソニック・スピード》

合衆国の自動車メーカーが新製品を生産する場所を決める際には、当該の州とコミュニティが減税やその他の経済的な贈物という形で莫大な持参金を用意してくれることを期待する。だからロック郡の委員たちがゼネラルモーターズへの献げ物を四倍に増額した数日後、ウィスコンシン州は同社に新型小型車をジェインズヴィルの組立プラントに持ってくるための最終的な経済インセンティヴ・パッケージを送付した。パッケージの総額は一億九五〇〇万ドル。州の税額控除とエネルギー効率補助金で一億一五〇〇万、郡委員会でマーヴ・ウォパットが押し切った二千万、貧窮しているジェインズヴィル市から一五〇〇万、そしてベロイトから二〇〇〇万、それに私企業からのインセンティヴ、例えば組立プラントの駐車場にある居酒屋を買い取ろうという地元事業主有志。しかもそれに加えて、UAW第九五支部が仕事を取り戻す代償として身銭を切った総額二億一三〇〇万ドル分の譲歩事項。[☆14]

ウィスコンシン州史上、最大のインセンティヴ・パッケージだ。

競争は依然として三つのファイナリストの間で熾烈《しれつ》に行なわれている——テネシーとミシガン、それにジェインズヴィル。GMのエグゼクティヴは、小型車とそれに伴う雇用がどこに相応《ふさわ》しいかを評価するために一ダースもの要素を勘案していると述べた。各ファイナリストが申し出たカネの額はその要素の一つにすぎない。だが、そのカネが破産審査裁判所にいる会社にとって極めて重要であることは間違いようのない事実だ。

結局、ジェインズヴィルにはチャンスはなかった。

★

六[☆15]月二六日午前七時、ドイル知事に電話。相手はティム・リー、北米GM生産担当副社長。一七ヶ月前、オバマの希望に満ち満ちた選挙演説が組立プラントで行なわれた日、リーはその最前列、知事の二つ右の席にいた。オバマがこのプラントは今後一〇〇年続くと予言した時、リーはその場の全員と共に起立して喝采していた。

　今朝、リーが知事に告げたニュースは暗澹《あんたん》たるものだ。ゼネラルモーターズは新型車をミシガン州オリオン郡区に与える。

　ジェインズヴィルにとっては壊滅的なニュース。大恐慌の時も、組立プラントは翌年に再開した。一九八六年の経済危機の時にも、組立ラインから消えたピックアップに替ってすぐに普通トラックがやって来た。あのプラント救済ミッションが、再度のプラント救済に失敗したなんてわけが解らない。

　敗北した知事は声を荒げる。ゼネラルモーターズはこれまでずっと、とドイルは言う、新型小型車をオリオン・プラントに与えたがっていた。彼[☆16]らはウィスコンシンの提案を、ただ単にミシガンからより多くの額を搾り取るための梃子《てこ》として使ったのだ。「ミシガンがわれわれに勝ったとは思っていない」。

　入札合戦に勝つための各ファイナリストの序盤の仕掛けは今もって秘密のままだった。そして知事は間違っていたことが判明する。ウィスコンシン州のオファーは確かに歴史的なものだった。だが、ミシガン州の出資はその五倍近くにも上ったのだ。

合衆国自動車産業の発祥の地であり、国内最高の失業率一五％を抱えるミシガン州には、オリオン組立プラントに新型車を獲得するために破れかぶれになっている知事がいた。破産から這い出すための計画の一環としてゼネラルモーターズが閉鎖しようとしている一ダース以上の工場のうち、半分はミシガン州にある。デトロイトの北四〇マイルほどのところにあるオリオンもそのひとつだ。入札合戦での勝利は、オリオンと、その近隣で板金から部品を打ち抜いているGMのプラントの一四〇〇に上る雇用を救済するだろう。「われわれはミシガン州での生産を確保するためにできることは何でもやります」とジェニファー・グランホルム知事は、GMが破産を宣告した直後に同社のエグゼクティヴらに宣言した。

「できることは何でも」の言葉に偽りがないことを示すために、知事は僅か数週のうちに、州都ランシングにあるミシガン経済開発コーポレーションの本部内への作戦指令本部設置、ゼネラルモーターズに今後二〇年間で累計七億七九〇〇万ドル分という破格の減税、さらに職業訓練基金に一億三五〇〇万ドル、さらにオリオン郡区から上下水道料金の免除、及び優良労働力確保のための資金援助の提供を含む戦略を創り出した。総額にして一〇億ドル以上の公的資金の注入だ。私企業に対するインセンティヴとしてはミシガン州史上最大。小型車一台勝ち取るには十分すぎる。

自動車という賞品を勝ち取るために天上的なオファーを提示したのはオリオンを擁するミシガン州だけではない。ゼネラルモーターズが昨年、コンパクトなシボレーであるクルーズの生産をオハイオ州ローズタウンの組立プラントで行なうことを決めた際には、同州はGMに二億二千万ドルのインセンティヴを与えている。フォード・モーター・カンパニーが昨年、コンパクト・モデルであるフォード・フォーカス生産のためにミシガン州ウェインの貨物プラントの改修に七五〇〇万ドルを費やした後、ミシガン州はフォードに税額控除と戻し減税で三億八七〇〇万ドルを与えた。そして昨年フォルクスワーゲンがセダンのパサートを生産するプラントをテネシー州チャタヌーガに建設することを決めた時には、同社は州税と地方税で五億五四〇〇万ドルの減税を受けた。

その全てが、ジェインズヴィルに灯を取り戻すためにウィスコンシン州がゼネラルモーターズに提示した額を上回っている。賭け金は膨れ上がり、まさに一か八かの状況下ながら、それでもなお入札合戦におけるミシガン州のプレイはこれまでのあらゆる記録をぶっちぎりで塗り替えるものだった。

★

敗北したウィスコンシン州知事とジェインズヴィルの人々は、その勝利にはコストが伴うということを理解できる立場にはいなかった。だが時間と共に勝利の代価はミシガン州の巨額の公共投資を上回るものであったことが明らかとなる。それはオリオンの労働者にとってもまた法外なものだった。

GMはその新型小型車をソニックと名づけた。合衆国内で生産される唯一のサブコンパクト・カーである――実際、一九八〇年代以来、ゼネラルモーターズが国内で生産した最初のサブコンパクトだ。元々中国で生産されることになっていたが、GMは衰退した経済状況下にある消費者を見据えた市場戦略転換の一環として、その計画を変更。安価な小型車を合衆国内で生産することを決定したのだ。ただその部品の多くは依然としてGMの前モデルである最小の自動車アベオと同様に韓国で作られていた。この決定には大きな問題が伴っていた――組合賃金を支払いつつ、どうやって利益を上げるのか？[☆21]

ゼネラルモーターズはこの問題を当然予期していて、数年前にUAWを説得し、全米労使間合意に大幅な譲歩を受け入れさせていた。企業が新たな労働者を時給一四ドルで雇うことを可能とする二重賃金制度である――標準時給二八ドルの半額だ。この合意によってGM全体の実に四分の一もの労働者の賃金を下げることができる。

さらに[☆22]、オリオン組立プラントが改装のために停止している間に地元UAW支部は全国合意の想定以上の屈服を見せた。GMがプラント維持と省力化のための小型車生産を他所に移転することを恐れた支部は、臨時の賃金カットに合意したのだ。ソニック生産のためにプラントが再開した暁には、既存のGM従業員も含め労働者五人中二人は賃金を同じ組立ラインの隣にいる労働者の半額とすると。当時の北米ゼネラルモーターズの新社長はこの措置を「極めてラディカル」と呼び、それは「我が社の能力がここで真に競合しうるか否かを験《ため》すものとなる」と称した。オリオンUAW支部のリーダーの一人は言った、「扉を閉ざして次の給料がどこから来るのかと思い巡らせているよりはマシだ」。

[☆23]プラントの再開を待つ間、会社はオリオンの何百人ものレイオフ労働者の中から雇用年数の浅い者に、恐ろしい選択を突きつけた――二五〇〇マイル彼方のGMのローズタウン・プラントへの異動である。異動に応ずれば通常の時給二八ドルを保証する。ソニック生産のためのプラント再開までオリオンに残るなら、勤続年数に応じて賃金が守られるか、それとも半減されるかのバクチになる。[☆24]何十人ものオリオンの労働者が、デトロイトにあるUAWインターナショナルの本部であるソリダリティ・ハウスにピケを張った。「警察を呼んでくれ、強盗だ」とは、とあるプラカードに書かれた言葉。[☆25]またある者はNLRB《全米労働関係委員会》に訴えた――ゼネラルモーターズをではなく、組合員と共に譲歩の内容をチェックすることなくそれを受け入れたUAW支部をである。NLRB[☆26]はこの訴えを棄却した。

[☆27]二〇一一年八月一日午前六時にソニックの生産が開始された時点で、労働者の四〇%は時給一四ドル。部品の多くは韓国製。エンジンはメキシコ製。そしてもうひとつの改革として、一部の部品メーカーがオリオン・プラントの中で仕事を始めた。彼らの平均賃金――時給一〇ドル。

これが、勝利の代償だった。

★

勝利の高い代償は、これから先の話だ。夏の始まりの悲報の日、ジェインズヴィルの人々は目が眩《くら》んでいる。組立プラント再開のための十字軍は失敗した、このコミュニティの長く誇らしい復活の伝統に反して。

ポール・ライアン[☆28]はウィスコンシン州議員派遣団の三人の民主党議員と共に共同声明を出した。三人の一人は上院議員ラス・ファインゴールド、やはりジェインズヴィルに生まれ育ち、祖父は一九二三年にこの組立プラントから出て来た最初のシボレー・トラックを買った。「ジェインズヴィルのプラントがここまで、ずっと操業を続けていられたのも、関係者全員の勤勉な働きと信念と協力の賜物なのです」、とポールと民主党議員は言う。「われわれはロック郡の働く人々を救うために懸命な努力をしています……そしてわれわれは知事をはじめとする多くの人々と今後も協力を続け、われわれにできることは何でもやります」。

彼らの声明は、この苛烈な負け戦を共に戦ってきた統一戦線を象徴している。そしてさらに、この日が終るまでに、イデオロギー的な亀裂が表面化する——最初は小さなものだが、時と共に深まっていくだろう。その亀裂は今のジェインズヴィルが直面している問題の核に達する——次には何が起こるのか?

ゼネラルモーターズが帰ってくるのをイライラしながら待[☆29]っていても仕方がない、とポールは思う。今こそ、と彼は言う、ジェインズヴィルはゼネラルモーターズから、川沿いに寝そべる沈黙の怪物《ベヒーモス》のような工場を買い取り、他の目的に転用する方法を模索すべきだ。「われわれは前に進まねばならない」と彼は言う。

ポールのこの言葉は地元実業界のリーダーたちの見解を反映している。〈フォワード・ジェインズヴィル〉とメアリ・ウィルマーの見解だ。彼女は過去数ヶ月の間、ロック郡5・0——いまだコミュニティ全体には明らかにされていない経済開発キャンペーン――の目標額一〇〇万ドルに向けて密かに資金集めをしてきた。

だが多くの失業者たちにとってはこの見解は異端だ。「前に進む」なんて侮辱にしか聞こえない。彼らにとって「前に進む」とはジェインズヴィルの過去に対する裏切りであり、意気消沈しながらもなお何とかしがみつこうとしている微かな希望に対する残虐なる黙殺だ。その微かな希望とは――ゼネラルモーターズがオリオンを選んだ時点で、ジェインズヴィルの組立プラントは永久閉鎖されてもおかしくはなかったのに、そうはならなかった。会社はこのプラントを「スタンバイ」の状態に留め置いている――休眠中ではあるが、GMの事業が回復してまた必要になる時のために維持されているのだ。スタンバイの煉獄《れんごく》に、ジェインズヴィルの労働者たちは希望の残余を見出している。

14　組合マンは何をする？

八月二四日は間もなくだ。授業開始の日。そしてマイク・ヴォーンはこれ以上は延ばせないということを知っている。最後に父親に隠し事をしたのはいつのことだったのか、もう憶えてすらいない。ましてや、こんなバカでかい隠し事なんて。だが最近のウィスコンシンの暑い夏の日々、父に打ち明けることを想像するたびに、その顔に浮かぶだろう失望を振り払うことができないでいた。これまではいつだって彼の味方をしてくれた父がもう味方をしてくれないかもしれないという極めて現実的な可能性だ。だからマイクはあと数日、あと数日だけと先延ばしにして、遂に時間切れを迎えたのだった。

向こう側に行くってことを、父にどう説明する？

彼自身を含めて三代にわたるヴォーン家の組合員としての歴史の影が、彼を押し止《とど》めている。彼は家系の伝承を知っている。彼自身の伝承だ。それはその昔、ウィスコンシン州の南西の隅に散らばっていた鉛鉱[☆30]にまで遡《さかのぼ》る。ニュー・ディギングズだのスウィンドラーズ・リッジだの、マッケイブ・マインといった名前がついていた。その最後の場所で曾祖父は死んだ。マイクの祖父トムは鉛鉱で組合作りを試み、その後、一九五〇年代の「シボレーにのってＵＳＡを見よう」に釣られてＧＭの職を求めてジェインズヴィルにやって来た。時給は一ドルから二ドルに倍増した。ずっと組合マンでありたいと熱望してきた祖父は、ガソリンスタンドでのシフトが終ると、ミルトン・アベニューに繰り出して他のＵＡＷの連中と賃金や労働条件のことを話した。そして彼らの信頼を得て、千人のＧＭマンを代表する地区委員に選出された。数年後、彼はウォルター・Ｐ・ルーサー記念館の設計に携わった。第九五支部のオフィスは今もそこにある。

マイクの父デイヴはジェインズヴィルに生まれ育ち、まだティーンエイジャーだった一九六七年にスポット溶接工として組立プラントに雇われた。ちょうど三年間組立ラインに勤めた時、賃上げと年金を巡るストが勃発した。彼の父はまだプラントにいて、交渉委員の一員だった。だから彼らは共に一一週にわたってゼネラルモーターズに対してストを打った。マイクがリアに入社して二年後、デイヴは第九五支部の副委員長となった。だから彼らもまた同時期にこの支部にいたことになる。組合を愛して止まぬデイヴは今、組立プラントが閉鎖され、もう昔のようにリリースタイムに支部を運営する労働者も残っていない状況で、盟友マイク・マークスと共に悠々自適の退職生活を棄て、副委員長と委員長という昔のコンビを復活させた。今回は、ボランティアとしてだ。

ヴォーン家はこの街で三代にわたって第九五支部の実行委員を務めたたった二つの家系の一つだ。マイクの代は一一年続いて終った。その間は賃金を巡るよくあるいざこざ、労働者の手当と育児介護法を巡る大きな紛争の解決に努めた。一時はUAWインターナショナルの委員にもなり、他の部品メーカーで起こっていた苦情の理非を判断したりしていた。組合のプライドは前世代と同様に彼の奥深くに流れている。だが実際問題として父は五年前に退職し、祖父は一年前に墓の下に入った。妻のバーブは職を失い、彼自身の失職もすぐそこだ。

代表すべき労働者たちが誰一人残っていないという状況で、組合マンは何をする？　マイクはデトロイトの仕事についてインターナショナルに相談し始めた。だが本部からはちゃんとした返事はまだ来ておらず、その可能性について考えれば考えるほど、マイクはジェインズヴィルを離れることを想像しがたくなるのだ。いったい何だってこの、彼とバーブで喜んで世話をしていた野菜畑と花々と木々のある広々とした庭や、その周りの家族や旧友たちを棄てなければならないのか——組合の仕事を続けるために？

それでもなお、忠節を棄て去ることもできない。もう何ヶ月もの間、彼は組合の求人サイトを漁って、サイト上のウィスコンシン州、ミネソタ州、イリノイ州のあらゆる一覧を調べてきた。問題は、彼が愛して止まなかったことを続けられるような仕事をただの一つも見つけられなかったということとだ——つまり労働者の代表。空きは全てオーガナイザーだった。マイクはこれまでに二つのUAWの組織化運動にいたことがあり、知らない家のドアを叩いて回るような仕事に向いていないということをよく知っていた。叩かれた方の多くは、彼がそこに立っている理由を知るや、あからさまに敵意を剝き出しにする。犬をけしかけられたり、銃を向けられたりしたオーガナイザーの話は嫌と言うほど聞いている。そして犬だの銃だの以上に、毎月三週間も路上で過すようなことは想像もできない。そんなのは俺の人生じゃない。

自分自身に関するこの発見——心の底から驚いたが——は、徐々にやってきたものだが、確かにそこにあった。UAWの遺産は確かに深い。だがそれと同様に、組合の側に居続けたいという意思には限界があった。

家族の過去には、彼が現在直面している選択への備えは何もなかった。人生の現実は、彼とバーブが共に失職し、二人の収入も消失——パッと一瞬で!——解決策はないということだ。為すべきことに喘《あえ》ぎながら、彼は驚きの目でバーブを見た。彼女の頭は学業に没頭している。ピンチをチャンスに変えたのだ。

前代未聞の今の状況にどう対処するか、考えれば考えるほど、彼の中で一つの考えがまとまっていった。初めは微かに、そして強固な信念として固まっていく。組合での経験は基盤になるだろう。労務管理関係の仕事の基盤だ。折も折、ブラックホーク技術大学が労務管理プログラムを開始するという。終了後には仕事もあるらしい。悪くないように思える、目の前にあるチャンスは——まだリアにいる間に勝ち取った連邦貿易調整法からの授業料、学位、自分に合っていると思われる仕事の見込み、この街への残留。今申し込まねば全部おじゃんだ。

だがその仕事は組合の仕事ではない。経営側になるのだ。

このアイデアについて考えていると、心が穏やかになる。自分の考えでは、自分は悪人ではない。だけど、父はどう思うだろう?

もう逃げ場のない瞬間は、八月初頭の午後に来る。継母のジュディが、父の六一回目の誕生日に家族全員を招いている。マイクの予想通り、彼と父は遂に煙草を持ってベランダに向かう。彼のは手巻き、父のはマルボロ。始める前に一服。それから、パーティは残りの者たちに任せて、彼は父に向き直って言う、「どうするか決めたから」。

話しやすいところから始める。あと二〇日で学校に戻る話、ブラックホークの新しいプログラム、政府の訓練資金。もう何ヶ月も過ぎたから、リアでの四度目の終末の苦痛は和らいだ。少し臆病になってはいるけど、未来に対する楽天主義の小さな芽が僕の中に残ったよ。

それから、難しい部分に移る。労務管理の仕事もまた労働者を教育する一つの道だと見なすようになったこと。もしも組合側からやっていたとしたら、会社側からやるのとどう違っていただろうと考えていること。

話しながら、父の表情を注意深く見る。ほんの少しでも悲しみが浮かぶか? そう、浮かんでいる。だがたとえ父の皺《しわ》の刻まれた長い顔に何らかの感情が漏れ出しているとしても、彼の言葉はマイクが最も恐れていることは語っていない——お前はダークサイドに落ちようとしている、と。否、この老いた組合リーダーが若き組合リーダーに語っているのは、息子が自らを高めるためにこの機会を活用しようとしていることを誇りに思っているということ。そして父は、組合員としてのヴォーン家の最後の世代を大きくハグする。

父のハグに包まれ、自分にできる最善を尽せとの励ましの言葉を聞いて、マイクの罪悪感は薄れる。大学に対する不安はいっぱいだが、先に待ち受けているものを楽しみにしなくちゃいけないんだ。労働に対する熱意、代々受け継いできた組合内での特別の場所——何であれ、それを奪えはしない。

だが彼は、自分が代表を務めてきた男女にさよならを言うためにリアの通路を歩きまわった日々に彼らに与えた助言を、今は自分自身に与えなくてはならない。自分の計画は自分で立てねばならないと。もう何年も前、プラントがリニア・アセンブリ式*に切替え、モジュール式でのシート生産を止めた時に、リアの労働者に同じアドヴァイスをしたことを憶えている。状況の真実を探せ、と彼はあの時、組合の兄弟姉妹に言った。それを受け入れろと。

父の腕に抱かれたまま、彼は再び自分自身の声を聴く——時間と共に変らなければ、取り残されるだけだ。

* アセンブリ式：車をシートまわり、車輪まわり等のユニット単位で製造するモジュール式に対して、より細かい部品単位で製造する方式。

15　ブラックホーク

職を失った人々に訓練を受けさせるというのは、馬鹿馬鹿しいほど壮大だが人気のある計画だ。実際、ポール・ライアンのような共和党員とオバマ大統領のような民主党員が合意できる唯一の経済政策であり、アメリカ建国にまで遡る不変の文化的神話に根づいている。この国は自らを改革しようとする人民に機会を与える国だと。

合衆国における職業訓練がレイオフ労働者を定職に復帰させる効果的な方法であるという証拠は希薄だ。それでもなお、政府は雇用創出に投資すべきであるか否かについては政治的コンセンサスが得られないのに対して、失業した労働者が学校に戻るのを援助すべきであるという強いコンセンサスは確かに存在している。だからこそ、元Kマートの建物でボブ・ボレマンズが営んでいるロック郡ジョブセンターには今、連邦の職業訓練資金から何百万ドルというカネが流れ込んできたのだ。

この連邦資金の蛇口は、ちょうど何千もの雇用を失ったばかりとはいえ小さなコミュニティにとっては大層なもので、しかもその水路は一つではなかった。ボブは昔取った杵柄《きねづか》の申請書類のスキルを活かして、失業被害を被ったコミュニティ向けの国家非常事態助成金から一八〇万ドル近くを引っ張ってきた。郡はまた、今ホワイトハウスで一年目の夏を終えようとしているオバマ大統領が通した経済刺激法から一一〇万ドル近くを受け取っている。いずれの水路も五ドルあたり四ドル以上を職業訓練に充《あ》てることをボブに要求している――総額二三〇万ドルだ。ロック郡は、雇用が復帰する見込みのない労働者の訓練のために労働省の労働力投資法からの基金を通じて一〇〇万ドル近くを受け取っている。さらに、ジョブセンターの管轄ではないが、貿易調整法の訓練給付──海外との競争によって損害を受けた労働者を支援するもので、マイク・ヴォーンがリアの組合員たちのために獲得しようと奮闘していたもの──は、これらのレイオフ労働者に今年九〇万ドルを提供している。それは授業料と教科書、それに通学のためのガソリン代に充てられる。

ジェインズヴィルの失業者たちと面談するジョブセンターのカウンセラーたちは、再訓練の機会は給料が消滅した人にも与えられると確言している。これは当初からの、すなわちGMマンやリアの従業員やその他全員が、初めて失業手当の登録や何やかんやのためにここを訪れた時から彼らが繰り返してきたお題目だ。だがジェインズヴィル周辺では代りの仕事を宛《あて》がうのは容易ではなく、新たなスキルを身に着けるのがグッド・アイデアであるという現実を理解するには、ある者にとっては何ヶ月──人によっては一年以上──も要した。

そんなわけで、八月の最後の月曜日、すなわちブラックホーク技術大学の秋期セメスターの最初の日。そこにはジェインズヴィルで失業し、求職中でもない、他に行くあてのない工員たちが殺到することとなった。不規則に広がった駐車場は既に埋め尽くされ、停めきれぬクルマは芝生の上やサウス・カウンティ・ロードG沿いのトウモロコシ畑に接した路肩にまで溢れている。

一年前、バーブ・ヴォーンとクリスティ・ベイヤーはレイオフ労働者の中で学校に戻ることを選んだ最初の少数の中にいた。今やバーブの夫マイクが初授業にやって来て、そのあまりの大所帯ぶりに驚愕している。この大所帯の中には元GMマンのマット・ウォパットもいる。彼の父マーヴはロック郡委員会を説得して、失敗に終ったプラント救済十字軍への出資を四倍に引き上げたさせた人物だ。それにジェラード・ホワイトエーカー、朝食に現れて双子の娘を困惑させた元GMマン。ブラックホークでの彼らの今後の軌道は分岐していくだろう、だがこの初日に限って言えば、三人が三人とも怖《お》じ気づき、圧倒されている。

ブラックホーク技術大学の名は、ネイティヴ・アメリカンであるスーク族の有名な戦士に由来する。[☆31]彼は一九三〇年代に近隣の白人入植地と、後に「ブラックホークの戦い」と呼ばれることになる戦争を繰り広げた。彼の名を冠する学校はウィスコンシン州の一世紀に及ぶ技術大学群のネットワークの一部だ。一九一一年、[☆32]それは合衆国で初の州が支援する職業学校のシステムとなった。二〇世紀初頭の産業化ブームに乗って、農家の子供たちを労働者に仕立て上げるために作られたシステムだ。今日ではこれらの二年制の学校はコミュニティ・カレッジに似たものになっているが、仕事に直接役立つスキルの教育に特化しており、学生を溶接工やコンピュータのスペシャリスト、臨床検査センター技師、あるいは――バーブやクリスティのように――刑事司法機関の職員にすることを目的としている。全部で一六ある技術大学群の中でも、ブラックホークは最小だった。だがこの第一日目の朝、すなわち八月二四日、キャンパスにはこの技術大学の歴史上、最多の学生たちが殺到しひしめいている――実に五四％の増加だ。

この殺到に対処する役割が回ってきたのがシャロン・ケネディ。副教育部長という威厳ある肩書き、つまりブラックホークの副学長であり、副司令官だ。シャロンは六〇代になったばかり、ブロンド・ボブ、満面の笑み、法律の学位を持ち、鋼のような知性を備える。ゼネラルモーターズが組立プラントを閉鎖することを街の人々が知る直前にブラックホークにやって来たが、その時点で既に海千山千のカレッジ管理者だった。

過去数ヶ月の間、秋期セメスターに申し込む新入生の名簿が膨れ上がる一方であるのを、驚きかつ警戒しながら見守ってきた。その名簿に書かれた名前が駐車場を溢れさせ、初日に教室を探して右往左往する群衆となる前から、シャロンは工員をきちんとした大学生にするのは容易ではないと予期していた。他の二年制大学では年嵩《としかさ》の失業者である学生は単なるオマケとして扱われていたが、ことブラックホークにとっては、そしてジェインズヴィルにとっては、この街の失業者たちこそが今やミッション・ナンバーワンなのだと彼女は気づいた。春以来、シャロンらは喫緊《きっきん》の雇用に繋がり易いと思われる分野でプログラムを組もうと決めていた。このごった返している秋期セメスター初日の前の数週間、ブラックホークは驚くなかれ八八に上るクラス・セクションを追加新設した。そしてシャロンはチームと共に獅子奮迅の活躍で、ウィスコンシン州の民主党上院議員の一人アーブ・コールを説得し、ワシントンに戻ってカネを要求させた。彼は何とかしてそれを連邦予算の中に捻じ込んだ――年間一〇〇万ドルを二年、全額をブラックホークが惜しげもなく費やす。実際にはカレッジ入学の準備さえできていない失業者たちを有能な学生に、そして最終的には自動車以外の労働者に変えるために。このカネが使えるようになるのは冬だが、シャロンはそれが入ることにほっとしている。

マイク・ヴォーンが目指しているのは労務管理の準学士で、仕事の即戦力となるだろうとの前提で新設されたプログラムの一つだ。今日ここに集まった他のほとんどの学生と比べると、マイクは固い目標を持って取り組みを開始したという点で、少々変り種とも言える。あれこれ考え抜いた末、労務管理こそ自分の組合員としてのルーツの論理的帰結だと自ら結論を下した。それでも今朝の最初の講義――心理学――の教室に入る時、マイクはびくびくしていた。勉強の仕方なんて本当に解っているのか？　研究論文なんて書けるのか？　コンピュータでワードなんて使えるようになるのか？　その背景にはさらに大きな疑問がいくつも浮かんでいる。今や、彼とバーブは両方とも学校にいる、家を失うのか？　最後には仕事にありつけるのか？

　マット・ウォパットもまた似たような疑問に苛《さいな》まれている。マットは今日殺到した新入生の典型だ。科目を選んだ理由は情熱でも、好奇心でもない。ともかくちゃんとした給料にありつくための近道に見えたからだ。

　いつものように勤勉に、マットはこの夏、ジョブセンターへ行った。GMマンは全員そうするように促されていたから。最後のシフトが終り、ロッカーを片づける数週間前のことだ。父のマーヴと同様、プラントはいつか戻って来ると信じていたにもかかわらず、ジョブセンターへ行った。言い換えれば、万一のために行ったのだ。

　マットは「ジョブ・フィット」と呼ばれるテストを受けた。これは彼の学習スタイル（視覚／言語型と判明した）、数字技能（数字情報を素速く把握する）、社会性（集団型か個人型か）を計るものだ。それからマットは「就業柔軟性証明書《キャリア・コンパティビリティ・パスポート》」というものを発行してもらった。データベース開発者、足専門医、登録正看護師のどれにも等しく向いていると書いてある――彼に向いている五〇の職業の中から最適なものを選び出したものだ。さらに、園芸家とソフトウェア技術者がそれに続いていた。

訓練プログラムに推薦されていることを示す欄の隣に、ジョブセンターのケースワーカーが手書きで記入した。「現状未定」。

実際、未定だった。マットの失業給付と組合の補足的失業補償給付を足すと、もう暫くの間はGMの賃金の七二％が貰える。そしてまだGMにいた時分から、時たまシフトの前や週末に小さな屋根葺《ふ》き隊を抱える親友の手伝いをして臨時収入を得たりしていた。だから屋根仕事を増やせばいいんだと勝手に期待していたのだが、その親友も、また別の屋根葺き隊を持っている従兄弟《いとこ》も、今日《きょう》日《び》は屋根にカネを注ぎ込みたいという人が減って大して仕事もないのだった。マットの屋根仕事は月に二回がせいぜいだった。

彼は気楽にいこうと努めた。プラントが再開するまではその方がマシだ。庭いじりをして、最初の秋は一〇月に雉《きじ》狩り、その翌月に鹿狩りが解禁されると、街の西にある公有地までクルマで出かけた。外に出て自然の下を歩くのは好きだ。チョコレート色のラブラドールのクーパーに猟犬の訓練をするのも楽しい。平和だった。だが気がつくと、自分はガソリン代の心配をしていた。狩りに行くたびに一〇ドルから一五ドルも使っている余裕が本当にあるのか？

その年の狩猟シーズンが終ると、マットは「現状未定」の状態を変えられるかと考え始めた。正直、「就業柔軟性証明書」の意味について真剣に考えたことはない。だが何か勉強すれば、最終的にはGMと同じくらいの賃金が貰えて、自分に合った仕事に出会えるかもしれない。何でも、アリアント・エナジー社で良い仕事の空きが出るらしい。そこの年輩の労働者が大勢、定年退職するらしいじゃないか。

こうしてマットはブラックホークの配電設備プログラムで電柱の登り方を勉強するのがベストだと思いついた。電気を取り扱う仕事は恐いが、ケーブル会社なら何とかなるかもしれない。GMが再開されて古巣に戻れるかもしれない。技術の証書を貰うには一年だけ学校に通えば良い、二年も行って学位までは要らない。まあ何にせよプランBだ、もしもの時のための。

ただ、プランBに取りかかるのは容易ではなかった。アリアント社にもうすぐ良い空きが出るという話をあまりにも多くの失業した工員が聞きつけていて、マットがブラックホークに申し込もうとした時には配電設備プログラムは満員、ウェイティング・リストは長大だった。ここにきてようやくマットは、もしもの時のためのプランBを真剣に考え始めた。ダーシーは最低賃金の少し上くらいでホールマーク社のグリーティング・カードを文具店などに補充する仕事を半日労働以下でやっている。それに娘のブリタニー、ブルック、ブリアにはあれこれ買ってやらなきゃならない。そんなわけで、毎月毎月の銀行残高の減りはそろそろシャレにならないことになり始めた。彼は通学に一時間半近くかかるミルウォーキーの技術大学の配電設備プログラムを調べた。そしてミルウォーキーの学校に決めようとしていた矢先に、ブラックホークに空きが出た。

この最初の授業でジェラード・ホワイトエーカーもまた配電設備の勉強を始めた。マットと同じようなことを考えてだ。医療補助は遠《とお》の昔に打ち切り。組立プラントはまだ再開されていない。ジョブセンターは訓練のカネに糸目はつけていない。暫くして、ジェラードにとっては朝寝坊してこのレイオフをご褒美のバケーションとして過すのは現実的な戦略ではないということが明らかとなった。

マットと同様、ジェラードはあと一年で四〇回目の誕生日、最後に学校にいたのは人生の半分も前のことだ。高校を出てすぐ、ディーゼル整備士になるために一年間ブラックホークに通った。プログラムは修了したが、ディーゼル整備士の仕事がくることはなかった。ジェインズヴィルが何千人もの人間が仕事場から叩き出される酷い不況に入る前のことだ。びくびくはしていながらもジェラードはまたウェイティング・リストから抜け出せたことを喜んでもいる。

ジェラードとマットは同じプログラムだが、クラス・スケジュールは別だ。すぐにマットはルーティンに慣れた。陸《おか》に上がった河童状態の多くのブラックホークの自動車工たちと同様、彼もまたGMマンとして過した年月をキャンパスの習慣に持ち込んだ。朝早く学校に着き、仲間たちと下らないお喋りに興じる。職場でやってたのと同じだ。教室に持ち込むのは、職場で使ってたのと同じワーク・サーモス。

ジェラードもまた上々のスタート。天気の良い晩夏に指導員のマイク・ダブルデイと共に校舎裏の野外に出るのがお気に入り。ダブルデイ自身もブラックホークの卒業生で、熟練の電気工事士だったが、ウェイティング・リストを手伝うために雇われた。指導員は一八人の学生をグループに分け、各グループに共同で直径一二インチ、深さ六フィートの穴を掘らせる。問題なし。

その後すぐ、その穴に実習用電柱が建てられ、学生が順番にそれに登る。ジェラードの番が来て、五フィート登ったところで膝にきた。木にしがみついたまま、ずるずると地面まで滑り落ちていく間に、荒い木の表面にしたたか胸を削られた。

地面に着いた時点ですっかり慄え上がり、皮の剝けたジェラードは、これがただの練習用の柱だという事実に愕然とする。もし本物の電柱ならどうなっていたことか、空中三〇フィートで足を踏み外して落下してしまったら？　タミーや子供たちに何をしてやれる？　その上、アリアント・エナジー社に良い仕事があるという噂が駆け巡っている。そんなに早く空くものでもなく、学年が終るまで待っていてくれるだろう。だが年嵩の連中が仕事にしがみついているという話も出始めた。この経済状況では、彼らの401(k)《確定拠出年金》なんぞ雀の涙だからだ。結局仕事にありつけなかったらどうなる？

そしてこれらの恐れと共に、秋期セメスターが二週目に入ったところで、ブラックホークでのジェラードの時間は終る。

16　クラスで一番

ブラックホーク技術大学での刑事司法の授業が二年目に入って一ヶ月、クリスティ・ベイヤーの三七回目の誕生日に、バーブ・ヴォーンはプレゼントをした。木の飾り額で、淡緑色の文字で銀の生木にこう書かれている――一[☆33]本の薔薇が私の庭になる……一人の友人が私の世界になる。

バーブはこの言葉を見つけて、マイクのガレージにあった木切れに手書きした。とても似つかわしい言葉、というのも彼女とクリスティがブラックホークに来て一三ヶ月、お互いに自分の不安感を隠そうと足掻《あが》いてきて、もうお互いにとってこの友情はなくてはならないものになっていたからだ。最初は二人は互いに支え合い、工員から学生になろうとしていた。今では互いに切磋琢磨し合い、時には自分たち二人だけが、クラス全員を抜き去っているような感じすらする。

バーブは自分のことを負けず嫌いの努力家だなんて思ったことはない。ボスが彼女に主任になるつもりはないかと――リアの前に、ゴルフバッグを作る工場にいた時のことだけど――訊ねた時も、そのチャンスを拒絶した。だが今は、A以下の成績なんて受け入れられない。この変化がどこからきたのかは解らない。ただ、そうなったんだ。

クリスティの誕生日は九月二二日。母親のリンダ・ヘイバーマンは、誰であれこんなに一所懸命勉強する人間を見たことがない。そのリンダ自身、二九で離婚した時には新たな道としてブラックホークを選んだのだが。ジェインズヴィルのほとんどの人間と同様、クリスティはアメフトチームのグリーン・ベイ・パッカーズ命だ。今やフットボール・シーズンが到来し、リビングのTVは当然のように試合を中継している。

教科書を片づけないの、と母親が訊ねる。

「勉強しなきゃなの」とクリスティ。「月曜にテストなんだから」。勉強にタイムアウトはない。パッカーズの試合中ずっと教科書は開きっぱなしになっている。

クリスティと夫のボブ――リア社をレイオフされて九ヶ月、まだどうするか計画はない――はこの母親と同居している。七年前、三人は黄色いランチハウス*を見つけた。街の西側のパーカー高校から数ブロックのところだ。リンダは既に医療秘書の仕事を辞めていた。年金をこの家に注ぎ込ん

＊ ランチハウス：第二次世界大戦後、大量に建設された機能的でリーズナブルな一戸建て住宅。

でローンを払っている。クリスティとボブはそれ以外の全ての支出を担当している。クリスティは母親が娘である彼女を最高の親友と見なしていることを知っている。それでもなお、母は時々、クリスティとボブに家を持たせてやるべきかもねえという話を持ち出す。クリスティはいつも抗議して、今ここが一番だからと母に言う。そんな経緯で、前の夏のとある夜にクリスティと母はリビングでTVを見ていた。その数日前にリアが終わり、クリスティは今後どうすべきかを決めかねていた。クリスティはいつもTVのリモコンを持つ人だったので、刑事物がかかっていたのは不思議ではない。今夜のエピソードはたまたま指紋がテーマだった。それを見た母はクリスティがいつだってこういう犯罪物を熱心に見ていたことを思い出した。

「こういう仕事どうよ？」とリンダは訊ねた。

「ああ、いいかもね」とクリスティは答えた。

クリスティはいつだって、何かをする時はさっさとやってしまう人だった。彼女は直ちにブラックホークに決め、そこでバーブと出逢った。バーブもまた刑事物のファンだった。

このところ、クリスティは月曜から金曜まで学校から戻ってくると、リビングのカウチに落ち着き、教科書を開き、そして――夕食時を除いて――寝る時間までずっと勉強している。そして毎日、時間がくると、週に五日も同じ教室にいるというのに、バーブがクリスティに、あるいはクリスティがバーブに電話する。人生について、そしてどちらかがよく解っていない課題や授業について話をする。この会話にはずっと、どちらが最高の成績を取っているかの張り合いが漲《みなぎ》っている、実際には二人ともAを取っているのだが。

それを見聞きする母は、口にはしないけれど、クリスティについて一つ気づいていることがある。クリスティには何かを自分で証明することが必要なのだ――三七歳だが、新しいスタートを切るのに遅すぎるわけではないということを。

17 計画と救難信号

メアリ・ウィルマーとダイアン・ヘンドリクスは公表の準備を整えている。数ヶ月にわたり、この銀行家と億万長者の未亡人は経済開発振興者たちの小さなグループと共同で、ジェインズヴィルとベロイトを運命共同体と見なす非因習的なヴィジョンを具体化するために働いてきた。ダイアンのバスルームでメアリを慄わせた初回に続いて、さらに何度かビジネス・リーダーらを会合に招いた。それでも二人はその仕事を内密にしてきた、然るべき時がくるまで外に漏らしたくなかったのだ。

ハロウィンの直前、ようやく時はきた、と二人は判断する。ロック郡5・0はいまだ個人の寄付だけで目標額の一〇〇万ドルに達していない。だがここまでで既に四〇万ドルは集まっている。まずまずだ。そしてプロジェクトは今、その5・0という名称に相応しい五つの明瞭な五ヶ年計画を持っている――地元企業の定着と拡大の促進、新たなビジネスの誘致、中小企業とスタート・アップに対する特別支援、商業用地の確保、そして雇用促進のための魅力ある労働力の育成だ。これはビジネス中心の観点から見たロック郡の希望に満ちたヴィジョンである。自動車というジェインズヴィルのアイデンティティを超える前進。

このアイデアは郡全体の運命を統一するものではあるが、これを公表するにあたり、メアリは長きにわたる『ジェインズヴィル・ガゼット』と『ベロイト・デイリー・ニューズ』の深い角逐《かくちく》に留意している。どちらかの街に住むほとんどの者は、相手側の新聞を読んだこともないのだ。だから彼女とダイアンは両紙の記者をABCサプライのベロイト本部に招いている。

翌[☆34]一〇月二九日、ロック郡5・0の創設を告げる記事が両紙の一面を飾る。

「それは長年にわたるロック郡内部の文化を変えるでしょう」とそこでメアリは述べている。「たぶんゼネラルモーターズを失ったことは、最終的にはこれらのコミュニティを結びつける触媒だったのです」とダイアン。「しかしこれはGMを失ったことの結果ではありません。ロック郡にとっての必要性の結果なのです」。

賞賛はすぐに続く。「素[☆35]晴らしいアイデアである」と書くのは翌日の『ベロイト・デイリー・ニューズ』社説。ロック郡5・0は「市民と州議会議員、民間セクターのビジネス・コミュニティから強い支持を得るに相応しい。確かに現状は困難だ。だがそれは、前向きな姿勢と計画なしに改善されるものではない。今、われわれ全員が共にここにあることを知るのは心強いことだ」。

これはメアリにとっては勝利だ。だがそれでも、M&I銀行での彼女の地位からして、彼女のコミュニティの一部の者が真面《まとも》に生活を続けていくのも困難な時を迎えているという、明白な信号に気づかずに済ますことはできない。

この救難信号は昨日今日に現れたのではない。GMの一つのシフトが停止し、リアをはじめとする下請の雇用もまたなくなってからの最初の六ヶ月、この街周辺の自己破産は少しずつ増えていた。だ[☆36]が今、人々の経済崩壊の信号は合衆国破産審査裁判所のウィスコンシン州西管区に山と積まれている。まだ不況が本格的ではなく組立プラントの閉鎖など想像していなかった二〇〇七年後半から、今の二〇〇九年後半までの間にジェインズヴィルで破産を申し立てる人の数は二倍近くになった。

　街中の至るところでもはや家の維持費が立ちゆかなくなった人々の家の芝生に「売家」の看板が立ち並んでいる。誰かが職を失った家では、三軒に一軒近くが少なくとも一回以上ローンや家賃の支払いが滞った。六軒に一軒が節約のために親戚や友人の家に転がり込んだ。中[☆37]にはすぐに逃亡計画を立てられない者もいた。この年、ロック郡における差し押さえ申請は——約一二〇〇件——二年前より五〇%も増えた。その半分近くが即時の差し押さえとなった。これは不況の原因でもあり結果でもある全国的な差し押さえ危機の一部だ——まず初めに危険なサブプライム・ローンから火が点《つ》き、次に住宅評価額が下落して人々はもはや現在の住宅価値以上の過大な住宅ローンが払えなくなった。毎週水曜日の午前一〇時、ロック郡裁判所のロビーで保安官事務所の一員が、所有者がカネを払えずに差し押さえられた住宅の競売を行なう。

　これらの差し押さえの事実、そしてアメリカで職を失った人が家まで失っていいはずがないという腹の底からの思いが、メアリにもうひとつのアイデアをもたらした。管轄区の全ての銀行の頭取と信用組合の長を彼女のオフィスに招いて、現状の認識と対策について話し合おう。それはハードな話し合いとなる。互いの断片的な認識を持ち寄ることで、状況はメアリや個々の銀行家がそれぞれに認識していたよりもさらに悪いことが明らかとなる。かくして各銀行はユナイテッド・ウェイと一体となって、各家庭を手厚く支援し、可能な限りの困窮カウンセリングを提供し、できるだけ長く差し押さえを猶予し、人々が新たな職を見つけて再びローンが支払えるようになるのを期待して可能な限り今年の支払猶予期間を延長するとの合意に達した。これは不況に対する反応の人間的な側面だ、とメアリは思う。銀行がその損失の一部を引き受け、顧客に重荷の全てを負わさないように計らうわけだ。

それでもなお『ガゼット』紙に掲載される差し押さえのリストは増え続けている。幼い頃のフードスタンプの記憶が心の中に仕舞い込まれている彼女にとって、それを見るのは辛い。ある者は顧客に理解を示さない国内の会社にローンを握られているために家を失っている。ある者は新しい仕事ではかつて支払えていた住宅ローンを支払えるほどの賃金を得られないがゆえに。[☆38]またある者は、失業率が依然として今秋一二％に高止まりしているロック郡で、その新しい仕事さえ見つからないがゆえに。

18　ホリデイ・フード・ドライヴ*

景気の良い時にすらジェインズヴィルには貧乏な家庭があり、組立プラントは慈善事業を行なっていた。街中でGMマンたちは時にその気前の良い賃金や度肝を抜く福利厚生を恨まれていた。だがそれでも、組合側も経営側も等しく、彼らはこの街の非営利団体を援助し困窮の裂け目を埋めるという文化に誇りを持っていた。今クリスマスが迫り、最後のタホがラインから出て一年になろうとしている。GMマンの寛大さが最大限に発揮される季節、ゼネラルモーターズのホリデイ・フード・ドライヴの季節だ。今年は労働者はもういない。街中の困窮の裂け目は広がっている。今、フード・ドライヴに何が起ころうとしているのか？

この街にマーヴ・ウォパットほどこの問題に苦悩している者はいない。過去二五年の間、フード・ドライヴはマーヴの自慢の種であり最大の楽しみだった。一二月が来るたびにUAW－GM従業員援助プログラムの代表たる彼は、プラントの看護師である友人と共に寄付された食料を集め、それを最も必要とする家庭に配ってきた。

フード・ドライヴを大がかりな行事にしたのはマーヴではない。件《くだん》の看護師が一九八〇年代初頭のある夜に職場で電話を受けた。ちょうど火事で焼け出されたばかりの一家がいるという。クリスマスの二日前で、その一家はともかく援助を必要としていた。助けを求めるのにプラント以上に良いところがあるだろうか。そこには寄付の文化があり、そして朝の極めて早い時間にも、シボレー・キャヴァリエを作る労働者たちと共に灯が灯っている。GMがクリスマスのためにその家族を助ける方法はあるだろうか？　看護師はマーヴに相談し、彼らはその夜、組立ラインを回って最終的に三千ドルを集めた。

二年目、彼らはクリスマス・シーズンの食料で七家族を助けた。翌年は一五。その数はどんどん

＊　ホリデイ・フード・ドライヴ：米国の助け合い運動の一つ。郵便配達連合、企業、学校、教会などがスポンサーになって地域社会に缶詰、パスタ、ドライミルク等の保存食の寄付を募る。集められた食べ物は食料銀行の配送センターに運び込まれ、そこから低所得家庭や施設に配られる。

増えて、マーヴは学校や郡の保健所、多くの家族にその名を知られるようになった。困窮する家族は誰でもリストに登録して貰える。そのうち、それは三七五家族となり、時には四〇〇に達した。

毎年、マーヴは親切で人気のある労働者たちを自ら選定した。車台に車体、熟練工――各部署から。そして一二月の最初の週、選ばれた者は組立ラインをうろつき回り、全員に寄付を求める。五万ドルくらいは瞬く間に集まる。そのカネはブラックホーク信用組合に預けられ、食料購入に充てられる。ゼネラルモーターズがジェインズヴィルでトラクターの生産を始めたのと同じ年、一九一九年にこの街で開業した食品チェーンであるウッドマンズ・マーケットもまたナイスな寄付をしてくれる。州間高速道路《インターステイト》の近くで豆やコーン、ミックスベジタブル、ポテトを作っているセネカ・フーズのプラントもまた缶詰野菜のパレット〔貨物・商品を載せるすのこ状の荷台〕を提供してくれた。

食料だけではない。マーヴをはじめとするプラントのハーレー乗りたちは、玩具の入手にも気を遣う。家庭のリストが作られ、子供の数と年齢順、男女別に並べられる。また別のGMマンは、救世軍のベルを鳴らした。

この慈善の頂点はいつもクリスマス前の土曜日、何百人というボランティアが――UAWのライン労働者も経営者も等しく、その多くは自分の子を連れてくる――午前四時三〇分にプラントに向かい、集荷場に集まって袋詰めを行なう。第一列にはポークチョップが山と積まれて、第二列にはチキンが、その次の列にはピーナツバター、等々。寄付されたウッドマンズの食料品袋が広げられ、番号が打たれる。

食品が列に並び、袋に番号を打ち終えると、マーヴは子供たちを喜ばせるためにそのがっしりした体軀をサンタの衣装に包み、真ん中に立って、毎年、大好きなスピーチをする。「一緒に働けていることをみんなに感謝したい——組合にも、経営者にも——そして主《しゅ》が、今日の配達の間、みんなの安全を保証してくださるように」。そしてそれから、その鳴り響く声で、彼は言う、「袋詰め、開始！」。

三〇分で袋詰めは終り、配達係が出発する。人生で見た中で最も美しい組立ラインだ。マーヴの目にはそう映る。

昨年[☆39]、二〇〇八年のフード・ドライヴのために、GMマンは三五〇の家庭に六つずつの食料品袋を配るのに十分なほどのカネを集めた。最後のタホが組立ラインから出てくる三日前の朝、食料は集荷場のテーブルの上に山と積まれていた。その日、食料を袋詰めしている労働者の中には、その前の夏にレイオフされ、何百マイルも彼方のGMのプラントに異動していながら、ここにやって来た者もいた。また中には、プラント閉鎖後には自分自身の食料をどうやって手に入れるか、何の手立てもない労働者すらいた。

プラント閉鎖を控えた袋詰めの日、マーヴは一つの思いつきを得た——四半世紀にわたってフード・ドライヴを満たしてきた慈善は、今後はもっと重要になる。[☆40]フード・ドライヴは、と彼は『ガゼット』の記者に語った、プラント閉鎖後も続けねばなりません。必要とあらば、駐車場でドライヴを行ないます。「ぜひ取材に来て、みんなに助けが必要だと報せて下さい。そうすればみんな集まって来ますよ」と彼は記者に言った。「それをコミュニティの中で失うのはあまりに惜しい。もう失うだけのものは失ったのです」。

今また一二月が来て、プラントが沈黙に閉ざされている時、マーヴは一年近く前に語った自分の言葉が真実だったことを知る。その真実は、街の主要な食料支援所であるＥＣＨＯに見ることができる。ＥＣＨＯというのは「Everyone Cooperating to Help Others」の略称。一九六〇年代末、ジェインズヴィルの教会が連携して結成したものだ。今、ダウンタウンのサウスハイ・ストリートとコート・ストリートの角にある本部には、これまでの人生で一度たりとも貧困を経験したことのない人、自分が貧困に陥るなど想像もしていなかった人までが詰めかけている。今年、[☆41]ＥＣＨＯは一四〇万ポンドに上る食料を配った――二年前の二倍近く、そしてその前の年の六倍だ。かつてはＥＣＨＯに寄付する立場だった人が、恥辱に塗《まみ》れながら初めてその早朝の列に並び、パンと肉と缶詰を受け取っている。

マーヴは困窮者がコミュニティ・アクション有限会社にも詰めかけていることを知っている。これは一九六〇年代半ばの「貧困戦争」の際に創設された貧困根絶を目指す非営利団体の流れを汲《く》む会社だ。今回の困窮ぶりは、コミュニティ・アクションの職員が過去一〇年以上の間にミルウォーキー・ストリートのオフィスで見慣れてきたものとは些《いささ》か勝手が違う。今の職員が見ているのは新たな貧者、昔のそれとは違って、フードシェア（ウィスコンシン州でのフードスタンプの名称）やバジャーケア（メディケイドの通称）のようなカネのない人のための政府援助を求めて来るのではない。この新たな貧者はストレスがマックスに達している、クレジットカードが限度額に達し、４０１（ｋ）の早期給付を受け、時には住み慣れた家を追い出され、親戚のところに転がり込んでいる。そのストレスの中で、これら新貧者が欲しがる極めて特殊な援助がある。そのために彼らはプライドを呑《の》み込み、コミュニティ・アクションにやって来るのだ。彼らはほとんど全員、シ・ゴ・トを見つけるためのアドヴァイスを欲しがっている。それはフードシェアの電話番号ほど簡単には見つからないのだ。

マーヴはECHOやコミュニティ・アクション社とほとんど同じくらい長くジェインズヴィルにいる。今、またクリスマスが来て、困窮者は引きも切らない。彼はフード・ドライヴを自分に思いつくあらゆる角度から維持していくにはどうするかという問題を考え続けてきた。そしてようやく、予想もしていなかった真実が明らかになった——選ばれた人間に組立ラインを歩かせて労働者から寄付を募ったり、あるいは午前四時三〇分に品出しや袋詰めや配達のために労働者を集めたりすることができなくて、どうやってドライヴを続けられる？　ある者はGMが去ることに苦悩しており、またある者は他人の食料のために寄付するカネもないというのに、どうやって続けられるのか？

認めたくはない。できないと。

そこで再び『ガゼット』紙に登場したマーヴは、ドライヴの終了は大きな穴を残すでしょう、と述べる[42]——このコミュニティに、そして彼の心に。

第3部

★2010年★

19 パーカー・ペン最後の日

二〇一〇年に入って八日が過ぎ、街に残されたパーカー・ペン社の最後の痕跡が、荷造りとメキシコへの移転を開始する。

次の金曜日はリンダ・コーバンの最後の仕事の日。この最後の日は彼女が個人的な目標を達成した日のちょうど三ヶ月後に当たっている。昨秋、同僚の退職によって、リンダはまだ職場に残っていた一五三名の中で最年長となった。四四年かけてようやく達した最年長。

彼女とパーカーとの繋がりは一九六六年に始まった。その春、当時の春が常にそうだったように、パーカー・ペンの人事課が当時ジェインズヴィルにあった唯一の高校に直接乗り込み、卒業する最上級生を選んでいた。パーカーの人事課は器用さと速さを測るテストを持参しており、ちょっとやってみたいという最上級生には誰にでも受けさせた。このテストを受けた学生のほとんどは女子。何故なら当時この街では、ゼネラルモーターズのオファーを受けるほど幸運な若い男性はみな組立プラントに行くことになっていたからだ。そしてパーカー・ペンに選ばれるほど幸運な若い女性はアロウ・パーク〔パーカー・ペン社の主力工場の通称〕で働くことになっていた。清潔で親切な工場で、優れたモーター技術の要求されるペンの部品の製造と組立を行なうのだ。女性の手にはもってこいの仕事だ。

リンダはテストを受けた。ボードに次々と釘を挿入していく。六〇〇人の卒業生の中で、手先の敏捷さを買われて雇われることになったのは僅か二〇人ほど、彼女はその一人だった。仕事開始は八月一日、それから四四年を経た今も、ダーティ・ブロンドの髪を短く切ったスリムな一八歳だった頃をありありと思い出すことができる。街の人に仕事は何と訊《き》かれるのが誇らしかった。パーカー・ペンで働いているのと答えられるから。それは名誉なことだった。世に聞えたパーカー万年筆や、素敵なボールペンまでもがジェインズヴィルでは特に意義深い贈答品だった時代だ。何故ならそれを贈る者は自らがそれを作ったか、それを作った者と一緒に働いているか、あるいは少なくとも、パーカー・ペンで働いている誰かを知っているのだから。

今や最後の日、一月一五日がやって来ようとしている。リンダにとっては――実際には街の人の多くにとっても――パーカー・ペンの名がもうすぐ、ジェインズヴィルの歴史の断片にすぎなくなるなど、信じられないことだ。

★

パーカー・ペン社を設立した男の人生の軌跡は、完璧なアメリカン・ドリームの弧を描いていた。[☆1]ジョージ・サフォード・パーカーは南北戦争の最中に、ジェインズヴィルから六八マイル西にあるウィスコンシン州の田舎町シャルズバーグに生まれた。父方の先祖は一六三二年にイングランドのドーヴァーからコネティカットにやって来た夫婦。パーカーはアイオワの農家で育ち、世界を見たいと切望していた。成人する頃には鉄道の電信技師になりたいという野心と漂泊の思いを合せ持つ人気者となっていた。ヴァレンタイン電信学校の授業料五五ドルを持ってジェインズヴィル[☆2]にやって来た時には、一九歳の痩せてひょろ長い青年だった。同校はヴァレンタイン兄弟[☆3]が運営する学校で、鉄道会社と契約している国内唯一の電信学校だった。パーカーは有能な学生だった。卒業[☆4]すると、シカゴ・ミルウォーキー・セント・ポール鉄道に就職が叶って喜んだが、彼の仕事はアメリカ西部を走る列車に乗ることではなく、サウスダコタ州のド田舎の駅に引き籠もることだと解って落胆した。そこで数ヶ月後、リチャード・ヴァレンタイン[☆5]がパーカーに学校に戻って講師になれと声をかけると、彼はそのチャンスに飛びついた。ジェインズヴィルに戻った彼は、自分よりも数年若いだけの若者たち相手に授業を行ない、その片手間にオハイオにあるペン会社の代理人として万年筆を売っていた。生徒たちが電信符号を書き取るのに必要だったのだ。ジョン・ホランド社[☆6]のペンはインク漏れを起こしやすく、パーカーはペンの修理と改造の技を身につけた。「より良いペンを[☆7]作ることはいつでも可能だ[☆8]」とパーカーは一八八八年に述べている。パーカー・ペン社設立の年だ。この時彼は二五歳。翌年、彼は最初のペンの特許を取り、その五年後に取ったもうひとつの筆記具の特許が、パーカー社を世界的な名声を持つ企業へと飛躍させることとなった――ラッキー・カーヴだ。

一九〇〇年には彼のビジネスは連邦政府にペンを納入する大口契約を持ち、メイン・ストリートに四階建の工場と営業所を構えていた。その後、コート・ストリートに堂々たる鉄骨フレームの工場を建てて移転する。こうしてビジネスが拡大すると共に、パーカーが労働者たちに注ぐ父親的な慈愛も拡大した。それは当時の厚生資本主義の典型で、忠誠心を涵養《かんよう》して不安を追い払うのが目的だった。従業員のパーティのためのクラブハウス。川の絶壁に建てられた彼の避暑用別荘の土地[9]にキャンプ・チーリオ。会社のエグゼクティヴのための[10]住宅団地パークウッド。一九二〇年代にはパーカー・ペン・コンサート・バンドのパトロンとなって援助の必要なミュージシャンのために楽器を買い、演奏家をコンサート会場へ運ぶ社用車を用意した。パーカー・ペンの工場やオフィスの採用担当者に対しては、バンドの指揮者と共に[11]音楽の才能のある者をチェックするよう指導した。そしてバンドの欠員を埋められる者は優先的に採用。

　パーカーは世界中を旅して輸出市場を開くという子供の頃の憧れを実現した——まず最初は一九〇三年のネーデルランド。[12]彼の死後である一九五三年にパーカー・ドライヴにアロウ・パーク工場が開業した時、その外壁には当時同社がペンを売っていた八八国の国旗が掲揚されていた。パーカーは南洋と揚子江《ようすこう》の旅行記を書き、大量の象牙コレクションを持ち帰って、友人たちに見せては喜んでいた。その中には建築家のフランク・ロイド・ライトもいた。

　パーカーのペンは二〇世紀の決定的な瞬間に何度も登場した。[13]第一次世界大戦中、合衆国戦争省はパーカーに「トレンチ・ペン」契約の栄誉を与えた。戦場で兵士が水を差すと乾燥したペレットが液体インクになるペンだ。[14]一九四五年五月、ヨーロッパで第二次世界大戦を終結させたドイツ降伏の協定文書は、二本のパーカー51万年筆で署名された。その持ち主は連合国遠征軍最高司令官であるドワイト・D・アイゼンハワー将軍、彼はカメラの前でその二本のペンをvictory《勝利》を意味するV字型に構えて見せた。[15]一九六四年のニューヨーク万国博覧会では、パーカーのパヴィリオンでは、前代未聞、世界最大の、国際的な文通相手発見のプログラムを後援。そこには初期の「電気式コンピュータ」が登場した。それは僅か数秒のうちに、会場を訪れた人に同年代で興味を同じくする世界中の文通相手を見つけてしまうのだ。揃いの制服に身を包んだ「ベネット」と呼ばれる女性たちが、ジェインズヴィルと世界中から集められ、ペンや葉書、ステイショナリを客に配った。

二年後[☆16]、すなわちリンダが入社した年、創設者の孫であるジョージ・S・パーカー二世が同社の社長兼CEOとなった。彼はパーカー・ペンを経営した最後のパーカーで、ハイエンドのペン市場の衰退に起因する長く緩やかな没落の時代の主人公となった。一九八六年[☆17]、彼は同社をイギリス海峡沿いの街ニューヘイヴンを本拠地とする英国の会社の傘下にある投資家グループに売却した。第二次世界大戦直後からパーカー・ペンが生産されていた街だ。ペン作りはジェインズヴィルで、パーカー・ペン・ホールディングズ㈲の名の下に続けられた。それから一九九三年[☆18]、ジレット社がパーカー・ペン・ホールディングズ㈲を買収。六年後[☆19]、ペン事業は再び買収された。今回の相手はニューウェル・ラバーメイド——具体的には、そのオフィス・サプライ部門の子会社であるサンフォード・ビジネス＝トゥ＝ビジネスである。同社はペンをプロモーション目的にカスタマイズしている。そんなわけで、リンダを含む最後[☆20]に残った一五三名の従業員はパーカーではなく、サンフォードという会社のために働いていたことになる。彼らはもはやペンは作っていない。製薬会社などのロゴを、海外で生産されたペンのサイドにプリントしているのだ。

★

ブリティッシュ・パーカー・ペンからジレットに、そして最終的にはニューウェル・ラバーメイドのサンフォードB2Bとなったわけだが、奪われたのは名前だけではない。労働者たちが地元の、家族経営の事業との間に築いていた関係、そして事業を有する家族が労働者たちの住むコミュニティとの間に築いていた関係もまた失われた。

リンダが入社した頃のアロウ・パークでは、間違いなく工場内に家族のような感覚があった。少年たちが父の後を追ってGMの組立プラントに入ったように、少女たちは母の後を追ってパーカー・ペンに入った。仕事には季節による繁閑《はんかん》があった、というのもペンは卒業シーズンやクリスマスが近づくと、プレゼント需要が高まるからだ――だから時にはその間の閑暇《かんか》期には一時的なレイオフもある。またパーカーは女性が妊娠すれば家に送り返し、子供が一歳になったらまた会社に戻す。リンダは二〇歳で結婚し五年後に離婚したが、子供はなく、ゆえにその勤務期間には中断がない。

毎金曜日の夕方、リンダたちが週末を過ごすために家路につく直前、スピーカーからとある歌が流れる。[☆21]

善なる主《しゅ》があなたを祝し、守られますように
近くにあろうと、また遠く離れていようと……

金曜日にこの歌を聴くたびに、リンダはパーカー家の人々が自分を気にかけてくれていると感じるのだった。その歌がかかる時間になる前から金曜日は特別だった。何故ならその日、従業員たち

は少しおめかしをして、また幾つかの部署は「チェックプール」をする。みんなが一ドルずつ出し合い、給料《ペイチェック》の末尾の数字に賭けるのだ。

それに従業員の誕生日には必ずケーキが出るし、クリスマス・シーズンにはスモーガスボード〔スカンディナビア料理の一種〕がある。パーカー・ペンの従業員は、お気に入りのレシピ本を二冊も作った。毎日、コーヒー・カートを押して工場を回る女性と共にブレイク・タイムが始まる。フレッシュなハードロールとチーズ一切れ、それに季節によってはベイクト・アップルやドーナツなんかも出る。運動を奨励するために、会社はウォーキング賞を出し、従業員はランチタイムにぶらぶらと歩き回る。マイルが溜ると、二本の小さな足の形をした飾りが貰える。経営陣は、子供が病気になったら労働者は家にいなければならないということを解っていた。それと一年に一度の家族の日。この日は夫や子供たちがプラント内をツアーし、誰でも家にペンを持ち帰ることができた——ボールペンの「ジョッター」か、一九八二年以降はヴェクター・ローラーボールを。夏になるとパーカー・ペンは郡の中のさまざまな公園で社のピクニックを主催する。例えばスリッシャーマン公園では、模型の蒸気機関車に乗り、近くの農地で採れた新鮮なトウモロコシを飼い葉桶に入れ、機関車の蒸気で調理したものが振る舞われる。それと、ジェインズヴィルのレイバーフェストのパレードでは、[☆22]精巧なパーカー・ペンのフロート〔山車〕が出た。一九九四年のフロートはまさにアロウ・パークで作られた。労働者たちは長い円筒形の亀甲金網の枠に青いクレープ・ペーパーを貼りつけ、巨大なジョッターを作ってパーカー最大の成功を収めた筆記用具の生誕四〇周年を祝った。

長年、リンダはパーカー・ペンのリーグの一つに入ってボウリングをした。夏にはパーカー・ペン・ゴルフ・リーグでプレイした。パーカーで働くことは慈善でもあった。労働者の慈善寄付委員会が毎年選ばれ、街にあるたくさんの社会奉仕機関のどれが五千ドル――時には一万ドル――に相応《ふさわ》しいかを決める。これは善行への報償として毎年計上されている会社の予算だ。経営陣は労働者にも慈善を促す。リンダは愛護協会のためにカネを集めた。

リンダが最初に雇われたのは万年筆のペン先を作る部署――耐久性とスムーズな書き味のために純金が用いられている。そのうちに品質管理の部署に移り、それから在庫部に移った。そこで彼女はこの部署こそ自分の天職だと感じた。几帳面な彼女にはもってこいの仕事で、しかも工場内を自由に動き回ることができたからだ。パーカー・ペンがパーカー家のものであった頃、離職する者はほとんどゼロだった。

経営がジレットに移り、金曜の夕方にスピーカーから祝福の歌が流れることがなくなっても、ここを辞めるなんて考えはリンダには浮かばなかった。だが歌がなくなってしまうと、もはや彼女は一介の工員になってしまったと感じた。当時アロウ・パークにいた六五〇人の中の単なる一人。もはや誰一人特別な者はいない。一九九九年一月一九日にもまだ在庫の仕事をしていた。その日、ジレット社の男がやって来て、同社はアロウ・パークを閉めると告げ、全員、今日はもう仕事は終えて翌朝また来るようにと言った。彼らの仕事はあと数ヶ月でなくなると。

ペン生産の最後の日はその年のメモリアル・デイの前の金曜日だった。それまでにリンダの同僚たちの一部は、全ての小さなペンの部品を集めて正しい順序で木の板に貼りつけ、英国のニューヘイヴンに送った。イギリス海峡の近くの労働者たちが、正しいペンの組み立て方を理解できるようにだ。もはやそれがジェインズヴィルで組み立てられることはない。アロウ・パーク閉鎖の前に、リンダら在庫部の人々は余ったペンを箱詰めにして無償で出荷した。それはカリフォルニアのペン工場やニューヨークの懇意のデパートをはじめとする遠くに次々と送られて行き、遂に在庫部の少数の代表者が上司に、少しはこの街に残しても良いでしょうかと訊《たず》ねた。食品配給所やECHO、救世軍、それにジェインズヴィルの学童たちに贈りたいのです。だって、このナイスなパーカー・ペンを欲しがらない人なんていないでしょうか？　とうとう、在庫はスターリング・シルヴァーの美しいボールペンを少数残すのみとなった。それもまた出荷されそうになったので、リンダの同僚の一人が上役のオフィスに乗り込んで言った、この倉庫の女性たちはアロウ・パークで最後まで働いていた人々です、生産が終った後もペンの出荷でね。彼女たちは銀のペンを貰う値打ちもないんですか？　最後の日、リンダたちは一人一本ずつそれを手にした。

今やリンダは五一歳、独身、仕事を必要としている。他所《よそ》で働くなんて考えたこともなかった。だから新しいオーナー、すなわちニューウェル・ラバーメイドのサンフォードB2Bが、他所で作られたペンにロゴを印刷する作業に六五名必要だと告げると——街の北側の、アロウ・パークよりも遥かに狭い作業場での仕事——彼女は応募した。六五人の労働者が選ばれ、そして高校を卒業した時と同様、リンダは選ばれたことを栄誉に感じた。

一一年の間に六五人の労働者は一五三人となり、リンダは在庫管理の仕事を続け、在庫部長となった。つまり在庫管理とその監督の両方を手がけるということだ。パーカーの日々を憶《おぼ》えている労働者たちの間に、静かな連帯意識が戻ってきた。彼女の時給は一八ドルほどで、最も高い部類に属する。だから何も問題はなかったのだが、先の八月一九日、何の予告もなくジェインズヴィルのサンフォードの上役がプラントにやって来た。彼は木箱をひっくり返してその上に立ち、その高さから全員を見回した。そして会社はこのプラントの閉鎖を決定したと告げた。一一年前にジレットがやったのと同様、彼は全員に今日はもう帰れと言った。

イリノイ州のニューウェル・ラバーメイド社本部では、その一ヶ月前にイングランドのニューヘイヴンにあるペン工場の閉鎖が決定していた。それから、[☆23]八月のこの日に同社広報はプレス・リリースを出した。曰《いわ》く、ジェインズヴィルのプラントは過剰生産の整理対象となった。今後は同様のロゴ印刷を行なっているメキシコの工場が全ての業務を引き継ぐ。「本決定は市場トレンドによって加速された構造的問題に対する対処である」とプレスリリースは言う、「そして長年にわたり、ジェインズヴィルの弊社従業員が果してきた高品質の業務を否定するものではない」。

リンダにとっては、それは構造的なものではない。まさに個人的な問題だ。人生の半世紀近く。今や六二歳になんなんとしている。今辞めても、退職金の後は社会保障費を貰える年齢だ。だから何年も前にアロウ・パークが解体されたように、この作業場が解体されるまでの間、もう少し残ることもできたのだが、彼女は脇へ退くことにした。自分よりも若い誰かに、あと何ヶ月かここで食い繋がせてあげよう。

今年初めの彼女の離職は退職ではなくレイオフとしてカウントされる。だから四四年も務めたにもかかわらず、彼女は退職ケーキも貰うことはなかった。

最初は辛かった。パーカー・ペンの日々には、あれほどみんな仲良く、家族のような雰囲気で、バーステディ・ケーキやクリスマスのスモーガスボードを楽しんでいたのだから。だが今や彼女は心穏やかにこの何の祝いもない離職を迎えている。

離れる準備はできている。同僚たちがこれからの数ヶ月の間にさせられることをやりたくないからだ。彼らと同様、彼女もまた暫くの間メキシコへ行って現地の労働者の訓練をしてくれないかとのオファーを受けた。リンダは長年の間訓練に携わってきたし、そのコツも解っている。もしもジェインズヴィルの誰かを訓練してくれと頼まれていたのなら、当然イエスと答えただろう。だけど、私の仕事を奪おうとしているメキシコの――メキシコの！――誰かを訓練するですって？　四四年経った今、彼女にそんな気はさらさらない。

20　ジプシーになる

とにかく行け、とマット・ウォパットは自分自身に囁《ささや》く。行け。今はガレージのジムニー・シエラのピックアップ・トラックの中。開きっぱなしの出入口から僅か数フィート、その向こうの洗濯部屋にはダーシーと娘たちが集まっている。まるで写真のようだ。泣いている。投げキッスをしている。

娘たちが出入口から追い払われる。ダーシーが、もうそれ以上は無理とばかりに最後の別れの手を振ってドアを閉める。彼は一人、涙を堪《こら》えている。大船に乗ったつもりでいろ、と言い聞かせてきた、何もかも上手くいくと信じさせるために。今、自分のその言葉にどれほどの説得力があっただろうと訝《いぶか》っている。何故なら、正直、彼自身ですら信じていないのだ。

イグニションのキーを捻《ひね》る。古びたトラックの慣れ親しんだアイドリング。マットの手はギア・シフトの方に伸びるが、シフトをリバースに入れることができない。その理由も解っている。

プレッシャーの重み。五十路《いそじ》に差しかかる境界線上にいる男、最早自分が全てを正しくやっているだけでは不十分だと気づいた男に烈《はげ》しくのしかかる重みだ。プランAでは不十分だ。父のように、義父のように、伯父のように、そして二世代前まで遡《さかのぼ》る何千人もの男たちのように。彼らは皆、自らの日々を、月々を、組立ラインだけを頼みとして凌《しの》いできた、三〇年間勤め上げて退職するまで。彼はプランBを考えついた。電柱の登り方を学ぶことだ、組立プラントが再開されなかった時のために。父のマーヴは今もそう言い張ってはいるが。だが何にせよ、プランBは冴えない。

今日は三月七日、マットが配電設備の勉強を始めてから――職を失い、ブラックホーク技術大学に群がってきた工員の群れの一人となってから、七ヶ月になる。当初は違和感も戸惑いもあったが、夕食後のキッチン・テーブルに教科書を広げるという夜毎の儀式にも慣れた。一二年生のブリタニーも一緒に。ブルックは九年生、そしてブリアは七年生、四人は全員宿題をしていて、彼は時々ブリタニーに数学を訊《き》いたりもする。良いお手本だ、と彼は思う、娘たちにとって――悲惨な状況の中でも一所懸命に働き、ベストを尽すというお手本だ。

彼の担当指導員であるマイク・ダブルデイはジェインズヴィルの南東一五マイルのところにある小さな町クリントンでトウモロコシと大豆を育てる農場で育ち、高校を出た後は農業を継いだ。父が怪我をしたからだ。だが農家としての日々は長くは続かなかった。彼は今、自分が教えているのと同じプログラムを学ぶためにブラックホークに入り、それから北西二〇マイルの街エヴァンズヴィルで電線の架線や補修の仕事を見つけた。一五年間、徒弟を務めた後、彼は専門の電気工事士となり、そうこうするうちに、技術大学が指導員を求めているという話を聞きつけた。彼と同じ電気工事士になりたいという人が大量にいるのだという。この転職は魅力的に見えた。マットが来た時点でマイクはまだ二年目だったが、既に本能的に予知できるようになっていた。セメスター開始後数週の時点で、どの学生が成功し、誰がドロップアウトするか、そしてどちらにもなり得る中くらいの奴は誰か。マイクの目から見て、マットは成功しそうなものを持っていた。ほとんどの連中と同様、マットは電気理論のための数学の公式が苦手だ。だが、同じクラスの他の五人のGMマンといつも屯《たむろ》していて、その中の一人は特に数学が優秀で、全員が問題を解けるまで粘っている。マイクから見たマットは正直で率直で、決して諦《あきら》めない努力家で、解らなければ臆さず質問し、自分が真っ先に問題を解けた時には他の者に熱心に教えている。さらに、屋根屋としての経験は後々何かと役立つ素養かもしれない。彼はいつかどこかで優秀な電気工事士になる、とマイクは確信している。

マイク・ダブルデイがマットの中に見て取ることができなかったもの、それは彼がクラスの他の連中と電気理論を解いている時、同時にまた苦悩しているということだ。マットは計画的な男であり、そして計画的な男というのは住宅ローンの支払いを滞らせたりしない。だが現実にそうなっていた。多くのGMマンがそうであるように、彼とダーシーはゼネラルモーターズの時給二八ドルでギリギリ買える家に住み、キャンピング・カーに月二七〇ドル、クルマは次々と下取りに出しては新モデルに乗り換え、時折娘たちを旅行に連れて行くために401（k）にまで手を出している。だがそれでも、GMマンとして幸運にもマットは失業給付の他に組合のSUB《補助的失業給付》ペイも貰っており、連邦政府は彼の授業料と教科書代、それに通学のためのガソリン代、さらには電柱に登るための服装代まで支給してくれていたが、全部足しても時給二八ドルにはとうてい及ばないのだ。現実問題として彼とダーシーにはいざという時の備えがなく、SUBペイは半額に減らされようとしており、GMの医療補助も打ち切られようとしている。

五月までだ、とマットは自分に言い聞かせる、それまで踏ん張ればいい。技術の免状さえ貰えば、マイクが指導員になるために諦めたような仕事が手に入る。だがそんなところへ、例の噂が飛び込んできたのだ——地元の電力会社であるアリアント・エナジー社の電気工事士は平均五五歳くらいだが、退職はしないかもしれない、そうしたら結局のところ、仕事に空きは出ないかもしれないという、ますます声高になる一方の噂。そしてだからこそ、同じく電柱の登り方を学んでいる別のGMマンから、インディアナでGMの仕事が空くらしいぞという話を聞かされた時、マットはこれは見逃せないと思ったのだった。

[☆24]この冬までに何百人というジェインズヴィルのGMマンが、ジェインズヴィルから遥か彼方で働くGMマンとなった。彼らのUAW《全米自動車労働組合》契約はこのような異動の権利を保証していた。二〇〇人近くはカンザスシティのゼネラルモーターズのプラントで働いている——今や街の多くの者が、カンザスシティはジェインズヴィル・ウェストになっちまったと冗談を飛ばしている。また一四〇人近くは、テキサス州アーリントン——ジェインズヴィル・サウス——にいて、かつてジェインズヴィ

ルで作っていたタホSUVを作っている。[☆25] これまでのところ、五五人がジェインズヴィル・イースト——インディアナ州フォートウェイン——に移り、シボレー・シルバラード・トラックを作っている。これは人気絶大で、同プラントは新たに第三シフトを創設して、六七人のジェインズヴィルのGMマンにオファーを出している。マットもその一人だ。

　街を出たジェインズヴィルのGMマンは「GMジプシー」と呼ばれている。何故なら千マイル近く彼方のアーリントンの者たちですら、そのほとんどは家族を故郷に残し、可能な限り頻繁に故郷を往復しているからだ。マットはいかなるジプシーにもなるまいと固く決意していた。何があろうと。

　だが彼もダーシーも転居なんて真っ平だった。二人は何度も何度も、延々と、心から、このことについて話し合った。そして意見は一致していた。お互いの家族の近くに居を構えているのに、どうしてこの街を離れられる？　ダーシーは母親が死んでから、しょっちゅう父親を訪ねては彼のGM年金から支払をして、小切手帳の帳尻を合せている。娘たちは学校のスポーツ・チームに入っている。だからこそマットはキッチン・テーブルで宿題を始めたのだ——自己改革をして、別の仕事にありつく。全員が一緒にこの街にいられるように。

　だがそれも住宅ローンの支払が滞るようになり、給付金が減額され、そしてフォートウェインのGMの仕事に空きが出る前の話だ。フォートウェインなら、確かに四時間半ほどかかるが、カンザスシティやアーリントンよりは近い。だからある日、マットと、彼と一緒に電柱の登り方を学んでいるGMマンの一団は、今こそ放課後に居残りして指導員のマイクに、タフで的確な質問をすべき時だと決断したのだった――卒業するまで学校に残れば、確実に電気工事士の仕事にありつけるのか否か？

　マイクはまず、配電設備の利点をずらずらと並べ始める。だが話せば話すほど、もう既に多くを失っているこの男たちに対しては真っ正直に言うしかないという気がしてくる。真実は、と彼は認めざるを得ない、昨年、ブラックホークの卒業生の多くは職を得られませんでした。見通しは今なお良くはありません。確かに電気事業関係に仕事はあります、だがその多くはウィスコンシン州南部ではありません。結局はダコタかテキサスか、あるいは南西部のどこかに行くことになるかもしれません、と。

　この正直な告白を聞いて、指導員が言った一つのことが格別にマットの心に火を点《つ》けた――「もしも僕が皆さん方だったら、そしてＧＭの賃金を貰えるチャンスがあるのなら、駆けつけますよ。振り返ったりしません」。

　この瞬間、マットは自分が拒絶したオプションこそが自分に残された唯一の選択だったのだと理解する。むしろ選択とすら呼べない。何故なら結局フォートウェインか、あるいは近い将来に破産ということにしかならないと感じているのだから。そして責任ある男は自己破産なんぞ申請しない。

　彼が心の中で自分がはまり込んだジャムを捏《こ》ねている時、何が奇妙と言って、責めるべき相手が見つからないのだ。この指導員なんて哀れなもので、ただ正直に話しているだけだし。政府は義理堅くも、ありつけないかもしれない仕事のための授業料を払ってくれている。ＧＭに至っては、会社自体が破産したというのに俺の給付金を払ってくれているではないか。もちろんダーシーでもない。週に二日、ホールマークのカード売り場の商品補充をするよりマシな仕事を見つけるためにできる限りのことをしてるじゃないか。もちろん俺自身でもない、何か見落としたのか、この迷路を抜け出すための狭い道をどこかで見過したのかとバカみたいに何度も何度も考え直してみたが、そのたびにそんなことはないという結論に達してきたじゃないか。

免状を貰えるまであと九週というところで、マットは学校を辞めた。

そんなわけで今、あと二四時間もしないうちに、彼は今まで行ったこともない街の見たこともないGMのプラントで働いているだろう。これほど嫌なことなんて他に思いつかない、だがこれ以上にやらなきゃならないことも思いつかないのだ。

彼とダーシーと娘たちは日曜のランチを終えたところで、彼は暖かく明るいキッチンに立ち、そんなに悪い状況でもないと言って聞かせた。たった五日のことだ。月曜から金曜までだ、と全員をハグしながら言った。週末には帰ってくるんだ。それに、たぶん、もしかしたらすぐに、何か良いことがジェインズヴィルに起こって、時給二八ドルに近いカネがここで貰えるようになるかもしれないだろ。

今はシエラの座席でギア・シフトに手をかけ、ガレージを出て南へ向かうべき時だ。ウィスコンシンの州境へ、そしてイリノイ州へ、ベルヴィデア・クライスラーのプラントを過ぎて——そこに求人はない、当然——それから東に曲ってインディアナへ、遠路はるばるフォートウェインまで。そこで彼は別のジェインズヴィルのGMマンの家に転がり込む——二週間前に電柱の登り方の勉強を辞めた男だ——何故ならマットには住むあてとてないのだ。

時は来た。だが彼はそこにもう五分も座りっぱなしだ。一〇分も。ただくよくよ考え続けている。何も手に着かない。聞えてくるのはガレージの中のピックアップのアイドリング音だけ。マットは遥か昔、自分が今のブリアよりも幼かった頃のことを今もよく憶えている。従業員援助プログラム代表になる前の父は大酒を吞《の》んでおり、家計は貧しかった。父の錆《さび》ついたキャディラックで街を走る彼は、この新車で溢れ返る街で唯一のポンコツみたいに感じた。たまたま友人が歩道を歩いていると、彼はキャディラックが恥ずかしくて、靴紐を結ぶふりをして身を屈めた。

簡単なことだ――自分の子供たちには、カネのことで恥ずかしい想いはさせられない。プランAにプランB、いやこの際どんなプランでも良い。少なくも、長い間これこそ自分だと思い込んできた男にならねばならない。家族に苦労をかけるくらいなら自分で被る男。仕事をすると約束し、それをいつも守る男。家族を守るために、行かねばならないということを解っている男だ。

彼はハンドルを握り、シフトをリバースに入れ、バックでガレージを出てドライヴウェイに下りて行く。

21　家族はGMより大事

ウィスコンシン州南部に春が戻って来た時、ジェラード・ホワイトエーカーは真鍮《しんちゅう》の指輪のようにゼネラルモーターズからの早期退職金《バイアウト》を摑んだ――約四千ドル、それにあと六ヶ月の健康保険。少なくとも、何かの足しくらいにはなる。

この取引にサインすることで、ジェラードはいつかどこかでゼネラルモーターズの仕事を得られるかもしれない可能性を売りわたした。そんなものより今すぐ確実に貰えるこの少額の解雇手当だ。彼は今や、「たまたまレイオフ明けの期限が決まっていないGMマン」であることを辞めて、正真正銘の「元GMマン」となった。大して違わない、ように見えるかもしれない。ただ、組立プラントで三〇年を過し、今じゃゴキゲンな年金で生活している父と義父を持つジェラードにしてみれば、自分も当然そうなると期待していた未来を売りわたしてしまったのだ。

その決断は当初は簡単ではなかった。彼とタミーはその選択について何度も話し合った、双子とノアに聞かれていないと思われる時に。どの選択も大して役には立たない。現金と保険が要ることは疑いの余地はない。レイオフされたばかりの頃、ジェラードが奇妙な失業状態を当然のバケーションだと考えていた頃が遥かな昔のように思える。どれも良くない選択の中で、これは少なくともジェラードがずっと抱いてきた人生観に沿っているという長所がある——家族はゼネラルモーターズよりも大事だ。

家族はゼネラルモーターズよりも大事、というのはジェラードらしいお題目だ——簡潔で揺るぎない。愛する者に向ける彼の感情はしばしばその無口な性格に覆い隠されてしまいがちだが。だからこそ「俺にとって家族が全てだ」と彼が言う時、双子のアリッサとケイジアは父の言いたいことを理解している、敢えてはっきり言わないとしても。[☆26]二人は父が一九八六年一二月二二日の夜の出来事を完全に克服したわけではないということを理解している。当時彼は一六歳、フットヴィルにいて、今の二人と一つしか違わなかった。彼の両親はクリスマスの買い物を終えようとしているところで、だから家に一人残っていた彼がドアを開けると、玄関先に立っていたのは警官だった。ジェラードの兄マイケルが交通事故で死んだのだ。ジェインズヴィルの西側の郊外を運転していた時、クルマのブレーキがおそらく効かずに、一時停止標識を無視して暴走、別のクルマに衝突したと判明した。ガールフレンドも一緒にいた。そして彼女も死んだ。マイケルは二〇歳だった。彼の死によって両親に残された子供はただ一人となり――そしてジェラードはクリスマスが来るたびに憂鬱《ゆううつ》に苛《さいな》まれることとなった。

家族が全てのジェラードにとって、組立プラントでの二年目は最悪だった。塗装部門で入社した後、第二シフトに入れられたのだ。始業は午後四時三〇分で終業は午前二時三〇分。タミーや双子と一緒に夕食を摂ったり、夜を過すことができないのが嫌で嫌でしょうがなかった。ノアが生まれる前で、家族と過せる時間は週末だけ。あまりにも嫌だったので、一年後、どうにかしてプラントの普通トラックのラインに移った。肉体的にはキツい仕事だったが、当時は普通トラックは一シフトしかなく、しかも第一シフトだったので、午後三時四八分にはタイムレコーダを押して帰宅することができた。数年後、普通トラックの組立はジェインズヴィルからミシガン州フリントに移ったが、既にジェラードはかなり熟練していたので、第一シフトに残ってタホに移行することができた。

今のジェラードには、親友のケヴィンみたいな生き方なんて想像もできない。ケヴィンはカンザスシティにあるGMのフェアファクス組立プラントに移ることを選んだ。五〇〇マイルも向こうの。彼にもまた愛する家族がある。だから彼は毎週末、片道七時間半もかけて往復していた。今ではフェアファクスが残業手当を出すようになったので、週末の往復は月一回になっている。そんな生き方ができるか、とジェラードは思う。

ジェラードが友人のケヴィンや、マット・ウォパットをはじめとする何百人もの労働者たちと同じく異動の話を受けた時、そんなのは考えるのも無駄だと思った。タミーと子供たちは引っ越しなんてしたくない。彼だって家族と一緒でなくてはどこへも行く気はない。その上、彼自身の母親であるルシルは今でさえただ一人の息子や孫たちから遠すぎると感じている。ジェラードの父ランディは五〇歳の誕生日の前日に組立プラントを退職した。その後暫くして、彼らは三〇〇マイル北の小さな町スプーナに移った。美しい湖が点在する地域だ。たとえタミーと子供たちが望んだとしても、まあ望まなかったわけだが、ジェラードは自分の家族をこれ以上両親から、娘たちを尊敬する祖母から遠ざけることはできなかった。家族が全てだ。

だから昨年の夏の終り、配電設備のクラスで木製の練習用電柱からずるずると滑り落ちていた頃、仕事のオファーを貰ったジェラードはそれを受けた。求職を始めてから最初のオファーで、ジェインズヴィルでの求人が全然ない時だった。「学校なんざクソだ」、電柱から滑り落ち、胸をすりむいて神経が苛立った事件以来、ジェラードはそう考えていた。「仕事だ仕事」。

これが完璧なソリューションではないことは解っていた。その仕事というのは地元のGOEXという会社で、プラスティック・シートやロールを作っている。自動車ではなくプラスティックを作る工場だというのは問題ではない。問題は、仕事のシフトが一二時間、つまり午前六時から午後六時までで、週末もローテーションで二回に一回は出なければならないということだ。家族と共にジェインズヴィルに暮せるのは良いが——何しろ家から何百マイルも離れたGMのプラントと近くのどこかのアパートに住めなんて御免こうむる――放課後の子供たちのイベントも行けないし、土日も半分は一緒にいられない。この家族と引き裂かれる仕事でジェラードが貰えるのは時給一二・四八ドル――古き良きGMの賃金の半額以下だ。

このシケた新給料で、生きるのに十分なカネを掻き集めるというのが家族のプロジェクトとなった。三人の子供たちを育てながら、タミーはパートタイムで在宅仕事をしている。ホーム・エントリ・サービスという会社のためにラップトップでデータを打ち込む仕事だ。仕事の規則上は一日六時間まで働けるが、実際にはしばしばもっと短くなる。仕事は出来高払いで、平均して時給一〇ドルというところだが、仕事の量は週によってまちまち。それ以外にボランティアに行って校長と懇意になるように努めていた彼女はついに、子供たちがかつて通っていた小学校でパートタイムの教員補助の仕事を得た。

アリッサとケイジアも加わった。今では一五歳で、パーカー高校に通っている。ウィスコンシン州は一四歳以上のティーンエイジャーに週日三時間、週末八時間の就業を認めている。[☆27]まずはアリッサが街の北側にあるステーキ・ショップ、テキサス・ロードハウスのウェイトレスとなって、時給二・三三ドルにチップの歩合給を貰えることになった。ケイジアはバターバーガーとフローズン・カスタードで有名なカルヴァーズで最低賃金のレジ打ちを始め、すぐにアリッサもカルヴァーズに移った。二人が同じところで働いた方が働きやすいだろうし、カルヴァーズは近いので歩いて通えるからだ。二人は携帯電話と中古車のために貯金をしている。両親はこうしたジェインズヴィルのティーンエイジ生活の基本アイテムには絶対にカネを出してくれないし。だが二人は、両親が聞かれていないと思っていた会話を注意深く聴いている。すぐに二人は親に言われる前に、バターバーガーとフローズン・カスタードを給仕して貰った僅かばかりの給料の一部を家計の足しに差し出すようになった。ケータイをほんの少し我慢してでも。

だって実際問題として、プラスティック工場の低賃金と在宅の出来高払いのデータ入力、それにパートタイムの教員補助だけでは五人家族が昔のホワイトエーカー家のような普通の中産階級の暮しをしていくのには不十分だから。ジェラードがGMをレイオフされた時、彼とタミーの貯金はだいたい五千ドルほど。住宅ローンや水道光熱費のためにちびちび引き出していれば一年半で貯金は底を突く。

可能な限り削減した。タミーは食料費として週に二〇〇ドル遣っていたが、パスタを増やして肉を減らし、月に二〇〇ドルに抑えるようにした。外食も無し。週末の午後にみんなでクルマに乗って、何と言うこともない田舎を走るお楽しみもなくなった。田舎のドライヴにガソリン代を浪費するなんて今じゃ問題外だ。アリッサとケイジアの高校のダンスにもカネは出さない、自分たちで何とかするのは勝手だが。

タミーとジェラードには、節約しているのは自分たちだけではないことが解っている。街中至るところのボートやキャンピング・カーなどの中流階級のトロフィだった大人の玩具に「売ります」の紙が貼られている。ますます多くの家が売られるたびに、タミーとジェラードは裏庭にプールのある今のレイズドランチ〔一階が半地下にある二階建ての家〕を売ってもう少し小さいのを借りようかと相談する。その家は二〇〇四年に一四万ドルで買った。当時はジェラードのGMの賃金と、ほとんど毎週ある五割増給の一〇時間の残業があった頃で、双子とノアのベッドルーム用に地下室を改装するためにセカンド・ローンに申し込んだ。そんなこんなでこの家のために一六万ドルの借金を負ったが、二〇〇八年五月に資産価値一六万一千ドルと見積もられたので全然大丈夫だった。GMがプラントの閉鎖を告知する一ヶ月前のことだ。だが今や全然大丈夫じゃない。この前聞いたところでは、この家の価値は僅か一三万七千ドル――しかも、今日日《きょうび》のジェインズヴィルで買い手がつけばの話だ。そのことを話し合うたびに、タミーとジェラードは同じ結論に落ち着く。この酷い不動産市場で、損益分岐水準以下のローン付きの家を売ろうとするなんて馬鹿げてると。

家が売れないとしても、この街で家財を売り払っている人の流れに加わることは少なくともできる。ジェラードとタミーは既にスノーモービルと二台の四輪車を売った。今、タミーはガレージセールでハーレーを処分している。だがいかに現金が必要だとしても、譲れぬ一線は引いている。リビングの隅の、ガラス棚のあるオーク材のキュリオ・キャビネットだけは何があっても売らないだろう。少女の頃からずっと欲しかったキュリオで、結婚した時にジェラードが買ってくれたものだ――彼が二二歳、彼女は一八歳だった。

キュリオかどうかはともかく、何かは諦めねばならない。早期退職は良い取引に見え始める。それはゼネラルモーターズにとっても良い取引だ。何故なら過去五年の間、同社が財政を是正するために使ってきたツールの一つが、労働者に退職を促すことだったのだから――GMの給付金や年金の節約のために。大規模削減[☆28]によってジェインズヴィルが動揺しつつも何とか生き延びてから数ヶ月後の二〇〇六年三月、GMは一一万三千人の時給労働者に早期退職を打診した。[☆29]それを受け入れた三万五千人近い労働者の中には、ジェインズヴィルの者も九〇〇名ほど含まれていた。二〇〇八年二月、オバマがプラントでの選挙演説のために街を訪れる前日、GMは残る七万四千人の時給労働者全員に「特別削減プログラム」を打診した。一万九千近くが早期退職を受け入れた。もしもジェラードがこの時に受け入れていれば、直ちに給付金は打ち切られていただろうが、現金で一四万ドルが手に入っていたことになる——今の早期退職で得られる額よりも一三万六千ドルも多い。もっと早く降りてさえいれば、だがプラントが閉鎖されるなんて誰が知っていただろう？[30]

今の早期退職で貰える現金など焼け石に水だ。数千ドルぽっちのカネは、UAWの契約で何にせよ今年中に貰えるはずだったSUBペイとほぼ同額。そして早期退職は、もはやゼネラルモーターズの年金を貰う資格の喪失を意味する。とはいえ、退職金は何年も先のことだったろうし、早期退職金を貰う決定的要因は今にある。つまり健康保険だ。これがあと六ヶ月延長されれば、ジェラードとタミーはGOEX社を通じて健康保険に入る必要がなくなる。どれも悪い選択肢ばかりの中で、早期退職が一番無難に見える。

蓋を開けてみれば、ジェラードが自分を元GMマンに変える書類にサインした時、それは彼にとっても家族にとっても良いことだった。ゼネラルモーターズは緊急援助と破産のために五〇〇億ドル近くに上る公債を与えられたかもしれないが、それでもなお労働力を縮小しようとしている。五月、[31]同社は依然として仕事のないままのジェインズヴィルのGMマンに、もう一度街の外へのプラントへの異動を提案する予定だ——八時間かかるオハイオ州ローズタウンに。この異動の機会は、マット・ウォパットが月曜日にフォートウェインに旅立って金曜日に帰ってくることを選んだこととか、その他の何百人もがテキサス州アーリントンやジェラードの親友のいるカンザスシティに行ったのとは根本的に違う。これは強制的な異動になる。レイオフされた労働者の中でも、既に過去三度の異動のオファーを全て断った者に限るという契約で許されているものだ。ジェインズヴィルに残っているGMマンはローズタウンに行かねばならない。さもなくば、もしもジェインズヴィルのプラントが再開されれば再雇用されるかもしれないという儚《はかな》い可能性以外は何もないままにゼネラルモーターズから切り捨てられる。

そんなわけで現金は乏しく、保険は長くない。だがローズタウンへの異動がくるまでには、ジェラードは彼に残された最後の真鍮の指輪を摑んでおいたのは賢明だと感じている。

22 オーナー・コード*

ドリーム・センターはベロイトの公会堂で、ブラックホーク技術大学の卒業式の会場だ。そしてバーブ・ヴォーンの今の気持ちは、「夢じゃないかしら抓《つね》ってみてよ」。何しろ黒い角帽にガウンを着て、同じような服装の列の中に座っているのだ。首の周りには金の〈ファイ・シータ・カッパ〉**のサッシュと、ロイヤル・ブルーと金のオーナー・コード。タッセルのついた先端は腰の下までぶ

* オーナー・コード：卒業式などで身に着ける飾り紐。
** ファイ・シータ・カッパ：短大の成績優秀者が入会できる育英会。

ら下がっている。叡智、大志、純粋。ブラックホークのような二年制カレッジの育英会の名称は、これらの美徳を表すギリシア語の頭文字から採られている。バーブは一六歳でドロップアウトして以来、ずっと付きまとってきた恥辱がようやく去ったという事実をなかなか飲み込めないでいる。猛勉強とずらりと並んだAによって彼女はこの美徳の名を持つ育英会に居場所を確保し、そしてもう間もなく準学士号が授与されるのだ。

バーブの隣は親友のクリスティではない。この日、すなわち五月一五日に、金の縁取りのある黒いケースに入った証書[☆32]をわたされる二六八名の学生は式次第に従っていて、そこでは彼らはアルファベット順に並んでいる。だからクリスティは、彼女自身のサッシュとオーナー・コードを身に着けて、刑事司法の学位取得者の前列近くにおり、バーブは後の方にいる。ブラックホークの学長が「刑事司法」と呼ばわる時が来て、彼らは一斉に立ち上がり、湾曲したステージの右側へと通ずる階段に向かって進む。彼らはいずれも同じ特大サイズのプライドを持ち、それでもなお最終的にバーブはクリスティに惜敗した。彼女はたった一つのAマイナス――少年法――のために自分を許すことができない。それ以外は文字通り完璧なのに。

ステージに近づくにつれ、リア社工場フロアを去って僅か二年にも満たないバーブとクリスティは、そのプライドと卒業式のレガリア〔ガウンなどの卒業式での正装〕において二〇一〇年度のブラックホーク卒業生の特筆すべき点の一部となっている。この年の卒業生には、ブラックホークに転身した大不況《グレート・リセッション》からの避難民の第一陣が含まれている。レイオフされた自動車労働者とそれ以外の労働者の群れ――バーブの夫マイクも含む――が翌年にキャンパスに押しかける前から、彼ら第一陣はこの学校の更新を開始していたのだ。バーブとクリスティの一年目の春までに、トウモロコシ畑に取り囲まれたこの小さなキャンパスは、前年よりも学生の数が八五〇人も増やした——二〇％の増加だ——そのほとんどは工場の仕事から来たばかり。

だから今朝の卒業式式辞がアメリカン・ドリームの体現者によって行なわれたことは、まことに相応しいことだった——ティファニー・ビヴァリー＝マロット、ゼリー製造工場の夜間シフトから身を起こし、遂にはネットワーク・マーケティング会社の会議室にまで登りつめた女性だ。その過程で彼女はコスメ販売で億万長者となった。彼女はやる気を奮い起こさせるようなスピーチをする。[☆33]ドリーム・センターの中央ステージを占めた彼女は、エレガントなクリーム色のスーツに襞飾りのある下襟、そして今朝の卒業生の中でも最も将来性のなさそうな人々に向けて直接その言葉を届けようとしている。不況《リセッション》に工場の仕事を奪われるなど予想もしていなかった人々だ。バーブもクリスティもそこに含まれている。「このコミュニティの経済が直面している悲惨な状況に対しては、多くの反応があったと思います」と彼女は卒業生たちに言う。「多くの人が不平を言い、多くの人が泣き、多くの人が諦めました。中には、事態が昔に復するのを待っていた人もいます……けれどもまた、自分自身とこの地域のために新たな未来を作ろうとした、生気溢れる少数の人もいたのです。彼らは経済的な逆境を経済的なチャンスとして使おうと決意しました。この人たちというのは、つまり皆さん方全員のことです」。

このアメリカン・ドリームの体現者たるぶっきらぼうな式辞演説者が敢えて口にしなかった物語もある。ブラックホークに来た元工員の多くが、今日を迎えることなく進路を変更したことだ。バーブやクリスティをはじめとする二〇〇八年の秋に技術大学に来たレイオフ労働者のうち、半分近くが着手したことを終えることなく去った。バーブやクリスティのように、準学士――ブラックホークで授与される最高学位――を目指した三〇〇人ほどのうち、数年以内に修了するまで粘るのは三分の一ちょっと。そしてバーブやクリスティと共に刑事司法の勉強を始めた三一人のレイオフ労働者の中では？　今日証書を貰うか、来年卒業予定なのはちょうど半分だ。

こんなに変動の激しい結果は通常、二年制のカレッジではあまりない。実際ブラックホークでも修了したレイオフ労働者の第一陣の数は失業していない同級生よりも多い。それでも、今日ドリーム・センターで語られなかった点は、ジョブセンターが奨励してきたように、仕事を切望する人々が再教育に挑んでも、必ずしも成功しないということだ。

今や下院予算委員会委員長のポール・ライアンとオバマ大統領は、失業したアメリカ人を新たな仕事のために再教育することを応援するという点では依然として似つかわしくない同盟を組んでいる。それでもなお、ブラックホークの人々はもっと生々しい、現実的な真実を知っている――レイオフされた工員の再教育は容易ではない。死にもの狂いで試みてきたブラックホークのような小さなカレッジですらだ。

組立プラント閉鎖を誰もが知るようになる数ヶ月前にこの街にやって来たブラックホークの副教育部長シャロン・ケネディは再教育を信じている。そして正直であることの意味も。[☆34]滅多にない余暇には、学校に戻った中西部の組立ライン労働者に関する本を調べ始めた。つい先頃、彼女はウィスコンシンの州都マディソンまでクルマで出かけ、ウィスコンシンの労働力を作ることに熱心な議員たちを相手に話をした。私は職員たちの火と熱意によって洗礼を受けました、彼らは失業して茫然とし、混乱した工員をいかにして自己改革させ、学生として生まれ変らせるか、競ってその方法を考えています。一年目（バーブとクリスティの入学の年）、すなわちより大きな破局の前ですら、「通常の事業を行なうにはあまりに圧倒的すぎるほど」大勢でした、とシャロンは証言した。

だからこそブラックホークは八八の講座を追加し、マイク・ダブルデイのような追加の指導員を雇い、他の学校から奨学金の専門家を連れて来て、そして——教室が足りない時には——夜間や日曜日のコースも追加し、「ナイトタイム・イズ・ザ・ライトタイム」というキャンペーンを打ち出してこの不人気な時間に学生を募りもした。学生のために精神衛生カウンセラーを雇い、指導員や管理者のためにストレス軽減セッションも行なった。だがそれでも十分ではなかった。二〇〇八年の秋期セメスターの直前、シャロンと職員は長い間学校と縁のなかったレイオフ労働者たちを歓迎する雰囲気の涵養に努めた。ブラックホークは家族連れのためにコミュニティ・ピクニックを開催し、子供たちにはゲームを、入学予定者にはハンバーガーやホットドッグを摘まみながら学部長や指導員と話をする機会を提供した。職員はこのピクニックにコンピュータを持ち込んで、授業に申し込みたい者は誰でもその場で申し込めるようにした。「この時初めて」と彼女は後《のち》に議員たちに語った、「私たちは雲を摑むようだった問題を朧《おぼろげ》気ながらも理解できたのです」。

何故なら、シャロンとブラックホークの指導員にとってこれらの工員たちに関する最も驚くべき事実は、彼らの多くがコンピュータの使い方を知らないということだったのだ——起動の仕方すらも。「私たちはほとんどの人が最小限のスキルもないという事実に完全に虚を突かれました。そして彼らの方は、今の世界で学生になるにはこういうスキルがいるのだという事実に虚を突かれたのです」とシャロンは証言した。ブラックホークの職員の動きは素速かった。直ぐさまコンピュータ・ブート・キャンプを創り、あっと言う間に学習方法に関する「スチューデント・サクセス」コースを創り上げた。だがそれでも一部の学生は、手書きの文書が受けつけられないと知った時点で脱落した。

そんなわけで、二週間で学校を去ったジェラード・ホワイトエーカーの決断は異常でも何でもなかったのだ。マット・ウォパットがゼネラルモーターズの賃金を貰うためにブラックホークを去ったのは今日の卒業式の九週間前、その時点で既に彼は同時に入学した多くの者よりも長く在籍していたのである。

このよく晴れて肌寒い昼前に角帽とガウンを着た男女にとっては、たとえ〈ファイ・シータ・カッパ〉のサッシュとオーナー・コードをまとっていない者ですら、ドリーム・センターのステージに向かって歩いているという事実だけで、既に彼らは選ばれた者なのだ。

バーブとクリスティはレガリアを外し、二人の夫とバーブの義両親、それにクリスティのママと共に卒業を祝うためにオリーヴ・ガーデンの遅いランチに向かう。この時既に彼らは二重に選ばれた者だ。彼らは最優秀の成績で卒業した。そしてこれから良い仕事に就こうとしている。

去る一二月、第三セメスターを終えつつあった頃、両者はロック郡保安官事務所の四名の求人リストに名前を記入した。街の多くの人が仕事を欲していることからして、そのリストは長かった——名を連ねていたのはおよそ千人。保安官事務所はその中から四〇〇人を選んで採用テストを受けさせた。バーブとクリスティもその中にいた。

仕事は入門レベル——郡刑務所の看守——だが、時給は一六・四七ドル。リアより六ドル近く安いが、今日日のこの街の大概の仕事よりは高い。さらに、刑務官というのは州の職員だから健康保険もバケーションもしっかりしている。そしてこの仕事は刑事司法制度の一部——まさしくバーブとクリスティが学校で目指してきたものだ。彼らの指導教官であるケヴィン・パーセルは素行調査に対して、彼らの成績のみならず、実務研修を上手くこなしたことにも驚かされたと答えた。クリスティの実務研修はベロイト保護観察所で、バーブは社会復帰施設《ハーフウェイ・ハウス》。これは主として州刑務所から出所したばかりの性犯罪者が収容されている。

「彼女たちを雇わないなら君らはバカだ」とケヴィンは保安官事務所に言った。

かくしてクリスティは、六日後から刑務所で仕事を始めることとなっている。とりわけ母のリンダは同居している家族の一人が再び給料を貰えるようになったことにワクワクしている。「オー、ワーオ」というのが、クリスティが受かったことを告げた時の母の最初の反応だった。「家を出て行かなくて済むわ」。

保安官バッジと制服を着たクリスティは、依然として最悪の景気の中でいかにして新しい仕事を見つけるか解らないジェインズヴィルの失業者にとって、即時の役割モデル、またとない刺激となるだろう。[☆35]「クリスティ・ベイヤーは困難を勝利に変える」というのが、CORDが出しているニューズレターの六月一日号の一面の見出し。CORDとは、ジョブセンターのボブ・ボレマンズがジェインズヴィルの失業者たちを支援するために創ったグループだ。記事の中で刑事司法の教官ケヴィンは、彼女はブラックホークで過去一〇年に自分が教えた中で最高の学生だと述べている。曰く、クリスティには「成功を求める信じがたいほどのやる気、学びたいという本物の意欲があります。彼女は同級生のみならず、教官である私にとっても良い刺激でした。新しい基準を作りましたよ！」。[☆36]

今から二ヶ月以内に、バーブもまた刑務所に勤めることになっている。そしてクリスティは、今度は『ジェインズヴィル・ガゼット』紙の記事になる。記者は刑務所の日曜日のシフトを終えた彼女と会った。「毎日制服を着るたびに、ますます誇らしく思います」とクリスティは記者に言う。「私は自分で決めたことをやっています。コミュニティの安全を守るお手伝いです」。

依然として仕事を見つけようと苦闘している人々を明るくするような朗報に飢えている元Kマートのジョブセンターの職員にとって、この二人の親友はアメリカ人の改革精神がまだジェインズヴィルに生きていることの証拠となるだろう。そしてバーブとクリスティはその成功を通じてプライドに満ちている。まさかここから先の道が期待した場所に通じていないなどとは想像もできない。

23 ホワイトハウスが街に来る日

ロック郡ジョブセンターで、ボブ・ボレマンズは大当たりを成し遂げた。六月一一日金曜日の午前九時三〇分少し前、彼はジョブセンターの広いロビーでエドワード・B・モンゴメリという男の到着を待っている。モンゴメリは経済学者で、より詳しく言えば自動車コミュニティと労働者に関するホワイトハウス・カウンシルのエグゼクティヴ・ディレクターという立場にある。

ボブは一年以上前からこの訪問を準備してきた。容易なことではなかった。

ジェインズヴィルからワシントンまでの八〇〇マイルは、しばしばボブには遠い距離に見える。壊滅的な経済状況の下で人々を仕事に向かわせるのは単純な話ではない。そして彼は、ジョブセンターに流れ込む連邦政府のカネの使い方についてあまりにも多くの規則のある、迷宮のような政府機構の中の単なる点以上のものでありたいと願っている。だがボブは不屈の男であり、この国の首都に新たな援助の機会が現れるのを常に虎視眈々と見守っている。だから、就任して僅か二ヶ月のオバマ大統領が自動車産業の出血によって一年以内に仕事を失った四〇万人のアメリカ人のために戦うという重要な演説をした時、[☆37]これを見逃す彼ではなかった。

その演説の大部分は、さらに多額のカネをクライスラーとゼネラルモーターズに注ぎ込むことへの弁解だった。両社は共に既に何十億という政府緊急援助を受けている。自動車産業は、と彼は言った、「アメリカン・スピリットのエンブレム」であり、「何百万人という国民の夢を支える経済の柱」である、ゆえにこれらの会社にはさらに政府の財政援助と、束の間の再建への機会を与えられる資格がある。[☆38] GMの変革の兆しとして、と大統領は言った、リック・ワゴナーは直ちにCEOを辞任する[☆39]（ホワイトハウスは彼を追い出したが、その代償として彼は推定二三〇〇万ドルの年金と給付金を貰った）。

ボブの目を惹いたのは――両社に対するさらなる援助やCEOの追放以上に――演説の最後の方に出てきたオバマの約束だった。それは「自動車産業で働く、あるいはそれに依存する無数のコミュニティで生活する全ての男女」に直接向けられていた。大統領は「我が国の自動車の街を襲った嵐」の打撃を受けたコミュニティに対して、竜巻やハリケーンの被害を受けた地域と同等の配慮をすると固く約束したのだ。☆40この特別の配慮は、新たな自動車コミュニティと労働者に関するホワイトハウス・カウンシルと、これらの場所と人々の回復を援助する労働省の新部局という形を取るだろう。その両方の指導に当たる者として、と大統領は言った、エド・モンゴメリがその任に就《つ》く。モンゴメリは政府と学界の双方で優れたキャリアを積み、クリントン政権では労働副長官を務め、現在はメリーランド大学学部長を務めている。政治と学問の両界における彼の感性は製鉄所が錆つこうとしていたピッツバーグの少年時代に形作られたものだ。

ボブはエド・モンゴメリがホワイトハウス内部で正確には何をすることになっていたのか、あまり良くは知らない。嵐に襲われた自動車コミュニティの再建というのは、彼らの仕事を終らせた会社に何十億ドルものカネを送ることよりも複雑に見える。彼の役割の中には、新たなイニシアチヴと、連邦政府関係機関の間にある官僚的障壁を突き破ることも含まれているようだ。そしてモンゴメリは国中で「聴聞セッション」を計画しているという。
直ちにボブはモンゴメリをロック郡に連れて来なければならないと考えた。官僚制の打破はボブのお気に入りのテーマだ。ジェインズヴィルの経済が床を突き抜けて落ち込み、回復できないでいるという個別の事案にこのホワイトハウスの新人が自発的に注目するまでなんて、とても待ってはいられない。

ボブはこのアイデアをCORDに提出した。失業した労働者たちへの援助を連携させるために、彼がジェインズヴィルの古典的な良き政府スタイルで作った連合だ。CORDのメンバーはこれが実際に緊急のミッションだと理解した。ボブはポール・ライアンのスタッフを含むジェインズヴィルの議員派遣団に手紙を送り、彼の訪問の手筈を整えてくれるよう依頼した。できれば終日の訪問が良い、何故ならホワイトハウスの自動車コミュニティの男とは話すことが山ほどあるからだ。そしてできれば夏の終りまでが良い、何故なら、もしも政府がジェインズヴィルという傷ついた自動車コミュニティに救援を送ってくれるのなら、一刻の猶予もないからだ。

★

ホワイトハウス・カウンシルのエグゼクティヴ・ディレクター[☆41]がジェインズヴィルにやって来たのは、他の二六の自動車コミュニティを回った後のことだった。しかもボブが目論んでいた終日訪問は三時間半に切り詰められた。

それでもなお、モンゴメリがジョブセンターの二重ガラスのドアを通ってきた時にはワクワクした。ピンストライプを着て、八つの連邦政府機関から一三人の高官を引き連れている。ボブは彼が遠路はるばるロック郡まで来てくれたことを大いに感謝し、そそくさと彼と取巻きを連れて元Kマートのごみごみしたキュービクルを案内した。職員たちはいつも通り、彼らを視察するホワイトハウスの自動車コミュニティのトップの男など目に入らないかのように普通に働いている。何故ならボブがモンゴメリに見せたいのはこのジョブセンターがどれほど忙しいかなのだ。一ヶ月に平均一万五千人がここを訪れる。その全員にサービスを提供しているのだ。その全員が今も助けを必要としている。

一通りの案内とロビーでの手短なプレス・カンファレンスが終ると、ボブはモンゴメリらをエスコートして、二ブロック離れたUAW第九五支部ホールのフォーラムに連れて行く。[☆42]そこでは一〇〇人以上の人間が待機している——想像しうるあらゆる視点を代表するロック郡のリーダーたちだ。ロック郡5・0という経済発展キャンペーンの代表者であるメアリ・ウィルマーもいる。ボブはこの地域の議員派遣団もこの場に招いていたが、側近を派遣する代りに議員本人が顔を出したのはマディソンのリベラルな民主党議員ただ一人だった。プラント救済ミッションが失敗に終り、自動車産業に対する緊急援助への投票も済ませたポール・ライアンは、既に故郷の窮状から関心を移していた。彼は連邦の財政政策に対する右派の声という役割を強め、政府支出や国債を叩く側に回っていたのだ。[☆43]今朝の彼はワシントンにいて、全国に放送されるラジオの保守的なトーク・ショウにゲストとして出演している。司会を務めるのは「ティーパーティ・パトリオット*の声」を自称する男だ。

[☆44]モンゴメリはウィスコンシン州労働長官とマディソンから来た民主党議員と共に小さなスカート付きのテーブルに就く。背後の壁には大きな白黒写真——一九三六〜三七年の大規模な座り込みストの夜景だ。この写真はジェインズヴィルのGMが暴力を避けるための賢明な計画に合意した後に撮られたもので、組立プラントから大喜びで出て来る男たちが写っている。

[☆45]これは聴聞ツアーだから、モンゴメリはどうしても仕事の見つからないレイオフ労働者たちの話を聞いている。州議会議員、組合幹部、経済開発の専門家の話も。郡内で急上昇する差し押さえ、破産申立て、公的扶助申請、誰も家を建てないために垂直落下のように急減する建築許可、かつて

年間寄付金の四〇%を占めていたゼネラルモーターズが去って危機を迎えた北ロック郡ユナイテッド・ウェイ。モンゴメリは一一に上る創造的な経済拡大のためのアイデア――昔ながらの為せば成る精神の閃《ひらめ》き――の演出付きプレゼンテーションに耳を傾ける。ジョブセンターやブラックホーク技術大学、地元の学校やコミュニティのさまざまな機関などが喜んで発動させそうなものだ。もしも連邦政府がそのために必要なカネとそれを遣う自由を与えてくれるなら、の話だが。これらの補助金のアイデアを合計すると、三年間で四千万ドル近くにもなる。政府が既に街に注ぎ込んでいる職業訓練費用と失業手当以外にだ。中でも最も野心的なアイデアは「ワーカーズ4U」。これは一二〇〇万ドルのプランで、一九六〇年代の初期の連邦の人的資源開発戦略の再現だ。ジェインズヴィルのレイオフ労働者を雇用後に訓練する意思のある会社に対して当面の賃金を助成することで、新たに五〇〇の雇用を創出しようというもの。街の一部の雇用主は依然として従業員をレイオフしているが、ボブの考えでは、中には成長する準備を整えている者もいる――例えば革新的な生産技術、ヘルスケア、食品加工などの分野だ。[☆46]まさしくこのようなアイデアが、実際にオバマ大統領が今から一六ヶ月後に提案するアメリカン・ジョブ・アクト[**]にも含まれることになるだろう。だが、ホワイトハウスの自動車野郎が街に来た今日の時点では、連邦職業訓練プログラムも失業手当

＊　ティーパーティ・パトリオット：オバマ政権による景気刺激策としての財政出動や金融機関の救済への抗議をきっかけとして、課税・増税に反対を唱える保守勢力が結集して二〇〇九年始め頃から始まった政治運動。
＊＊　アメリカン・ジョブ・アクト：バラク・オバマ大統領が二〇一一年九月八日に国会で行なった、雇用創出法案に関する全国放送のテレビ演説の通称。

もこの種のオン・ザ・ジョブ訓練にカネを遣うことを許可していない。

最後[☆47]に話をまとめながら、ボブのジェインズヴィルの古き良き、為せば成る精神にスイッチが入る。彼はモンゴメリに告げる、「この部屋の中にはね、敗北感を感じたり、あるいは何かを試みて変えていくために前進する気のない人なんて一人としていない、私はそう感じるのです」。それからボブの声は暗く、辛辣になる。「時にはね」と彼は認める、「困難に打ちひしがれることだってあります。孤立し、無視されていると感じることもあります。政府の規則に落胆し、ルールだのお役所仕事だのの所為《せい》で身動きが取れなくなりもします」。

「一つ最もお願いしたいことは」と彼はモンゴメリに言う、「地元の問題に対する最高の解決策は、コミュニティの創造性と創意からくるということをご理解いただきたいということです」。

もう既に昼近く、あと数分でモンゴメリと一行は東のケノーシャに向かうことになっている。ケノーシャもまた、クライスラーのエンジン・プラントがこの秋に閉鎖されて惨憺《さんたん》たる自動車コミュニティになりつつあるからだ。モンゴメリは立ち去る前にカネの約束こそしないが、ジェインズヴィルが提出したアイデアを進める方向で、直ちにその調査検討を援助すると約束する。彼は「パートナーシップ」という言葉を多用する。その希望と実利主義のメッセージを、彼は話を聞いた全ての悲惨な自動車コミュニティに与えてきた。コミュニティは再建できる、と彼は言う、だがその再建のためには、煉瓦を一つずつ積んでいかねばならない。

煉瓦を一つずつというメタファーはモンゴメリが仕事でしばしば使ってきたものだ。だが生憎《あいにく》、積むための煉瓦を集める援助という点では彼はジェインズヴィルに同意しないだろう。彼[☆48]が街に来る前の日、ホワイトハウスから二マイル西にあるジョージタウン大学は、モンゴメリが同大学の次の公共政策学部長に就任すると発表した。ジェインズヴィルとケノーシャを最後の聴聞セッションとして、数週間後に彼はオバマ政権を去る。

★

モンゴメリ訪問の三日後、オバマ大統領は彼の政権が「急いで後任を探す」と発表する。[☆49] だがその後任が決まるのはさらに一年後のことになるだろう。[☆50] その職務がオハイオ州ヤングスタウンの市長に与えられる頃には、ホワイトハウスはモンゴメリが率いていたカウンシルを解体している。連邦政府諸機関を束ね、その官僚制を打破するという目的と共に。自動車コミュニティと労働者を助けるという責任を負った新たな男は、大統領の直属ではない。彼は労働省に属することになるからだ。

その職務が空席となっていた一年の間に、連邦政府会計検査院[☆51]はホワイトハウスの自動車コミュニティ・カウンシルと労働省の復興オフィスに対する痛烈な批判を出す。その報告書の結論によれば、それらは情報収集拠点としては有用だった――が、悲惨な自動車コミュニティの中に結果として追加の連邦政府の援助を受け取ったところがあるのか、誰も追跡はしていない。

そしてボブは？　この訪問の手配に駆けずり回った挙げ句、残されたのは憤懣《ふんまん》のみ。モンゴメリは聴聞ツアーで立ち寄った全ての場所が政府から何らかの援助を受け取ることを目標としていた。

だがジェインズヴィルについては、赤いテープを切る者たちは鋏を持っていなかったということが判明する。モンゴメリが政府を去ろうとしている時、労働省に勤める若い男が、彼が連絡係として仕えているコミュニティの中にロック郡を加えろと命じられる。ボブはこの若い男に、一一もの助成金のアイデアを提示する。モンゴメリがUAWユニオン・ホールで耳を傾けていたものだ。ボブはこれらのアイデアを実現させるには連邦政府のどの機関が最適かについての助言を求める。この連絡係が唱道者兼導管となって、これらのアイデアを正しい場所に導き、新たな連邦政府のカネの蛇口を開いてくれることを期待して。だが何の助言もくることはない。カネも。

一年かそこらして、ボブは連絡係とのお喋りを切り上げる。

24　レイバーフェスト2010

九月の最初の日曜日、よく晴れた過しやすい気温の労働者の日《レイバーデイ》の週末の最中、メイン・ストリートは祝日の静けさ。明日は群衆がいつものように午後一時のパレードのために歩道を埋め尽す。だが今日は、騒いでいるのは街の南側のウォルター・P・ルーサー記念ホール、すなわちUAW第九五支部の本拠地の方だ。これはマイク・ヴォーンの祖父が設計に携わった組合のホールで、三ヶ月前にホワイトハウスの自動車コミュニティの男が訪れた場所。一九七一年からずっとここにあり、アメリカで最も影響力のある労働運動指導者の名を採っている——二〇世紀半ばに二五年近くにわたって自動車労働者の委員長だった男だ。砂色の煉瓦造りの低い建物で、草ぼうぼうの広い空き地に囲まれている。この週末にはその空き地にテントとステージ、ビアガーデンが建ち並ぶ。レイバーフェストだ。

ジェインズヴィルは常にレイバーデイには大騒ぎしてきた。このコミュニティが長い間誇りにしてきた熟練労働と礼儀正しい労使関係を祝う三日に及ぶ祝祭だ。レイバーフェストはUAWのみならず、街の幾つかの組合と幾つかの企業も後援している。だがUAWの空き地は常に祝祭の場所だ。ライヴ音楽、ティーンのための泥んこバレー、ピエロ、ロック・クライミングの壁、パペット・ショウ、そしてもちろん、八五年にわたって自動車を作ってきた街ならではのオート・ショウ。

今年は特別の催しもある。[☆52]それが来るのは夕方近く、フェスティヴァルのスケジュールで言えばブレイクダンスの一団と、マディソンのショウ・バンド「リトル・ヴィトとザ・トーピードーズ」の間だ。レイバーフェストのメイン・ステージの周囲を何百人という男女がオレンジのプラカードを持って取り巻いている。そのスローガンは彼らの歌と同じだ。「JOBS NOW!《すぐに仕事を！》」

仕事は政治になりつつある。夏の間、ジェインズヴィルで一一%辺りに高止まりしていた失業率は怒りを掻き立てている。歌っているのは労働者と失業者だ。群衆の中程にマーヴ・ウォパットがいる。マーヴが隠退し、GMの年金を貰い始めて二年になる。今なお彼は連帯の活動に出てきて、演説に耳を傾ける。

[☆53]この「JOBS NOW!」の集会は来月ワシントンで開かれる〈ワン・ネイション・ワーキング・トゥギャザー〉集会の、地元の事前開催イベントだ。本番の方はリンカーン・メモリアルの階段から溢れ出てナショナル・モールに向かうことになっている。[☆54]「中西部機械工組合《ミッドウェスト・テリトリー・オヴ・ザ・マシニスツ・ユニオン》」がこのイ

ベントのアイデアを出し、AFL－CIO《アメリカ労働総同盟 産業別労働組合会議》ウィスコンシン支部とロック郡レイバー・カウンシルと共にこの労働者の力の誇示を組織した——というか、力の名残りのようなものだが。この州では今も組合に属しているのは労働者の七人に一人で、国全体では八人に一人だ。機械工組合にとって「JOBS NOW!」の舞台は中西部ならどこでもよかった。ジェインズヴィルを選んだのは、この街がより多くの仕事の必要性を訴えるためのポスター・チャイルド*となったからだ。

マーヴが聞き入っている目の前で、この地域のほとんどの民主党候補者、それに大量の組合役員が順にレイバーフェストのステージに上がる。☆55 順番が来た時、ミルウォーキー市長トム・バレットはボタンダウンのチェックのシャツの上に機械工組合のロゴ入りの黒Tシャツを重ね着していた。バレットは知事選に立候補している。というのも、組立ラインの復活を試みていたウィスコンシン州の現知事ジム・ドイルには三期目を狙っている気配がないからだ。ステージに立つバレットは言う、まともな暮しをするのに必要なものが「良い背中と良い目覚まし時計**」であった時代は終りつつあります、と。良い仕事のための戦いは、と彼は約束する、マディソンの最優先事項となります。

翌日の午後、明るい九月の陽光降り注ぐ月曜日、組合と仕事はオバマ大統領の頭にもあった。組立プラントでの選挙演説以来、彼はこの街に戻っていない。だがウィスコンシンにはやって来て、別のレイバーフェストで演説をしている。ジェインズヴィルから七五マイル北東の、ミルウォーキーの湖岸だ。ヘンリー・メイヤー・フェスティヴァル・パークのステージに上がる頃には、☆56大統領のシャツの袖は捲《まく》り上げられている。そこで彼は全国の道路や鉄道を一新する、五〇〇億ドルに上る雇用創出計画をぶち上げる。彼はこの計画を労働運動の讃歌に包み込む。その声は、二〇世紀の間に組合が闘い勝ち取った労働条件の向上を一つ一つ挙げながらクレッシェンドしていく。その声はほとんど叫びとなり、両腕を振り回し、日を浴びた群衆が拍手喝采する中で彼はこの列挙の頂点に達する。「中産階級の経済的安定の土台には」[☆57]と彼は絶叫する、「全て組合のラベルが貼られています」。ここからオバマはその政治的主張を押し込む――困難な時代には、私の政権はアメリカの労働者に寄り添う。そして私がこの政権の連帯の証拠として称揚するのはこの国の自動車労働者たちだ。

「今日、この産業は戻りつつあります」と大統領は言う。「われわれはアメリカの労働者にイエスと言いました。彼らは戻って来ます!」。

大統領が話している頃、レイバーフェストのパレードはミルウォーキー・ストリートを練り歩き、右に曲ってジェインズヴィルのメイン・ストリートに入る。ここでは、自動車労働者はただの一人も戻ってきてはいない。今年は選挙の年なので、[☆58]候補者たちは全力で行進している。トレードマークのケリー・グリーンのポロシャツ、妻とブロンドの子供たちを引き連れたポール・ライアンはお馴染の顔、故郷の議員として七期目を目指している。

彼ほどお馴染でないのはもう一人の黒髪の共和党員、ネイヴィ・ブルーのポロシャツは、後ろのサポーターの一団が手にする選挙のプラカードにマッチしている。これがスコット・ウォーカー、

＊　ポスターチャイルド：公益目的の資金を工面するために、絵がポスターに使われる、何らかの病気や奇形によって苦しめられる子供。

＊＊　良い背中と良い目覚まし時計：身体が丈夫で遅刻さえしなければ良い、の意。

八日後の予備選に勝利し、GOP〔共和党の異名、Good Old Party の略〕の知事候補になろうとしている男だ。ポールが故郷のジェインズヴィルでは自らの保守主義とオバマの理想に対する嫌悪を愛想の良い物腰に覆い隠しているのに対して、スコット・ウォーカーはあからさまな燃え木として登場している。選挙[☆59]キャンペーンで今日発表するステートメントは、辛辣なレトリックを駆使して、大統領がミルウォーキーで語っていることを嘲笑している。「オバマのカネを遣いまくる《スペンドーラマ》、刺激を燃料にした《スティミュラス・フュエルド》八億一千万ドルの無駄無駄列車《ブーンドグル》……まるで大統領が口を開くたびに、われわれの税金五〇〇億ドルが飛んでいくようだ、『雇用創出』とやらのために。だが実際にわれわれが目の当たりにしているのは、失業のスパイラルではないか」。

ウォーカーはミルウォーキーのカウンティ・エグゼクティヴだが、ジェインズヴィルのすぐ東にある小さな町デラヴァンで育った。今日[☆60]彼は『ガゼット』紙の記者に、ティーンエイジャーだった頃、彼と友人たちはジェインズヴィル・モールをうろうろして、ミルトン・アベニューをちょっと入ったところにあるシェイキーズのピザを食べるのが好きだった、もう三五年も前のことだと語っている。件《くだん》のシェイキーズは二〇〇八年二月、組立プラントでのオバマの選挙演説の三日前に閉店した。

ウォーカーはこれまで予備選挙に勝ったことはない。それでも『ガゼット』紙に対して、ウィスコンシン州の赤字予算を何とかする計画がある、と語っている――現在空席になっている州職員の仕事を廃し、公務員には自分たちの将来の年金を支払わせる。幸運にも年金を貰える民間の労働者はしばしばそうしているではないか。

光溢れる日のメイン・ストリートに政治の嵐が吹き荒れる中、もう一人の人物がパレードに参入する。白い[☆61]ポロシャツにカーキ色のスラックス、灰色の髪に野球帽。彼を引きずっている二人の男は、巨大なキャンペーン・プラカードを両側で支えている。そのスローガンには垢抜けたところが全くない。「ティム・カレン、USに最適」。

ティムは三〇年以上前に初勝利し、二四年前に失った州議会上院の議席を取り戻そうとしている。組立プラントを救うために彼が率いていた十字軍は、ミシガン州の巨額のカネを出し抜くことはできなかったが、お陰で彼は別の信念を新たにした。連立の可能性だ。政治的な左と右、公共と民間、全ては共通の目的のために戦っている。もしも自分が州議会に復帰すれば、とティムは先頃語った、自分の老練な穏健派の声は、雇用をもたらす超党派的な信頼を創り出すだろう。このレイバーディに、ティムは再び希望に満ちている。

25 プロジェクト 16：49

街の影の部分では、何百人というティーンエイジャーがドミノ効果の犠牲になろうとしている。バーガーキングやターゲット*やガスマート**などの仕事でかつかつの生活をしていた親の子供たち

* ターゲット：アメリカのディスカウント百貨店チェーン。
** ガスマート：ガソリンスタンド併設のコンビニエンスストア・チェーン。

だ。今や彼らの親たちは失業した自動車労働者たちとの競争を強《し》いられている。かつてはこんな仕事なんぞ見下していた自動車の連中が、今では目につく仕事は何にでもしがみついてくるのだ。そんなわけで、中産階級の家庭が坂道を転げ落ちてくると、煽りを食った労働者階級の家庭は貧困に落ちることになる。そしてこの貧困へのドミノ効果が生じると、一部の親はアルコールやドラッグにはまる。子供を置いて街の外に仕事を求める者、単純に家賃が払えなくなる者。そんなわけで、ますます多くのティーンエイジャーが親と共に、あるいは単独で友人や親戚のカウチに転がり込み――あるいは辺鄙《へんぴ》なところに停めたクルマの中や路上で夜を過すことになる。

ジェインズヴィルにホームレスの子供がいるというのは心穏やかではない。このコミュニティの自己イメージからあまりにもかけ離れているので、ほとんどの人は不運なティーンエイジャーの問題など存在しないふりをしたがる。だがここはジェインズヴィル。逆境に対して市民が建設的に対処する伝統のある街だ。この街とベロイトの善意の人々は、ホームレス教育アクション・チームを結成した。このチームが考え出したのが、〈プロジェクト16：49〉だ。

この名前を提唱したのはベロイトで、16：49とは授業日が終ってからまた始まるまでの時間、一六時間四九分を意味する。ポイントは、この時間は宿題をしたり夕食を食べたり就寝したりするための安全で安定した場所のない子供たちにとっては永遠のように感じられるということだ。また、『シックスティーン・フォーティナイン』は、志ある地元の映画制作者の手で完成したばかりのドキュメンタリーの表題でもある。これは芸術であると同時に啓発のための作品でもある。その目的は、まさにコミュニティの中にいるホームレスの子供たちを黙殺する考えを打破することだ。そして九月半ばの木曜の夜、このドキュメンタリーは封切りを迎える。

上映の一時間前、プロジェクト16：49の背後にいる立役者の一人、長身でブロンドの女性が、がらんとしたUロック講堂に立っている。上映会場だ。彼女はソーシャルワーカーのアン・フォーベック。そしてジェインズヴィル学校組織のホームレス学生連絡係としての彼女の使命は、これらの子供たちの生活を繋ぎ止める援助をして、少なくともホームレスの子供たちがその上学校からもドロップアウトしないようにすることだ。

アンは予期せぬ状況に強く、常に冷静で、そしてジャグリングが上手い――彼女の仕事と生活には必要なスキルだ。家では八歳の四つ子と中学生の息子がいる。その上、昼も夜も働いて、自分の担当するホームレスのティーンエイジャーたちを助け、通学用のバスの代用通貨《トークン》をなくしたとかいう小さなトラブルから、暫く身を寄せていた親戚宅から蹴り出されたというような大きなトラブルまで面倒を見ている。アンがこんなクレイジーな時間を働けるのは、夫が小説を書いたりビデオゲームを作ったりしている在宅ワークのパパだから。お陰で彼女はいつでも子供たちのために迅速に行動に移れる。不運にも、安定した愛情深い家庭を提供してくれる、ソーシャルワーカーの母や小説家の父を持てなかった子供たちのために。

彼女は常に動き回り、可能な限り多くの子供たちを、可能な限り助けていると自負している。なのに問題は悪化していく一方だ。[☆62]学校組織が抱える今年のホームレス児童は四〇〇人以上。GM閉鎖以前より遥かに増えた。中でも最もハードなケースは政府の上品な用語で「同伴者なき若年者」と呼ばれる、何とかして自活しようとしているホームレスの子供だ。パニック状態の教師から、こう孤独なティーンが暫くいられる場所を知りませんかと問い合せの電話があるたびに、アンは恐怖を覚える。正直言うとそんなものは知らない、何故ならジェインズヴィルでは大人のための避難所ですら既に満員で、たとえそうでなくとも、付き添いのいないティーンエイジャーの受け入れは拒否されるからだ。そしてロック郡の養護施設は一五歳以上の子供は受け入れていない。そんなわけで、ホームレス教育アクションチームはティーンエイジャーのための緊急避難所を二箇所開設するという目標を作った。一つは女の子、もう一つは男の子用だ。安全な避難所。

このチームの目標はこれらの避難所を一年以内に作ること。つまり〈プロジェクト16：49〉はジェインズヴィル精神のヘラクレス的試練ということになる。アンはベロイトの学校のホームレスの子供たちを担当しているもう一人のソーシャルワーカーと共にホームレスの子供たちのための避難所に関する助成金を調べ抜いた末に、そのような目的のための政府助成金は存在しないという結論に達した。そんなわけで彼女らは避難所の創設に七〇万ドル、年間維持費として二一万ドルを集めねばならなくなった。

彼女らはソーシャルワーカーであって、資金調達者ではない。だが彼女らは心底これを欲している。だからこの黙殺を打破する新作ドキュメンタリーが街の人々を——特に、自分は失業もせず上手くやっている人を——動揺させることを望んでいる。そうすれば寛大な活動に参加しようという動機になるかもしれない。だからこそ、『シックスティーン・フォーティナイン』の封切りの一時間も前から、アンはいつものようなプレッシャー下の冷静さとは全く違う感覚を味わっているのだ。彼女は神経質で、精神をやられている。いったいどれくらいの人が来てくれるのか、そして来た人がどんな反応を見せるのか、見当もつかない。

消灯の時間が来て、アンは驚く。一〇〇席が残らず埋まっている。通路にも人が座っている。鮨《すし》詰めになり、立ち見になり、背後の壁に凭《もた》れている。この講堂には二〇〇人もの人が詰め込まれているに違いない。

前列に若い三人がいる。☆63ケイラ・ブラウン、コリー・ウィンターズ、ブランドン・ルシアンはロック郡のティーンエイジャーで、ホームレスで、そしてドキュメンタリーの登場人物だ。

室内が暗くなり、フィルムが初公開されると、スクリーン上にはケイラがいて、学校の廊下のコンクリート・ブロックの壁に凭れ、一八歳の誕生日に母親に蹴り出されたことを話し始める。一方、一〇代のほとんどを他人のカウチをわたり歩いて過したコリーはカメラを覗き込みながら言う、「本当にひとりぼっちでいると、自分が奇人みたいに感じる、もう人間じゃないんだって」。そしてブランドンは、失業した父が、自分を庇《かば》ってくれた継母に暴力をふるうようになって以来、家を出て一人で何とかやってきたと言う。

アンもまたスクリーンに登場して、教師たちからの電話、そのたびに子供たちを緊急避難させる場所はないと言わざるを得ないということを説明する。アンは一時的な「安全な家」を作ろうとしている、と言う。それからベロイトのソーシャルワーカー、ロビン・スタートが出て来て、これらの子供たちのための緊急避難所がなければ、「常に彼らを失うことになるのではないかと怯《おび》えています」と訴える。

フィルムはほとんど大詰め、ブランドンが最後にもう一度登場して話す。「最近母さんと話したんだ、母さんはお前がもうすぐ高校を出てくれるから嬉しいと言ってくれたけど、でも卒業式には来ないよ」。

三四分と三九秒の上映時間の後、『シックスティーン・フォーティナイン』は終了し、観客は総立ちで激しく拍手する。照明が点灯し、アンは総立ちの観客の多くが頬に涙の跡を残し、中にはまだ泣き続けている者もいるのが見える。最後に、観客の女性の一人が質問があると言ってくる。質問を始めた途端、またも咽《むせ》び泣きが始まり、だから彼女の質問はただの一語になる。「何故？」。[☆64]

26　理解

一年で最も日が短い日々が近づくと共に、バーブ・ヴォーン、すなわちブラックホーク技術大学卒業生の誉れにしてロック郡刑務所の刑務官は、ベッドから這い出るのに苦労し始めるようになる。毎朝毎朝、彼女は奇妙な恐怖を感じる。歯を磨くのが恐い、朝食を摂るのが恐い、カーキ色の制服を着るのが恐い、ミルトン・アベニューを通って右に曲り、ルート14に乗って刑務所まで行くのが恐い。

この恐怖はよく解らない、当惑させるものだ。バーブは自分がこれまでの人生で、今よりも遥かにしんどいことを数多く、きちんとやり遂げてきたという自覚がある。シングルママとして三人の娘を育て上げた。二つの仕事をかけ持ちした。リア社をクビになった。

心の奥底では、バーブは何がどうなっているのか解っている。だが、ブラックホークで獲得した、ずらりと並んだAには、こんなレッスンは含まれていなかった。人生の二年間を勉強に費やして獲得した仕事、自分と同様に時給一六・四七ドルと公的給付を喉から手が出るほど欲しがっていた四〇〇人もの人々を叩き出して得た仕事――そんな仕事が自分を鬱《うつ》にしているとしたら、どうすればいい?

友人のクリスティに遅れること二ヶ月、七月末に刑務所で働き始めた時、バーブはほっとしていた。マイクもブラックホークの労務管理のコースでようやく半分まで来たところで、少なくとも一人は再び給料を貰えるようになった。彼の継母ジュディは、食費節約のために食事を持ってきてくれている。去年ジュディは、誰もクリスマス・プレゼントを買う必要はないと宣言した。今ようやく生活は通常に戻りつつある。

バーブは刑務所のローテーションする時間割にも対処できた。シフトは日中や夜間の異なる時間に始まる。秋には刑事司法アカデミーでの六週間も上手くこなした。唐辛子スプレーや対人制圧訓練、「囚人」役に脚にしがみつかれたままで床上匍匐《ほふく》前進もした。この六週間の間には、心に浮かぶ疑問を抑えつけなくてはならない時もあった――「これが本当に私のやりたいことなの?」。それでも、時には荒っぽいこともあるにしてもアカデミーは学校だ。というか、そもそもアカデミーの講義はブラックホークで行なわれていた。そしてバーブは今、学校に通うコツを知っている。バーブは、彼女を一人前の刑務官として認定する州のお墨付きを貰って刑事司法アカデミーを修了した。

恐怖が始まったのは、アカデミーから刑務所に戻ってきた時だ。ブラックホークでは、教官たちは彼女に、囚人との戦闘は最後の手段だと叩き込んだ。だが一部の刑務官が異なるスタイルを採用しているのをどう理解していいか解らない。だけどそれはまだいい。最悪なのは、まるで自分が刑務所にいるみたいな感覚だ。

クリスティは、バーブが時々家に帰って泣いているのを知っている。バーブは刑務所に耐えられるだけのタフネスを持っているのかしら、と思う——囚人の愚弄や罵倒に耐えるだけのタフネスを。バーブはクリスティが言った、あれは別の世界なんだからという言葉を信じたがっている。ただもう少し時間が必要なだけよ。だが彼女の内なる声は——「これが私のやりたいことなの？」という声は——どんどん大きくなっていく。朝の恐怖は悪化していく。

自身もブラックホークでAを連取するのに忙しい身の上ではあるが、マイクは気づいている。彼はバーブに、落ち込んでるお前は見たくないと言い続けている。そしてある日、マイクは彼女に驚くべきことを告げる。彼がそんなこと考えてるなんて夢にも思ったことのないことだ。ましてや声に出して言うなんて。

「辞めれば？」

庭付きランチハウスを失うことになったとしても、とマイクは彼女に言う、どっかもっと安いとこに引っ越せばいいじゃないか。落ち込んでちゃ生きてはいけない。「それを解ろうや」と彼は言う。バーブはマイクより七つ上だ。彼女は今、落ち込んでいると共に恐れている。どうしたら時給一六・四七ドルを諦められるだろうか、今後こんな賃金の仕事を見つけられる確率は限りなく低いのに。

この間ずっと、五月の卒業から七月に刑務所の仕事を得た後も、彼女が自分の中に見つけ出した勉強の鬼は静まっていない。それは彼女に前進しろと命じている。学士号を取れと。もちろん、まさにブラックホーク内に支部を持つアッパー・アイオワ大学で彼女が邁進しようと計画していた学位というのは刑事司法だ。だが今のバーブは自分自身に関する何か重要なことを学びつつある。刑務所での毎日から、彼女はむしろ悪の道に走ってしまった人を守るよりも、困っている人がトラブルに巻き込まれる前に助けるべきなんじゃないかと気づいている。ソーシャルワークこそが彼女の欲しい学士号なのだ。

だが夢は賃金の代りにはならない。惨めなことに、彼女にはマイクが正しいと信じることもできない。そんなある日、クリスマスが近づいて、彼女は突如、自分の生活を新しいやり方で見るようになる。自分はリアでの一五年を下らないゲームで遊び、幸せじゃない場所にいて過した。単におカネから離れられなかったからだ。たぶん今は頭がよくなりすぎ、教育を受けすぎて、もう二度と同じゲームなんてできないだろう。たぶんタフネスとは、人生の中で働いていないもの、人生を固定しているものに気づくということなのだ。

恐れてはいたが、バーブは一〇代の頃に最初に仕事をして以来、今までやったことのないことをやっている。次の仕事の当てもなく何が起こるかも解らないのに、今の仕事を辞めようと決意しているのだ。バーブは保安官事務所のバッジを返却する。

27　希望の袋

クリスマスを来週に控えた土曜日の早朝、タミー・ホワイトエーカーは、夫婦で売る価値もないと判断したレイズドランチの玄関にノックの音を聞く。タミーが返事をすると、驚いたことに、入口の階段にいたのは見たこともない夫婦だ。

「食料品をお持ちしました」と男が言う。

タミーの驚きはさらに膨れ上がる、何故なら次に、この夫と妻は、まさにホワイトエーカーのドライヴウェイに停めてあった彼らの黒いSUV――ゼネラルモーターズ謹製だ、当然――にとって返したからだ。彼らは食料品の紙袋を引っ張り出し、どこに置けば良いですかとタミーに訊《たず》ね、ガレージを通って通路に入っていく。それを何往復も、というのも袋はどれも満杯で、しかもたくさんあったからだ。全部で一二個。

タミーは衝撃のあまり、小声でサンキューと言ったきり、入口ドアを閉める。この頃には、アリッサとケイジアが上がって来て、一部始終を見ている。食器棚と冷蔵庫を埋め尽しているこの施し物の出所は母親にはサッパリ解らないが、双子には解っていた。パーカー高校をはじめとする学校が、「希望の袋」と呼ばれる活動をしている、と聞いていたのだ。

希望の袋は一種の、ホリデイ・フード・ドライヴの代りだ。マーヴ・ウォパットは昨年まで四半世紀にわたってそれを行なってきたが、組立プラントの閉鎖と共に、もはやドライヴは続けられないという事実に直面させられた。ジェインズヴィルの学校組織はその穴を埋めることを決めた。この新ヴァージョンは、組立プラントの集荷場の代りに街の東側にある配送センターで行なわれている。袋詰めの開始は午前四時半ではなく、六時。だが基本的なアイデア——苦労している家庭にクリスマス・シーズンをお腹いっぱいで過せるものを提供する——は同じだ。さらに、街の学校は今や希望の袋の資金調達係を確保している。一つはパーカー高校で、感謝祭前に生徒や教師に銀のダクトテープを売って二六九ドルを集めた。これを買った者は漏れなく、これを使って学食の煉瓦の柱に校長を縛り上げることができるという、寄付集めのための遊びだ。

ボランティアには、ロック郡5・0の仕事を一休みしたメアリ・ウィルマーもいる。今日の土曜日の朝、彼女は一五歳になる息子コナーと共に食料品の袋を配っている。ルートの最後の家にいた男には何人かの子供たちがいて、全員で一列になって食料を運ぶ。彼は何度も何度もメアリとコナーに礼を述べる。

「お礼を言う必要はありません」とメアリは言う、「これができるということは、私たちにとってとても意味があることなんです、あなたのご想像以上に」。だがそれでもその男はメアリに言う、感謝しないではいられません。何故なら自分たちが慈善を受ける側にいるなんて想像もしていなかったし、実際ありがたいからです、と。話の合間に、メアリはその男の息子たちの一人をちらりと見る。彼の頬には涙が流れている。ふとコナーを見ると、やはり涙を流している。メアリの脳裡に子供の頃の記憶がよぎる。父親が癌《がん》を患い、そして死んだ後の数ヶ月。一つの思いがけない出来事が人を「向こう側の人」に変えることがあるということを人は知らない、ということを彼女は思い知らされる。

★

タミーは、ジェラードがもはや十分なカネを稼げないという事実を理解はしている。だが、だからといって自分が貧困家庭の一員、すなわち「向こう側の人」だということを受け入れるというのは話が違う。玄関のドアを開いて、自分が慈善を受ける側にいるのだという事実を知ったのは、実際、役割の逆転だ。タミーはキリスト教徒だ。中央キリスト教会に通い、キリスト教徒の義務を果している。教会のグループと共にハイチまで行ってミッションに参加したこともある。慈善というのはタミーが他の人に施すものなのだ。これまで、分ち合いの精神と新年まで生きるのに十分な量の食料を持った見知らぬ夫婦が玄関に来たことなどない。慈善というのは貰うものではなかったのだ。たとえ今ではアリッサとケイジアとノアの学校での無料給食の分を連邦政府が支払っているにしても。たとえ支払うことのできない遠足代を断るために子供たちの担任に電話するスキルを身に着けたとしても。たとえ義母が、唯一生き延びた息子であるジェラードと孫たちの顔を定期的に見に来て、そのたびに買い物に出かけ、キッチンに詰め込めるだけの食料品を爆買いして来るとしても。だが、パンにミルク、チキンにソルティーン・クラッカー、コーン缶にアップルソース（しかもそれらはただの序の口）を詰め込んだ袋を一ダースも抱えた赤の他人がやって来るって――これはあまりにもあからさまな慈善だ。

だがそれでも、自分たちの状況を考えれば、自分はこれらの食料品を喜ぶべきであって恥ずかしがってる場合じゃないわ、と彼女は決めた。この夏、ジェラードは数ヶ月前に始めた低賃金で労働時間の合ないGOEX社の仕事を辞めた。それから別の仕事を見つけた――低賃金ではあるが、前のよりは気に入っているパッチ・プロダクツの倉庫での仕事だ。パッチはベロイトにある玩具とパズルのメーカーで、時給は一二ドル――GOEXより四八セント少ない。だが彼はこの仕事とそこの人々、それに労働時間を気に入っている。もしカネが全てだっていうなら、と彼は思う、ゼネラルモーターズに居座って異動してたさ。パッチは居ても良いと思える会社だ、ただ彼の仕事には致命的な欠点があった――健康保険がないのだ。早期退職の書類にサインして手に入れたGMの保険がまだ利いている六ヶ月間は良かったが、元日からはその限りではない。

タミーは彼女の家の名前を学校組織のフード・ドライヴ・リストに書込んだのが誰かを知らない。だがこの一二月の朝、一二個の希望の袋を見つめながら、何にせよ家に食料品が届いた日は良い日だと彼女は決める。

第4部

★2011年★

28 楽天主義のアンバサダー

今年最初の火曜日、メアリ・ウィルマーは陽気な気分だ。今朝の『ガゼット』紙に、二〇一一年のジェインズヴィルがいつもの雰囲気を取り戻して欲しいと念願して書いた彼女の寄稿コラムが掲載された。[☆1]コラムは社説頁《ページ》の右上に載っている。これを読んだ人々はロック郡5・0の努力が地元経済を浮揚させつつあることを思い起こしたが、そのメッセージは戦略というよりもむしろ心構えに関するものだ。「私たちのコミュニティを誇らねばなりません」とメアリは書いた、「私たちは誰もが、〈楽天主義のアンバサダー〉でなくてはなりません」。

〈楽天主義のアンバサダー〉になろうというお題目は、ロック郡5・0が生まれてまだ数週間という頃に思いついたものだ。ジェインズヴィルの為せば成る精神とは正反対に、このところ街には「俺たちゃもうダメだ」というネガティヴさが渦巻いている。そう聞いた彼女は心配で居ても立ってもいられなかった。まずは5・0のリーダーシップ・チームの面々相手に〈楽天主義のアンバサダー〉の意義を語り、ロック郡は素晴らしい場所であり経済は上向いているという信念を持つことが必要なのですと説いた。それから、と彼女は言った、その楽天主義を外に向けねばなりません。だが誰よりもそれを外に向けようとしてたのは他ならぬメアリその人だった。今やクレイグ高校四年生である娘のチェルシー、それに三年生である息子コナーは、彼女と一緒に外食に行くと、彼女がレストランにいる全く知らない人に歩み寄り、ジェインズヴィルは住むにも働くにも素晴らしい場所です、と演説を始めるので気まずくてならなかった。メアリはこの信念の下に生きることこそが自らの使命であり、自分がそうしている限りこの信念は他者にも伝わって、みんなも同じように楽天的になる、と信じている。彼女は州間高速道路《インターステイト》からちょっと入ったところのホテルに入って行って、フロント係を相手に、チェクインする客にジェインズヴィルの良い点を話して聞かせてくださいと頼んだりもする。だからメアリにとっては寄稿コラムを書いて〈楽天主義のアンバサダー〉の福音を『ガゼット』紙の読者に広めるのは至って当然のことだった。

彼女が喜んでいる理由は印刷された自分の言葉を見たことだけではない。昨夜はダウンタウンであるマディソンから深夜に帰宅した。ダイアン・ヘンドリクスが知事の就任舞踏会のチケットを手に入れてくれたのだ。メアリの見るところ、この知事は彼女がジェインズヴィルにもたらそうとしている新たな雰囲気と同じものを、ウィスコンシン州全体にもたらすことを決意している。ダイアンはベロイトの億万長者で、ロック郡5・0の共同議長、そして共和党の大義と候補者に対する大口後援者でもある。だから彼女がチケットを持っていても何の不思議もない。[☆2]舞踏会はモノナ・テラス、すなわちマディソンの「夢の公民館」で開かれた。設計者のフランク・ロイド・ライトは、ドラマティックに湾曲した張出部が湖の上に突き出すさまを形にした。[☆3]メアリは、この新しい州知事夫妻が最新のダンスのレッスンの成果を披露する様子を楽しんだ。一曲目はフランク・シナトラがよく歌っていた「ザ・ベスト・イズ・イェット・トゥ・カム」。

メアリがそのダンスを見たのは、スコット・ケヴィン・ウォーカーが第四五代ウィスコンシン州知事就任の宣誓を行なってから僅か数時間後のこと。[☆4]壮麗な儀式で、州議会議事堂の装飾を凝らした円形大広間の北回廊にはこのために幔幕《まんまく》が張られていた。過去四代の知事たちと、先代である民主党知事ジム・ドイルがこの後継者と握手した。ウォーカーの故郷であるデラヴァンのボーイスカウトの一団が忠誠の誓いを先導する。ブラスバンドが応援歌「オン・ウィスコンシン」を演奏する。そして社会的にも経済的にもこの国でも最も煽動的な保守主義者たちにとっては些《いささ》か奇妙な趣向ながら、グリーン・ベイのノートルダム・アカデミー・スウィング合唱団が、就任宣誓に先立って『ヘア』のメドレーを歌った。これは一九六〇年代のカウンターカルチュアのトライバル＝ラヴのロック・オペラで、ブロードウェイで初演されたのはウォーカーがまだ生後四ヶ月の時だ。

知事の就任宣誓演説では[☆5]、ウォーカーの主要な選挙公約――二五万件の民間雇用創出――が前面に押し出された。「私の優先順位は単純です。一に雇用、二に雇用、三四がなくて五に雇用」と新人知事は言った。彼の真後ろ[☆6]、一八四八年のウィスコンシン州憲法の納められたガラスケースのすぐ横の椅子に座っているのはジェインズヴィルの議員ポール・ライアン。他の全員と共に拍手喝采している。

ウォーカーは煽動家だ。選挙運動では州の税金、支出、規制を口を極めて罵っていた。だが舞踏会の数時間前の就任演説では、自分は一つの政党の知事ではありません、この偉大なる州ウィスコンシンの全ての人々のための知事なのです、と述べた。とはいうものの、その夜には既にウィスコンシン州の全員が知事の味方ではないことは明らかになっていた。メアリとダイアン[☆7]が見守る中、タキシードに身を包んだウォーカーがぎらぎらする褐色のガウンを着た妻のトネットを伴ってモナ・テラスの床で躍っている時、僅か数ブロック先の歴史あるマジェスティック劇場では、三五〇人ほどの進歩派がもうひとつのパーティでライヴ・バンドを聞いていた。「ロック・ザ・配給所《パントリー》」。進歩派たち——マディソンには多い——は、知事への当てこすりとしてこのパーティの名称を選んだのだ。[☆8]この名前は、就任舞踏会のチケット代五〇ドルの収入がウォーカーの選挙資金を賄《まかな》い、州の共和党を支援するために使われるという事実に注目を集めようとしている——一方のドイルは、二度に及ぶ就任舞踏会の収入を慈善に遣い、ウィスコンシン州の少年クラブと少女クラブに寄付した。[☆9]ウォーカーがGOPの金庫にカネを唸らせたことを際立たせるため、ロック・ザ・パントリーの主催者たちは自分たちのチケット収入をセカンド・ハーヴェストの食料配給所とフィーディング・アメリカ〔食料支援NPO〕のウィスコンシン支部に寄付した。

就任当夜の知事に対するこの当てこすりは、怒りの年の始まりだった。この怒りは間もなくマディソンで巻き起こったが、そこだけには留《とど》まらなかった。それはジェインズヴィルでも起こり、この街のトレードマークである礼儀正しさを引き裂くことになる。そしてこの年、デリ・ウォーラートはこの怒りの一部に焼かれる——教師を含む公務員に対して知事が掻き立てた部分だ。ポール・ライアンはこの怒りのまた別の部分に焼かれる——経済的不平等、経済利得と結びついた政治家を烈《はげ》しく非難する「占拠《オキュパイ》」と呼ばれる連合運動だ。そして就任舞踏会の翌朝、コラムが出た時点では、メアリは自分もまた焼かれることになるのに気づいていない。

メアリに対して巻き起こった怒りは地元のものだ。それは彼女が基本的な事実に気づいてこなかったことに起因する。今でも自由に外食することのできる人間、ハンプトン・インやホリデイ・イン・エクスプレスといったホテルにトラヴェラーズ・チェックで泊る人間相手に街を宣伝することと、『ガゼット』紙の読者全員相手に経済を回復させるには楽天主義者になるだけで良いと説くこととはまるで違うということだ。それも、よりにもよって書いたのは組立プラントの閉鎖から二年も経つにもかかわらずロック郡の失業率が一一・二%に達する月の初め。もうまるで、全然違うのに。

メアリは自分に対して巻き起こっている怒りになかなか気づかない。『ガゼット』紙の読者のオンライン・コメントすら見ていない。だがチェルシーとコナーはそれを無視しておらず、彼女にこう報告をするのだ。「ママ、八人の人がママのことボロカス言ってたよ」。

この情報を聞いたメアリは苦悩する。この苦々しさは個人的なものと感じられる。彼女の善意と、コミュニティの発展のために懸命にやってきた仕事が、見ず知らずの人間によって蹂躙《じゅうりん》されている。これはメアリにとって厳しい状況だ。はっきり苦痛だ。だがすぐに彼女は、怒りのコメントが増えれば増えるほど自分の覚悟は強まるということに気づく。楽天主義に対する嘲笑は彼女の覚悟を固くする。何故なら私は役割モデルなのだから、と彼女は気づく。子供たちは私を見ている、銀行のチームも私を見ている。これこそ、彼らにリーダーシップとは何かを示す本当のチャンスだわ、と彼女は決意する。

連中は臆病者だ。彼女はまず、『ガゼット』紙のオンライン・コメント欄や電話で匿名で楽天主義に対する皮肉を表明する人をそう呼んだ。

「私は楽天主義のアンバサダーだ」とメアリは自分に言い聞かす。「あんな人たちにやられるわけにはいかない」。

★

ウォーカーの宣誓から二週間と一日後、メアリはダイアンと共に彼女の会社であるACBサプライの入口を入ったところに立ち、新知事の到着を待っている。[☆10]知事は今朝から州境巡りを開始した。その目的は「ウィスコンシンへようこそ」という木の道路標識の根元に、真新しく四角い銘板を固定して回ること。そしてそのそれぞれの横に立つ知事の写真を撮ることだ。銘板には「OPEN FOR BUSINESS《ビジネス好適地／営業開始》」と書いてある。このスローガンは、税金を引き下げ、規制を撤廃し、彼をはじめとする共和党員が「ジョブ・クリエイター」と呼び始めたものに対する歓迎の雰囲気を創り出す、というウォーカーの意図を示している。

貼りつけられたばかりの「OPEN FOR BUSINESS」の標識の隣に立つ知事の最初の写真は、まさにロック郡で撮影されることになっている。ジェインズヴィルから一〇マイル南にあるベロイトの、州間高速道路90号線上のパーキングエリアだ。[☆11]その前に彼の今日の予定はメアリとダイアンをはじめとするロック郡5・0のリーダーたちとの会合。[☆12]ABCのガラスの自動ドアを通ってずかずか入って来た彼を見たダイアンは両腕を大きく広げる。ウォーカーは身を屈めて抱擁を受け、それから下がってメアリと握手。エレベーターで上がる前に、とダイアンは訊《たず》ねる、グループの前で口にしたくない懸念について、ちょっとだけお話できませんか?

「良いとも」と知事。

[13]ダイアンは彼に躙《にじ》り寄り、その目を真っ直ぐに見つめる。「私たちが完全な〈赤い州〉〔共和党支持の州〕になって、これらの組合に働きかけ、〈労働権州〉〔労働権法を持つ州。組合への強制加入を禁じる〕になる可能性があるのですか？　私たちにお手伝いできることはありますか？」。
「[14]ああ、そうだな」とウォーカーは答える、「ま、数週間以内に、手始めに予算調整法案を出す。第一段階はだ、全ての公務員組合の団体交渉権をどうにかする。分割して統治せよさ」。

「正鵠《せいこく》[15]を射ていますわ」とダイアン。メアリはじっと見ている。

会議室に上がると、組合の話はもう出ない。[16]ロック郡5・0のリーダーたちは、州間高速道路をイリノイ・ラインからマディソンまで拡張するのが地元経済にとって最善の振興策だろうと判断している。そしてウォーカーがこの案を支持すると述べたことにわくわくしている。まあ、彼の緊縮、緊縮の財政の下ではそのカネを見つけ出すのは困難だろうが。

父親であるバプテスト派の牧師を思わせる調子で、ウォーカーは言う、自分とロック郡5・0は言わば聖歌隊相手に説教しているようなもんですよ、何故なら自分の減税、規制撤廃政策はダイアンやメアリや5・0のリーダーシップ・チームの面々が、ゼネラルモーターズの代りの仕事をもたらすと信じておられる戦略と同じものなのですからな。

「[17]あなたは私どもの仕事を極めてやりやすくしてくださいました」とメアリは知事に言う。
[18]ベロイトから始めて、ウォーカーは今日「OPEN FOR BUSINESS」の銘板の隣での撮影をディッキーヴィルとハドソンとスペリオルで行なう。ウィスコンシン州州境に沿って歓迎の標識の上にこの銘板を打ち付ける街は全部で二三に上る。

メアリは携帯《ブラックベリ》にメッセージをタイプし、フェイスブックに投稿する。「ウォーカー知事との素晴らしい朝。彼が知事になってくれたことは本当に幸運です」。[19]

29 看守の対極

メアリ・ウィルマーがマディソンまでクルマを飛ばして知事のけばけばしい就任舞踏会を見に行ったのと同じ週、バーブ・ヴォーンはブラックホーク技術大学までクルマを飛ばす。バーブは失業中で、何がどうなるのかとジリジリしている。郡刑務所での仕事を辞めたばかりなのだ。ブラックホークのキャンパスに来るのは昨年秋の刑事司法アカデミーの持久力試験以来。今日はカレッジのメイン・アトリウムから離れた廊下沿いの、よく知らないオフィスに入っていく。

そのオフィスはアッパー・アイオワ大学のものだ。この大学の本拠地はここから二〇〇マイルほど西のアイオワ州フェイエットヴィルにあり、遠距離教育を専門としている。ジリジリしているバーブが学士号持ちになるために学習を続ける舞台として決意したのがこのアッパー・アイオワだった。友人のクリスティは昨年春のオーナー・コード付きのブラックホークの卒業式以来ずっと、自分もまた学士号を取りたいと言っている。そのクリスティの口ぶりの何かが引っかかり、単に口だけなんじゃないのとバーブは思い始めている。バーブはクリスティが刑務所の賃金をどんなに気に入っているかを知っている。いつ見ても服を買ってる、家のリノヴェーションを計画してる。そんなわけで、傍にクリスティのいないカレッジなんておかしいのに、バーブは自分一人でもいいと計画している。ソーシャルワークの学位を取れるコースはキツイってことは解ってる——一部はオンラインで、学期は八週間ぶっ続けの短期集中コース。だがもう今では彼女は自分の学習能力を信じている。あと数週間で五〇歳の誕生日。一度刑事司法を選んで失敗してるから、もう二度と目標を間違ったりしない。

だが彼女は時給一六・四七ドルを窓から投げ捨てたばかりで、マイクは春までブラックホークで労務管理を勉強している。そして今は奨学金を組んだばかり。バーブは学校に戻っている間、やりくりするために何かを——何でもいいから——見つけようとしてきた。何時間も何時間もコンピュータの前に座り、なけなしの求人情報を探し回った。今週、彼女はクリエイティヴ・コミュニティ・リビング・サービスとか何とかいう求人が新規に出てきたのに気づいた。ウィスコンシン州の会社で、発達障害のある人のために集中的な援助を提供しているところだという。「住宅コーディネーター／コミュニティ・プロテクション」というのが広告されている仕事の名称。バーブは応募する。

驚いたことに、その仕事を貰った。つまり問題行動歴のあるクライアントと一対一で仕事をするということだ。何にせよ、刑事司法の素養が役に立つだろう。クライアントは既に施設に収容されている。彼女の最初のミッションは、クライアントが暮らしている施設に行って、グループホームへの移行を手伝うことだ。彼がホームに入るのは数年ぶりになる。ここから彼女は、彼を励まし、教え、動機づけ、宥《なだ》めることを学んでいく。何とか彼の自立の手伝いをするのだ。彼女はクライアントにとって頼るべき、信頼すべき人間だ。まさに看守とは対極、と彼女には思える。だが彼女の脆弱《ぜいじゃく》にして頑固なクライアントと、自立を目指すその苦闘が彼女の心の奥を揺り動かすまで、そう長くはかからない。

何ひとつとっても簡単なことなどない。仕事はフルタイムだ。八週間の短期集中ノンストップ・コースは夜に取り組んでいる。それはいい。仕事がハードになるのは解ってたことだ。それでも彼女は、準学士号さえ手に入ればまた家の中を綺麗にしておく生活に戻ることができると期待していた——たくさんの鉢植えと、彼女とマイクで集めたアメリカーナ〔アメリカの歴史的物品や資料〕で飾られたランチハウスだ。これまで通りはたきや掃除機を使いこなすことを期待していた。まあ、そんな考えは結局、まだ早すぎたわけだ。

もうひとつ別の落とし穴があった。住宅コーディネーター／コミュニティ・プロテクションは時給一〇・三〇ドル。保安官事務所より四〇％近い減収だ。リア社での賃金からすれば実に半分以下。

30　これが民主主義

ジェインズヴィルの教師たちは二月二五日の金曜日は非番で、デリ・ウォーラートはパートナーであるパーカー高の理科教師ロブ・イーストマン、及び三歳の息子エイヴリと共にマディソンまでのドライヴに興奮している。お気に入りのクェイカー・ステーキで早めのランチ。キャピトル・スクエアに着いたのは正午頃。マディソンが築かれた二つの湖の間の土地で一番高い地点だ。エイヴリはロブの肩に乗っているから、その小さなブロンドの頭はＭＳＮＢＣ〔アメリカ国内向けのニュース専門放送局」のニュースのカメラに写るくらい高い位置にある。デリは帰宅後、TV画面に自分の息子が映っているのに気づくことになる。

新知事スコット・ウォーカーに対する抗議の一一日目。翌[☆20]日の土曜日には、吹雪の中に一〇万人の抗議者が集結する。ウィスコンシン州史上最大のデモだ。だが今日ですら、州の至るところ、あるいは州外から何千人もがこのスクエアに集まっている。デリがロブとエイヴリと共に近づくと、群衆はぎっしりいて、大声で喚《わめ》いている。彼女はその光景と音にわくわくする。ドラムのスタッカート・ビートに乗った歌が特に彼女の気に入る。「これが民主主義だ！」。

これらの抗議が勃発するまで、デリはずっと、公民権運動とヴェトナム反戦デモについて学んだ少女の頃から、アメリカ人の中に、自分の信ずるもののために集まって戦う心と魂を持っている人はまだいるのかしらと思っていた。三二年で初めてのことだ、とデリは考える、人々が集まって修正第一条の権利を行使するのを目の当たりにするのは。見ていると、バグパイプとスネアドラムが厳粛な消防士の一団を先導している。彼らは赤と白のプラカード「労働者のための消防士」を高く掲げている。「労働者のための警官」のプラカードを持つ非番の警官たちも大部隊だ。建設労働者に看護師、教師に大学生、肉体労働者とPhD《博士号》、彼らは二月の正午の弱い陽光の下に立ち、何千人分の声を上げている。連帯している。歌っている。「法案を潰せ！　法案を潰せ！」。

★

問題の法案は、ウォーカーが知事となってから最初の一ヶ月の間に推し進めてきた最初の大きな立法行為だ。彼はそれを財政修復法と呼んでいる。過去においては、それは財政をほんの少し弄《いじ》くることを意味していた。今回はそうではない。知事は州政府を切り刻んで作り直すことを望んでいる。そしてこの法案はウィスコンシン州を不況による赤字から引きずり出すのに必要だと述べている。彼はまた、ウィスコンシン州のほとんどの公共部門の組合の団体交渉権をズタズタにすることを望んでいる。これこそ、彼がロック郡5・0の面々と会った朝にダイアンとメアリに仄《ほの》めかした計画だ。選挙運動の期間中には一度も言及したことがなかったが。

この法案はウィスコンシン州自体の歴史を巻き戻してしまうだろう。二〇世紀初頭、この州は進歩主義運動の中核となった。一九〇〇年にロバート・M・ラ＝フォレットが知事に当選。彼はますます都市化・産業化し、特殊利益集団に捉えられていく社会の中で、市民を援助する改革を熱心に推し進めたことから「ファイティング・ボブ」の異名で知られている。進歩主義の伝統において、ウィスコンシン州は労働者の権利において指導的役割を果たしてきた。一九一一年[☆21]、ジェインズヴィル組立プラントがシボレーの生産を開始する一〇年以上前に、この州は全国初の労務災害補償法を作った。一九三二年[☆22]、大恐慌でプラントが閉鎖された年には、ウィスコンシン州は失業手当のシステムを確立した最初の州となった。同様のシステムを全国に広めた連邦社会保障法を議会が採用する三年も前だ。州職員の集団が組合を結成したのもマディソンで[☆23]、一九三二年のことだった。それは数年以内に、この国における州と自治体職員の主要な労働機関に成長する。そして一九五九年[☆24]にはウィスコンシン州は公務員に団体交渉権を保証する法を通した最初の州となった。

出し抜けに登場したウォーカーの財政修復法案は、労働者を弱体化させようと図っている。それこそが、極めて強く持続的な怒りの表明がキャピトル・スクエアに集結した理由だ。

★

ウィスコンシン州に生まれ育ち、ティーンエイジャー相手に合衆国の歴史を教えているデリは間違いなくその労働の伝統を知っている。彼女は自分を「中道の人」――状況の両方を見ようとする傾向のある人だと考えている。この場合、彼女の自己利益は抗議者の側にあり、新知事の計画の側ではない。財政修復法案は州と市の公務員と公立高校の教師を代表している組合から労働条件について交渉する権利を奪うだろう。賃金上昇に蓋をするだろう。知事の目論見《もくろみ》通り、退職後の年金に備えてカネを出し、健康保険に払うカネも増えるとなれば、彼女とロブにとっては金銭的損失だ。こんな形で損失が出れば、と彼女は理解する、たぶんもう一人子供を産める確率は減るだろう、最近その気になりつつあったのに。

それでも彼女が今日マディソンに来たのは抗議のためではない。歴史の教師として来たのだ。この抗議は全国的な大ニュースだ――この州の歴史において、合衆国の労働史において重要な瞬間になる、と彼女は確信している。このドラマティックな歴史の一頁を自分自身の目で見ずにいられようか？　歴史が目の前で生まれる驚異、それに幼い息子はまだ州議会議事堂を見たことがないので、デリとロブと、まだその肩にいるエイヴリは群衆を掻き分け、花崗岩のドームのある建物に近づいていく。彼らは議事堂の重い扉を開けて、中に入る。

★

その内部の円形大広間とホールは通常、法案が審議されている最中でも墓場のように静まりかえっているが、それが今や、やや臭うとはいえきちんと組織化された二四時間態勢の宿営地になっている。デリはTVのニュースでそれを知ってはいたが、実際に中に入るのはやはり違う。一マイル向こうのウィスコンシン大学の院生の組合が空間を仕切っている。院生たち[☆25]は円形大広間と四つの翼棟を、二四時間の占拠に欠かせない目的のために割り当てている。子供連れの家族と、いちゃつく大学生カップル用のエア・マットレスと寝袋が山と積まれた就寝エリア。子供の遊びエリア。救護所。携帯充電基地。非暴力的市民的不服従の訓練を行なうトレーニング・エリア。そして何はともあれマディソンだから、人気のヨガ用のエリア。

食料基地もある。保存食がたんまり備蓄されている他に、数日の間、議事堂から一ブロックのステイト・ストリートにあるイアンズ・ピザから無料でデリバリーが届くことになっている。イアンズ[☆26]には抗議に対する全米五〇州及び二〇以上の国のシンパからの電話とネットによるオーダーが溢れ返っている。長距離連帯の行為として、議事堂にデリバリーされるピザ代を支払っているのだ。デモ隊を飢えさせてなるものかと。

空になったピザ・ボックスの裏面は抗議のプラカードに早変り。議事堂の石灰岩の壁に沿って並べられている大きなプラカードを真似たものだ。就寝エリアだというのに、デリが見た抗議者たちは全くの睡眠不足。というのもドラム・サークルやらストロボで照らされたダンス・パーティやら、「ソリダリティ・フォーエヴァー」をはじめとする古き良き労働歌の演奏やらが未明までガンガン鳴り響いているからだ。デリとロブとエイヴリが群衆を掻き分けて進んでいる時にもまだ続いていた。フェンスのどちら側にいようと、とデリは思う、こんなに大勢の人が大義のために戦っているのを見るのはイカすわ。

★

デリとロブとエイヴリが来たのはたまたま抗議運動の最も重要な日に当たっている。彼女が議事堂内部の壮観を見て喜んでいる間に、ピザをたらふく食った抗議者たちの間のムードは陰険になっていた。[☆27]午前一時、ウィスコンシン州議会下院の共和党員たちが、突如としてウォーカーの財政法案に関する六〇時間のノンストップ議論を打ち切ったのだ。論議修了の動議もなく、また演説を待つ列には長広舌戦術を弄《ろう》する民主党議員たちがまだ一五人も牛歩していたにもかかわらず、下院の共和党リーダーたちは知事の計画に関する投票を開始してしまった。そして[☆28]僅か一〇秒で投票終了。いったい何が起こっているのか、民主党議員のほとんどが気づきさえする前に、法案は通過した。[☆29]疲労困憊《こんぱい》したGOPの議員たちはそのままぞろぞろと議場を出て行き、議会警察によって民主党議員と分離された。前面に「働く家族のために闘う！」と書かれたオレンジのTシャツを着た民主党議員たちは、文明時代の州議員たちの間では滅多に聞かれない感情をぶつけていた。「恥を知れ！」「卑怯者！」

午後までに、知事法案の下院通過に加えてもうひとつ、抗議者たちの陰険なムードの理由ができている。議[☆30]会警察は今や、議事堂内部での宿営は日曜日、すなわち二日後の午後四時までに退去すべしと告げている。抗議者たちは立ち退きを承知しない。下院の共和党議員による卑劣な抜き打ち投票によってドラマは議員たちのもうひとつの議場である上院へと移ったのだが、そこでは民主党議員たちの方が既に卑劣な行為に及んでいる。ウィスコンシン州の民主党上院議員らは、既に州から逃げ出していたのだ。

★

キャピトル・スクエアでの抵抗が開始されて二日後の二月一七日未明、ティム・カレンは悲しむべき、だがいつかはと覚悟していた電話を自宅で受けた。友人であり師でもある元州上院議員である州最高裁判所裁判官がその前夜に死んだのだ。友人が末期癌《がん》であることを知ったティムは、彼が死んだら家族のスポークスマンになると約束していた。今や彼はマディソンに駆けつけて死亡告知を行ない、記者団と話さねばならない。

組立プラントを再開させるという使命に心血を注ぎながらも、結局は失敗に終わったティム。その彼が州上院の昔の議席に返り咲いてから三ヶ月になる。六六歳、最後に議席を退いてから二四年。

午前八時三〇分。まさにマディソンに向かおうとしていた時に再び電話。マーク・ミラー、州上院の民主党院内総務からだ。ミラーはティムに、ティムが参加できなかった上院民主党議員総会でほんの少し前に決定された事項を告げた。

知事の財政修復法案の投票が予定されていたその日、上院民主党議員はイリノイ州への逃亡を決定したのだ。この逃亡行為は――劇的で、奇妙で、前例がない――議会内の些細な規定に基づいていた。すなわちウィスコンシン州では、財政に関わる法制に対する投票には最低二〇名の上院議員を必要とする。共和党議員は一九人、上院の議席で過半数を占めているが、少なくとも一名の民主党議員が議場にいない限り定足数には達しない。もしも一四人の民主党上院議員全員が州外にいれば、知事の法案に対する投票は行なわれない。

タイミングはこれ以上もなく最悪だ、とティムはミラーに告げた。何しろ友人の家族との約束を放棄してとんずらするわけにはいかない。だから彼はともかく抗議者たちがうじゃうじゃと集まっている議事堂に駆けつけ、素速く死亡告知を出してから、投票のために上院が開かれる直前にどうにかこうにか脱出に成功した。ティムが自宅で慌てて荷造りしていると、またしてもミラーから電話。イリノイ州に行くのに州間高速道路90号線に乗るなとの警告だ。知事は州警察を州境に待機させ、ティムのウィスコンシン州脱出を阻止しようとしているかもしれないと。

ティムは裏道を使ってイリノイ州ロックフォードのホテルで同志たる民主党議員たちと落ち合った。まんまと州から脱出はしたものの、ジレンマを抱えていた。ティムは労働者の味方だ。政治的に妥協する必要があるというのも解っている。だが、投票を回避するために州境を越えて逃亡するなんてどこからどう見ても妥協とは言えない。追い打ちをかけるように、すぐさま次の問題が発生した。彼が出席できなかった今朝の議員総会について同志に訊ねたのだ、「ウィスコンシンに戻る戦略については話題に出たかね？」。その件に関しては触れられることはなかった、と判明した。

そんなわけで、ティムはその後三週間にわたって同志たる民主党議員たちと共にイリノイ州北部のホテルからホテルを転々とすることとなった。自らの信義に忠実に、この間、彼はこの政治危機を終結させるための妥協案を交渉しようとした——結局のところ、両サイド共に望んでいない妥協だが。彼らがイリノイ州ガーニーのラ・キンタ・インに滞在していた時、ティムと民主党議員の一人が州に戻った。[31]州警察が彼らを確保して議事堂まで護送することはないとの確約を受けていたので、彼らはクルマで三〇分ほどの距離にあるケノーシャ郊外のマクドナルドまで行って、上院GOPの院内総務との交渉に臨んだ。進展はなかった。[32]翌日曜日、抗議の一三日目、そしてデリとロブとエイヴリがマディソンに行った二日後、彼と二人の民主党議員は午後九時にマクドナルドに戻った——今回の会合相手は知事の首席補佐官。ティムは何らかの妥結案が締結できるかもしれないとの感触を得る。[33]三月六日、二〇日目、民主党議員を心底軽蔑した共和党上院議員らが警備局長に、必要とあらば警察力を行使して彼らを連れ戻す権限を与えた。その後、知事の首席補佐官はウィスコンシン州の州境をほんのちょっと越える。イリノイ州サウス・ベロイトでティムとその同志に会うためだ。この交渉の結果、試験的なリストができる——取り決めというほどのものではない、ただ組合に対するこの法案の影響力を緩和するための幾つかのアイデアだ。このリストはまだまだだが、ともかく民主党議員が大手を振ってマディソンに帰れる大義名分にはなるだろう、とティムは思っている。彼以外の議員総会の連中は、そもそも興味も持っていない。

ウォーカーとスタッフたちはますます苛立っている。もはや妥結案に関する話し合いなど要らぬ。二三日目[34]、共和党上院議員らは議会運営上の策略を仕掛ける。法案から財政に関する部分を削除し、定足数二〇が必要とされない状態にしたのだ——これなら一七で事足りる。宵の口、民主党上院議員が一人も州内にいないまま、上院は法案の中の公務員組合を潰す部分を通す。下院は翌日、このヴァージョンを承認する。そして今やウィスコンシン州史上最大のみならず最長のものとなった抵抗運動[35]の二五日目、ウォーカー知事は得意満面で法案に署名して立法化する。

★

ジェインズヴィルの多くの人は常にマディソンをイカれたアクティヴィズムの地と見なしてきた。抗議者たちのヨガだのドラム・サークルだのはいつものことだ。状況が違えば、そこで行なわれる白熱した政治的イベントごときが、逆境を前にしても善良で落ち着き払っているジェインズヴィルの誇らしい伝統を脅かすことはなかっただろう。だが冬が春に席を譲ろうとしている今、州間高速道路を流れ下ってきた沸騰する苛烈さは、ジェインズヴィルのトレードマークである礼儀正しさを熔融《ようゆう》させつつある。

州上院の投票の夜、デリの属する組合であるジェインズヴィル教育組合は組合員に翌日は黒い服を着るように命じた。すぐに教員組合は州内で特別選挙を煽動する組織の一つとなった——新知事を職務から引き離そうとするリコール選挙だ。

ティムはと言えば、実に彼らしいことに、仲裁に回った。抵抗運動の終結、イリノイ州から出戻った民主党の敗北を受けて、彼は州憲法を修正して州からの逃走に対するこのような戦略を今後繰り返すことを憲法違反とするよう提案した。一方で三月半ば、ティムはロック郡裁判所の駐車場で行なわれた集会に参加した。そこには組合員とその支持者たちが参集して知事を公然と非難した。ティムは共和党の金銭上の利害関係者への反対を表明した。

そしてこの間、ポール・ライアンはどこにいたのか？[☆36]　民主党上院議員らがイリノイ州に脱出した日、ポールはワシントンでMSNBCのインタヴューを受け、連邦政府の財政緊縮に関する考えを検討していた。この予算削減のアイデアは、つまり彼と知事はイデオロギー上の同盟者だということを意味している。聳《そび》え立つ連邦議会議事堂の白亜の柱を背にしたポールはMSNBCのインタビュアーに対して、私とウォーカー氏は親友であり、抗議運動勃発後にはメールのやり取りまでしていました、と語った。抗議者たちに対するポールの軽蔑はあからさまで、公務員組合員に対する共感は欠如していた。公務員は、と彼は語った、既にたっぷり手当を貰っているのです。だから知事が暖めている削減が仮に行なわれたとしても、依然としてウィスコンシン州のほとんどの労働者より羽振りは良いのです。

「そしてご存じの通り、彼は暴動を起こされている」とポールは知事について述べた。「ここ最近は、カイロがマディソンに移動してきたようなものです」。これはその少し前に、三〇年にもわたって支配してきた大統領を倒したエジプトでの大規模抗議運動――「アラブの春」と呼ばれる幅広い運動の一部――のことだ。

公務員は既に公正な取り分以上のものを得ているというポールの主張は、知事としての最初の冬に組織的労働者を付け狙っているウォーカーの政治的計算の核にある。ジェインズヴィルの一定の人々の間ではこの主張、すなわち州職員は納税者の血税から貰いすぎ、甘やかされすぎという言い分は人気がある。これほど多くの人が絶望しているコミュニティでは、一部の者は市立校教師を含む公務員労働者を肥え太った猫と見なし始めている。

かつてのジェインズヴィルは組合の街だった。だが組立プラントと下請企業の閉鎖によって多くのＵＡＷ《全米自動車労働組合》の雇用が失われ、その基盤は揺らいでいる。かつてロック郡には現在の倍近い組合員がいた。そして組合は合衆国経済を助けるべきか害するべきかという問題に関して、郡内の意見は割れている。

[☆37]公務員労働者に対する憤懣《ふんまん》が膨れ上がってきたタイミングは奇妙だ。ちょうど州予算が削減され、全体的な税収の下落によってジェインズヴィルの学校組織は歴史上初の大規模な教師のレイオフを発表したばかり。それでもなお教師に対する敵意は根強くある。街の多くの者が底辺仕事や無職なのに、ほとんどの教師には仕事があり、夏休みもあれば年金もある。デリとロブとその他全員、もうすぐそのための負担が増えるというのに。

この敵愾《てきがい》心は至って日常的な場所からも噴き出した。この夏のある朝、ジェインズヴィル教職員組合の委員長である教師デイヴ・パーは二四時間営業のウォルマート〔世界最大のスーパーマーケット・チェーン〕で、午前四時にそれと遭遇した。週末に三時間かけてラ・クロスの父の家を訪ねるために早起きした彼は、クルマの中に家族を待たせたまま、子供のためにイヤホンを買いにきたのだ。夜明け前のことでレジは一つしか開いておらず、デイヴは目の前の男を回避できなかった。男は明らかにデイヴを知っていた。彼は時々『ガゼット』紙に顔を出していたからだ。「言ったよな、今に罰被《ばちかぶ》るぞ」とその男はデイヴに怒鳴りつけた。「お前は罰被るんだ、絶対」。レジ係が落ち着かせようとしたが、男は止めない。夜間マネジャーが出てきて、ようやくその男を静め、退去させた。

パーカー高校のデリの同僚ジュリー・バウトンは、三一年にわたってビジネスの授業を教えてきて——さらには家族に臨時の賃金を必要としている学生を支援するためのビジネス・コープ・プログラムのスポンサーもしているが——抗議集会には行かなかった。それでも、何年も前から知っている人が、ウッドマンズ食料品店にいた彼女のところにやって来て、マディソンの「例の教師のこと」について彼女に文句を言った。教師は他の誰よりも優遇されているという話には飽き飽きしていた——自分も年金を貰ってるGM退職者を含むいろんな人にさんざん言われてきた話だ。ジュリーはこの悪口にはウンザリしている。だからウッドマンズに行くのは客が減る夜まで待つようになった。

そしてある夜、デリは母親から電話を受けた。動顛《どうてん》している。母親のジュディはフォート・アトキンソン在住。デリの育った街で、三〇分ほどの距離。だが彼女のかかりつけの医師はジェインズヴィルにいる。その日の診察の間、医師は彼女にデリとその妹のデヴィンの様子はどうですかと訊ねた。母は医師に、デリは教師なんですよと言った。彼は目を回した。母は何故ですかと訊ねた。医師曰《いわ》く、言って喜ばれるようなことは何もないので言わぬが花ですねと。そしてそそくさと診察を終えた。部屋を出た後も彼女の心の痛みは長く続いた。医師はデリをほとんど知らないのに、と母は今、電話の向こうで彼女にぼやいている、何故あなたの職業の選択について批判されなきゃならないの？　デリは母がこの沈黙の悪意に身を焦《こが》してきたことが悲しい。

31　ジェインズヴィル時間

シフトが終るたびに、フォートウェイン組立プラントからインディアナの夜の空気の中に駆け出す直前に、マット・ウォパットは一瞬、テラコッタのタイル張りのロビーの柱に掲げられた時計の一つの前で止まる。IDバッジをカード・リーダーに滑らせると、ゼネラルモーターズは彼の八時間が終った時刻を知る。毎晩、幸運にも残業で特別長いシフトの日を除いて、時計はマットに午後一〇時四五分の数秒後を刻印する。

今やインディアナ東部の冬は春へと溶けていく。マットは既にフォートウェインのロビーでの刻印を一年にわたって続けている。あまりにも長い期間だから、既にローンの支払は正常化したし、それ以外の点でも家族の中産階級の生活を支えている。それもダーシーと娘たちから三〇〇マイル近くも離れた場所で。あまりにも長い期間だから、もはやその奇妙さに気づきもしない。広大な駐車場を駆け抜けてそこに駐《と》めてある一四年もののクルマに飛び込み、エンジンをかけると、赤く光るダッシュボードのデジタル時計の示す時間は午後九時四五分過ぎ——つまりジェインズヴィル時間。

全ての時計を中部標準時――ジェインズヴィル時間――に合せているのは、マットの中にある衝動の所為《せい》だ。その同じ衝動のゆえに、毎晩プラントの駐車場を出て左に曲るたびに、彼は注意深く、今からアパートに戻るんだ、家に帰るんじゃないぞと言い聞かせる。意識して「アパート」という言葉を使うのだ、何故ならマットの心の中では、たとえフォートウェインで五日と四晩を過していようと、自分の家は一つしかない。そしてそれは断じて、ウィロウズ・オヴ・コヴェントリー〔フォートウェインのアパート会社〕でキップとシェアしてるユニットなんかじゃあないからだ。キップというのは彼と同じGMジプシーで、ジェインズヴィルで仕事を続けられてたらなあと願っている男。

マットがクルマでアパートに入ってくるたびに、入口にこう掲げられているのはほとんど愚弄に等しい――「ウィロウズ・オヴ・コヴェントリーにお帰りなさい」。それでも彼とキップのアパートはナイスで、ベッドルームが二つ、バスルームも二つ。それに暖炉も一つあるけど、これは一度しか使ったことはない――クリスマスの頃に、キップが棄てようとしていた作り物の古い木に、何か飾りつけの一つもしてみれば家族と離れた初めてのクリスマスも陽気に過せるんじゃないかと思いついたマットが、その通り実際にやってみて、さらに音楽もかけて、ついでに暖炉に火も入れてみたのだ。最悪の状況を少しでも楽しくしようと。だが概《おおむ》ね、そのアパートはウィスコンシンに向けて祈りを捧げるための聖堂だ。

鍵を開けて中に入ったマットが最初に見るのは、正面の壁高く掲げられた見事な枝角を持つ剝製の牡鹿の首だ。北の方のヒルズバラにある祖父の農場近くに狩りに行って仕留めた。それをアパートに飾るのはなかなかイカしてる、というのもダーシーはそんなデカい首が家に飾ってあるのを嫌がってるし、それにマットはマットでアパートのドアを開けるたびに本当の我が家に想いを馳せることになるからだ。マットのバスルームにはきちんと折りたたまれたグリーン・ベイ・パッカーズのタオルが置いてある――反対側のキップの部屋のベッドに敷いてあるパッカーズのブランケットと同じダークグリーンのやつ。マットの部屋にはシングルのデイベッドとドレッサー、その表面は家族全員の写真で埋め尽されている。

嫌で嫌でしようがないこのアパートのために、彼とキップは月の家賃七〇四ドルを出し合っている。マットにしてみれば不運なことだ、フォートウェインは時給二八ドルをくれるし、少なくとも三年いるなら異動ボーナスとして三万ドルも支給されはするが、それでもフルタイムで故郷にいるよりは金銭的にはキツい。何せ家賃は要らないし、ここにクルマも要らない、まあ、この黒い1997年式サターンはもうこれ以上ないというほどの安物を掘り出してきたにしてもだ。それに、金曜日の夜のシフトの後でジェインズヴィルに戻り、月曜日のシフトまでにフォートウェインに戻ってくるガソリン代。他のジェインズヴィルの連中と相乗りして浮かしているから片道二〇ドルで済んではいるにしてもだ。彼とダーシーは家にいた頃よりも、カネについて言い争いになることが増えたようだ。

マットとキップはもっと家賃の安いところもたぶん探せばあるということは解っているが、ダーシーもいない、夫婦のベッドもないところで寝るのはただでさえ辛いのだ。だからここよりさらに酷いところで寝るなんて、状況を悪化させるだけだろう。それに、ウィロウズ・オヴ・コヴェントリーにはGMジプシーが居住しているユニットがたくさんある。その中にはジェインズヴィルの連中もいるから、彼としては馴染《なじみ》の顔を見られるのは嬉しい。

GMジプシーの中でも、フォートウェインに集まったのはわりと大きな部族だと解った。開業は一九八六年、元来はジェインズヴィルで作られていたピックアップの組立が移ってきて、それ以来フォートウェインはずっとトラック専門のプラントだ。そして二年近く前のゼネラルモーターズの破産後、同社はフォートウェインに、GMの再編成の一環として閉鎖されたミシガン州ポンティアックのプラントからヘヴィデューティのピックアップ・トラックも移すことにした。そこでフォートウェインは昨年第三シフトを追加して、二四時間組立ラインを稼働させるためにレイオフ労働者を九〇〇人ばかり導入した。マットや他のジェインズヴィルのGMマンもその口だ。導入された労働者は一一の州の二五に及ぶGMの施設からやって来た者たちで、一部は家族も連れて来ているが、多くの者はマットと同様にジプシーだ。実際、プラント・マネージャーにしてからが、週末毎に二時間かかるデイトンまで帰っている。人事部長はクルマで三時間のシカゴ。ジプシーであろうとなかろうと、移入された労働者の多くは何よりも大事な入社日と共にやって来た。それは元からフォートウェインにいた労働者の一部よりも古い。つまり勤労年月が長いほど、良いシフトとプラント内の良い仕事を要求できる。マットは内装ラインの第二シフトのチーム・リーダーで、トラックの車体が塗装部門から出てきた直後の労働者たちの小さな班をまとめている。組立ラインの中のこの部分ではウェザー・ストリップを装着する。これはカーペット、シートベルト・ブラケット、サンルーフの下に敷く絶縁シートだ。マットは第二シフトがベストだと考えている。というのも、それだと就業日の開始が月曜の午後になるから、日曜の夜は家で寝ていられる。

これらさまざまなプラントや州から寄り集まったジプシーたちは一致協力して仕事に励んでいるが、彼らの忠誠心はまちまちだ。ここに来るまでマットは、自動車工の中にも共和党支持者はいるという事実について考えたこともなかった。またスポーツの贔屓《ひいき》チームがどこかはシリアスな問題で、工場のフロアでは一目瞭然だ。というのも野球帽やTシャツを見れば、誰がインディアナポリス・コルツのファンで誰がシカゴ・ベアーズで誰がニューヨーク・ジェッツで、そして言うまでもなくパッカーズかはすぐ分かる。マットはパッカーズの帽子を被るのは好きだが、一般的に言って故郷から離れた場所で楽しくやれるような類《たぐ》いのジプシーではない。ルームメイトのキップは火曜の夜にとある男の家に行ってカードで遊び、時には地元のUAWホールの水曜のゲームナイトに行く。マットは何も遊ぶためにフォートウェインくんだりにいるわけではない。できるだけ安く生きるためにいるのだ。生存はかなりの部分をシリアルとキャンベルスープとインスタントラーメンに頼っている。

そして生活に罪悪感を抱えている。何故ならダーシー一人に家と三人の子供たちのことを任せきりで、自分はみんなのために料理をしたり、食洗機に食器を入れたり、娘たちの宿題を手伝ったり、予約した医者に連れて行ったりすることができないからだ。無力感。とはいえ、何にせよ仕事以外の時間は潰さねばならないから、天気の良い時には何人かのジプシーたちと連れ立って午前中からドナルド・ロス・ゴルフクラブに行く。というのも、そこのゴルフ料金はウィロウズ・オヴ・コヴェントリーの家賃に含まれているからだ。暑い日には、時にはウィロウズ・オヴ・コヴェントリーのプールに座ってシフトまでの時間を待つ。そういう時には罪悪感も一入《ひとしお》だ。家でこなしたいと熱望する雑用から数百マイルも離れたところで、手持ち無沙汰のままプールの傍にただぼさっと座っているのだから。

ダーシーは彼が感じている無力感を理解しているし、プールで潰す時間を恨んだりもしていない、それは解る。何にせよ、フォートウェイン組立プラントで過す彼の午後と夜とが家族全員の生活を支えているのだ。だが罪悪感は付きまとう、家族のいない孤独感と共に。彼とダーシーは可能な限り、互いに近しく感じられるようにいろいろ策を練った。月曜の朝、ここへ戻る直前に、彼は時折「君がいなくて寂しい」というグリーティングカードを彼女の枕の下に入れておく。だが彼女がそれを期待するようになるほど頻繁ではないし、結局は棄てられてしまうのだろう。そして週日はスマートフォンで一緒にゲームをしたりする。ワードゲームではほとんどいつも勝つのはダーシー。マットにとってはそれもまたよし、何故ならポイントは勝つことではないからだ。大事なのは繋がり、だから一番いいのは日中の予期していない時にダーシーからのテキストメッセージが来ることだ。「YOUR TURN《そっちの番》」というテキストが奇妙なほど心温まるものとなっている。

そして毎晩マットは、プラントの駐車場を出て左に曲り、アパートまでの短い距離をハイウェイに乗って北に向かう時に家に電話する。この機は逃せない。クルマの時計とジェインズヴィルの時間では午後一〇時前、彼の周囲のフォートウェインよりも一時間早いにもかかわらず、既に時間はジェインズヴィルですらかなり遅い。もしも娘たちとの会話が数分を超えると、彼女らの就寝時間を過ぎてしまうのだ。

32 プライドと恐怖

肩から提げたバックパックは軽い。マイク・ヴォーンはブラックホークの校舎を出て、アスファルトの校庭を抜け、シボレーのピックアップ・トラックを目指す。五月半ば、今夜のマイクは本は一冊も持っていない。持っているのは授業料を払ってくれている労働力開発エージェンシーに提出する出席票と、最終試験の前に勉強する分だけケースに入れて持ち歩いているルーズリーフのノートが数枚だけ。マイクは常に授業や試験には三〇分早く到着する。工場時代のシフトの時と同じだ。今は白いトラックに向かって歩いて行く。午後九時近く、企業法コースの試験、つまり最終試験は終った。

マイクが空になったリアの工場の床を懐かしげに一瞥《いちべつ》してから、今夜で既に二六ヶ月。かつての彼はリアの組合の代表として、レイオフされた何百人という兄弟姉妹たちを少しでも慰めるために駆けずり回っていた。だが今ではそんな彼らともすっかり疎遠だ。時折街で、ほんの僅かの友人や知人と出くわすことはあるにしても。過去の時や人について思いを馳せないわけではない。だが何にせよ過ぎたことであり、いつまでも拘《こだわ》ることに何の意味もない。

ヴォーン家の組合の伝統の中間世代である父デイヴは今も組合でアクティヴにやっている。ゼネラルモーターズを退職して一〇年近く経つのに、今もボランティアでUAW第九五支部の副議長を務めている。マイクが労務管理に行くと報せた時と同じだ。支部の組合員数はガタ減りし、それぞれの労働者たちのユニットを抱える企業も一六社から五社に減った。減った分はつまり、GMと共に閉鎖された下請だ。そして残った労働者たちも、組合運営を手伝うための有給の「リリースタイム」を貰えない――リア社にいた頃のマイク、そしてそれ以前にデイヴがゼネラルモーターズから貰っていたような――だから今日日《きょうび》の支部の幹部はデイヴのような退職者なのだ。

父が組合の残骸を手伝う一方、マイクは目の前にあるものに集中するのが良いということを発見した。この水曜日の夜にすぐ目の前にあるのは土曜日のドリーム・センターでの卒業式だ。一年前のバーブと同じ。だから三日後に卒業を控えて、マイクはプライドと恐怖と共にトラックに向かっている。

プライドは解りやすい。マイクは自分がやり終えたことに興奮している――全二三コース、内二一はA、一つがAマイナスで一つがB。かつてのバーブと同じく、彼もまた角帽とガウンに金の飾り帯とオーナーコードを飾ることになるだろう。彼[☆39]は『ガゼット』紙の記者に言うだろう、「めかし込んでるでしょう。四三歳にして、自分の達成が誇らしいです」。

恐怖が伴っているのは、「正念場《モメント・オヴ・トルース》」に到達したという感覚を避けることができないからだ。数分前に試験を提出した時点で彼のギャンブルは終った。人生のうちの二年間をそれに費やしてきたのだ。ジョブセンターの言う再訓練の福音は信ずるに値するか否かの賭け。間違いなくその福音は広まっている。昨年[☆40]ブラックホークで勉強を始めた時、五四三人に上るロック郡の失業した工員が――そして全国では、合衆国の納税者に五億七五〇〇万ドルを強いる一〇万人近くが――一種の貿易調整支援制度の職業訓練助成金を受けた。閉鎖に直面したリアの労働者たちに、マイク自身が申請を支援していたものだ。全国では昨年この援助を受けた訓練生の半数近くが、そして彼と同じく今年卒業する者の三分の一が、すぐに仕事にありつくことができない。

二ヶ月前、マイクは求職を開始した。一ダースもの企業に。自分の履歴書は注目されるだろう、と目論んでいた。成績はほぼ完璧に近いし、一〇年にわたって組合で労務管理の仕事に就いてきたのだ。そのうち五年は八〇〇人の工場で職場代表を務めていた。注目されるに決まってる、と彼は思った、これまで交渉してきた契約の数、捌《さば》いてきた苦情の数、翻訳してきた約款《やっかん》用語の数、それにクロノス労務管理システムなら既に使い方を熟知しているときてる。組合側であれ経営側であれ、と彼は思った、仕事は似たようなものだ、そして企業は間違いなく、自分がそれを長年手がけてきたことに注目するはずだ。

だが、返ってきたのはお祈りレターばかりだった。マイクは仰天した。全然聞いてないよ。どの会社もどの会社も、探しているのは学士号持ちで、三年から五年の労務管理の経験がある者だなんて。確かに、こんなにも多くの人がそもそも狭き門の労務管理の仕事を、というかどんな仕事でもいいからと望んでいるこのご時世、企業が選り好みするのはよく解る。だがマイクは神経質にならざるを得ない、卒業を三日後に控えて、ただの一本のコールバックもまだないのだ。

自分の達成にプライドを持ちつつ、心は落ち着かない。というのもこの三月、全く理由も解らぬまま失業給付が届かなくなったのだ。失業給付は学校にいる間は貰えることになっていたはずだ。彼よりも早くレイオフされ、彼よりも長く学校に留まって、今も失業給付を貰っている他の失業者も知っている。だがやってはみたものの、失業保険を扱っているウィスコンシン州のエージェンシーの誰一人として、何故か今の彼に割り当てられているステイタス――「給付期間終了」――が何かの間違いに違いないと納得してくれる者はいなかった。彼とバーブは最近、雀の涙の貯金に手を着け始めている。彼の失業給付がなくなった以上、彼女の新しい仕事である発達障害者の介護の時給一〇・三〇ドルだけではこれまで通りの生活はできない。

だから卒業と同時に仕事を見つけるというのはマイクにとっては火急の問題だ――火急すぎて、彼が人生の二年間を投資した労務管理の計画が万一上手くいかなかった時のために、肉体労働の仕事まで応募し始めたほどだ。さらに仕事にありつけたとして、どの程度の距離なら毎日通勤できるかという問題も真剣に考え始めた。マディソンは遠すぎる？ イリノイ州ロックフォードなら？ さらに遠くは？ 最終試験を終え、卒業を間近に控えてトラックに向かいながら、一つの大きな問題が心を悩ませている――「次はどうなる？」。

プライドと恐怖の組み合せは、今後きっかり二週間にわたって続くことになる。今から二週後の火曜日、彼はセネカ・フーズ・コーポレーションの面接を受けに行く。ジェインズヴィルにある野菜処理プラントで、労務管理課にたまたま初級職務の空きがあったのだ。次の金曜日、彼は本採用前の身体検査を月曜日に受けに来るように、との電話を受ける。木曜日には翌日から働けると告げられる。そんなわけで六月一日には、マイクはいろいろと解放されている。夜間のシフトに就かねばならないことや、組合の側からではなく企業の側から労働者を管理して、労務約款用語を解釈せねばならないこと、彼とバーブの二人合せてリアにいた頃の半分ちょっとの賃金しか貰えないとかいう事実などについては、もうあまり考えなくなるだろう。

ることができるのだから。マイクは自分の幸運の星に感謝する。二八ヶ月にわたる失業にもかかわらず、新しい経歴を始めることができるのだから。

★

この夏は組立プラントとその下請であるリア社のような企業の閉鎖が始まってから三年目——再訓練を望んだほとんどの人が学校に戻るには十分な長さだ。そしてこの夏には、ブラックホーク技術大学に行ったレイオフ労働者たちの暮らし向きは、行かなかった隣人たちよりもさらに良くないものとなる。

信じられないかもしれないが、ブラックホークに行った失業者の方が行かなかった者よりも仕事にありつけなかったのだ。ジェインズヴィルとその周辺の二千人近い失業者がブラックホークで勉強した。そのうち、定職に就けたのは——シーズン毎に少なくとも何らかの賃金を得たのは——三分の一程度。それに対して、学校に行かなかった失業者は半分だ。

さらに、ブラックホークに行った者の方が稼いでいる額自体も少ない。景気後退前の彼らの賃金は、当然ながら他の地元労働者とほぼ同じだった。そしてこの夏までに再訓練を受けずに新しい仕事を見つけた者は、平均して以前の賃金より八％下がった。これに対して、ブラックホークに行った者は平均して以前より三分の一も下がったのだ。

しかし何よりの驚きは、賃金が最も下落したのはマイクのように卒業までブラックホークで頑張った者だという事実だ。景気後退前には成績優秀な学生は高い賃金を貰う傾向があったので、そういう人の賃金の下落は特に大幅で、ほとんど半分にまで落ち込んだ。

この職業訓練の福音を支援するためにじゃぶじゃぶと連邦のカネを注ぎ込んできたジョブセンターのボブ・ボレマンズは、ブラックホークに行った者全員が給料の良い仕事に――というかそもそも何であれ仕事と名のつくものに――就けたわけではないということに気づいていた。全くの予想外。彼は謎を抱え込んでいる。

失業者の一部が学校に来ている間に、そうでない者はみんなたまたま目についたなけなしの職に飛びついたということ？　一八年もリア社にいたマイクのような人が、新しい分野の梯子段《はしごだん》の一番下から始めなければならないというのも問題のひとつ？　もしそうなら、時間の経過と共にその梯子の段を上っていけば、いずれ賃金は上昇するのか？

どんな理由にせよ、ボブは今、気づきつつある。連邦政府とジョブセンター自身のケースワーカーが広めていた再訓練の福音が拠って立っていたところの前提は、実は正しくなかったのだ――少なくとも、今のところは。その前提とはつまり、今のこの景気後退は過去の景気後退と同じようなものであって、だから過去と同じようなペースで雇用も回復するというものだ。だがそうはならなかった。そんなわけでボブは理解した、ジョブセンターは善意ではあったが誤った期待をしており、人々に二重の呪いをかけてしまったのだと。彼らは仕事を失った。そして新たなスキルを身に着けるために学校に行き、それゆえにまだ仕事が見つからないのだ。

★

ブラックホークでは、副教育部長のシャロン・ケネディがジョブセンターのボブの言う二重の呪いを祓《はら》おうと懸命に努めてきた。シャロンはブラックホークの職員の尻を叩いて、まだ街に残っている企業のエグゼクティヴや人事部長らと話をさせ、雇用の出そうなところを探らせた。カレッジの少数かつ過労のカウンセラーたちは、そういう有望分野に対応する勉強をするよう、失業者たちを案内しようとした。

だが、ブラックホークの最も注目すべき努力は、二〇〇万ドルの寄付金をもとにシャロンと職員たちが作成した小さなプログラムだった。これはウィスコンシン州の民主党連邦議員の一人ハーブ・コールが同カレッジのために何とか議会からせしめてきたカネだ。このカネでブラックホークはCATE《キャリア及び技術教育》を発足させた。これは少数の失業者を対象として、特定分野に追加の支援を積み上げるという計画だ。CATEは二〇一〇年の冬にちょうど一二五名の学生でスタートした。まず最初のテストの結果、すぐにカレッジに上がれる者もいれば、中学レベルの読み書きや算数も覚束《おぼつか》ない者もいると判明。この二つのグループが、仕事を見つけるのに最も有望であるとシャロン、ボブおよびスタッフたち全員で意見の一致した少数の分野の中からプログラムを選ぶことを許された。カレッジに上がれる実力のある失業者にはコンピュータの仕事や臨床検査室の技術の訓練。準備のできていない学生は看護助手や溶接工、あるいは特定の事業職など。彼らには莫大な支援、指導員、毎週二〇時間のキャンパスでの講義が与えられた。

CATEにはカネがかかった――学生一人あたり八千から一万ドルだ。だが、これらの学生たちが学ぶ分野の決定には細心の注意が払われたにもかかわらず、そしてこの少数の失業者たちに対して徹底的な教育が奢《おご》られたにもかかわらず、その成果は芳《かんば》しくはなかった。さらに悲惨なことに、シャロンをはじめとするCATE関係者が最も有望として選んだ分野ですら、それを学んだブラックホークの失業学生たちが他の者と比べて求職に有利ということもないというのが現実だった。マイクの卒業後、この夏までに仕事に就けた者は約半数――その他の者とほぼ同じだ。

★

このところ、時折マイクはブラックホークに行ったリア社の人間と出くわす。ある者はまだ求職中で、ある者はカレッジで学んだこととは全く関係のない仕事をしている。コンピュータITを学んだ男が食料品の袋詰めをしているとか、そんな感じだ。そんなわけで六月一日の午後、初めての夜勤シフトでセネカ・フーズに行く準備を終えた頃には、彼の中のプライドと恐怖の葛藤は純然たるプライドに転じていた――人生がベストケースのシナリオになったという感覚だ。

まあそりゃ、前よりも賃金は低い。だがそれだって、もう昔は過ぎ去ったってことさ。変えられないことをあれこれ悩んだってしょうがない。今あるものに感謝しようじゃないか。この新しい時代に、人生を振り返ったマイクが見るものは、組合の仕事の喪失ではなく、労務管理への賭けとその勝利だ。彼には仕事がある。しかも勉強した分野の。それもこのジェインズヴィルで。

33　レイバーフェスト2011

レイバーフェストのパレードは例年通り午後一時に始まり、ミルウォーキー・ストリートから南に曲ってメイン・ストリートに入る。今日は九月五日、絵葉書のように快晴。だが雰囲気は異様だ。ニューグラス消防署のスタントマンたちが路上で梯子に乗り、クラシックなシボレーが通り過ぎているというのに、手で触れられそうな怒りがパレードと共に行進している。その怒りは、スコット・ウォーカーがウィスコンシン州知事となって最初の数週間にやらかした反組合、予算削減に対する冬の抗議運動から直接降りてきたものだ。その怒りは礼儀正しさ、逆境に対する温厚な反応というジェインズヴィルの長い伝統を嘲笑っている。

六七年に及ぶ生涯の中で、ティム・カレンはこんなものを見たことがない。州議会の民主党上院議員がイリノイ州に雲隠れし、這々《ほうほう》の体《てい》でマディソンに戻ってきて以来、ティムは党同士の関係を円滑にしようと努めてきた。彼は、今後は議員が州から逃亡することを法的に禁じようと呼びかけることで和解をアピールし得たと考えていた。だが共和党員はそのアイデアを嘲笑し、同志たる民主党員は彼をお人好しと愚弄した。☆42 マディソンの『ウィスコンシン・ステイト・ジャーナル』紙と『ガゼット』紙はティムと二人の共和党上院議員との平和構築の努力を詳述した。彼らは互いの地区を相互訪問することで、職業上の関係を修復する意思があるという。「これらは全て、ウィスコンシン州において超党派的提携が死んではいないということを証明する計画の一部である」と『ステイト・ジャーナル』紙は七月に書いた。寛容な超党派的提携の精神に再点火することの美徳を信じているのはこのマディソンで自分だけなのではないか、ティムにはそんな気すらする。自分だけ歩調が合わない。そして今、この涼しくて気持ちの良い風の吹く午後に、彼は故郷のパレードでミルウォーキー・ストリートを歩いている。通りの一方の混んだ歩道を見ると、二〇人ばかりの人が通り過ぎる彼に声援を送っている。反対側の人混みを見る。一人の男が中指を突き立てている。

中指？　レイバーフェストのパレードのど真ん中で？　ナイスな為せば成る精神のジェインズヴィルの、それもミルウォーキー・ストリートで？

ティムは信じられない。その男が憤っている理由は、彼がイリノイ州に雲隠れしたからなのか、それともやり方が手ぬるすぎるというのか、解らない。どちらにせよ、と彼は思う、この数秒間に、今日のウィスコンシン州の政治の間違いの全てが現れている。ジェインズヴィルのトレードマークである礼儀正しさをズタズタにする全てのものが。

だがそのティムとて、パレードと共に行進している怒りの最悪のものの矛先を受けているわけではない。最悪は今、ポール・ライアンのすぐ横を行進している。それはポールとその家族が行進を始める前に、彼と共に立っている。その怒り[☆43]は、くしゃくしゃの茶色い巻毛にジッパーのついた青いスウェットシャツの若い男として具現化している。この若い男、トッド・ストーナーは二五歳の組合オーガナイザーで、揺籃《ようらん》期にあるオキュパイ・ウォール・ストリート運動のメンバー。この運動は、世界の人口の最も裕福な一％と、富の集中によってその他全員が置かれている惨めな状況を糾弾するものだ。

ストーナーはまず、礼儀正しく開始する。近づきながら手を伸ばし、「ライアン議員」と声をかける。

ポールはストーナーと握手し、それからその手を複座式乳母車《ダブル・ストローラー》のハンドルに戻す。それをしっかりと握って固定しているのは、小さなブロンドのサム、つまり議員の三人の子の末っ子である六歳児が、ストローラーの複座の一つに乗ろうとしているからだ。「すまんね」とポールは言う。一部の隙もないウィスコンシンっ子の出立《いでた》ち、ストライプのグリーン・ベイ・パッカーズのポロシャツにカーキのスラックス。携帯電話はあの夜と同様、ベルトに挿してある。あの夜というのは三年以上前、プラント閉鎖の警告の電話を受けた時だ。「会えて嬉しいよ。申し訳ない、これからスタートなもんで」。

ポールの隣には妻のジャンナ、ブロンドの髪をポニーテイルにまとめ、残り二人の子供ライザとチャーリーと一緒に立っている。周囲にいる支持者たちのケリーグリーンのTシャツには、前面に小さな白い文字で、背中にはもっと大きな白い文字で「Ryan」の文字。

ストーナーは躊躇《ちゅうちょ》しない。「絶対に訊かなくちゃならないことがあって」。

「いやちょっと今は」とポールは繰り返す、「今からスタートなんで」。彼はストーナーにクリーム色の名刺をわたす。小さなサムがストローラーのシートから小さなアメリカの旗を振る。「頼むから。ウェブサイトの方を見といてくれ」とポール。だが若い男は、ますます切迫感を募らせて、彼に食い下がる。

「読んだよ。あれは読んだ」

「ああ、それなら何をどうすべきかについての私の考えは解ったろ」とポール。

ストーナーは、あの内容は気に入らないと言う。

「単にその点で意見が一致しないだけだな、オーケー？」とポール。「じゃあ元気で。君もうまくやることだな。私は雇用を増やしたい。単にどうやって増やすかで君と意見が違うってだけだ、オーケー？」

ストーナーの声は大きくなり、口調は耳障りになる。「仕事にありつくために何をどう働けって？中国と同じ賃金で働けってか？　時給一ドルで働けってか？」

ジャンナの手もストローラーに添えられている。笑顔が顔に貼りついている。八歳のチャーリーはじっと見ている。遂にジャンナはその若い男に向き直り、素敵な一日を、と言いわたす。ポールもまた同様にする。

「キャンディいるか？」と議員は訊ねる。彼の子供たちはハードキャンディを持っている。歩き出すことさえできれば、それを見物客に投げてやるのだ。

「いらん」とストーナーは言う。そんなことを言われたことが信じられないという口調。

「パッカー＝バッジャー〔パッカーズのキャラクター〕のスケジュール帳は？」

「いらん」

ストーナーが規制解除の危険性についてぶつぶつ言い始めると、ポールはぷいと顔を背ける。その唇は固く引き締められている。ジャンナは依然として笑顔をまとっている。ケリーグリーンのライアンTシャツの男が割り込んでくる。「おい」と彼は不躾《ぶしつけ》な若い男に言う、「みんな楽しむためにここに来てんだぜ」。

ストーナー☆44は先月のロック郡の失業率が依然として九%以上であったことには言及しない。GMとその他全てが閉鎖される以前と比べて有職者の数は六千人も減った。だがそれを言ったも同然だ、何故ならこう言ったから――「こんなに失業者が溢れ返ってるのに、どの面下げて労働者《レイバーデイ》の日だ? 悲しみのレイバーデイじゃねーか!」。

ついにポールと家族とケリーグリーンの取巻きたちはパレードを進み始める。一マイルに及ぶルートの終り近く、メイン・ストリートの観覧席を通り過ぎる頃になっても、彼のレイバーデイは好転していない。ポールは今も叫んでいる、「エヴリワン、ハッピー・レイバーデイ!」。そして歩きながら手を振る。歩道の、ローンチェアの見物客の背後に、巻毛のストーナーの姿が見える。仲間もいる。そのうち何人かはこの春、政府に対する抗議運動の後に結成された〈ウィスコンシン・ジョブズ・ナウ!〉というグループの者だ。ストーナーがオーガナイザーをやっているグループで、そのアクティヴィズムには彼が参加していた「サービス業インタナショナル・ユニオン」という大きな労働団体から資金が出ている。実際、〈ウィスコンシン・ジョブズ・ナウ!〉はパレードに山車《フロート》も出している。このフロートは平台型で、横腹に「良い仕事のために団結する失業労働者」と書かれたステーションワゴンが牽引している。平台の上に座っているのはポールの選挙区から来た失業者や低賃金労働者だ。

「ポール・ライアン。あいつは最悪だ。企業利益ファースト野郎」とストーナーと仲間たちがシュプレヒコールする。彼らの怒りの対象がパレード・ルートの終りに差しかかる。「中産階級への攻撃を止めろ！」とストーナーは叫び、手書きの白い紙を掲げる。「ライアンは働く人々を無視している」。

「どこに仕事がある？　どこにあるんだ？」と抗議者たちは叫ぶ。ポールは青いサバーバンの運転席のドアを開ける――当然シボレーだ。彼の故郷はもはやそれを作ってはいないが。ジャンナはケリーグリーンのTシャツの人をハグするのを止めて、子供たちと共にどかどかと乗り込む。ポールがクルマを出す。何枚かの青と白のプラカードがまだ午後の陽射しの下に見えている。「アメリカンドリームを救え」

★

数日後、ジェインズヴィルの命運は新たな局面を迎える。これまた、デトロイト発だ。その金曜の夜、ゼネラルモーターズ[☆45]と全米自動車労働組合は新たな四年間の労使協約について暫定的な合意に到達する。ジョージ・W・ブッシュとオバマ両大統領が連邦自動車融資に合意し、GMの破産とその再編がその再生戦略となって以来、初めての労使交渉だ。この交渉の中の一つの些細な議題が、同社の待機中の二つの組立プラントの未来だった――一つはジェインズヴィル、もう一つはテネシー州スプリングヒル。後者はナシュヴィルの少し南にある新しいプラントで、一九八九年にシボレー・サターンの生産のために開設され、二年前の生産停止までSUVを作っていた。

ジェインズヴィルの人々にとってはその議題は些細どころではなかった。ジョブセンターでは、ボブ・ボレマンズのクライアントたちがプラントの再開を待ち望んでいる。その波及効果はその他の多くの雇用をもたらすだろう。リアリストではあるが、ボブは実際にはほとんどの人は最早この不死鳥に縋《すが》ってはいないと信じたがっている。だが中にはまだまだ縋っている者がいる——例えばマーヴ・ウォパット。四半世紀にわたってプラントの従業員援助プログラム代表を務め、今は退職して三年経つ。マーヴは今もプラントの再開を熱意をもって信じている。そうなれば息子マットのインディアナでの仕事が終るのも時間の問題だろう。

金曜の夜、この暫定協約によってスプリングヒルが再開するという話が漏れ始める。ジェインズヴィルは依然として閉鎖されたままだ。

UAW第九五支部の副支部長デイヴ・ヴォーンは友人で同じ退職者で支部長であるマイク・マークスと共にデトロイトに駆けつける。交渉の間、同支部はユニオン・インターナショナルのリーダーたちに、組立プラントの再開か——それが無理なら——少なくとも待機中の状態を維持するように迫っていた。待機中の方が完全閉鎖よりもまだマシだ。かくして彼らはUAW書記長の暫定条項に耳を傾ける。ゼネラルモーターズによれば、この新たな協約により今後四年間に合衆国全体に六四〇〇の雇用が生み出されるだろう。これにより会社のコストは一%上乗せされるだけで、労働者にはボーナスとより大きな利益分配がもたらされる。ゼネラルモーターズのチーフ・エグゼクティヴ、ダニエル・エイカーソンはこの協約を「社員と会社の双方にとってウィンウィン」と称する。彼によればそれは「これが真にニューGMであることのさらなる証拠」だ。

そしてジェインズヴィルでは？　失望だ、当然。だが古き良き楽天主義、古き良き為せば成る精神はまだ仄見《ほのみ》えている。デイヴ・ヴォーンをはじめとする支部幹部たちは、UAWがプラントを恒久的な死刑判決から守ったことに安堵している。同じ希望の揺らめきは『ガゼット』紙にも登場する。[☆46]もしもスプリングヒルが再開するなら、と同紙の記事は推論する、それはつまり次こそがジェインズヴィル、すなわちゼネラルモーターズの唯一の待機中プラントの番だということではないのか？

34　クロゼットの発見

ＡＰ心理学は、ケイジア・ホワイトエーカーの七時限目、その日の最後の授業だ。午後三時二〇分、七時限目の終りに、ケイジアはピンクのメッシュのバックパックに手を伸ばす。教科書とノートとフォルダを入れるためだ。だが手を伸ばそうとした途端、こともあろうに、頬を涙が伝うのを感じる。

ケイジアは屈辱を感じる。彼女と双子のアリッサは今やパーカー高校の三年生。ケイジアはディベート・チームの精鋭で、昨年、二年生の時には既にディベートの選手としてパーカーの州トーナメント優勝の原動力となった。彼女は常にきちんとして、自己抑制する人を自認している。人前で泣くような人間ではない。そして今、まだ泣き声までは出していないのに気づいて——神様ありがとう！——この涙を止めなくちゃと思う。

自分の涙を叱責。「今はそんな時でも場でもないでしょ」と彼女は心の中で涙に言う。「教室のド真ん中で泣くなんて、あり得ないし」。

涙は流れ続けている。

彼女は項垂《うなだ》れている。他の子たちがバックパックとか考えごとに夢中で、あたしの涙に濡れた顔に気づきませんように。彼女のブラウンのストレート・ヘアでもそれが隠せていないことは解っている。クラスの誰も気づいてないようだ。だけど彼女の机は教室の前に近く、壁を背にして、真ん中を向いている。つまり言い換えればヴェヌーティ先生の机はすぐそこだ。

アミ・ヴェヌーティは四年前からパーカー高校で社会科を教えている。デリ・ウォーラートと親しく、両者の教室は同じホールにある。心理的障害に関する今日の授業を終えたばかりのアミがたまたまケイジアの方に目をやると、そこで起きていることが目に入った。彼女はケイジアに、放課後時間があったら残ってもらえる？　と訊ねる。

他の生徒たちが全員教室を出るまで注意深く待って、それからケイジアの隣の机に座り、静かな、母親のような調子で、どうしたの、何か手伝えることはない？　と訊ねる。

ケイジアは何をどう言えばいいか解らない。過去三年間、彼女とアリッサは家で起こっていることを隠すことにかけてはエキスパートになっていた。グッドウィル〔古着屋〕であたかも新品を買ったかのように見えるデザイナージーンズを掘り出すのもお手の物だ。友達が買い物したいというのに付き合って、自分たちは何も買ってないのに気づかれないようにすることも。家で起こってることとは、友達と話し合うことじゃない。

そりゃ、アリッサのボーイフレンドのジャスティンは知っている。アリッサを彼の家でダベらせてやってるのを、彼女が感謝してるってことも。そこならカネに関する話も出ないし、彼と一緒に四輪に乗って、たまにはティーンエイジャー気分に浸ることもできるからだ。昨年、ケイジアはディベート・パートナーである上級生のライアンに、州大会に選ばれた時に言わねばならなかった。彼女は彼に言わねばならなかった、自分は行けないと。チームはリポン・カレッジの近くにホテルを二部屋借りなければならない。一つは三人の女子用、もうひとつは二人の男子用。彼女はライアンに、ホテル代が出せないからと言わねばならなかった。だから彼はコーチに相談し、どうにかして――詳しくは今も知らないけれど――ケイジアは形だけ払って参加できるようになった。だから彼女は特別に親切にするようにした、誰が彼女のために払ってくれたにせよ、その埋め合せをするように、そのトーナメントはブリザードの最中で、お陰でドライヴは本来よりも二時間以上長引き、とても恐かったのだけれど。

だから彼らが友人たちに話すことはほとんどなかった。そして、彼らですら友人たちに話すことを憚《はばか》っているというのに、どうしてケイジアが教師に相談などできるだろう。

どうしてヴェヌーティ先生に、パパのジェラードがGMのプラントをレイオフされてから一年以上仕事がなくて、今就いている仕事は三つ目だなんて言えるだろう？　それか、この仕事もまた失うかもしれないと心配し始めているところだなんて？　この三つ目の仕事も最初はラッキーに見えた。つまり郡刑務所の看守だ。バーブ・ヴォーンが昔勤めていて、クリスティ・ベイヤーが今も務めているところ。応募してから採用されるまで一年近くかかった。そして実を言うと、彼女らはこの双子をよく知っていた。ケイジアとアリッサは彼女らの子供が小さかった頃から子守をしていたのだ。だけど顔見知りの子のパパが保安官事務所の看守になったからって、彼女らが何か困るわけでもないだろう。ジェラードはほとんど第二シフトで、クリスティが夜勤に来る前だし。それに彼自身は彼女を知らないし。ジェラードは賃金に感謝していた——時給は一七ドル近く、GMの支払いには及ばないが、パッチ・プロダクツ社の倉庫作業の一二ドルよりマシだ。まあそこだって、もしも刑務所と同じような健康保険さえ付いていれば、わざわざ転職なんてしなくても良かったのだが。

だがすぐにジェラードは刑務所の仕事に問題を抱え始める。ケイジアはパパが最近おかしいことに気づいていた。苛々している。仕事に行くのを怖がってるみたい。そして夏の間にその問題は悪化した。他の看守がバケーションに行っているのをこれ幸いと、可能な限り残業を入れたのだ。家に余分なカネを持ち帰るために。そしてパッチより高額な時給一七ドルにもかかわらず、ケイジアとアリッサは依然として両親がカネのことで話し合っているのを聞いた。勿論両親は娘たちやノアには聞かれていないと信じ込んでいるが。ノアがスポーツに興味を持つようになり、ユニフォーム代が重くのしかかっていた。加えて、刑務所の健康保険の控除免責金額が高い。つまり、ケイジアの酷い腹痛の原因を見つけ出すために、医者の予約に莫大なカネを出さねばならないということだ。そしてケイジアには解っている、両親は祖父母と同様にGMは永遠に不滅だと信じていたから、今さら中産階級の暮らしを棄てて下級中産階級に、あるいはさらにその下に行くなんて難しい。だからもっと両親を助けなきゃ、でもどうしていいか解らない。

学校では、ケイジアはクラスのことだけに集中して、家で起こっていることは忘れようとしている。だが心理障害に関するこの授業で、抑鬱《よくうつ》と不安についてのヴェヌーティ先生の今日の話の内容は、ケイジアにパパの変化について考え込ませた。そして彼女がこれまでやったことのないやり方で、見聞きしたことを合せて推論すると、彼女には授業の最後の部分が、まるで喉に何かが閊《つか》えているように感じられたのだ。そして気がつくと、涙が流れていた。人前で。

ヴェヌーティ先生の訊ね方はとても親身だから、ケイジアは不躾になりたくはない。だけど、私的な事柄をクラスに持ち込むのが正しいとも思えない。だから彼女は暫《しばら》く待って、何を言おうかと考えた。何も言いたくはない。だけど何かは言わなきゃならない。

「うちの家族の状況が今、すごく良いとは言えなくて」という言葉が出てくる。そしてその瞬間、完全にどうにもならなくなる。沈黙の涙は、大きな咽《むせ》び泣きになっている。

「助けになれるわ」とヴェヌーティ先生。

「ええ、でも今までに助けなんて受けたことはありません。そんな資格はありません」とケイジア。そう言いながら、彼女はママが食料配給所のECHOから助けを貰おうとするたびに、目を泣きはらしていたのを思い出す。そこの職員は、あなたの毎月の世帯収入は受給境界線よりも数ドル上なんですよ、と言い続けていた。

ヴェヌーティ先生は、こういう助けを受けるのに資格は要らないのよ、と言う。

彼女はケイジアに、荷物を持ちなさいと言う。そこでケイジアはホットピンクのバックパックを拾い上げる。ヴェヌーティ先生は彼女のファイル・キャビネットの上からキーチェーンを掴む。二人は教室を出て、ホールを通ってドア二つ向こうにある閉鎖されたドアに向かう。ケイジアは実際、そんなドアがあったなんて気づいていなかった。ヴェヌーティ先生がドアを解錠する。目の前には、ケイジアには信じられない光景――ジーンズに靴に学用品で一杯の棚。食べ物とボディ・ウォッシュと練り歯磨きの備蓄されたオープン・キャビネット。これがパーカー・クロゼットだ。

ケイジアが驚いたのは、単にこの部屋が存在したことではない。最も驚いたのは、彼女が目の当たりにした現実の洪水だ。ヴェヌーティ先生が彼女のために解錠したドアの後ろにこの部屋が存在したということはつまり、パーカー高校の他の子供たちもまた安楽な状況とは言えない家庭から通学しているということになる。

想像し難いことだが、ここジェインズヴィルでは何千人という人が職を失い、一部は今も失業中で、また一部は彼女のパパのように職を転々として十分なカネを稼げない。なのにケイジアはこれまで、自分の家庭に起こっていることが街中の至るところで起こっているということに思いが至らなかったのだ。だから彼女とアリッサは、これは友人たちに話すことじゃないと決めた。そしてかつて中産階級だった他の子供たちもまた同じことを決めた。だから今、ケイジアは全く突然思いついたこの考えに圧倒されている。「あたしみたいな子供たちが他にもいるんだ！」

アミ・ヴェヌーティはこのような「自分だけじゃない」という驚きを前にも見たことがある。パーカー[☆47]に勤め始めた頃から彼女はデリのクロゼットを手伝ってきた。初年度には一ダースだった生徒たちも二〇〇人近くになった。デリほど多くの生徒を連れてきたわけではないが、彼女も最近では毎年二ダース以上の子供たちをそうしている。ケイジア以前の子供たちから学んだことだが、彼女は単に中古のジーンズや練り歯磨きを提供しているだけではない。これらを提供することによって彼女は、自分の生活についての彼らの理解を無理矢理に変え、更新することになる——つまり自分は貧困なんだと。とある少女は激怒して泣き出し、自分の家族には援助など要らないと言い張った。両親が離婚しつつある少年もまた拒絶したが、アミはいろいろ考えて彼にこう言った、今や君は家長にならなきゃならない、けれど君がフルタイムですべきことは学校の勉強とスポーツでしょう、だから家族の面倒を見る一助として、ここから何かを持ち帰ることが必要なの。

相手に納得させる方法を見つけ出さねばならない、とアミは学んだ。

アミの見守る前でケイジアはショックを受けている。ごく普通のことだ。だがケイジアは次の考えに移行しつつある。わざわざ苦労して、あたしが存在すら知らなかった援助を子供たちに提供している人がいるんだ。わざわざ自分の時間を費やして、親切に人助けをしている人がいるんだ、それもあたしだけじゃなくて家族全員のために、そして今のあたしだけじゃなくて、未来のあたしの目標のために。一般開業医になって、いつか誰かを助ける立場になりたい、それがあたしの目標。

こうした考えはケイジアにとってあまりにも感情にくるもので、だからその全てを声に出して言うことができない。彼女はただヴェヌーティ先生に訊ねる、「ねえ、どこからこれを手に入れたの？」。

寄付よ、と先生は彼女に言う。コミュニティの人々が持ち寄ってくれたの。

ヴェヌーティ先生は必要なものを訊ねるが、ケイジアは依然として、学校の中にこんな秘密の場所があるという驚くべき事実について想いを巡らせている。誰も知らないこの場所の存在を知るのは、その人にとってここが必要となった時だけなのだ。そして「必要」ということに考えを集中させると、頭から離れないのは、彼女とアリッサとノアが家で人に施すよう教えられてきたという事実だ。人に施し、自立しろと。だからあまり貰いすぎたくはない。

スアーヴのシャンプーとコンディショナーをとる。コンディショナーなしの方が安上がりと聞いているけど、あれば素敵。そして施す人になるのも嬉しいから、ノアのためにオールド・スパイスのデオドラントを。

他にはいいの？ とヴェヌーティ先生が訊ねると、ケイジアはこれで十分ですと言う。ヴェヌーティ先生がドアに鍵をかける前に、ケイジアの知らない下級生の身なりの良い男の子が身を隠すように入って来て、幾つかのアイテムを持って行く。

彼女はパーカーから自宅までの数ブロックを一人で歩く。今日の発見のこと、そして他に必要なものがあれば遠慮なく言ってね、と言ってくれたヴェヌーティ先生のことを考えている。家に着くと、アリッサは仕事に出ているから、ケイジアはシャンプーとコンディショナーとデオドラントをキッチンのテーブルとコンロの間にあるカウンターに置く。それから五時から九時までのシフトに出かける。カルヴァーズの青いエプロンと帽子に身を包み、バターバーガーとフローズン・カスタードを供する仕事だ。

仕事から戻ると、ケイジアには解っていたことだが、アリッサがこれどうしたのと訊ねる。姉がその答えを喜ばないこともケイジアには解っている。何か必要なものがあれば、一所懸命に働くのよと教えられてきた。さもなくば我慢しなさいと。

ケイジアはヴェヌーティ先生に部屋に連れられたこと、あの学校にはパーカー・クロゼットというものがあることを説明する。説明しながらも解っている、たとえ必要だったとしても、アリッサは施しを受けるということを直ちに気まずく感じるだろうと。

35　夜勤シフトの後で

ロック郡刑務所の夜勤シフトは午前七時に終る。秋の今頃にはちょうど太陽が昇ろうとしている頃、クリスティ・ベイヤーは刑務所から出て来て、駐車場へ向かって歩いて行く。雇われた当初、クリスティはシフトをローテしていた――日勤、夕勤、夜勤。睡眠時間をずらしていくのは苦ではなかった。それでも刑務所は夜勤が一番良いと気づいた。静かだし。それと、バーブの件には驚かされたが、一年近く前に彼女が辞めた後、寂しくて仕方がなかったクリスティが仲良くなった他の二人の看守もまたたまたま夜勤だった。そこで空きが出ると彼女は応募した。だからクリスティは今はずっと夜勤。午前七時三〇分、陽射しが届く頃、彼女は家に着く。

この時間の家は静かだ。夫のボブはもう出ている。母親だけが起きて動いている。クリスティは仕事の後、寝る前の一服が好きだ。だがリンダは家の中で煙草を喫《す》うことを許さない。だから今の一時間は、リンダが自分とクリスティにコーヒーを淹《い》れる。クリスティはまだ保安官事務所のカーキ色の制服のままで、ニューポート100s〔煙草の銘柄〕を摑み、二人して広いバックデッキに出て、四方山《よもやま》話をする。

クリスティはママと過すこの一時間が好きだ。デッキは外に座っておしゃべりするのに良い。まあこのところ朝は寒くなってきたが。木の床板には室内外兼用のカーペットが敷いてあるし、金属の庇《ひさし》が風を防いで、天窓からは朝の光が差し込む。この一時間に、クリスティは夜の話でママを楽しませる。囚人がしでかしたお馬鹿なことについて。あるいは病院送りにする必要のある囚人について。あるいはTV特権を取り上げるべき看守と、それについて囚人が言わずにおれなかったことについて。ママがこういう刑務所の話を気に入ってるのは知っている。毎夜何かしら違うことが起こる。工場の仕事とは違う。

だけど刑務所の仕事はしんどい。時々クリスティはバーブに電話して、愚痴をこぼす。それでもクリスティは自分にその能力があることを誇りに思っている。そしてリンダは自分の一人娘を誇り、こんなに大勢の人が職のない時に、三九歳のクリスティがこの街で良い職にありついたことを喜んでいる。

生活のほとんどは落ち着いてきたように見える。クリスティより後にブラックホークに通い始めたボブにとってすらだ。彼は暖房とエアコンの設置とメインテナンスを学び、五月に卒業した。彼の失業給付は九月には切れる見通しで、ジェインズヴィルの仕事は見つかりそうにない。彼の級友たちは既に苦労している。一人は端金《はしたがね》のために大豆を植え、もう一人は店員になった。だからクリスティはボブは運が良かったと思っている。ようやく八月に、メインテナンスの専門家としてマディソンの州庁舎の一つに雇われたのだ。お陰で彼は今、クリスティがシフトから戻ってくる前に仕事に出かけねばならないのだが。

ボブが遂に仕事を見つけたとしても、クリスティと母親にはまだ一つの大きな心配事がある。バックデッキで、二人は煙草とコーヒーを嗜《たしな》みながら、刑務所の話と共にそれについて話す。クリスティの一人息子であるジョシュは二二歳。二〇〇七年にパーカー高校を卒業した。景気後退がくる数ヶ月前、GMと下請が閉鎖され始める一年前のこと。すぐにジョシュは州兵に入った。そして今、彼はイラクに派遣された。

36 深夜のウッドマンズで

ケイジア・ホワイトエーカーは爪先立ちでカウチに忍び寄る。そこではママのタミーがまだ起きていて、最近の週末の夜によくやっているように、鋏を手にクーポンの束と格闘している。「食料の買い出し要る?」とケイジアは訊ねる、できる限り静かに、何気なく聞えるように。一六歳の子供が母親をウッドマンズに連れて行ってカネを出すのが世界で最もありふれたことであるかのように。

訊ねながら、彼女は自分の子供時代が終りつつあるのを感じている。これはまさに早熟というもの、それはこのところ、彼女の中で徐々に育っている。

子供ならそんなことに気づきもしないだろう、パパのジェラードが長く刑務所で働けば働くほど、ますます落ち込んで見えるようになるなんてことには。彼が最後に下らないジョークで彼女を大笑いさせたのはいつだったか、もう憶《おぼ》えていない。そしてパパが寝ている間にクーポンの山をひっくり返しているママこそが今や戦士長なのだということ。ケイジアは知っている、母親が周りに誰もいないと思っている時だけ見せる、ストレスで疲れ切った表情を。ケイジアには耐えられない顔。母親もそれを知っているから、ケイジアは見て見ぬ振りをするのが暗黙の合意になっている。

以前なら驚いていたが今では旧聞に属するような事実は言わぬが花だ。初めての放課後の仕事、バターバーガーの本拠地であるカルヴァーズに一〇ヶ月勤めて、彼女の銀行当座預金残高が既に両親のそれを上回っていること。両親のどちらかが彼女かアリッサに、とても丁寧に、食料品かガソリン代を数ドル立て替えてくれないかと頼むのももうそんなに珍しくはないということ。パパが自嘲気味に――「俺たちは君らの人生の前半を支えてやったから、後半は君らが俺たちを支えてくれ」――と頼むたびに、彼は自分を殺してくれと心の中で頼んでいるのだということ。

ケイジアと両親は冗談は言っても赤裸々な事実は決して口にしない。今やパーカー・クロゼットの存在を知り、だからこんな問題を抱えているのはうちの家族だけじゃないと解ってはいても、友人たちとカネの話はしない。祖母のルシルとすら。彼女はパパの母親で、フェイスブックでも現実でもケイジアの最大のチアリーダーだ――自分の気持ちを察してくれているとケイジアが確信している唯一の人物、何故なら彼女は、祖母が何も言わずに両親に住宅ローンの足しに毎月些少《さしょう》だがカネを送っていることも気づいているのだ。

だがもう一人、ケイジアが全てを話せる相手がいる。特にこのことについて。八年生の頃から、ケイジアとアリッサはずっと一緒に心配してきた、地下のベッドルームのベッドの上で、パパが朝食時に家にいるってどういうこと、と話し合った時から。

振り返ると、ケイジアは解っている、あの頃は無邪気だった、あの頃の心配は子供のそれだった。

現実は、パパの今の仕事は昔みたいに家族を養えるものじゃないし、良い仕事も見つからない。ケイジアとアリッサはこの問題に対して、楽天的かつ現実的に対処しようとしている。ケイジアは二つ目の仕事を追加する予定——街のカイロプラクティックの受付だ。それでも時折、彼女とアリッサは先のことを思いやる。両親が住宅ローンを払えなくなったら？　どうやって大学に行く？　アリッサはエンジニアになる夢を叶えられる？　ケイジアの開業医は？

　だがそんなのは将来のことだ。今の火急の問題は——もうすぐまた冷蔵庫が空になること。そして両親はまたしてもカネがない。そして将来ではなくまさにこの問題のために、ケイジアは今夜こそカウチに忍び寄って、これまでずっと頭の中にはあったけど口に出したことはない食料品の問題をママに訊ねるべき時だと決意したのだ。

　ママは鋏とクーポンの山から目を上げる。その表情から、ケイジアは正しい口調で言えたと解る。ヒューーッ！　彼女の小さな作戦は現時点で良好。だが何にせよ、デリケートな問題だ、家族の食料品にカネを出すというのは。

　アリッサはパネル張りの居間にいて、ボーイフレンドのジャスティンと一緒にTVを観ている。

「一緒に来る？」とケイジアは訊ねる。プレッシャーをかけたくないから、なるべくさりげなく。アリッサは彼女よりも責任を感じている、通勤のために2005年型のシボレー・インパラを買ったばかりで、その自動車保険もあるのだ。一方ケイジアはクルマを買えるようになるまで貯金に努めている。当然、アリッサは話に乗る。ジャスティンもまた。というのも、たとえ状況は呑《の》み込めなくとも、何にせよアリッサが行くなら彼も行くのだ。

出発前にケイジアとママはクーポンを見わたして、使えるものを探す。ママは買い出しリストを作る。それからクルマに乗り込み、タミーが運転、ケイジアはフロント・シート、アリッサとジャスティンは後部座席、まるであべこべじゃないみたいに。最初の停車はブラックホーク・クレジットユニオンのATM、そこでケイジアとアリッサは飛び降りてそれぞれ一〇〇ドルゲット。二人の口座からの一日の引き出し限度額だ。それから一路、街北側にあるオールナイト営業のウッドマンズを目指す。到着する頃にはほとんど真夜中、広い通路に買い物客はほとんどいない。

ケイジアは詳細を練習済みだ。ジャスティンがクーポン担当、アリッサは電卓、彼女はカートを押して、母親の積み込みを手伝う。買うのはチキン、もうパスタは飽き飽きしてるから。あとランチョンミート、ケイジアはpb&j〔ピーナッツバターとゼリーのサンドイッチ〕はもううんざりだから。それとたまには、ノーブランドのシリアルの代わりにココアパフスとメーカーもののキャップンクランチ。それからみんながやってきたのは、とても誘惑的だけど不要なコーナー。ケイジアが無理してそこに来たのは、何にせよ、自分のおカネだから――ポップ＝ターツのチョコチップ・クッキー・ドー。

この冒険全体の一番大事な部分、成功の鍵は、会計だ。ひたすらちゃんとやらなくちゃ。ママが普通の母親みたいに食料品を買わないなんてあるわけない。だから一致協力して、声かけもなしに、娘たちはタミーに下ろしたての二〇ドルをすっとわたす。彼女はそれをジャスティンがわたしたクーポンと同じくらいあっさり受け取る。

帰りの車内で、食料品をトランクに積み込み、ケイジアはほっとしている。確かに疲れた、けど朝のココアパフスのことを考えると、少女の頃のように嬉しくなる。おかしいわね、だって今この瞬間、あたしはこれまでの人生で一番成長したと感じてるのに。責任を引き受けた。彼女とアリッサが両親よりも口座残高が高くなるなんてどういう意味か、解らない時もある。労働時間によって、二週ごとに一五〇ドルから二〇〇ドルをカルヴァーズから家に持ち帰り、そのうち一〇〇ドルの貯金を目指す(たいていはできる)。時にはその犠牲と責任を恨むこともある。だけどあたしとアリッサは幼い頃から、人を助ける人になれと教えられてきたんだ。全米優等生協会の献血運動にも寄付したし、パーカー高校のリレー・フォー・ライフ*のために資金集めもした。だから実際、両親が援助を必要としてる時に、家でそれをやる時は別だなんて理由はある?

家に辿り着くと、彼女はママと一緒に食料品を運び出す。ケイジアはココアパフスに対する嬉しさ以外の気持ちを感じている——パパが寝ててくれて良かった。ゼネラルモーターズの仕事がなくなってからこっち、給料の安い他の仕事に就いたり辞めたりして、パパは自分が家族を養わなきゃならないって考えを棄てられないのを知っている。パパは自分に厳しいから、自分を信じ切って、四六時中良い仕事を探してオンラインを監視し続けるなんてできない。朝になれば、娘の当座からカネを出した真夜中の買い物旅行で冷蔵庫が一杯になってるのを見て、気分を害するだろう、それは解ってるんだけど。

＊ リレー・フォー・ライフ：アメリカ癌協会が行なう、癌の啓発や研究、患者支援のための寄付を目的としたチャリティ・イベント。

第5部

★2012年★

37 SHINE《シャイン》

メアリ・ウィルマーはジェインズヴィル市議会の傍聴席にいる。隣には息子のコナー。二月の第二月曜日の午後七時、二〇一二年の第三回市議会が開催されようとしている。メアリが州政府の活動なんて見にくること自体珍しいし、ましてや息子連れなんて初めてのことだ。今夜、議場は滅多にない満員御礼。市庁舎までダウンタウンをドライヴして来たメアリは、毎年レイバーフェストのパレードが行進するミルウォーキー・ストリートからジャクソン・ストリートに入った辺りで、末っ子でクレイグ高校三年生のコナーに言った、今夜はこのコミュニティにとって大事な夜だから、来て良かったわよ。

クルマの中でコナーは、母さん何か心配でもあるのと訊ねた。「死ぬほどね」とメアリは認めた。

メアリの不安の根源、そして彼女がここにいる理由は、議会のアジェンダにある新事業の第一項目だ。九〇〇〇万ドルという破格の提案で、既に二年前から準備が進められている。メアリは――そしてロック郡5・0経済開発同盟の全員は――これこそがジェインズヴィル復活の要と見なしている。その名はSHINE。

要というものが得てしてそうであるように、それ自体は頑丈ではない。SHINEメディカル・テクノロジーズはマディソンのスタートアップ企業で、ウラニウムから医療用アイソトープを作り出す新たな方法を開発した。病院で心臓病を検知するストレステスト、癌《がん》の転移を検知する骨スキャン、その他二八種に及ぶ診断イメージングに不可欠なものだ。このアイソトープ、すなわちモリブデン99（Moly-99、あるいはMo-99）は全世界的に供給量が低い。合衆国エネルギー省は四つの企業に早期マッチング補助金として二五〇〇万ドルを与えたが、SHINEもその一つだ。目的は、このモリブデン99の十分な供給を維持するための、商業的に実行可能な生産方法の開発である。

奇妙な偶然で、この四つの企業のうちのもう一つであるノース・スターがその生産プラントを将来的にベロイトに建てることを計画中だ——ダイアン・ヘンドリクスがそのメイン投資家となった。一昔前なら、この偶然の野心は両市のライバル関係に火を着けていただろう。だが今は共に政府の応援を受けたこの二つのスタートアップ企業は、ロック郡5・0の基盤である地域的コラボ精神で迎えられている。うまくいけば、この地域は全国の医療用アイソトープ生産の基地として頭角を現すことだろう。「ロック郡ブランドの全く新しいオーラだ」と商工会議所〈フォワード・ジェインズヴィル〉の会長ジョン・ベコードは言う。[☆1]

この時、SHINEの従業員はちょうど一ダース。投下資本、前人未踏のアイソトープ生産プロセス、そして予想されるかなりの政治的妨害——連邦原子力規制委員会による厳格かつ複雑な査察——に対してはとても十分とは言えない。この査察はSHINEの計画が安全で環境に優しいか否かを評価し、しかる後にそれが連邦の認可に値するか否かを決定するものだ。認可がなければ、生産はできない。

これらのハードルにもかかわらず、SHINEはジェインズヴィルのビジネス及び政治的リーダーたちのレーダースクリーン上で赫々《かくかく》と輝いてきた。それはSHINEの創設者でありチーフ・

エグゼクティヴであるグレッグ・ピーファーのヴィジョンの故だ。だらりと垂れた茶色の前髪、暢気《のんき》そうな物腰、そしてウィスコンシン大学で原子力工学のPhD《博士号》を取得した侮《あなど》りがたい知性の三五歳。二年前、とあるマディソンの経済誌は毎年恒例として発表している地元の四〇歳以下の四〇人の起業家一覧の中で、特にピーファーを「輝ける星」として持ち上げた。当時の彼は、将来的にSHINEが何らかの生産準備を整える時のために、生産プラントの基地になるコミュニティの物色を始めていた。[☆2]

メアリの立場からすれば、SHINEはまさしく完璧な機会のように見えた。三年と少し前に組立プラントが閉鎖されてからというもの、彼女と地元の経済開発担当者はジェインズヴィルの沈下した経済を引き上げ、多様化させる事業の誘致に懸命となってきた。ポール・ライアンもまた。キャピトル・ヒルでも故郷でも、ロック郡の経済開発責任者ジェイムズ・オッタースタインから有望なCEOの情報を知らされるたびに、ポールは当該CEOに事業募集の電話をかけ続けてきた。そして美味しい事業が次々釣れる格好の釣り堀など端《はな》から存在していないことを学ばされた。景気後退が公式に終結してから二年半が経ったというのに、移転や拡張をしようという企業は多くはない。「この経済状況で? リスクは負いたくありませんな」という返事を、ポールはCEOたちから何度も何度も聞かされた。もう憶《おぼ》えていられないくらいに。

ポールは既にピーファーと四度にわたって話し、そしてジェインズヴィルを自賛していた——そのコミュニティ精神、地理的位置、好ましい生活費。ジェインズヴィルで満喫できる素晴らしい生活。彼が全てのCEOに話す基本的な売り口上だ。ピーファーをディナーに誘い、それを断られてもなお、ポールは自分の期待がピーファーに感謝されていると感じた。メアリとロック郡5・0もまたピーファーに働きかけてきた。そしてジェインズヴィルの経済開発担当者らも、ピーファーおよびSHINEのチームと核心的な問題について交渉を続けてきた——SHINEを街に持ってくるには、インセンティヴとして何ドルと何セントが必要なのか？

そして遂に三週間ほど前、ピーファーは言った、僕はジェインズヴィルをホームと呼ぶことに、そして「雇用者として、企業市民としてコミュニティに参加すること」にワクワクしていますと。[☆3] 同じくSHINEの将来の生産拠点となることを競ってきたウィスコンシン州の他の二つのコミュニティを差し置いて、このジェインズヴィルを選んだのだ。

この恋々たる求愛と交渉、そしてポールとロック郡5・0による失敗続きの企業誘致の果てのSHINEの決断。メアリの歓迎と喜びはどれほどだったか。ロック郡5・0の哲学は当初から——ジェインズGMのプラントの復活を今も願っている元自動車労働者たちのそれとは対照的に——ジェインズヴィルは旧来の自動車の街というアイデンティティをアップデートし、二一世紀の先進産業の中心地とならねばならないというものだった。何ともったいないことか、とメアリと5・0のメンバーは考える、せっかくウィスコンシン大学マディソン校がジェインズヴィルのわずか四四マイル北西に研究開発用工場団地を持っていて、そこにはライフサイエンスをはじめとするさまざまなテクノロジーで独創的なイノヴェーションを創り上げているスタートアップ企業が溢れ返っているというのに、これらの核心的なアイデアが具体的な産業となってジェインズヴィルにやってきたことは一度もないのだ。メアリと5・0らはこの団地を回り、新技術を開発している人々と会って、いかにジェインズヴィルが多様化を、特にバイオサイエンス方面で熱望しているかを説明した。そして今、遂にSHINEがやってきた。この街を選んだ初めてのマディソン生まれのハイテク・ベンチャーだ。SHINEは、とメアリは信じている、ゲームチェンジャーとなる。

　この喜びを曇らせかねない幾つかの事実もある。そもそもSHINEがそれほど多くの雇用を生み出すことはないだろう。ピーファーによれば、必要な従業員は一二五人――失われた雇用の数からすれば微々たるものだ。そしてこれらの雇用がやってくるのは早くても三年後。しかも資本投下と連邦の査察が円滑に進まなければさらに遅れる可能性もある。そしてこれらの雇用のうちの何人が、他所《よそ》から連れてきた科学の専門家ではなくジェインズヴィルの人々になるのかという質問については、ピーファーは訊《き》かれるたびにはぐらかしている。「彼が求めているスキルとは何だ?」とジョブセンターのボブ・ボレマンズは考えてきた。そしてもしもSHINEが原子力工学の修士号や博士号を持つ人間を移入する必要があるのなら、とボブは思う、基本的にブルーカラー中心のこの街にそういう人を惹きつけられるというピーファーの自信はどこからくるのか?

　それでもピーファーが口にしてきた給料――年俸五万から六万ドル――は街中に希望を掻き立ててきた。今や多くの人はかつての賃金よりも遥かに安いカネで働いている。ブラックホーク技術大学副教育部長シャロン・ケネディは、この希望がこんこんと湧き出ているのを見て正直、たじろいでいるほどだ。『ジェインズヴィル・ガゼット』[☆4]のSHINE関連の記事によれば、ピーファーは近いうちにブラックホーク及びもうひとつの技術大学の管理者と会い、原子力技術者を教育する新たなプログラム創設の可能性について話し合うという。つまり、まだまだ実際の仕事にはならない。

むしろ教育すらまだ行なわれていないのだ。それでもなおブラックホークの配電盤には直ぐさまスイッチが入った。シャロンの目には、街中の人々がようやく見つけ出したなけなしの希望の欠片《かけら》に縋《すが》りついているのが見える。

落とし穴はもうひとつある。メアリがいつも持ち歩いている喜び、たとえ一二五人とはいえ高給の仕事が街にやって来るという希望は、厳しい現実に直面することとなった――つまり、SHINEをジェインズヴィルに誘致するのには莫大なカネがかかるということだ。しかもようやく今になって、正確な金額が判明したばかり。というのも、メアリらが長期にわたってピーファーやそのチームと話し合い、役人に助言を与えてきたにもかかわらず、実際に交渉に当たってきたのは市の経済開発部長。彼がその詳細を公開したのは僅か数日前のことなのだ。

そしてその詳細というのが！　SHINE[☆5]を獲得するための経済的インセンティヴとして、市庁は八四エーカーの土地を無償で提供する。一五〇万ドルと見積もられるその土地は街の南側、空港のすぐ隣だ。何故ならMoly-99は数時間で劣化するので、できたてほやほやのアイソトープを迅速に空港に、そして全国の病院に送り届けることが死活的に重要となるからだ。問題の土地はメアリと他のジェインズヴィルの経済開発リーダーらが誇る二二四エーカーに隣接している。そこは将来の産業地区となる予定で、ロック郡5・0が二人のコンサルタントを雇って「即着工可」のお墨付きを与えたところだ。つまり企業は今すぐにでもそこに建設して移転してくることができると。[☆6]この未来の産業地区とベロイトのもう少し小さな用地を合せて、ロック郡はウィスコンシン州で唯一、生産やオフィスや配送センター用地として即着工可のお墨付きの土地を持つ郡となる。ここ二年ほどの間、この土地はロック郡5・0の経済開発におけるマーケティングの売り文句の目玉だった。ただ現時点ではまだそこに何かを建てることに熱心な企業はまだ一つもない。

関心を持つ企業が他にないがゆえに、SHINEの重要度は否応なく上がっている。だからこそジェインズヴィルは土地の無償提供に加えて、将来のMoly–99プラントの用地開発のためのユーティリティ配管拡張のコストまで負担しようと申し出ている。さらにその上、市はSHINE移転に必要な四〇〇万ドルの民間融資も保証している。土地のインセンティヴ、配管、建設費を合せて九〇〇万ドル近くに達するこのカネは、将来的な固定資産税の軽減という形で供与される——議論の的となり、全国的にポピュラーとなっている公的融資の手法だ。いずれそのうちSHINEはその融資額以上の税金を支払うことになるだろうという皮算用で、しかもその援助はジェインズヴィルの苦しい市の財源から直接わたされるわけではないということだ。[☆7]だが大局的に見れば、このSHINEに対する九〇〇万ドルのインセンティヴはいかに莫大なものか——何しろ今年のこの市の予算の総額が四二〇〇万ドルなのだ。[☆8]しかもSHINEに対するインセンティヴの話が持ち上がる一方で、マディソンではウォーカー知事が昨年の夏に議会を突つき、ティム・カレンら民主党議員全員の反対を押し切って支出削減を承認させている。お陰で今やジェインズヴィルは昨年度の州政府援助の一〇%が切り詰められた。

[☆9]今夜の会合のために、市の経済開発部長はSHINEに対するインセンティヴ・パッケージの細目が明記された明け透けで詳細なメモを用意していた。それによれば、メアリと〈フォワード・ジェインズヴィル〉が促していたインセンティヴのほとんどはSHINEが特定の里程標《りていひょう》に到達する

まで差し控えられる。この里程標とは例えばその核物質粒子加速器が実際に稼働することの証明だとか、連邦原子力規制委員会によるプラント建設の許可だとかだ。

これらの里程標は市にとっては一種の財政上の緩衝材となる。つまり資産を不利な投資に注ぎ込まないための保険だ。とはいえこの保険があったとしても、と経済開発部長はその四〇頁《ページ》に及ぶメモの中で認めた。この投資に対するリスクは依然として存在している。そのリスクとは例えば、SHINEも、ベロイトが計画しているノース・スターも、あるいはそれ以外に二五〇〇万ドルの連邦政府補助金を受けた二つのアイソトープ生産企業のいずれも、現時点では「処理が大規模スケールで稼働することを証明していない」ということだ。さらに、ジェインズヴィルがこれまでSHINEと交渉してきた取引における里程標は、SHINEのテクノロジーが利益を生み出す前にそのような「生産規模」になることを保証しているわけではない。「同社が直面している、市の財源の一部を危険に曝《さら》す可能性のある課題の中には、プロジェクトの経済性、連邦の規制プロセス……他の諸国との競争、そして発生しうる環境問題を管理するための計画の提供などが含まれております」。

SHINEは、言い換えれば、確実な賭けではないのだ。

つまりそれは、ジェインズヴィルの経済的復活の要としては脆弱《ぜいじゃく》すぎる。にもかかわらず、この取引は市議会アジェンダの第一項目――九〇〇万ドルの経済的インセンティヴ・パッケージ――であり、メアリが今、この傍聴席でコナーと共に市の重要な瞬間を見守っている理由なのだ。

メアリにとってSHINEはあまりにも単純明解な話だったので、当初は街の一部から反対意見が出たことに驚いた。だがもはや驚きはない。今夜息子と共にダウンタウンをドライヴしていた時からメアリは市議会がこの投資の分別について二分されていることを知っていた。世論もまた分れている。

それでもメアリはがっかりし、苛立っている。何[☆10]しろ順に議会で証言した一〇人の市民の中で、このプロジェクトに賛成したのは僅か二人。その二人の支持者は、ジェインズヴィルをこの国の「バイオテックの中心」にするためにSHINEにチャンスを、と訴えた。一方SHINEの反対に回った八人は納税者に対する経済的リスク、放射性物質の保管と処理計画の欠如、ウラニウムを使用するプラントの隣人になることを嫌った他の企業がジェインズヴィルに寄りつかなくなる可能性、を警告した。

ミ[☆11]ーティング開始から一時間近く。この間ずっと議場の後ろでうだうだしていたピーファーがようやくマイクの前に立つ。賢明な原子物理学者である彼はまた、落ち着きある態度の良き聞き手でもある。ここまで皆さんのご意見を拝聴してきましたが、私は特に驚いてはおりません、と彼は言う、「市の役人の方々とSHINEとの間で交わされた合意に関して皆さんが多くの疑問をお持ちなのは当然です。この合意には二年の月日を要しましたが、それというのも特に市の役人方が極めて慎重で、多くの専門家の方を連れてこられたからです」。

「もしも私がジェインズヴィルの市民であったなら、いや、まさにそうなろうとしているところなのですが」とピーファーは言う、「これが我が市議会であることを誇りに思うでしょう」。

ピーファーの言葉は、メアリをはじめ、街に企業を誘致するために懸命に努力してきた人々の全てを喜ばせるべく計算されたメッセージだ。「私は既にジェインズヴィルが共にビジネスをすべき良き指導者のいる良き場所だと言い募ってまいりました。SHINEはジェインズヴィルにおいて未来を築き上げていくことを熱望しています」とピーファー。「我が社はエキサイティングな企業です。まさに次世代の目玉なのです」。

とはいうもののピーファーは、その人当たりの良さや穏やかさにもかかわらず、この機を易々と手放してしまうほどヤワな交渉者ではない。一人の議員が訊《たず》ねた、もしもこの投票があと数週間ほど延びていたらどうなりますか、その間に市民がもう少し情報を集め、この取引についてさらに質問できるとしたら？

「原因は解りませんが、そんな延期が起きていたとしたら」とピーファーは静かに答える、「その結果、私どもは他の場所と契約し直すことになるでしょう」。言い換えればジェインズヴィルは、どこか他所の場所にSHINEをかっ攫われると。

ピーファーとSHINEチームのメンバーに、議員が順に質問していく頃には、既に午後九時を回っている——ミーティングの開始から二時間以上だ。そして投票へ。だがその前に、二人の議員の演説がある。この街はその誇らしい起業家の歴史にもかかわらず、これほどハードで決定的な決断に向き合ったことがない。その昔、ジョージ・S・パーカーが彼の最初の万年筆の特許を取った時にも、ジョセフ・A・クレイグがゼネラルモーターズの創業者を説得して、彼の経営するトラクター工場を買い取らせた時にも、議会がそれに対してどうこう言うことはなかった。

演説[☆12]する議員の一人はラス・スティーバー。議会の議長であり、ジェインズヴィル保安官事務所の所長でもある。ラスはまず、メアリがしばしば使うおきまりのフレーズから始める。ゲームチェンジャーにSHINEはなる、と。

演説は続く――「ジェインズヴィルの街は、ほとんど一〇〇年近くの間、自動車を作ってきました……不幸にも、そのような時代は終り、その流れは干上がりました。プラントはいつの日かその扉を再び開くであろうとの希望は持っておりますが、現実問題として、われわれはジェインズヴィルという街が何であるのかを再定義しなければなりません。これは、われわれが次の世紀にどこへ行くのかを本当に引き受け、定義することのできる機会のひとつです……そして私は心から信じております、時に、このような決断を前にする時には大胆であらねばならないと。私は、ジェインズヴィル市がおそらく費やそうとしている金額はかなり膨大なものとなるであろうと理解は致しております。しかしながら、われわれはSHINEの先を見ているのです……われわれが見ているのは誘致する可能性のある他のテクノロジー関係の雇用、誘致する可能性のある他の医学研究です。われわれは未来のための領域の開発を見ているのです」。

反対派の見解は、ユーリ・ラシュキン。ユーリは議会の中でも最も派手なメンバーだ――モスクワ生まれ、ティーンエイジャーの頃に両親と共に移民してきて、八年前にジェインズヴィルに辿り着いた。音楽家であり、ロシア語の通訳、そしてトークラジオのホストでもある。[☆13]既に議会のメンバーだった四年前には、とある契約殺人未遂事件の被害者となった。この件では街の男が逮捕され――最終的には投獄された。この男の恨みを買った理由は、ユーリが犯人の疎遠になった妻とデートしていたことだった。

そんなユーリだが、議会の仕事はそつなくこなし、SHINE計画のコストは不当に高すぎる、ギャンブルは大きすぎる、そして市民が意見を言う機会が貧弱すぎる、という結論に達した。[☆14]ユーリの演説の核心は、次のような長い隠喩《いんゆ》だ。「思うに私たちは、今一つの川を渡ろうとしているかのようです。その川は実際にわたる必要があります、何故なら私たちには経済発展が必要だからです。そして私たちには偉大な企業があり、そこの人々には私は本当に感銘を受けました。彼らは橋を架けようとしています。そして素晴らしい計画を持っています、何故なら私たちは実際にその川を渡る必要があるからです……しかしこの材料はこれまで一度たりとも使われたことがなく、この人々によって橋が架けられたこともないのです」。

[☆15]議会のメンバーが投票に移るまでに、二時間二一分が経過していた。メアリは恐れている。だが結果は、賛成四票、棄権一票、SHINEに反対したのはユーリただ一人。

メアリは立ち上がり、会議室の扉にダッシュしてホールに駆け込む。そこでは既に祝宴が始まっていた。数分のうちに、彼女とSHINEチーム、それにこの二年にわたってこの取引のために働いてきたその他全員が〈オライリー&コンウェイズ〉に集まって乾杯するだろう。そこは市庁舎から一ブロック離れたミルウォーキー・ストリートにあるアイリッシュ・パブで、そのブースにはポール・ライアンの先祖をはじめとするジェインズヴィルのアイリッシュ・マフィアたちの古い写真が飾ってある。

今、ようやくメアリはほっと一息ついたところだ。もしも投票結果がSHINEを拒絶していたら、その敗北感たるや、単に将来的なアイソトープ生産プラントの基地のみならず、ロック郡5・

0のヴィジョンまで拒否されたかのように感じていただろう。ゼネラルモーターズからMoly-99へ。思えば遠くまで来たものだ。

そう考えたメアリは入口広間で始まっていたパーティの真ん中にピーファーを見つけ、このSHINEの創設者をハグする。

38　ジェインズヴィル・ジプシー

中西部と南部全域のゼネラルモーターズのプラントに散ったジェインズヴィルからのジプシーたちは、今は互いに連絡を取り合い、故郷の出来事は「Janesville Wisconsin GM Transfers〔ウィスコンシン州ジェインズヴィルGM転勤組〕」というフェイスブック・グループを通じて逐一把握している。メンバー数は五三五人、マット・ウォパットもその一人。

2月18日：「みんな新しいプラントは馬鹿ばっかと思ってるみたいだが——故郷でもそんなもんだった。良かったのはつまり、故郷にいたからだ」

3月29日：「今日はフォートウェイン。アーリントンの奴にローズタウンの奴から聞いた話をした。そいつはウェンツヴィルの奴から聞いた。こいつはランシングの奴のツレか何かから聞いた。話ってのはデトロイトの霊能者だかがエルヴィスの霊を呼んだとか何とか。で、エルヴィスが『上の偉い人』から聞いたんだと、地獄が氷漬けになる日までGMはジェインズヴィルのプラントを再開しないとさ。まあただの噂《うわさ》だろ」

39 チャリティ不足

ジェインズヴィル学校組織のホームレス学生連絡係アン・フォーベックはしばしば街をうろついている。だが彼女の本拠地はエディソン中学、ポスターをべたべた貼りつけた蒼白いコンクリートブロックの壁のある二階の隠れ家だ。机の後ろの壁には「崇高な夢を見なさい、夢を見ればそれは叶う」。横の壁には「自分がどこで宿題をするか知ってる?」。そしてファイル・キャビネットには、ライムグリーンのバンパーステッカー「End child poverty 2020WI.org」。たまたまこの小さなオフィスにいた時、アンはロック郡YWCA〔キリスト教女子青年会〕の理事から電話を受ける。月曜の昼近く、市議会がSHINEへの九〇〇万ドルを承認して一週間後。

アンの毎日は予測しがたい。携帯電話が震えるたびに、彼女の侮りがたい問題解決能力に新たな課題が提供される。しょっちゅう隠れ家から飛び出して吹き抜け階段を駆け下り、学校の事務室を過ぎ、裏門を出て一〇年もののマツダに乗り込む。そのバンパーステッカーは〈プロジェクト16:49〉のものと公務員組合のものだ。かくして彼女は、行く当てのないティーンエイジャー絡みの最新の緊急事態に対処していく。このYWCA理事アリソン・ホキンソンからの電話で、またしてもアンは出動する。今回はすぐに到着。YWCAはエディソンから僅か数ブロックだ。

到着したアンは、アリソンから今回の緊急事態の詳細を聞く。曰《いわ》く、ナンバープレートのないクルマでYWCAに乗りつけた女が、二人のティーンエイジャーを連れて出てきた――女の子と男の子。その女の孫だという。祖母は二人を連れてYWCAに入り、スタッフに告げた、「この子たちうちに置いとけないから」。

二人の母親、すなわち祖母の娘は、上の二人を彼女に押しつけ、下の子ひとり連れてウィスコンシンを去ったばかり。寝室が一つの小さなアパートでカネもない祖母は、それでも子供たちを二日ほど家に置いたが、それ以上は無理と。

この時点でアリソンは、これまでにやったことのないことをやった。オフィスに戻って財布を取ってくると、それを開けて少女と少年に一〇ドルずつわたしたのだ。それから言うまでもなく、アンに電話すると、棄てられて二日目の二人のティーンエイジャーを頼みたいのと伝えた。

子供たちに自分の財布から現金を与えながら、アリソンはそれが良くないことだと解っていた。滑りやすい坂道*だ。解決策ではない。今回に限ってそれをしたのは、母親が州を去り、祖母に厄介払いされようとしていることにトラウマを抱えているのはこの姉弟だけではないからだ。アリソンもまたトラウマを抱えている。養ってくれる親族のないホームレスの若者と面と向かうのはこれが初めてではない。だが、今日というタイミングは最悪だった。

この二人はまさに、〈プロジェクト16：49〉、すなわちアンのプロジェクトがいつか作る予定の避難所の対象者、身寄りのないホームレスのティーンエイジャーだ。YWCAはこのプロジェクトに大いに関わっている。一一ヶ月前、YWCAの理事会は投票の結果、その財務代理人兼親組織となった。だが今夜、今から僅か数時間後に、理事会は再び投票を行なう――今回はアリソンの提案で、YWCAが〈プロジェクト16：49〉の責任を放棄することについて、である。

アリソンは自分がこの結論に到達したことが嫌で仕方がない。それをアンに告げねばならないことも。

YWCAがこのプロジェクトを引き受けた時は『シックスティーン・フォーティナイン』の公開から半年目だった。三人のホームレスの子供たちの生活をあからさまに描いたドキュメンタリーだ。街にホームレスのティーンエイジャーがいるという驚くべき事実にジェインズヴィルを目覚めさせた。それ以来、この映画は郡内の至るところで上映されている。募金も増えた。最初の大きなイベントはチャリティコンサートだった。「It's not Fine**――16：49」と題されたそれは土曜の夜に五つのバンドが参加したが、また一部の客は入口まで来て引き返していったとの証言が山ほどあった。このチャリティコンサートは一万ドル以上のカネを集めた。それからフェイス・コミュニティ・チャーチのヤングアダルトの聖職者によるパンケーキ・ブレックファスト。ダウンタウンで呑《の》んでいた連中と地元の建築協会からの太っ腹な寄付。赤いアンティーク・シボレーの改造車《ホットロッド》のラッフル販売まで行なわれた。オーナーは集めたカネをこの大義のために寄付した。

〈プロジェクト16：49〉に対する高い意識が街の至るところで煌《きら》めいているのでアンは気分が良かっ

* 滑りやすい坂道：それ自体は悪いことではないとしても、それをきっかけに物事がどんどん悪い方向に進む危険性を秘めているもの。
** It's not Fine：おそらく「状態が良くない」と「終りではない」のダブルミーニング。

た。だが、まだ全然足りない。そして今、二月二〇日の昼近くに、ものの数分でアンが到着してこの棄てられようとしている姉弟のための計画を考えだそうという時、アリソンはアンに極めて悪いニュースを聞かせなければならない。

　YWCAの委員会へのアリソンの提案は、ゼネラルモーターズの閉鎖以来、街中で起こっている博愛というものの変化を反映している。寛大さというジェインズヴィルの伝統は、今の市に可能なことの限界と衝突してきた。[☆16]ここはもはや、ジョセフ・A・クレイグがYWCAに邸宅を寄贈した当時のジェインズヴィルではない。コートハウス・ヒルにあったその邸宅は、元々はクレイグの事業を援助したA・P・ラヴジョイという人物のものだった。一九五三年、八五歳のクレイグはYWCAの本部として寄贈するという目的を明らかにした上で、ラヴジョイの未亡人からその邸宅を購入した。さらにクレイグはその邸宅の改装と、数年後の増築の費用までも負担した。それは半世紀後に手狭になって現在の場所に移るまでYWCAの本部として使われていた。これはクレイグが九一年の生涯でジェインズヴィルのために行なった数々の慈善の中の、晩年の一例にすぎない。彼は地元と全国の4‐Hクラブ〔農業青年クラブ〕を助成したし、古くは大恐慌の時にロック郡フェアグラウンド全体を買い取って、当時貧窮していた郡共進会——ウィスコンシン州最古——の消滅を防いだこともある。

　今日のジョセフ・A・クレイグはどこにいるのか？　[☆17]今日のジョージ・S・パーカーは？　パーカーもまた博愛主義のワンマン・ハリケーンで、パーカー・ペン・バンドの支援の他にも、マーシー病院の病棟の全ての最新式治療用ベッドを寄付し、救世軍本営の建築に貢献し、優れた高校生に毎月賞を贈り、ジェインズヴィル警察署と消防署に贈り物をした。今、ジェインズヴィルがこんなにも援助を欲している時に、このような大金持ちで博愛的な企業家はどこにいるのか？

大規模な寄贈は過去のものとなった。そしてそのすぐ一つ下の層も、パーカー・ペンが数十年前にその本部をこの街から移転させて以来、なくなった。そして今や、GMマンたちも――プラント経営者も労働者たちも同じく――いなくなってしまった。多くの非営利団体と同様、YWCAはかつてGMマンだった役員を失った。そしてあれやこれやの大義のための資金集めのパーティは今も毎週のように行なわれているが全ての非営利団体がドルのプールの縮小のためにますます厳しい競争を強いられているということをアリソンは知っている。そしてまた、今や共感のレベルは低下し、街の中の特定のセグメントは、仕事なんて本気で真面目に探せばすぐ見つかるものさ、と公然と言い始めている。それほど簡単なことみたいに。

博愛行為に関してジェインズヴィルが被ったダメージの中で最大のものはおそらく、北ロック郡ユナイテッド・ウェイのそれだ。二〇〇九年、組立プラント閉鎖の翌年、ユナイテッド・ウェイは地域団体への補助金を四分の一削減した。年間支給額はその後さらに二年続けて下落したが、ユナイテッド・ウェイは注目すべき最後のタホ――仕事を失おうとしている労働者と郷愁に浸る退職者たちの喝采とハグとすすり泣きの中で組立ラインを離れたもの――の寄贈とラッフル販売によって、それ以上の削減は避けることができた。今や、今年のユナイテッド・ウェイの目標――一三〇〇万ドル――は一〇年前よりも一〇〇万ドルも低い。さらに北ロック郡ユナイテッド・ウェイは、近隣の支部との合併を計画中だ。確かに効率は良くなるだろうが、それ自身の職員の何名かは職を失うことになる。

このチャリティ不足の結果YWCAは、暴力的な夫から逃れて独立した生活をする女性に住宅を供給するユナイテッド・ウェイのプログラムへの財政支援を一万ドル削減した。YWCAが配っているガスカード——求職や通勤のためのクルマのガソリン代が支払えない女たちのライフライン——のための寄付収入も減り続けている。そしてこれらと同時に、YWCAは第一世代の貧困——貧困だが、元々貧困家庭に生まれたわけではない女性、つまりGMで働いていたパパもしくはママ、あるいはその両方を持つ女性——にこれまで以上に目を向けるようになっている。

これら全てはアリソンに、YWCAが出せるカネの、より綿密な査定を強いてきたのだ。彼女が一番やりたくなかったことだ。もう既にやっていることだけを、できる限り精一杯やるのがいいのか？　それとも、定住する場所のないティーンエイジャーに住宅を供給するという大規模な〈プロジェクト16：49〉を引き受けるべきか？

すぐにもホームレスになる姉弟について職員と話し合うためにYWCAに到着したアンは、その前にまずアリソンに、ちょっとオフィスまで来ていただけるかしらと言われて驚く。

正午。ドアを閉じると、いきなりアリソンが号泣し始めたので、アンは卒倒しそうになる。ほとんど言葉にならないが、アリソンは何とか絞り出す、今夜のミーティングで、YWCAの委員会は〈プロジェクト16：49〉を降りると。

アンの最初の反応は怒りだった。彼女は怒った。もう怒り狂った。ジェインズヴィルのホームレスのティーンエイジャーの数は年々増える一方だ。そして彼女は日々——場合によっては夜も——

彼らに対するあまり十分とは言えない解決策を掻き集めている。特に、目の前の姉弟のように棄てられて自活せざるを得ない者のために。そして〈プロジェクト16：49〉はより良い解決策であり、四年近く前、彼女が建設を計画している二つの避難所がまだ単なる思いつきにすぎなかった頃からずっと心血を注いできたのだ。そして今になって、映画も上映され、資金集めも上々ではあるがまだ十分とは言えないというこの時に、突如として、〈プロジェクト16：49〉の存続自体が不可能と思える事態に立ち至ったのだ。

今度はアンが泣く番だ。裏切りの手痛い涙。

数分後、アンは泣くのを止める。

両腕をアリソンの身体に回し、大きなハグを与える。何故なら、二人は全く同じ船に乗っていると解ったからだ。

「別の道を探そう」という考えがアンの心に生じた。

アンと、ベロイトの〈16：49〉のパートナーであるロビン・スタートが街の他の組織に援助を求め――そして断られるのは間もなくのことだ。もしも彼らの少女のための避難所と少年のための避難所が実現するとしたら、彼らはそれを自力でやらねばならない。彼らはソーシャルワーカーだ。自分自身で非営利団体を作るなんて、全くの五里霧中。学ばねばならないことはあまりに多い。

40　ジプシーの子ら

五フィート八、ブリア・ウォパットはジェインズヴィルの町境のすぐ上にあるミルトン高校の新入生女子バスケットボール・チームに入部したばかり。試合は月曜日と金曜日の夜、時間はパパのマットがフォートウェインにいる頃。彼女は大量のプレイング・タイムを得ていて、ボールを保持し、コートをドリブルし、シュートを打つ時には、ブリアの心は当然ゲームに集中している。だが時には、シュートを決めてスタンドを見上げ、そこにママが一人で座って拍手しているのを見つけたような時には、ほんの一瞬、パパがいなくてどれだけ寂しいかが頭をよぎる。

だけどちょうど午後一〇時少し前、パパが仕事を終えた時に電話がかかってくる時は別だ。その夜、どれほど彼女がコートで活躍したか、ママがパパに説明している。それから、彼女が電話に出る番。お前のことをパパはどれほど誇りに思ってることか、スウィーティ。でも彼に話せることは少ない。何と言っても、彼は試合を見ていないのだ。

もっと幼くて、パパがここジェインズヴィルの第二シフトで働いていた頃の金曜の夜を思い出す。金曜は月に一度、彼女とママと姉のブルックが組立プラントに行く夜。途中でタコベルかサブウェイに寄ったり、それかパパの特別に好きなものが夕食に出た時には、残り物を詰めていく時もある。パパは夕食の休みに外に出ていて、みんなで駐車場に座って、パパが仕事に戻る時間までおしゃべりする。七年生〔中学一年〕の頃――二年前――が最後だった、それができたのは。

春が来ようとしている。ブリアにとってはまた、もうすぐ草刈りや草抜きが始まる。パパが庭仕事なんかの雑用をもっとやりたがってるのは解ってるけど、彼女とブルックは週末はパパにはゆっくりしてもらいたいのだ。何しろパパには、インディアナに掃除しなきゃならないアパートがあるんだから。

ブリアには解ってる、パパはあたしとブルックには、なるべくパパがいなくても大丈夫だって感じさせるようなことを言うんだ――もしもパパが今でもここの第二シフトで働いていたとしても、どっちにせよお前たちが学校から帰ってきた時や、夕食の時に、その辺にパパがいるわけじゃないだろ、とか。そしてもしもGMの異動を承諾していなかったとしても、その時どれだけパパがあたしたちと一緒にいられたかなんて、誰に判る？　とか。もしもパパが街の仕事に落ち着いたとして、十分なおカネがもらえなきゃ、週末には副業しなきゃかもしれない。そんな親の子たくさんいるよ、って。一四歳の新入生とはいえ、ブリアには解っている、自分たちがすべきことは、ただベストを尽すこと。そしてそれこそ、彼らが今やっていることだ。

今までに二度、彼女とブルックは父親の生活を見にフォートウェインまで足を運んだ。一度はママと。あとの一度は、彼女とブルックは一週間滞在した。月曜の朝、姉妹とパパはインディアナまで四時間半の道のりをドライヴした。午後のシフトに必ず間に合うよう、早朝に出発して。

その週の午前中は、三人で出かけてゴルフをした。普段パパが他のGMジプシーたちと暇つぶしをしているコース。パパの仕事中は、ブリアとブルックは映画を観ていた。それからウィロウズ・オヴ・コヴェントリーのアパートから道沿いにある公共図書館まで行った。そして金曜の夜に仕事が終ると、三人でまた家までドライヴして帰るつもりだったけれど、パパは土曜の時間外に呼び出され、それから日曜の時間外にもまた呼び出されてしまった。パパは無免許のブルックがブリアを連れて二人だけであのシカゴの交通の中を通ってパパなしで運転して帰らせるのは嫌だった。だから全員で日曜の深夜に家までドライヴして、パパは二時間ほど寝て、それから月曜の午前八時一五分にカープールでピックアップしてもらった。*

週末はできる限り一緒に過す。今では三年生のブルックは、週末の夜に友人たちと誰かの家に屯《たむろ》したり映画に行ったり、夏に焚き火をして連《つる》むこともない。

ブリアとブルックは、平日は『ゴーストハンターズ』みたいなお気に入りの番組は観ない。そういうのは録画しておいて日曜日にパパと観るのだ。都合の良いことに、もうひとつのお気に入りである『ファインディング・ビッグフット』は日曜日にやっているから、四人全員でカウチで身体をくっつけ合ってリアルタイムで観ることができる。日曜日は家族にとってのファミリーデイで、それはパパが遠くで働き始めるよりも前からのこと。ただ今は、日曜の夜のディナーはパパの好きなものを選べる。というのも平日は選べないから。ファヒータ**を作るのがパパのお気に入り。

それからまた月曜の朝が来て、カープールがパパを連れて行き、仕事が終った後の一五分の電話の日々に戻る。ブルックは何か思いついたけど、それは月曜の夜の電話の後には言わなくて、水曜の夜まで取っておく。「あと二つ寝ると、パパが帰ってくるよ」。彼女がそう口にするのは、その数字がまあいいかなと思えるくらいに小さくなってからだ。そして翌日の夜には、「あと一つ寝ると」になる。そしてその次の真夜中、ブリアとブルックが床に就いた後、パパが歩いて家に入ってくる。

そして二人の部屋に入り、キスで起こして、ただいまと言う。昼になればパパに起こされたことなんてほとんど憶えてはいないけれど、でも帰ったら報せてね、と頼んでいるから。

41 リコール

ミルトン・アベニューは、街の北側の国道14号線と交わるところで中央分離帯が入って六車線に広がっている。ジェインズヴィルで一番交通量の多い交差点で、Kマートとファストフード店、それに三軒の携帯ショップがある。今日の午後遅くにはこの交差点もまた、一七ヶ月前のマディソンで始まった煽動的な政治の一目瞭然の証拠となる。あの時、公務員組合の権利の弱体化を図るウォーカー知事の法案を契機として、ジェインズヴィル自身が誇りとしてきた礼儀正しさの伝統は曇らされた。

今日は六月五日。ウィスコンシン州の有権者たちが、スコット・ウォーカーのリコール選挙に投票する。成立すれば彼はリコールによって職務を追われる合衆国史上三番目の知事となるだろう。キャピトル・スクエアに端を発する大規模抗議運動は、ウォーカーを州議会議事堂から追放しようとする十字軍となった。一方、彼の職務を守ろうとする反十字軍もまたこれと拮抗している。[☆18]リコー

＊ カープールでピックアップ：近隣の人々で相乗りのグループを作り、交替で運転手を務めて通勤に利用する取り決めで同乗させてもらったということ。

＊＊ ファヒータ：トルティーヤに載せて出されるグリル肉料理。

ル戦は悪意に満ちた応酬となり、既にウィスコンシンの過去最大の選挙運動の二倍ものカネが注ぎ込まれている。まさに白熱。全国ニュースとしてギラギラ照らされている。そしてここミルトン・アベニューでは、国道14号線に差しかかるドライヴァーに対して、交差点のそれぞれのコーナーで対立する両陣営が掲げるプラカードにクラクションで応えるか、それとも罵るかを煽っている。

　事実上は最早そうではないにしても、精神面では依然として組合の街であるここジェインズヴィルで、知事はさんざん苦労してきた。昨[☆19]年冬、彼を支持する製造業の団体が州のあちこちに立て看板を立て始めた。曰く、「知事スコット・ウォーカー――ウィスコンシン州のために雇用創出中」。この看板には知事執務室の電話番号も載せられ、市民が彼に感謝できるようになっている。この立て看板の一枚目が立てられたのは沈黙するゼネラルモーターズ組立プラントのすぐ目の前。どういうわけか、その場所だけはマズいと気づいた者が誰一人いなかったのだ。この看板はただちに街の笑い物となり、そしてすぐに撤去された。

　それでも知事はジェインズヴィル市民の中に熱狂的な支持者を持っている。その一人が、交差点の南西のコーナーに立つクルーカットのがっしりした若い男だ。高く掲げるプラカードには、「WE STAND WITH WALKER《我らはウォーカーの味方》」。この男、カーク・ヘンリーはウィスコンシン大学ホワイトウォーターのビジネス専攻学生で、家族の中で唯一の共和党支持者だ。プラカードを掲げている間、ミルトン・アベニューの南行き車線を通り過ぎる運転者の全員が友好的な気持ちを叫ぶわけではない。だがカークにも嬉しい時はある。白いSUVの若い女が窓から叫んだ、「ウォーカーを大統領に！」。そして緑のコルベットの男がクラクションを三回鳴らし、窓を開けて叫んだ、「ありがとうありがとう。俺たちは今日もウィスコンシンを守ってる！」

カーク・ヘンリーが交差点の持ち場を離れた直後に、マイクの父デイヴ・ヴォーンが北東のコーナーにやって来る。デイヴはまず運転者たちに片手を振る。もう片方の手には長い棒、それに貼りつけられた紅白のプラカードには、「VOTE TODAY《投票日は今日》」。マイクは今やセネカ・フーズの労務管理者で、夜のシフトを一年ほど続けている。GMを退職したデイヴはUAW《全米自動車労働組合》第九五支部副支部長の他に、ロック郡民主党議長の座に就いた。デイヴの旧友で支部長であるマイク・マークスが交差点で彼の隣に立ち、プラカードを掲げている。「BARRETT《バレット》」。先月、ミルウォーキーの市長トム・バレットが、リコールされたウォーカーの対戦相手を決める予備選に勝った。彼の勝利はリコール選挙をリベンジに変えた。というのもバレットは一九ヶ月前に、知事選でウォーカーに敗北していたからだ。今回はバレットは、ウォーカーを職務から引き剥がすために多大な投資をしたほとんどの組合員にとって第一候補ではなかった。だがそうは言ってもバレットは民主党候補。だからデイヴとマイクがミルトン・アベニューを北へ向かう運転者に「VOTE TODAY」と「BARRETT」のプラカードを掲げるのは何もおかしいことではない。

おかしいのは、徐々にラッシュアワーに差しかかりつつある今、街中の路上に立ってプラカードを掲げているUAW第九五支部の人間がこの二人の老人だけだということだ。元来リコールの原動力となったのは組合の権利を守るという目的だったのに。デイヴが今でも好きな言い回しで「地にブーツを着ける」ことこそが昔からの支部のやり方だったのに。[☆20] 何十年もの間、ロック郡の共和党は民主党よりも多額のカネを選挙に投入してきた――ちょうどウィスコンシン州のいたるところから、そしてそれよりも遥かに広範囲から、ウォーカーの支持者たちがリコール十字軍撃退のために五九〇〇万ドルを寄付したように。これは反ウォーカー勢力が集めたカネの実に二・五倍に当たっている。ジェインズヴィルでは、伝統的にGOPはカネにおいて優っていたが、街の組合と協調する民主党は投票を呼びかける地上部隊の数で優っていたのだ。

だが今日はその限りではない。デイヴとマイクは、地にブーツを着けている地上部隊の唯一の生き残りだ。衰弱したUAW支部を率いる二人の退職者だ。

このリコール戦の反ウォーカー陣営に、ジェインズヴィルの地に着いた最大のブーツは他所からの輸入物だ。そのブーツはセンター・アベニューのユニオン・レイバー・テンプルにいる。ジョブセンターからストリートをわたって北に一ブロック行ったところだ。この作戦の指揮官はＡＦＬ－ＣＩＯ《アメリカ労働総同盟　産業別組合会議》に雇われ、ジェインズヴィルに派遣されてきた女性。この組織は合衆国の五六の組合の連合体で、もちろん自動車工も含まれる。彼女がこの街にやって来たのは六週前。作戦指揮所として使われているレイバー・テンプルの作業部屋の壁には、近隣の全ての組合支部とそれぞれの動員力のリストが貼りつけられている。かつては精強無比だったUAW第九五支部は、ほんの一〇年ほど前には七千人を超える活発な組合員を擁していたが、今のリストには活発な組合員四三八名、退職者四九〇〇名とある。

レイバー・テンプルで編制された地上部隊には街の外からの援軍も含まれている。イリノイ州やさらに遠くの組合支部から多くの組合員が、投票の勧誘や投票所への送り迎えなどのさまざまな業務のためにジェインズヴィルをはじめとするウィスコンシンの街に派遣された。

これら外人部隊が民主党支持者としてリストに載っている住所と合致する家々のドアを叩いて回るわけだから、このリコール戦における対立関係は明白だ。超党派の調和に誇りを持ってきたジェインズヴィルにおいてすら。庭の芝生の互いに対立する立て看板は、もはや近隣同士で話をする仲でないことを仄《ほの》めかしている。

デイヴ自身の家族内でも、妻のジュディはフェイスブックのページから甥をアク禁した。六〇歳のジュディ・ヴォーンは引退した教師で、デイヴ同様熱心な民主党支持者だ。フェイスブックのトラブルが始まったのは、ジュディを知る者にとってはあまりにも当然のことだったのだが、彼女がウォーカーに関する見解を投稿し始めた時。その見解というのは煎じ詰めれば、他のいかなる政治家にもましてこの知事は悪だという信念だ。親族の中にそれをあまり良く思わない者が二人ほどいた。その一人が甥で、彼は結局リプライを投稿し、政治運動なら別にそれ専用のフェイスブック・ページを建ててそこでやってくれ、家族のページでこんなの見せられるのはムカつくし、おばさんが何をどうしたって自分の考えは変らないから、とジュディに懇願した。ジュディは専用ページを建てるつもりはないと投稿した。その後、甥はバースデイ・パーティを開催したが、ジュディとデイヴは呼ばれなかった。それでも彼女は甥をフェイスブックの友達から外すことはなかったが、ある日、彼はこう投稿した。「ガイジフレンズとか親戚とかヘタレ組合とかウザすぎて草」。これが決定打となった。

デイヴが「VOTE TODAY」のプラカードを持ってミルトン・アベニューに立っている間、ジュディはたいてい民主党リコール本部にいた。これはミルウォーキー・ストリート沿いの貸店舗で、ボランティアたちが電話の列の前に詰め、戸別訪問の手配をしている。彼女はここ数週間というもの、そこで毎日終日ボランティアをしていた。だがどうも気分が優れない。そしてそれは深刻な状況であることが判明した――両肺に血栓ができていたのだ。だから投票当日、彼女はマーシー病院三階の病床にいた。「Recall Scott Walker《ウォーカーをリコールしろ》」と書かれた灰色のTシャツのまま、数日前に救急車で担ぎ込まれたのだ。

ジュディは安静を命じられているが、リコールの日に病院に閉じ込められて激怒している。だから最善を尽くし、自分の病室をリコール十字軍の野戦基地に変えた。リコールのTシャツを、彼女の静脈に抗凝血剤を注ぎ込んでいる点滴スタンドの横の椅子に飾る。バレットを応援する二枚のプラカードをベッドの真向かいの壁の、ジュディの担当看護師のリストと投薬時間の書かれたボードのすぐ下にピン留めする。入口ドアの真向かいの壁には手書きのプラカード、「VOTE TODAY ★ MAKE IT COUNT《悔いのないように》 ★ BARRETT」。ジュディはドアを半開きにして、廊下を歩いている人が中を覗き込めば嫌でもそれが見えるようにした。

午後七時一五分の直前――投票締め切りの四五分前――デイヴが面会に来る。ミルトン・アベニューで手を振ってプラカードを掲げる仕事からその足でだ。ジュディは喜ぶ――今日だけで反ウォーカー票を四票確保したと実感している。彼女の病院の部署のスタッフ相手に知事の悪口を言いまくったのだ。その一人である看護師の夫は、投票所でその場で選挙登録ができるということすら知らなかった。そしてジュディは自分の電話に登録されている全ての電話番号を虱《しらみ》潰しに調べ、まだ投票してないと思われる者全員に電話した。もちろん、リコールに賛成してくれそうもない連中は省く。デイヴが到着して数分後に電話が鳴る。一日中鳴りっぱなしだが。これまた現地報告。「何時に投票した？」とジュディは訊ねる。「列ができてた？　ホントに？　ワゥ、ワゥ。ワンダフォー」。電話を切る。「正義は勝つわ」とデイヴに言う。「長い夜になりそう」。

★

ウィスコンシン全体の開票には長い時間がかかるだろうという予測はリコール戦の両陣営の共通の考えだ。たぶん数え直しまである。今年の春の世論調査では接戦が示されていた。数週前の時点[☆21]で、ウォーカーとバレットは一％以内の僅差にまで迫っていたが、ほとんどの最近の調査では知事が数ポイント、リードしたように見えた。そんなわけで、ジェインズヴィルでも最も活発な民主党支持者と最も活発な共和党支持者がそれぞれの溜り場に集まり、選挙結果を今か今かと見守りながら、両陣営共に最後まで手に汗握る接戦を期待していたのだ。

デイヴとマイクを含む民主党支持者たちはスティーヴ＆ホリーズに鮨《すし》詰めになっている。ミルウォーキー・ストリートを入ったところにある鰻の寝床のような安食堂だ。共和党支持者は、スピークイージー・ラウンジ＆レストラン。今日のような春の夜には持って来いのパティオのある素敵な場所だ。

両レストランは二ブロック半の距離にあり、間にはジェインズヴィルの警察本部と長老派教会がある。後者は南北戦争の前からそこにある。この近さでありながらこの二つの溜り場は、ゼネラルモーターズによる組立プラント閉鎖の告知以来、かつては一つだったジェインズヴィルにできてしまった亀裂を象徴している――あれはこのリコールの夜から四年と二日前のことだった。

　スティーヴ&ホリーズでは、投票が締め切られてから一時間もしないうちにフレッド・ヨスが上のTVに向かって叫び始める。フレッドは今日、ジェインズヴィル最大の投票所であるもうひとつの教会で選挙監視人をしていた。今はデイヴとマイクがお喋りしているところから数席離れたところのバーの腰掛け。「NBC――何でもう打てるんだよ?」とフレッドは叫ぶ。そのネット局が、ウォーカーにもう当確を打ったと。「こいつら自分で何言ってるか解ってないんだぜ」。

　数分後、スピークイージーのパティオのテーブルでジェイ・ミールキが葉巻を取り出す。ジェイは街の放送エンジニアで、デイヴの対極だ――ロック郡共和党委員長。午後九時三〇分前、主要TVネットワークはウォーカーの勝利を告げていた。リコール選挙で職務を追われた合衆国の三番目の知事になる代りに、スコット・ウォーカーはリコール選挙を生き延びた史上初の合衆国知事となったのだ。

　ジェイはパティオにやって来たメアリ・ウィルマーに微笑みかける。☆22 ロック郡5・0はその経済開発の仕事においては無党派だが、メアリと共に共同議長を務めるダイアン・ヘンドリクスがウォーカーの選挙運動に五一万ドルを投じたことは誰でも知っている――個人としては最大の寄付額だ。メアリはジェイ同様に満面の笑みで彼と、それからこのパティオのテーブルにいる他の共和党支持者たちとにハイタッチする。

　この街の経済再建に懸命に取り組んできたメアリにしてみれば、この圧勝――こんなに素速く決着がつくなんて、誰も予想していなかった——は、ジェインズヴィルにとっての最高のニュースだ。ジェイの見解も同様。ビジネスは、と彼は急に哲学者みたいに言う、ずっとウィスコンシン州に来ることに対して慎重でした、これまでは親ビジネス派の知事の未来の頭上に短剣が吊るされていたのですから。その短剣は今宵取り除かれました。知事の地位は確固たるものとなり、ジェインズヴィルは——否、ウィスコンシン州全体が——雇用の殺到を受け入れる準備を整えたのです。何という夜でしょう。

一方スティーヴ&ホリーズでは、ムードはお通夜状態。人々は早々に退散していく。デイヴはバーの端近くに立ち、腰に手を当てている。「何てこった」と小声で呟く、「おしまいだ」。「たまげたね」とマイク。それからTVを見上げる。「そんな馬鹿な」。

まだ午後一〇時三〇分にもなっていない。食堂に残っている他の民主党支持者たちはもうほとんど無視しているが、ウォーカーがバーの上の画面に現れて勝利を宣言している。ミルウォーキーの西にあるウォーキショー郡[23]エキスポセンターのステージ上、大喝采の群衆の前で、自らの座を守った知事は妻と二人の息子をハグし、神の恩寵に感謝する。「有権者は、説得力があってタフな決断のできるリーダーを求めているのです」とウォーカー。それから優しいトーンになって、「明日は選挙の翌日です。そして明日には、もう私たちは敵同士ではありません。明日、私たちはウィスコンシン人として一つになります。一つに力を合せてウィスコンシンを前進させていきましょう」。

デイヴとマイクは、ウォーカーが知事のままでジェインズヴィルが前進することに懐疑的だ。州[24]全体では知事は勝ったかもしれない、得票率は五三%で、バレットは四六%。だがロック郡ではそうではない。ロック郡はウィスコンシン州の七二の郡の中で、知事のリコールに賛成した一二の郡の一つだ。「今やこの知事は俺たちがこいつを好きじゃないことを知っている」とマイクはデイヴに言う。最初の知事選で、ウォーカーはウィスコンシン州全体で自分の一期目に二五万人の雇用を増やすと約束した。そう誓ってから一年半の間に増えた雇用は三万以下だ。

マイクは思考がダダ漏れになっている。もしゼネラルモーターズが街に戻ってくることを考えてるとしても、リコールに賛成したジェインズヴィルと郡を助けるために、ウォーカーは指一本でも動かすか？

デイヴは黙っている。彼はスティーヴ&ホリーズの奥へ行って、白い紙皿とホットドッグ用のパンを取り、ケチャップをかける。金属の樽を開け、トングを使ってブラッツをつかみ出す。ウィスコンシンの名物だ。同じものをウォーカーは州議会議員たちに振る舞うだろう、共和党も民主党も分け隔てなく、彼らを知事公邸に招いた時に、和解のジェスチャーとして。

デイヴはマイクのところに戻る。三々五々人が去る中、二人のベテラン組合員は悄然《しょうぜん》と立ち尽す。

「戦闘に負けただけさ」とデイヴは言う、お互いを励ますように。「戦争に負けたわけじゃない」。

「抜けるピンは全部抜いたしね」とマイク。

「ああ、ピンは全部抜いたな」とデイヴは頷く。

42 厳しい夏

ブラックホークの刑事司法プログラムで教えられる基本的なレッスンのひとつは、囚人に操られないことだ。よく知られているように、一部の囚人は弱いと見た看守を食い物にしようとする。そしてこの夏、二年前に困難を勝利に変えた人物としてジョブセンターのニュースレターを華々しく飾った看守クリスティ・ベイヤーは弱気な季節を迎えている。

息子のジョシュはイラクから戻っている。州兵で五年務めた後、名誉除隊となったのだ。怪我もなく無事で。だが何かおかしい。裏庭に駆け出してナイフを振り回し、木に隠れたりするようになった。彼を大人しくさせるために何度か警察が来たが、どうにもならなかった。だからクリスティは、夜勤シフトの後の日中は眠らなくてはならないのに、息子に外傷性ストレス治療《PTSD》を受けさせるためにマディソンの退役軍人病院に連れて行った。

夫のボブともうまくいっていない。彼女は第三シフト、彼は第一シフトで夜明け前に州庁舎ビルのメインテナンスの仕事に行ってしまうので、そもそも顔すら滅多に合せない。彼女は最近、離婚を切り出した。彼の方は、何とかうまくやっていけるさと言っている。

執行猶予中の違反行為でロック郡刑務所にいる囚人がクリスティに告白し、彼女は受け入れた。情事は七月に始まった。彼女は彼に食べ物を差し入れる。マリファナを差し入れる。売店でスナックやトイレタリーを買うカネを彼の所内口座に振り込む。

翌月、彼は刑務所を出る。密会は続いている。彼はクリスティにクルマが欲しいとねだる。嫌ならアンタとの関係をダンナにバラすよと脅す。

クリスティはその全てを母親にも隠している。だがとある八月の朝、夜勤から戻った彼女は、あの屋根付きのバックデッキで寛ぎながら、ニューポート１００ｓを肴《さかな》に毎日のお喋りに興ずる。

「話したいことがあるの」、とクリスティは母親に言う。

「あらまー。何よ？」と母のリンダは答える。

母はクリスティが産まれた時から彼女の声のトーンをよく知っている。そして今日のこのトーンは何か、クリスティが話さなきゃならないことが何であれ、それはいつもの、刑務所で昨夜起こった傑作な話じゃないという印象を与える。良い話ではない。

厳しい夏だわ、と最近のリンダは思っていた。とても厳しい、ジョシュはまだＰＴＳＤの治療を受けているし、クリスティとボブの結婚生活の未来もどうなるか判らない。今、彼女は鋼の心を持とうと努める。

「出会いがあってさ」とクリスティは言う。

それだけは予期していなかった。最初に口をついて出たのは――「クリスティ、まさか囚人じゃないでしょうね」。

「囚人よ」とクリスティ。

母はいつもクリスティの味方をする。今もそうしたい。だができない。彼女は言う、「別れなさい」。

43　候補者

午前九時二八分。[☆26]盛り上がる壮大な音楽――映画『エアフォース・ワン』のサントラ――をバックにポール・ライアンが戦艦USSウィスコンシンの甲板に登場し、下で喝采しながら旗を振っている群衆に向かってタラップを降りいく。この退役した戦艦はヴァージニア州ノーフォークのウォーターフロントで博物館になっている。この土曜日の朝、八月一一日にはそれは飾り旗《バンティング》に包まれている――完璧な政治的小道具だ。ポールはその長い両腕を振り、満面の笑みで、群衆の中、ロープを張った道を歩いていく。それからステージに上がり、そこで手を伸ばして、二〇一二年の共和党大統領候補ミット・ロムニーとがっちり握手。

両者は身を屈めてハグし、それからポールが自分の立つべき位置を把握するまでの気まずい一瞬の後、演台の周囲をぐるりと歩いて、喝采して旗を振る人々に挨拶。ロムニーはポールが自身の副大統領候補であることを告げたばかり、そしてこの瞬間まで、二人が選挙遊説のコースで同席したことはない。

長身、ハンサム、黒髪の二人の男たちはしばらく並び立ち、それからロムニーがポールの腕をぽんと叩いたかと思うと、ステージの数歩後ろに退く。映画音楽の音量は下がり、そして止まる。

ポールが一人ステージに残される。彼は副大統領候補としての最初の言葉を告げようとしている。依然として歯を剝いて笑っている。一瞬、ほんの少し困惑したかのように見えたが、飾り旗で飾られた戦艦に身を向けて右腕を伸ばし、そして言う。「ワゥ！　ヘイ。USSウィスコンシンが目の前だ、ホントかよ？　スッゲー！」。

　ノーフォークの群衆は響《どよ》めきを上げる。

　ジェインズヴィルでは、その日はバラク・オバマが冬の日の朝にゼネラルモーターズのプラントに来てから四年と半年が経っている。当時の彼は景気後退の最初の数ヶ月にあって、民主党の大統領候補指名を受けるために出馬していた。今、雇用も高賃金もここには依然としてほとんどない。いや、ただジェインズヴィルだけの話ではない、この問題は至るところに蔓延していて、お陰でそれは二〇一二年の大統領選の駆け引きを支配するまでになっている。共和党はホワイトハウスの民主党政権の政策による経済復興の遅れを非難してきた。それによってオバマの二期目を阻止しようという計算だ。ポールを紹介するにあたって、ロムニーは彼を共和党の「知的リーダー」と呼んだばかり。彼は下院予算委員会の委員長に就任しました。彼は連邦政府の支出を削減し、損失を抑制し、政府の主要な給付金制度《エンタイトルメント・プログラム》を再構成するための「ロードマップ」を持っております。ここ数ヵ月の間にさまざまな共和党員の名が副大統領候補として挙げられてきたが、中でもポールはこれまでさほど大胆ではなかったロムニーの運動にとって、大胆かつ保守的な選択肢と見なされている。

　この予期せぬ選択によって、ロムニーは既にこの副大統領候補の故郷で注目を集めている。☆27「ポール・ライアンはワシントンで働いているが、彼の心情は依然としてウィスコンシン州ジェインズヴィルに固く根差したままです」、ポールが戦艦の甲板に登場する少し前にロムニーはそう言った。「彼はわれわれが次の世代に負っているものに対する深遠な責任感と、アメリカの未来に対する無限の楽天主義、そしてアメリカ人に為すことのできる全ての素晴らしいことがらに対する理解を結びつけています」。GOPの大統領候補は、このような言葉でジェインズヴィルの為せば成る精神を簡潔に述べた。

ポール[☆28]は実際、昨日の午後までは故郷にいたのだ。彼がいきなりヴァージニアのタイドウォーターのこの地点に連れれて来られたのは、ロムニーの決定を秘密にしておこうという内々の計画のためだった。そうしなければ、折角のこの戦艦と飾り旗による劇的な演出がネタバレになっていただろうから。昨日、とある告別式に出た後、ポールはコートハウス・ヒルの自宅の玄関に入って、そのまま裏口から出た。少年の頃よく遊んだ小さな林を抜け、子供の頃に木で砦を作った場所を通り過ぎ、彼が育った家のドライヴウェイに辿り着いた。ドライヴウェイにはロムニーの選挙運動員の一九歳の息子が運転するクルマが待機していて、彼をシカゴ郊外の飛行場まで連れて行った。そこでは小型チャーター機と妻のジャンナ、そして子供たちであるライザ、チャーリー、サムが彼を待っていた。

★

この隠密の出発から二四時間も経たぬ間に、大手ネットワークのTVクルーは既にメイン・ストリートに集結している。彼らがやって来たこと、それにポールが悠然と戦艦のタラップを降りるTV映像は、ジェインズヴィルを大歓喜させている。これらはまさに、傷ついた政治的感情に塗りつける軟膏だ。これこそ、組立プラント閉鎖以降に広がり続け、二ヶ月前のリコール選挙で最大に達した亀裂を狭めてくれるものだ。ジェインズヴィルっ子が大統領への切符を手に入れるのを誇りに思わない者がいるだろうか？

まあ、確かに全員が誇っているわけではない。ジョブセンターのボブ・ボレマンズは、ポールをホワイトハウスに送り込むのが得策か否か量りかねている。ボブがジョブセンターの所長を務めた九年の間、彼はこの議員に、ここに来て現状を見てください、今何が必要なのか、そしてこのセンターが人々の自立のためにどう動いているのかを見てくださいと、せがみ続けてきた。ポールのスタッフにも何度も何度も、議員に来てもらえるかと訊《たず》ねたが、しまいには嫌気がさして訊《き》くのを止めたほどだ。

だがメイン・ストリートのTVクルーとノーフォークの演出を前にしては、そんな懐疑主義などは少数派だ。ポールの財政と社会に対する保守主義を嫌う人たちの間ですら、戦艦への登場は彼が候補となることでこの街の運命が上向くのではないかというジェインズヴィルの希望を掻き立てるものだった。マディソンの議会で生き残った最後の穏健派の一人である州上院議員ティム・カレンは、ポールの民間セクターに対する、そして社会的問題を解決するための私的慈善に対する純粋な信頼を共有してはいない。それでもティムは街でこう言い始めている、「ジェインズヴィルから合衆国副大統領を出すのが悪いはずはない」。ポールは、とティムは指摘するようになった、これまでに二大政党で副大統領候補になった最初のウィスコンシン人だ。ティムがこんなことを言いだしたのは彼自身が政治的問題を抱え込んでいるからだ、それも州上院民主党幹部会内部にすら。[☆29]一ヶ月ほど前、彼は数日間の抗議の末に幹部会を辞めた。曰く、自分は無所属になるだろう、何故なら州上院民主党のリーダーがついこの前、彼の超党派的傾向に対する処罰としてあらゆる有力な上院委員会の委員長から彼を除外したからだ。両者の諍《いさか》いは収まったが、ティムにとってはこのこと自体、ウィスコンシンの政治を侵蝕した新たな党派対立の鬱陶《うっとう》しい兆候に他ならなかった。

無論、ポールの出世を一番喜んでいるのは、新しい雇用をこの街にもたらそうと努め、ジェインズヴィルをビジネスに最適な場所として売り込んできた人々だ。メアリ・ウィルマーの盟友にして商工会議所〈フォワード・ジェインズヴィル〉のリーダーであるジョン・ベコードも喜んでいる。昨夜その噂が街に漏れ出し、最初のTVクルーが到着すると、彼は喜びながらも、ポールの立候補に関しては慎重に取り扱わねばならないと気づいた。〈フォワード・ジェインズヴィル〉は政治的には無党派だ。特定の候補者を支持することはない、たとえ会合に参加するビジネスパーソンらが、民間セクターに好意的で財政赤字に反対するポールの見解を共有する傾向が高いにしても。それでもジョンはジェインズヴィルが誰もが知る街になろうとしていることに意気揚々としている。彼は人々に言う、「人々がジェインズヴィルを投資対象として考える時に、その心に『ああそうそう、あそこはポール・ライアンの故郷だね』という好ましい繋がりが生まれることは悪いことではありません。いくらカネを積もうと、こういう広報はできないのです」。

★

ではそのポール自身は？　一[☆30]四年間の議員生活を経た彼は四二歳、今この瞬間、黒いスーツに白い開襟シャツで、灰色の戦艦の前に立っている。副大統領候補としての最初のスピーチを開始してから八分経過。今ちょうど、オバマのホワイトハウスによる「失敗の記録」を非難したところだ。「われわれはこれまでとは違う危険な瞬間にいます」と彼は言う。

「私はたくさんの家庭、たくさんの中小企業経営者、そして困っている人々を見、その声を聞いてきました。とは言うものの、私を最も困らせたのは、最近耳にしたことです。彼らの声、言葉は何か違っていました。私が彼らから聞いたのは、夢がなくなった、期待が下がった、未来が不安になったということなのです」。

「ある人はこう言いました、これこそが新しい普通なのさ、と」。そして今、彼の声はクレシェンドし、右手は空中に突き出される。「失業の増加、収入の減少、多額の負債、そんなものは新しい普通などでは断じてない！」

　口には出さないが、ポールは自らの故郷を慰めようとしていたのかもしれない。

　三〇時間後、日曜日の早朝、彼はロムニーと共に、ポールの帰郷決起集会と宣伝していた集会に到着する。

　感[☆31]動的な場面だ。ウォーカー知事はステージ上でマイクを持ち、今まさに群衆を煽ったところ。

「チーズヘッドの名前を投票用紙に書けるなんて、凄いことじゃないか?」と知事は叫びながら、「アメリカのカムバック・チーム」を紹介する。壮大な『エアフォース・ワン』の劇伴がまたしても盛り上がる。ポールは群衆の間を練り歩いて手を振り、握手し、知り合いに挨拶する。数歩離れてロムニーが付き従う。ステージに向かう頃には、ポールの両手はその頬の上、溢れ出る涙を拭っている。彼は知事と長いハグをする。ステージ上からキスを投げまくる。妻のジャンナは三人の子供たちと演壇近くに立ち、群衆の中の誰かを指さしている。そして音楽が静まり、ポールはマイクに向かって身を屈める。その第一声は、「ハーイ、ママ！」

ウォーカーはステージの真ん中、彼のすぐ後ろに立っている。ポールは群衆に感謝して言う、「故郷はいいね。オー、オー、本当に、ウィスコンシン愛してる！」

美しい帰郷、そしてロムニーはウィスコンシンの共和党支持者による地元っ子への追従ににっこりする。

だが、ポールの故郷の州とはいえ、ここには一つの落とし穴がある。この集会の場所はジェインズヴィルではないのだ。ここはウォーキショー郡エキスポセンター、四七夜前にウォーカーのリコール選挙で勝利のスピーチが行なわれた場所だ。エキスポセンターはポールの選挙区の北の境から数マイルのところで、もう一人の共和党議員ジム・センセンブレナーの選挙区にある。ウォーキショーはジェインズヴィルとは違う。ウォーキショーはこの州の中でも最も強固な共和党の地盤だ。

確かにジェインズヴィルは故郷だ。[☆32]今から二週間後、フロリダ州タンパで行なわれるGOPの大統領候補指名大会に出かける準備をしている時に、ポールは母校であるクレイグ高校の体育館で行なわれる送別会で、兄のトビンからみんなに紹介されるだろう。そこでトビンは、ジェインズヴィルの価値観と人がこの候補者を育てたのですと言うだろう。七歳になるポールの息子サムはチーズヘッド・ハットを被るだろう。これはオレンジ色の発泡スチロール製で、楔《くさび》形のチェダーチーズみたいな形をしている。だが今日はそんなものどうだっていい。これは大統領選の駆け引きなのだ。些細な失敗も許されない。だからこと帰郷大会に関しては、ロムニー＝ライアン選挙運動組織はともかく安全第一なのだ。去年のレイバーフェストのパレードで、それ以後は選挙区の至るところで、彼は組合贔屓《びいき》のアジテーターから野次り倒されるのを耐え忍んできたのだから。

44　レイバーフェスト2012

「パレード開始まであと一〇分ほど」とWCLOラジオDJティム・ブレマーがマイクにがなる。ここはコートハウス・パークの草ぼうぼうの丘の向かい側、メイン・ストリートに沿う観覧台だ。「ここジェインズヴィルでは、レイバーフェストのパレード、スタート準備は万端です」。

いつものようにピエロが先頭、ミルウォーキー・ストリートからメイン・ストリートへ曲ってきて、ハードキャンディを投げる。子供たちが親の膝から駆け出す。親たちは歩道にローンチェアを持ち込んでいる。今日、九月三日の現場は熱気でムンムンしている。

今年のレイバーデイはやや苦々しい。昔は五万人からの人間がこの歩道に押しかけてパレードを見物したものだが、当時と比べて「空き店舗」の看板を掲げている店舗は増えているし、歩道のローンチェアの間隔も広い。だからといって、そこにあるお祭り的な雰囲気が翳《かげ》るわけではない——居心地が良いと同時に痺れる感じだ。

ピエロの次には、明るい黄色のシャツにネイヴィのショートパンツという出立《いでた》ちでバイクを空吹かしする警察の軍団。次にはジェインズヴィル愛国協会。組立プラントがシボレーを生産して七年目の一九三〇年に設立された。それから二〇一二年のパレード進行係パム・ウィージ、プラントが閉鎖されるまで三〇年にわたってそこで働き、今はVFWホールでカラオケ屋を営んでいる。

レイバーフェストのパレードはジェインズヴィルを過去と結びつけると同時に、過去から変ってしまった部分も照らし出す。一九五〇年代から一九七〇年代にかけては、この祝典のクライマックスのイベントは「パレード・オヴ・チャンピオンズ」と呼ばれ、UAW支部、地方労働組合評議会、そして街の事業主らが一同に会して計画を練っていた。その頃は地元の労働者たちがユニオンホールに集まり、シボレーの組み立て作業をほったらかしにしてパレードのフロート作りに励んでいた。お陰で毎年、その前の年よりも凝ったものができ上がっていたのだ。ある年には、組合が働く男女に施している恩恵を示すために、作り物の川のあるフロートの上に釣りに出かける趣向の家族が乗せられた。また別の年には、「紐で繋がれた一団」として世界一の記録を打ち立てた全長三〇〇フィートに及ぶ派手な演物《だしもの》——八頭のポニーと六四頭のラマがワゴンを牽引した。この催しが「レイバーフェスト」と呼ばれるようになったのはもっと最近のことだが、その頃には国内トップクラスの鼓笛隊を呼べるほどの寄付が集まった。

三年前[☆33]、ゼネラルモーターズが街を去ってから最初のレイバーフェストには、パレードはまだ一五二梯団《ていだん》が参加して、ファイヴコーナーズからダウンタウンを抜け、この観覧台のすぐ下まで行進した。今日、砕けたスタイルとラジオ映えするバリトンのDJブレマーは、参加梯団は八三と告げる。レイバーフェストはもはや楽団を呼べるほどの寄付は集まらない。メイン・ストリートを行進している唯一の鼓笛隊は一九七六年の合衆国建国二〇〇周年を記念して結成されたジェインズヴィル自身のものだ。出ているマーチングバンドは、この街の二つの高校のものだけ。エメラルドグリーンと金のユニフォームのパーカー・ヴァイキングズと、ロイヤルブルーのクレイグ・クーガーズ。

何十年にもわたってパレードの主要スポンサーであり、屋台骨でもあった自動車工はどうかというと、既に第九五支部はフロートを出していないどころか、今日は行進している自動車工の梯団自体がない。黒いTシャツと組合帽の二人の老人だけが竿竹の両端を持ち、四角いバナーを垂らしている。「UAW第九五支部退職者」。

とはいえ、自動車工の不在よりもさらに驚くべき側面がこのパレードにはある。その驚きは、クリムゾンの裏打ちのある白い借り物の馬車に乗ってメイン・ストリートをやって来る。馬車は進行係のすぐ後ろ、パレードが豊かだった頃の残滓《ざんし》である地元の鼓笛隊のすぐ前だ。

「善意のアンバサダー、アン・フォーベック」とラジオDJが告げる。紹介されたのは、この街で増える一方のホームレスの子供たちの擦り切れた生活を繋ぎ合せようとしているソーシャルワーカーだ。アンが善意の飾り額を掲げる向かいの席に、『シックスティーン・フォーティナイン』に出演していた二人の学生、ケイラとコリーが座っている。馬車の赤いヴェルヴェットの席に、進行方向と逆向きに座り、小綺麗なパレードの馬車に乗ったティーンエイジャーなら誰でもそうするように、にこにこと手を振っている。時には夜の安全な寝場所すらない子供たちにはとうてい見えない。

DJが「われわれのコミュニティへの貢献」への感謝を叫んだが、群衆の誰一人として反応しない。ただ上品な拍手が起こっただけだ。昔なら、レイバーフェストのパレードの梯団がホームレスの子供たちを乗せてメイン・ストリートを行くなんて、想像もできなかっただろうし。

45 薬瓶

その晩夏、ロック郡保安官ボブ・スポーデンは刑務所を監督する所長から報告を受ける。刑務官の一人が囚人と不適切な関係を持っていると。他の囚人たちの間で専《もっぱ》らの噂だと。

銀髪の保安官は気立ては良いが、ふざけたことは許さない。ジェインズヴィルで生まれ育った彼は副保安官の息子で、つまりスポーデン家はこの街で半世紀にわたって法執行官を務めてきたことになる。ボブはずっと保安官補を務め、六年前に初めて保安官となった。今や彼は、このような状況に置かれた保安官がまさに為すべきことをした。刑務官クリスティ・ベイヤーに対する捜査を開始したのだ。

不適切な関係は長く続いたわけではない——およそ二ヶ月——が、その報告書は長々としたものとなった。それは情事、食料、薬物、その他に関する陳述を裏づけている。クリスティはクビになるだろう。ヘタをすれば有罪だ。ウィスコンシンの州法では、刑務官が囚人と性的関係を持つことは非合法とされている。どちらから誘ったかは関係ない。州法では、囚人がそれに応じることはできないと見なされている。

今までのところ、保安官と職員はクリスティに捜査のことは話していない。九月一七日月曜日午後一〇時三〇分、夜勤シフトに関する報告をしたクリスティを、保安官補が召喚する。保安官補は彼女に、捜査対象となっていることを告げる。クリスティに有給公務休暇を与える旨を伝え、房の鍵を返却するよう命ずる。そして九月一九日午後一時三〇分からの訊問に出頭するようにと。所長が彼女をドアの外まで連れ出す。

クリスティは母に一部始終を話す。訊問を受けたくない、クビになるだろうし、悪くすると彼女自身が囚人になるかもしれない。

「まあ、だったら行こうよ」と母は言う。「逃げよう。ここにいたって何になる? 何にも。あんたの行きたいところに付いていくよ」。

★

クリスティの停職は四〇回目の誕生日の五日前に始まる。少女だった頃からクリスティはみんなが誕生日をネタに騒いでくれることが好きだった。先の金曜日、彼女は母に誕生日前のショッピングにジョンソン・クリークまで付き合ってと頼んだ。四〇分ほど行ったところの、マディソンとミルウォーキーの間にあるアウトレット店だ。

クリスティはご機嫌なショッピング・ムードだった。ずっとダイエットしてきて、五フィート五の身体には八号のジーンズがぴったりだ。一本購入。

母のリンダは、クリスティが新しい男のことをよく話すので驚いた。母は彼女が話すがままにさせた。

「彼にチャンスをあげて」とクリスティは言った。

彼はもう刑務所を出ている。だが母の見るところ、何も好転していない。「囚人と付き合うのは賛成できないわ」と彼女はクリスティに言った。

帰路、オリーヴガーデンに立ち寄った。二年以上前の春の日、クリスティとバーブとその家族がお祝いをした店だ。ブラックホーク技術大学の刑事司法の学位を優秀な成績で取得して卒業した時に。

その夜、クリスティは外出して右足にタトゥを入れた――横倒しの8に似た無限のシンボル。シンボルの一つの輪の中に息子の名前Josh。もうひとつの中に、刑務所の男の名Ty。彼女は家に帰り、入れ立てのタトゥを母に見せびらかした。

★

クリスティと夫のボブは、最近は別の寝室で寝ている。彼女のは廊下の突き当たりの左側、彼は右側。水曜日の午前五時二〇分、マディソンの市庁舎ビルへ通勤に出る前に、ボブは彼女の部屋に入って、行ってくるよと言う。いつもならクリスティはまだ夜勤から戻っていないが、今日は停職二日目の朝。[☆34]彼が入ると、彼女はグレイのTシャツに白いレギンス、二つの銀のペンダント――天使と十字架。[☆35]左側を下に側臥して、片腕がベッドの縁から出てぶらんとしている。息をしているようには見えない。

　クリスティの母はボブの叫びで叩き起こされる。「クリスティ、起きろ！　クリスティ、起きろ！」。フィニッシュト・ベイスメント[＊]で寝ていたクリスティの息子ジョシュもまた、その騒ぎに目を覚す。彼は上へ駆け上がり、空の薬瓶に気づき、９１１に電話し、母親に胸部圧迫を試みる。救急車が来るまで。

★

　二〇〇八年四月二八日、ゼネラルモーターズが組立プラント閉鎖の意向を告知する五週前、同社は同プラントの第二シフトの終了を計画していると告げた。[☆36]その日、二七年間にわたってそのシフトに勤めてきた六〇歳の労働者が自ら命を断った。

　それ[☆37]以来、ロック郡の自殺者数は倍増した。二〇〇八年の一五件から、昨年は三二件だ。郡の「いのちの電話《クライシス・ホットライン》」の着信は増え続けている。郡検屍官事務所のボランティアは最近、話を聴かせて欲しいと願うコミュニティのグループを対象とする自殺防止に関する広報を始めた。

これは何もジェインズヴィルだけの現象ではない。合衆国全域[38]で自殺者数は鰻登りだ。一九三〇年代の大恐慌の頃には及ばないにしても、数年前と比べると、自殺率は景気後退以後数年で四倍となった。

ロック郡で減少するメンタル・ヘルス・サービスの供給を管理しているのはケイト・フラナガンだ。彼女によれば、コミュニティがストレスに曝されると、一部の者は希望を失う。依存症や鬱《うつ》に――何であれ、自らの弱さに――対処できない者は、失職と共に生きる意欲を失うことがある。

パーカー・クロゼット*を運営するデリ・ウォーラートはそのストレスと影響力を目の当たりにしている。昨年だけでも、クロゼットの子供たちのうちの七人が自殺を仄めかした――未遂にまで至った者すらいる。クロゼットの子供たちの中でも、生まれた時からずっと貧困だった者の方がタフで、対処が上手いと彼女は感じている。ひ弱なのは貧困になりたての者、かつては持っていたカネなしに生きるために苦闘している両親を持つ者だ。

ホームレスのティーンエイジャーを抱えたスクール・ソーシャルワーカーのアン・フォーベックもまたこのストレスを目の当たりにしている。とある少女の母親――娘が妊娠しており、親子で入所中の避難所を近々追い出されそうなのを苦悩している――がアンに打ち明けた、クルマで木に激突して死ぬつもりですと。アンは可能な限りの精神的支援を並べ上げた。動力車両部に連絡して、

＊ フィニッシュト・ベイスメント：ただのコンクリートの地下室でなく、天井、ドア、壁、カーペットなどが取りつけられた地下室。

その女のクルマに車輪固定具を必ず付けるよう依頼した。ほとぼりが冷めるまで運転させないようにだ。それから間もなく、その家族はウィスコンシンを去った。その後どうなったのか、アンは知らない。

★

救急車が到着し、クリスティをマーシー病院に緊急搬送する。救急処置室に担ぎ込まれたのが午前五時五〇分。ボブが彼女を見つけてから三〇分後のことだ。医[39]療チームが甦生《そせい》を図るが、到着時点で既に心臓は停止していた。午[40]前六時三二分、チームは努力を止める。

七分後、ロック郡の検屍官ジェニファー・キーチは呼出し機の着信を聞いた。マーシー病院へ。また新たな自殺者。

★

検[41]屍官の検屍の結果、クリスティの死因は医師が腰痛のために処方した筋弛緩剤の過剰服用であることが判明する。成人の一日の安全量の一〇倍以上。さらにベナドリルを安全量の二〇倍近く。

クリスティの母親は筋弛緩剤の瓶を棄てることを考えていた。クリスティはそれを飲むのを嫌がっていた、眠くなるからと。そして彼女の母は、PTSDの治療薬を服用中のジョシュがその誘惑に負けるのも望んでいなかった。だが結局棄てることができなかったのを後悔している。彼女は、TVの刑事物が好きだったクリスティに、司法制度を勉強したらいいんじゃない、などと言ってしまったことを後悔している。

薬瓶と刑事物の彼方に、彼女の母はこの街の雇用がなくなって以来、坂道を転げ落ちていった全てのことを見る。もしも景気後退が起きなければ、と彼女は思う、クリスティはまだリア社にいて、彼女がデザインした作業用エプロンもまだ売れていただろう。彼女は刑務所などに行かなかっただろうし、新しい男と出会うこともなかっただろう。たった一つの、大きな下向き螺旋の末に、彼女の娘は――一番の親友は――逝ってしまった。

★

ジョブセンターのボブ・ボレマンズは、クライアントが自殺したとの一報にショックを受けている。それもただのクライアントではない、サクセスストーリーの主人公として大いに宣伝した中心人物だ。これによってボブは、既に知っている事実について深く考えざるを得なくなる――高卒の工員を相手に、新しい仕事に就くことを支援するのは容易なことではないのだ。

★

この水曜の午後遅く、障害持ちのクライアントが生活しているグループウェアにいたバーブの携帯電話が鳴る。リア時代の同僚で、やはりブラックホークに行った女からだ。

よく解んないんだけどさ、とその女はバーブに言う、聞いた話なんだけど、クリスティが自殺したらしいよ。

「ファーッ？？？？？」とバーブは電話に向かって叫ぶ。

あり得ない。最近はあまり頻繁に話もしていないが。最後の数回、バーブはクリスティに、学校に戻って学士を取りなさいなと促していた。バーブがそうしたように、そしてクリスティもそうしたいと言っていた。バーブの印象では、クリスティは刑務所の賃金に夢中で、いつもあれが欲しいこれを買わなきゃと言っていた。

なのに、自殺？

五分もしないうちに、もう一度電話が鳴る。今回はすぐに判った、夫のマイクだ。マイクが仕事中に電話してくることなんて絶対にないのだが。

電話に出る。最初、彼は何も言わない。

その沈黙から、バーブはそれが事実だと知る。

それからマイクは語り始める、クリスティの息子ジョシュが、君の電話番号を見つけられなかったんだが、代りに俺のを見つけたんだ。バーブはよく聞えない。たった今、彼女はキレている。すぐに仕事を切り上げ、クリスティの母リンダの許へ向かう。

ブラックホークでの最初のイライラする日々以来ずっと、バーブはクリスティが数歩先を行っていることを認めていた。成績では僅差で負けていたし、刑務所への就職だって後れを取った。バーブはそれでいいと思っていた。彼女はクリスティの方が賢いし強いと受け入れていた。ただ今夜初めて解ったことだが、実はそうではなかったのかもしれない。

クリスティの母は、彼女がひとつの仕事を失った後で、さらにもうひとつの仕事を失うかも――今回は、クビになるかも――という見通しに耐えきれなかったのではないかと考え始めている。彼女の母にはそれが理解できる。ただ理解できないのは、自分の娘が二度目の機会のためにあれほど頑張ったのに、それを投げ捨てたのは何故かということだ。

何よりも理解しがたいのは、何故クリスティが自殺を考えていることを話してくれなかったのかということだ。一晩中だって話を聞いてあげたのに。クリスティは計画立案者だった。彼女らは互いに何もかも話していた、と彼女はいつも思っていた。だから遺書のひとつも残さなかったのは全く彼女らしくない。彼女とジョシュは探しに探すが、出てくることはないだろう。リンダにはそれもまた信じられない。

次の月曜日、数百人の人がクリスティの葬儀に集まる。シュナイダーの葬儀場から、ジェインズヴィル北西、国道14号線沿いの小さな町エヴァンズヴィルにあるメイプル・ヒル墓地までの途上で、リンダは郡刑務所を通過したことに気づく。違う道を行っていれば、と彼女は思う。

クリスティはジョシュが選んだ柩《ひつぎ》に眠っている。彼女の母は死装束を選んだ――入るようになったと誇っていた新しい八号のジーンズ――そしてグリーン・ベイ・パッカーズの毛布が彼女に巻かれる。

46　サークル・オヴ・ウィメン

今宵のホリデイ・イン・エクスプレスの宴会場は、まことに煌びやかな空間だ。入念に飾りつけられた五三卓の円卓。最高の装飾を競う競争で、それぞれに異なる中央装飾品と食器類が並べられている。部屋の中央には長いビュッフェ・テーブルがあり、苺、葡萄《ぶどう》、新鮮なパイナップルの山、生野菜とディップのボウル、茴香《ウイキョウ》に囲まれた一匹分のスモークサーモンの大皿が並んでいる。

これは〈サークル・オヴ・ウィメン〉、ロック郡YWCAの二年に一度の祝祭にして、主要な資金集めのパーティだ。そのモットーに曰く、「女たちの分かち合いの精神、そしてコミュニティの他の女たちを鼓舞するやり方を祝して」。確かに今のYWCAはユナイテッド・ウェイからの援助は減りつつある。もはやホームレスの若者のための〈プロジェクト16：49〉のスポンサーにはなれない。だが、だからといってYWCAが懸命にそのプログラムの推進に努めていないというわけではない。そしてもしもジェインズヴィルの博愛精神が今も可能な限りの努力を続けていることに些《いささ》かでも疑いがあったならば、そんなことはないと否定する証拠はここにある。この木曜日、一一月一日の夕べにロック郡全域から四五〇人もの着飾った女たちが集まり、親しく歓談し、テーブル装飾を賛嘆し、そしてYWCAのために寄付しているのだ。

今夜の目標額は、五万ドル。〈サークル・オヴ・ウィメン〉はそれに迫るだろう。

この宴会場を埋めているのはジェインズヴィルの専門職の女たちと、社会改良家たち。もちろん、理事のアリソン・ホキンソンを含むYWCAのスタッフもいる。あと、スクール・ソーシャルワーカーのアン・フォーベック。〈プロジェクト16：49〉を巡って当のアリソンに心底失望したのも今は昔だ。それぞれテーブルには一人ずつキャプテンがいる。キャプテンの仕事は、同じテーブルに就く八人の女を集めること。この五三卓のテーブルのうち、一番前で演台の右側にあるテーブルの中央装飾品はバカでかいガラスの花瓶で、中には金と銀の玉が入っている。この小さな玉はまた生《き》成《な》りのテーブルクロスにもちりばめられ、金の皿と似合いの織物のシートカバーがセットされている。このテーブルのキャプテンを務めるのはメアリ・ウィルマー。何故ならBMOハリス銀行は、〈サークル・オヴ・ウィメン〉の企業スポンサーのひとつだからだ。

メアリが支店長を務める銀行は新しい名前になった。四週前の週末[42]、全てのM&I銀行の看板はかけ替えられた。ウィスコンシンの発祥で、一九世紀半ばにまで遡《さかのぼ》るマーシャル&イルズリーの名前が突如として消え失せたのだ。メイン・ストリートの支店を始め、同銀行の全ての看板はBMOハリスに変った。カナダを基盤とするモントリオール銀行とシカゴを基盤とするハリス銀行が合体してできた銀行だ。昨年[43]、BMOはM&Iを買収した、というのも景気後退の間とその後に、ウィスコンシン州最大の銀行であるM&Iは三年連続で赤字に見舞われたからだ。主[44]として不動産と建設に対する融資が焦げついたためで、その多くはアリゾナとフロリダだった。BMOが買収した時点で、M&Iは経営悪化を救ってくれた連邦政府に対して一七億ドルの負債を抱えていた。今や、旧M&Iの従業員の一部にとっては、彼らの支店、もしくは仕事自体が継続するのかも定かではない。だがメアリはこの処罰を上手く乗り越え、さらに地域市場マネージャー及びBMOハリス銀行の支店長の地位を首尾よく手に入れた。

今夜、レースの黒いブラウスに黒いスカートをまとった彼女は美しい。今やBMOハリスとなった銀行の何名かの行員と共に、彼女はYWCAがコミュニティで施してきた善行を広報する今宵のビデオを最後まで見届ける――ネグレクトや虐待を受けた子供たち、DVを受けて自立を目指す女性たち、誰かに手を差し伸べてもらわねばならない移民のために。そして今夜の受勲者のプレゼンを最後まで見届ける――先立った者を思い出す縁《よすが》となる形見のロケットを売るビジネスを設立した、二人の心優しき女性だ。最後に、メアリが立ち上がり、演壇までの短い距離を歩く。

街の非営利団体との多くのリーダーシップ的役割において、メアリはしばしばジェインズヴィルの美徳について話してきた――市民の強さと人格、コミュニティの寛大さ、ゼネラルモーターズと共に克服してきた逆境、忍耐力。だから彼女は今夜もまた、これらのテーマで始める。だが今夜の彼女はひと味違う。今日は彼女の五二回目の誕生日の翌日。演台に立って装飾されたテーブルと着飾った女たちの海を見わたしながら、メアリは記憶を遡り、過去を思い起こす。彼女は〈サークル・オヴ・ウィメン〉に、かつての自分は夫に先立たれた母の怯《おび》える子供でした、と告げる。母は小さな農地を持っていましたが、それだけで生活はできません。それは彼女の資金集めの売り口上のひとつ、〈サークル・オヴ・ウィメン〉の心の琴線に触れる手段、誰が助けを必要としているか解らないのだから、寛大さこそが最高の政策であることを示す実例だ。それはまた告解でもある。メアリはこれまで、自分の少女時代のこの部分について、人前で話したことはなかったのだ。

47 初めての投票

一一月五日月曜日の夜、眠りに就く前に、ケイジア・ホワイトエーカーはフェイスブックのページにメッセージを投稿する。「じゃあ落ちます、起きたら一八歳！」。

翌朝、彼女とアリッサが投票できる年齢になった第一日目は、たまたま投票日に当たっている。今では二人とも自分で買ったシボレーに乗っている――アリッサのは白いインパラ、ケイジアのは赤いアベオ。誕生日はまずそれぞれの愛車に乗り込む。パーカー高の最終学年、Uロックで取っているクラスも違うし仕事も違うから、一緒のクルマでは行けない。だけど授業が始まる前に、二人はまず家から一マイル離れたマディソン小学校で顔を合せる。ここがこの辺りの投票所だ。

午前八時に到着すると、マディソンはドアの外まで行列ができている――凄い人出、何しろ大統領選だ。二人は列に就く。黒いマーカーで埋める投票用紙をようやく受け取る。二人はオバマ大統領の再選と、その他リスト上の民主党員全員に投票。名前を知ってる人は一人もいないけど。ケノーシャのロブ・ザーバンって人も当然知らないけど、連邦議会の椅子をポール・ライアンと争っている候補者だ。二人の両親もまた民主党に投票するわ、とケイジアは計算する。それに今年は大統領候補討論会も見たし、理解できる年齢でもあるから、アリッサはオバマの方が共和党のミット・ロムニーよりも労働者階級に優しそうだと判断した。それに組合に関してスコット・ウォーカーと少しでも意を同じくする者なんかに投票するはずがない。二人の両親もかつては組合員だったし。それに知事がやらかした公立学校への財政削減も許せない。お陰でパーカー高は一クラスの人数が増えて、APが減ったんだし。

投票用紙を埋めると、ケイジアはこの票がちゃんと数えられるように正しく機械に入れられるかどうか、心配になる。どうにかこうにか分厚い紙を正しく機械に入れる。成人に達した日のビッグイベント。アリッサは思い出す、自分がやるべきこともやらないで、結果にだけ文句を言うなと両親から教わった。二人は今、やるべきことをやった。ケイジアはフェイスブックを更新する。「今日はたった三〇分で投票。人生の新章の始まりに相応《ふさわ》しい！」

成人としての最初の儀式は午前八時四五分前に終了。同時刻、マディソン小学校の東二マイルのところで、テカテカする黒いSUVの一団がメイン・ストリートのヘドバーグ公共図書館の縁石に横づけする。シークレット・サービスの面々が現れ、歩道を監視する。それから、三台目のSUVから黒いスーツに薄い銀色のネクタイのポール・ライアンが飛び降り、三人の子供たちを手助けして降ろす。ポールはジャンナと子供たちとシークレット・サービスを引き連れ、図書館入口で待機していた何人かと握手し、記者やカメラ・クルーに挨拶する。ポールが率いるこの一団は、図書館の一階を蛇行している投票者たちの列を横目に通り過ぎる。一団はそのまま正面まで歩いて行く。シークレット・サービスは数ヤード離れたところに立って、群衆を睨《ね》めつけ、何か不適切なことはないかと見張る。ジェインズヴィルのダウンタウンの公共図書館で何か不適切なことが起こるなんてありそうもないことだが。その間にポールとジャンナは選挙管理人に名を告げ、投票用紙を受け取る。ポールの子供たちのうちの二人が、彼と共に投票ブースを覗き込む。記入が終ると、彼は投票用紙を長女のライザに示す。蝶のヘッドバンドの彼女は彼の名前を見て微笑む。それから一団は扉に向かう。そこには記者団が待ち構えていて、記者の一人が訊ねる、「今日のご気分は?」。

「今日はいい気分だ」とポールは答える。「偉大な伝統だね。投票日。この場所にいられてワクワクしている。ずっと昔からここで投票してきたんだ。故郷で目覚めるのはいいもんだ。私はここで育ったんだ。通った中学は六〇ヤードほど向こうだ」。彼は人差し指で右を指す。ポールの過去は今も、現在と途切れることなく繋がっている。

彼が歩き始めた時、一人の記者が叫ぶ。「今日は勝ちますか?」。ポールは振り向いて頷く。「そのつもりさ」。

★

ポールは今日、故郷の州では長時間を過さないし、故郷の街ではなお短い。彼[☆45]はクリーヴランド、それからリッチモンドに向かっている――ウィスコンシン州よりも大統領選挙人による投票が多い、スウィング・ステイト〔選挙結果を左右する州〕の街だ。それから今夜、ボストンでロムニーと落ち合う。

[☆46]そうは言っても、ウィスコンシン州もまたこの二〇一二年の大統領選挙の九つのスウィング・ス

テイトの一つだ。しかもかなりの接戦ゆえに、オバマは昨日、ジェインズヴィルから四〇マイル離れたマディソン市庁舎の前の演台に上らざるを得なかった——そして一万八千もの人が、大統領とその前座であるブルース・スプリングスティーンを見るために詰めかけた。スプリングスティーンはギターを抱えて現れ、中央ステージに着くと、ハーモニカを頭にかけた。ジーンズとベストの下のグレイのシャツは、摂氏五・六度という気温にもかかわらず、袖が肘の上まで捲《まく》り上げられている。労働者階級の服だ。スコット・ウォーカーの執務室のある州議会議事堂が僅か一つ半ブロック上に見えている。彼は自分で作って数週前にお披露目したキャンペーン・ソングを歌った。オバマの二〇一二年再選のスローガン——「前進《フォワード》」、ウィスコンシン州のモットーと同じ——をフィーチャーし、ザ・ボス*自身が少々不自然と認める歌詞に満ち満ちている。それから彼は、直接ジェインズヴィルに触れることもできただろう。というのも、彼の父がフォードの組立ラインで働いていたという話をしたのだ。「過去三〇年間、僕はアメリカン・ドリームとアメリカの現実との間の懸隔《けんかく》についての音楽を書いてきた」とスプリングスティーンは言った。台詞《せりふ》の最後にギターを掻き鳴らす。「この三〇年間、一番の金持ち連中と普通のアメリカ人との間の富の格差はますます増大した。この格差は、僕たちを二つの独立した、異なる国に分割しかねないものだ。何とかしなければならない」。さらにギター。

「最後に、今日僕がここに来たのは、僕くらい長く生きてれば、未来が大波のように押し寄せてくることはめったにないと解ってるからだ。それはしばしば、ゆっくりとした足取りでやって来る。一インチずつだ」。ギター。「長い長い一日ごとに」。ギター。「僕たちはたった今も、この長い日々の最中にいる」。

そしてスプリングスティーンは「Land of Hope and Dreams《希望と夢の国》」を歌い、オバマを紹介した。かくして、吟遊詩人とにこやかな大統領がハグをし、互いの背中を叩き合った。

大統領はこの前座を「我らの国がどうであるのか、どうなるべきなのかという物語を語る」「アメリカの至宝」と呼び、それからオバマは最後の選挙運動の最終日の演説を開始した。職務にあった四年間の勝利を列挙。その中には「アメリカの自動車産業をトップに返り咲かせた」というものもあった。ジェインズヴィルでは口にできなかった言葉だろう。

★

この大統領ならジェインズヴィルのかつての不屈の中産階級をその全盛期へと返り咲かせることができると信じていたためか、それとも一八歳になった最初の日にケイジアとアリッサが受け継いだ組合主義と民主党の伝統の故か、ジェインズヴィルの有権者たちは今夜までに、地元っ子の共和党員ではなくオバマを選んでいた。

この街の共和党員が戸外のスピークイージーのパティオに立って、ウィスコンシン州の——ジェインズヴィルの、ではないにしても——有権者がウォーカー知事のリコール攻勢を撥《は》ねつけたこと

＊ ザ・ボス：スプリングスティーンの揮名。

を祝ったあの春の宵から四ヶ月と一日。今夜は民主党が祝う番だ。UAW第九五支部のユニオン・ホールで、マイク・ヴォーンの祖父トム、すなわちヴォーン家の初代組合員が、その計画に一役買っていた。

ロック郡の有権者は決然としていた。[☆47]一〇人中六人が大統領の第二期に投票した。ポールにとっては良い夜ではなかった。[☆48]彼自身の区画《ウォード》ですら、隣人たちはオバマに投票した。ポールは八期目を勝ち取りはしたが、票差は縮まっていた。ジェインズヴィル――そしてその中にある彼の区画――は、彼の敵を選んだのだ。

投票日の夜が更けると共に、ホリデイ・イン・エクスプレスの宴会場内部の雰囲気は沈んでいく。数日前の夜に〈サークル・オヴ・ウィメン〉の会合があった場所だ。今夜は何百人という共和党支持者が集まって、戦勝記念パーティと洒落《しゃれ》こんでいたが、その主旨はどんどん怪しくなる一方だ。ボストンでは真夜中過ぎ、だがジェインズヴィルではまだ火曜日である時間に、宴会場の端にある巨大スクリーンにロムニーが登場する。ステージ上には先端に鷲のついた一六本のアメリカの旗。彼は大統領に電話をして祝辞を述べた事実を明らかにする。ロック郡の共和党支持者のほとんどは既に宴会場を去っている。ロムニーの短い敗北宣言の終りに、ポールがボストンのステージに登場する。その唇は固く引き締められている。今朝、図書館で投票した時と同じスーツと銀色のネクタイのまま。

この地元っ子が一一〇〇マイル彼方のボストンのウォーターフロント近くのステージから去る頃、他の者はもう帰宅しても、ジェイ・ミールキはまだそこに待機している。この郡のGOP議長は宴会場の後方に留《とど》まって、部屋の反対側のスクリーン上のポールを見ている。海千山千のジェイだが、今夜は物思いに沈んでいる。彼はジェインズヴィルが、これほど多くの組合員の雇用を失いながらも、まだ心の中では民主党の組合の街なのだということを知っている。GOPで副大統領のチケットを手にした地元っ子ですら十分ではない。敵側の方が、と彼は認めざるを得ない、より多く中産階級に語りかけていたのだと。

48 ヘルスネット

昨日の選挙で、ジェインズヴィルの有権者はウィスコンシン州議会下院の新たな議員を選出した。州上院のティム・カレンと同様、デブラ・コルストは民主党員で、元教育委員。マーシー病院で検査技師として働いており、週に一度ロック郡ヘルスネットでボランティアをしている。ヘルスネットは自転車操業をしているダウンタウンの無料診療所で、二〇年近くにわたって健康保険やカネのない人たちの治療に尽してきた。下院選挙区四四区の市民等が州議会議員に彼女を選出した後のこの日の午後、デブラは診療所にいる。何故なら今日は水曜日で、水曜日はヘルスネットが二時間だけ、新規と再診の患者を受け入れる日だからだ。

無料で医療を受けられるこのチャンスは午後一時三〇分開始。既に手続きは三〇分ほど経過している。デブラが診療所の待合室のドアを開ける。

「八番の方」と彼女は呼ぶ。

スウ・オルムステッドは、列の良いところに並ぶにはどのくらい早くミルウォーキー・ストリートの裏口に到着して、診療所入口の外の狭い通路に通じる階段を登らなくてはならないのか、よく解っていなかった。良いところというのは、首尾良く診療所の中に入れるところだ。さもないと締め出しをくらって、残念でしたまた来週、ということになる。

もう一時間近く並んでいるが、まだ午後一時二五分。そこへポロシャツのがっしりした若い男がやって来る。名前はライアン・メッシンガー、毎週、登録受付開始の少し前に、クリップボードを小脇に抱えてここに顔を出すのだ。ライアンはヘルスネットの臨床検査監督官、いつもこれ見よがしに陽気な態度で、このさまざまなものが圧倒的に不足している非営利診療所の運営のために連日一五時間も働いていることなど、おくびにも出さない。

ライアンは上から下まで目をやって、今週の治療希望者の列を見る。スウを含む彼らは、金属の折畳み椅子に座り、椅子が尽るとリノリウムの床に立ったり座ったり、それが延々、通路が角を曲って視界から消えるまで続いている。ヘルスネットはかつては毎週三〇名の新規と再診の患者を受け入れていた。最近はそうではない。「今日は一三人だけです」とライアンは、申し訳なさそうでありながら同時に決然たる口調で言う。数ヶ月にわたって水曜日の午後の受付のたびにあれこれ試行錯誤を続けてようやく完成させた口調だ。「緊縮財政のせいでしてね。それに資金がまたまた削減されたのですよ」。

スウは間に合った、と判った。八番と書かれた紙片を受け取ることができたのだ。やっとこさ、とスウは、三〇分後に番号が呼ばれるのを聞いて独り言を言う。ラッキーデイだ。そう来なくちゃ。

スウは一九年にわたってSSIテクノロジーズで働いてきた。街の北側にある会社で、粉末金属を材料とする自動車用及び工業用部品を作っていた。二〇〇九年、景気後退が終結したという公式的な宣言の二ヶ月前にレイオフされるまで、スウは品質監査係として時給一五・五〇ドルを受け、SSIの生産フロアで最高賃金を貰う労働者の一人だった。だが彼女のやっていた品質監査の仕事自体がなくなることとなった。それから三年半、見つけることのできた仕事は人材派遣会社の三週間だけだった。

五三歳、一〇年前に離婚。街の多くの人と同様、仕事が見つからないので学校に戻り、一年前にブラックホークで医療管理を学び始めた。勉強はうまくいかなかった。健康上の問題のために多くの授業に出られなかったのだ。だから落第点を記録に残すくらいなら学校を辞めようかと話し合っている。健康上の問題の中で一番厄介なのは肺だ。粉末金属に長年曝されてきたためじゃないかと彼女は疑っている。何にせよ、SSIに仕事を取り上げられて以来、健康保険には入れていない。特に困るのは周期的な肺炎でマーシーに行く時だ。値引きを期待して実は保険に入ってないんですと病院にかけ合うが、全額請求され、命取りになると解ってはいたものの、ついに401(k)《確定拠出年金》から一万五千ドルを引き出して用立てた。肺は依然として万全ではない。さらに持病の一つである片足の関節炎のために長時間立っていることができない。それに鬱病気味だし、睡眠導入剤も要る。今、ヘルスネットで八番が取れたのは滅多にない良いニュースだ。

デブラが彼女の名を呼ぶと、スウはこの短いブロンドの針金みたいな女について診療所の聖域に入る。診療所の二つある小さな検査室のうちの一番に入り、ドアを閉めると、デブラは言う、「私はデブラ、ここでボランティアをしています」。州議会のジェインズヴィル代表に選ばれたばかりだなんておくびにも出さない――スウは昨日、彼女に投票したにもかかわらず、それがデブラ本人だと気づかない。

デブラはまず、これからこの小さな部屋で検査するのはスウの肺の問題ではなく、スウが入念にマニラ・フォルダに仕舞い込んできた書類の束であるということを明言する。ヘルスネットが有資格者に提供している無料医療の命綱に与《あずか》る資格が彼女にあるかどうか、そのフォルダの中身が決定するのだ。

「全部揃ってると思います」と部屋の椅子に座ったスウは言う。ハート型の顔に、顎までの長さのストレートの茶髪。紫のスウェットシャツ、黒のジーンズ、ホットピンクの飾りのついた黒のスニーカーという出立ち。

デブラはいつもの審査の質問から始める。「同居人は?」

スウが期待したほど易しい質問ではない。一〇年前に夫と別れた時、家は彼女の名義にして、二人の子供が高校を出たらそれを売ってローンを完済し、残りを折半でという話になった。だが家の価値は暴落して、ローンは残ったまま、売るに売れなくなってしまった。だからまだそこに住んでいる。一年以上前、元夫が住処《すみか》をなくして暫《しばら》く住まわせてくれないかと泣きついてきた時、彼女は受け入れた。もう一緒にやっていくことはできないにしても、寝室が四つもある家なんだから、二人が顔を合せずに住むくらいできると。失業給付は底を突きつつあった。そこで彼が家のローンを払った。その次も。またその次も。

「元夫と同居しています」とスウはデブラに言う。「経済的な理由だけです」。

デブラはスウが持参した納税申告書を要求し、それを入念に吟味した上で、訝《いぶか》しげな表情で顔を上げる。「では、収入の手段が全くないと?」

「去年、失業給付を貰いました」とスウは言う。「今はフルタイムの学生です。学校から少しのお金を貰っています」。

「バジャーケアの断り状は?」

これはヘルスネットの患者希望者の審査における馬鹿げた茶番だ。デブラのようなボランティアは、絶対にこの茶番を演じなければならないと州から厳命されている。ヘルスネットが受け入れるのは、「バジャーケア」――ウィスコンシン州版の公的医療制度《メディケイド》――を受ける資格のない者だけ。三年前、ウィスコンシン州は新たに「バジャーケア・プラス・コア」と呼ばれるものを創設した。これは理論的にはほとんどの州よりも寛大な制度だということになっている。その趣旨は、家で子供を養育中でない成人――つまりスウのような人々――に必要最小限の医療補助を提供しようというもの。☆49このバジャーケア・プラス・コアは二〇〇九年七月に開設されたが、僅か三ヶ月後に申し込みを打ち切った。以来、応募者は全員、ウェイティング・リストに載せられるだけだ。仕事がなくなって一年と半年後の二〇一〇年九月にスウが申し込んだ時、彼女は有資格者であり、現時点で四万八八七四人待ちである旨の手紙が州から来た。それ以来、順位は動いていない。

デブラはその手紙を見て、スウが不動のウェイティング・リスト上の四万八八七四番であることを確認する。だがそのまますっと連邦税申告書から目を離さない。何かヤバいらしい。彼女はスウに、すぐ戻りますと言い残して出て行く。黒とホットピンクのスニーカーを履いたスウの片足が神経質に揺れ始める。

検査室を出るデブラの表情は険しい。奥の間の告知板の傍にライアンがいる。そこに貼りつけてある紙は言う、「人生は嵐が過ぎ去るのを待つことではない。雨の中で踊ることを学ぶことである」。

彼女は納税申告書をライアンの顔に突きつける。一枚はスウの、もう一枚は同じ屋根の下に住む元夫のもの。世帯収入全額の証明となるものが必要だとのヘルスネットの案内を見たスウが持参した。診療所が受け入れるのは、収入が連邦の定める貧困レベルの一八五％以下の者だけだ。

ライアンは用紙を見て、そのジレンマを吟味する――たとえスウが無収入だとしても、もしも元夫のベロイトのエンジン工場での賃金が住宅ローンの支払をカバーしていて、そのお陰で彼女が家を失わずに済んでいるのだとしたら、彼女はうちの患者となる資格があるのか？　ライアンは長い間、目を細めて用紙を見詰め、それから言う、「これは収入に含めるべきだと思うね」。

「今日のはちょっと気に入らない」とデブラは言う。「援助が必要な人に援助がいかないなんて」。

ライアンは現状を砂糖で包むつもりはない。「確かに、全く無視されている人はいる」と同意する。「こういう、人を撥ねつける仕事は好きじゃないよ。できればみんな入れたいさ」。

ことヘルスネットに関しては、今はルールを曲げている時じゃない。助成金が削減され、資金集めは強化しているのに寄付金は減っている。ライアンとボス、すなわち診療所のエグゼクティヴ・ディレクターは数ヶ月前、診療所の今年の予算から五万四千ドルを切り詰める計画を立てた。製薬会社による貧困者のための個人支援プログラムの対象となってくれる患者もいるだろうという見通しの下、薬代は去年の三万五千ドルから九千ドルにまで削減。X線関係も廃止。その分はマーシー・メディカルセンターと、それに今年初めに街に開業したもうひとつの病院セント・メアリーズが引き受けてくれるだろうと。そして診療所の医長が定めた新たなルールの下で、医師が一人の患者に指示できる臨床検査は二つまでとなった。この医長というのもまたボランティアで、しかもたまたまデブラの夫だ。それ以上の検査を望むなら、ライアンが――彼は健康教育の専門家で、メディカルドクターではないが――その患者の医療記録を精査して、それ以上の検査が絶対に必要な証拠を探す。

去年、ヘルスネットは医療や歯科の患者を延べ九千人近く受け入れた。どれほど緊急を要する病状であろうと、今では診察の予約待ちは最低三ヶ月。

スウの待つ検査室に戻る時、デブラはあの告知板の前をもう一度通る。雨の中で踊る云々《うんぬん》の貼紙の隣に、もうひとつの貼紙がある。「ご存じですか、患者からのヘルスネットへの寄付は慢性的に不足し、患者数は空前の多さです」。「ヘルスネットは皆様からの寄付と助成によって成り立っています。今日は寄付しましたか?」

適格者を審査するルールを曲げていられる時ではないのだ。

検査室のドアを開けば、スウに言わねばならない。デブラはそれが嫌で嫌で堪らない。

「あのねえスーザン」と彼女はできる限り穏やかに言う。「確かにあなたには自給自足の手段がない。だけど、元夫はたくさんお金を稼いでいるわね」。スウには話が見えた。取り乱し始めている。

「彼は法的に私を養う責任があるわけではありません」とスウは指摘する。「私が単に彼の臑《すね》をかじってるだけです。ただそれだけ。私は家の半分を持ってますけど、売るに売れない代物です。私は甲状腺障害で、脚も悪いし、三年前から何度も肺炎を起こしてます——呼吸器が大変なんです」。デブラはスウと同じくらい狼狽《うろた》え始める。「ちょっとライアンに確認してきます」と言って、彼女はまたもやドアから出て行く。

今度はライアンは部屋の奥にいた。薬品の購入量を控えているとは言え、そこにはまだまだ大量の薬があり、中には寄贈されたものもある。他所で元々処方されていた患者が死んだり、あるいは刑務所から出たりして不要となった分だ。無料の診療所であるヘルスネットは入手可能なあらゆる薬品を集め、処方することを許可されている。

「もう一度だけ」とデブラはライアンに言う、その声には哀願の響きがある。「無理を言ってるのは承知の上だけど」。

「解ってるよ」とライアン。その陽気さにはほんの少しの翳《かげ》りもない。「僕らに言えるのはただ一つ、もしも彼に蹴り出されれば、彼女は資格を得られるってことだ」。

デブラは戻ってありのままを告げる。「本当に申し訳ないんだけど」。

スウは言葉を失う。俯《うつむ》いて膝を見ている。眼鏡を畳んでケースに入れる。納税申告書を手にしてマニラ・フォルダに戻す。そして赤らんだ目を上げる。

「もしも生活の何かが変ったら……」とデブラは言う。スウに差し出すティッシュがないのを詫びながら、壁のロールからペーパータオルを千切る。デブラはスウを診療所の裏口まで送り、背中を叩く。

スウが去ると、デブラは途中まで書いた登録書類を破棄する。

待合室のドアに戻り、開けながら一一番を呼ぶ。「私はデブラです、ここでボランティアをしています」と彼女は一一番の紙片を持つ女に言う。ポール・ライアンの家から三ブロック離れたコートハウス・ヒルで大赤字のB＆Bを営んでいるという。この新しい女は、ウィスコンシン州のフードスタンプ・プログラムである「フードシェア」を受けていることが判明する。そのために彼女の収入もまた、ヘルスネットの限界を超えてしまった。

デブラは一一番を裏口へ案内する。「今日は打率一〇割だわ——なんちゃってね！」ともう一人のボランティアにぼやく。そのボランティアはデブラの当選でお祝いムードだ。デブラは全くそんな気分じゃないが。

彼女は知っている、前知事のドイルは連邦政府から三七〇〇万ドルを調達したが、現知事のウォーカーはそれを、新しい全国的ヘルスケア法である「医療費負担適正化法」の下での保険市場の新規開拓に費やすことはないだろう。

勝利の後の今日の午後を診療所に立ち尽し、彼女はマディソンの一人の新参議員に何ができるのかと考えている。

49　またも失業

デリ・ウォーラートはもはやパーカー・クロゼット運営の新参者ではない。既に五年目、今や古着や缶詰や練り歯磨きを求めてそこに出入りするティーンエイジャーは二〇〇人に上る。この数年で、デリはクロゼットの子供が傷つく点を見つけ出すことにかけてはかなり上達した。例えば、子供たちのフェイスブックのページを見張ること。昨日、彼女はケイジア・ホワイトエーカーのページで、親友と共に微笑むケイジアの写真と安いヘアカットの店を訊ねる質問の傍に、塞ぎ込んだ、重苦しい投稿を見つけた。デリはケイジアにメッセージを送り、立ち寄ってくれる？　と訊ねた。

ケイジアは微積分が得意だから、数学教師から授業を欠席する許可を得たばかり。一二月一二日の水曜の午後、彼女はデリの社会科の教室で腹を割った話をしに来た。デリは部屋の中央の机に向かい合って、率直にケイジアに訊ねる、「何があったの？」。

パパがまた失業しちゃって、とケイジアは説明する。「家賃も払っていないんです」と彼女は言う、それが自分の責任であるかのように。

「わかった」とデリ。

辛い数ヶ月だった。ケイジアのパパはGMをレイオフされて以来、就業中の仕事を辞めるのは新しい仕事が見つかってから、と決めてきた。だから刑務所の仕事にしがみついていたが、その間に彼の不安は悪化して完全な閉所恐怖症となり、密室でパニック発作を起こすまでになった。抗不安薬を処方されたが、いつも効くとは限らなかった。去年のとある夏の夜、上司からケイジアのママに連絡があり、シフトが終わる前に彼を家に連れ帰れという。ママはパパがクルマに乗れるようになるまで三〇分も一緒に外に座って待ち、真夜中に家に着いた時には、パパを落ち着かせるためにジェインズヴィルの街路を一時間以上も一緒に散歩する羽目になった。刑務所の刑務官がパパに、これは上司ではなく友人としての考えだが、君はここを辞めた方がいいと思うよ、と告げた。

彼は一年間も求職活動をして、遂にオファーを受けた。九月初旬に刑務所を辞め、安い賃金でユナイテッド・アロイの仕事を始めた。燃料タンクなどの金属製品を作っているメーカーだ。彼はユナイテッド・アロイで一週間働いた。それからレイオフを受けた。さらに一週間が過ぎて、何かの訓練に呼び戻された。間もなく、両手が疼《うず》いて麻痺するのを感じた――使いすぎ症候群ですな、と医師が告げた。そこでユナイテッド・アロイは彼を二週間ほど軽作業に就けたが、その後、家に送り返した。彼女のパパは労災を取ろうとしたが、会社はそう簡単には応じてくれなかった。そこで彼はもうひとつのオファーを素速く準備した――グレインジャー・インダストリアル・サプライの配送センターだ。それでユナイテッド・アロイには辞表を出して退職し、先週の木曜日からグレインジャーで働き始める手筈だった。だがグレインジャーは、まだ来なくていいという。いつになるかも解らないという。

パパは失業給付すら貰えなかった。レイオフされたわけではないからだ。

ケイジアとアリッサはできることは何でもやっている。学年の始めに、ケイジアはパーカー高のお気に入りのディベート部の顧問教師のフェイスブックにメッセージを送った。三年間この部で活動して、州大会まで行ったけど、今年はもうできませんと。「家族のことと、学業に専念しなければならないので」と彼女は書いた、「この数年間、先生に教えていただいたこと全てに感謝します」。

ケイジアが敢えて書かなかったのは、APの授業とUロックのコースの他に、二つの仕事をかけ持ちしていることだ。毎日放課後には毎日カイロプラクティックの受付をしていて、カーディーラーで事務仕事もしている。このディーラーはこの秋にママが働き始めたのと同じ系列店だ。ママはそこで自動車販売の書類処理で時給一三・五〇ドルを得ている――ついにフルタイムの仕事だ、そのために教員補助は泣く泣く諦《あきら》めたのだが。アリッサは三つの仕事をかけ持ち中――ママと同じカーディーラーと、パーカー水泳部のライフガード、それと保存容器のタッパーウェアの販売も始めた。アリッサはあたしにもタッパーウェアを売らせたいみたいなんですけど、とケイジアはデリに言う、ちょっとどうするかは判らないです。良いニュースとしては、カイロプラクティックが次の二ヶ月、土曜日も含めて週六日働かせてくれるって。

デリはこういう話はさんざん聞いてきた。自分が言うべきことは解っている、全く十分ではないが。

「あんたらECHOへは行った?」と彼女は訊ねる。

街の主要な食料配給所であるECHOの名を出した途端、ケイジアは泣き始める。ママは以前ECHOに行ってみたが、彼女の家族はここで受給できるほど貧しくはありませんと言われて怒り狂っていた。ECHOはカネに困っていて、だから今ではドアを開けた時点で列に並んでいる上位四〇人、しかも過去一ヶ月以内に受給されていない人のみに限定している。今年の春、ECHOはあまりにも資金が枯渇して、緊急ガスカードとバスの代用通貨《トークン》の配布を止めた。夏には職員の労働時間を切りつめ、一九六九年の開業以来初めて金曜日の食料配布を止めた。まあ向こうの事情もあるのだろうが、ともかくECHOにあなたのご家庭は収入限度の少し上ですと言われてママは激怒していた。だから、ケイジアとアリッサが全米優等生協会でECHOのための寄付を集めていた時にも、二人は協会が集めた七〇〇ポンドの食料の行き先はママには内緒にしていた。

そうした内実の全てをケイジアが話したわけではない。ただデリにこう言っただけだ、「あそこはあたしたちには食料をくれません」。

デリは立ち上がる。こういう会話の最中によくやるように、デスクに行って電話を取り上げ、スクール・ソーシャルワーカーに電話する。パーカー高には二人のソーシャルワーカーがいたが、それは予算が削減される前の話だ。[☆50]今は一人しかいない。対して一四〇〇人の生徒の半分近くは、低収入ゆえに連邦政府から給食費を支給されている家庭の子供たちだ——組立プラント閉鎖前の二倍近い。

デリがソーシャルワーカーに電話するのは、そうすべきだと解ってるから。これだけ長くパーカー・クロゼットをやってきて、しばしば自分自身がソーシャルワーカーになったように感じるほどだが。ケイジアはデリの電話の最後の方を聞き取ることができる。「彼は失業保険が貰えないの、自分で辞めたから……ええ、何か解ったら報せてね」。

デリはケイジアのところに戻って来て、ECHOの電話番号の書かれた小さなカードをわたす。

「一度だけ、家賃を払ってくれそう」とデリは言う、「資金があれば、だけど」。

ケイジアはまだ高校生だが、何が起こっているかは解っている。ECHOは資金のあった時ですら、住宅ローンを支払っている人は助けてくれませんでしたよ、とデリに言う。GMがなくなる前に、家持ちの家庭がECHOを必要とするようになるなど、誰が考えただろうか？　デリはケイジアに、少なくとも寄贈品のカードを何枚かあげるわ、無料でセントリー・フーズで食料品と替えてもらえるから、と言う。

過去二年間、ホワイトエーカー家は希望の袋を貰ってきた——新年まで乗り切れるだけの食料品だ。だが今年はもうない。ジェインズヴィルの各学校には、いくつの家庭が希望の袋に申し込めるかの割り当てがある。[☆51]学校組織全体としては今年は目標額を超える四万六千ドルを集めたが、今では希望の袋を行なう学校も増えて、パーカー高の割り当てが減ったのだ。「家庭が多いのに、うちの割り当ては三五だけ」とデリはケイジアに言う。ただ言わないのは、実際に食料品を必要としている少なくとも五〇のパーカー高の家庭が何も貰えないということや、彼女と、今電話したばかりのソーシャルワーカー自身が数週間前に長いリストを前にして、恐ろしい決断を下さざるを得なかったということだ。それと、弟や妹のいる学校と調整することでなるべく多くの家庭に配れるよう試みたこと。過去に希望の袋を貰ったことのない家庭を優先したこと。あるいは過去に選ばれたことのある家庭には、過去の希望の袋の二週間分よりも少ない食料を配るようにしたことも。

ただデリがケイジアに話したのは、何とかしてもうひとつの個人寄付を受けられたから、幾つかの家庭にクリスマス・ディナーのギフトカードを配れるということ。「だからこれについては心配しないで」とデリ。

ケイジアはにっこりする。

ケイジアは言う、ママはトイレットペーパーを買ったばかりだから、それは大丈夫。それに近所の人がポットロースト*をお裾分けしてくれたから、それとジャガイモで何とかするつもり。それと今年は電気代の節約のためにクリスマスの電飾もなし。それとおばあちゃんがクリスマスにやって来て、援助してくれるって。

「うまくやっているわ」とデリは彼女に言う。問題は経済状況だけど、それはあなたたちのせいじゃないし。

デリは一拍置いて、それから訊ねる。「あなたたち姉妹は、これで大丈夫？」

「本当に、本当に苦しい」

「来年大学に行くことに罪悪感はある？」

ケイジアは三度頷く。「何も言われなくても、両親を一所懸命に助けてはいるけれど」。それからノアのことを心配している。彼は八年生で――組立プラント閉鎖の時の彼女とアリッサと同じ学年だ。両親はノアが中学校のレクリエーション・ナイトに参加するための六ドルが出せないので、ケイジアが彼に現金を与えている。「あたしは行かないけど」と彼女は言う、「ノアは弟だから。行かせてやるための六ドルか七ドルが欲しい。弟には自分だけが行けなくて寂しい思いをさせたくないから」。

「持ちつ持たれつよ」とデリ。「古臭い言い方かもしれないけど、でも真実よ」。

ケイジアはこれをノートに書き留める。

「パパ今朝、求職票を三枚も書いた。あたしが学校に行く前に」と彼女は言う。「だから頑張ってる」。それと、州間高速道路《インターステイト》を過ぎたところにあるバイオライフと契約して、血漿《けっしょう》成分献血をしている。

＊　ポットロースト：牛の胸肉や肩肉の焼いたものに少量の水を加えて鍋でゆっくり蒸し焼きにした料理。

注射は死ぬほど嫌いだけれど、週に二度行けば六〇ドル貰える。

「あたしも血漿成分献血に行ってました」とケイジアはデリに言う。「何をどうすればいいのか訊《き》いて。予約は要るの？　とか。パパは発狂したけど」。

「どうにかするよ」とケイジアは言う。「もうやってるし」。

デリは立ち上がって、ケイジアをハグする。そしてケイジアは社会科教室から子供たちで一杯の廊下に出る。次の授業のベルが鳴ったばかりだ。

★

金曜の午後。クリスマスの奇跡。

タミー・ホワイトエーカーは明日の朝、希望の袋の袋詰めに行こうと計画している。ジェラードとノアは連れて行くが、双子は別。ケイジアはカイロプラクティックで働いているし、アリッサはボランティアで、DECA*を通じてロータリー植物園のための果物カゴ作りに行っている。これは学校のクラブで、彼女のマーケティングのスキルと起業家精神の向上に大いに役に立っているし、実際、彼女はまだ始めたばかりなのに、タッパーウェアの販売実績は抜群だ。

食料の袋詰めだけをして、一つも家に持ち帰らないというのは簡単ではないだろう。それでも、行かないという考えはタミーには思い浮かばなかった。希望の袋は過去に彼女の家にやってきた。お返しをしなくてはならない。

明日一二月一五日はローンの支払日だが、送金の手立てはいまだない。だが今日、ブラックホーク信用組合はついに、ついにタミーとジェラードに、ローンの組み換えを決定した。新しい利率は僅か三・七五％。タミーの計算では、これで一月あたり二五〇ドルの節約になる。

だから彼女は、電話があった時点でもう既にご機嫌だった。電話の相手はデリ。一つの家庭が辞退した。もう寄付された食料は要らないのだという。かくしてホワイトエーカー家は、希望の袋を貰える運びとなった。

★

土曜の朝は灰色で、雨は冷たくて猛烈だ。午前七時三〇分には、街の南側の巨大な配送施設の中、ジョン・ディア社の芝生と庭園用の真新しいトラクターが並んでいる区画のすぐ横で、一五〇人のボランティアが食料が山積みされた長いテーブルの列から列を動き回っている。ボランティアの中には少数だがUAW第九五支部の者もいるし、GMの退職者もいる。その昔、組立プラントの経営者と労組が一体となってホリデイ・フード・ドライヴのために集まっていた頃を思い出すためにやって来たのだ。だが今ではボランティアのほとんどは教師、親たち、そして子供たちだ。

＊ DECA：キャリア学生や技術学生を支援するアメリカ発祥のNPO団体。マーケティングやマネジメント能力を伸ばし、次世代のビジネス・リーダーを育成するための高校生向けのプログラムを世界各国で実施している。

午前八時、ボランティアたちがジム・リーフの周囲に大きな輪となって集まる。彼はクレイグ高校の数学教師で、今朝の激励演説を行なう役。プラント閉鎖前には二五年にわたってクリスマスのたびにマーヴ・ウォパットが務めた役だ。教師のメッセージは控えめだ。ジェインズヴィルで食料を受け取る三五〇の家庭は「私たちのしたことを感謝してくれるでしょう。何故なら彼らはクリスマス休暇を過すのに十分な食料を得るからです」。

「まだ時間は早い」と彼は言う、「ゆっくりやりましょう。そして完璧な仕事を」。

ジェラードは袋を持って巡回する係で、寄贈されたウッドマンズの紙袋を一度に一つずつ持ち、テーブルの列の間の通路を行き来する。最初は空だが、ボランティアがその中に食料を詰めていくたびにどんどん重くなっていく。タミーは第五列、すなわち芝生と庭園用トラクターから二列目の真ん中辺りにいる。ジェラードを含む巡回係が来るたびに、ソルティーン・クラッカー、ストーヴ・トップの詰め物ミックス、スイス・ミスのココアパウダーを入れていく。「これ好き」目の前でどんどん減っていく山を見ながら彼女は言う。拡声装置に橇《そり》の鈴のBGMがかかっている。「聞いてて気分がいいわ」。

隣はパーカー高の教師。「あなたの娘さんたち、好きでしたよ」と彼女はタミーに言う。「本当に可愛らしい女の子たちで」。

午前八時四五分には全ての食料が袋に収まり、袋は次の段階——配達に備えてコンクリートの床にきちんと並べられる。詰め込み係の一部が運転手となり、世話人たちが彼らに、配達先の家庭の住所と名前を書いた紙片を配る。タミーは予《あらかじ》め、世話人に話をつけている。彼女とジェラードとノアがもう既にここにいるのに、運転手に家まで届けて貰う意味はない。だからタミーは自分自身の住所の書かれた紙片を自分で取る。

三人は雨の中に出ていこうとしている。水の溜まった駐車場を走ってクルマに向かい、配送センターの裏を回ってクルマの長い列の後ろに付く。彼らの番になると、赤いベストを来て雨の中に立っている男が、配達先は何軒かと問う。そこでタミーは「一軒」と答える。その一軒が自宅だなんておくびにも出さない。するとその男と、もう一人の赤ベストが食料を詰め込んだ六つの袋を彼らのクルマのトランクに積む――昔の半分だ。だけど希望の袋というものは、ないよりはずっと良い。

だが、土砂降りの駐車場を突っ切る前に、タミーとノアがドアに向かってコンクリートの空間をわたっていた時、ジェラードはふと立ち止まる。ジョン・ディアのトラクターを囲ってある黄色い紐の前で、警備員が立っているのに気づいたのだ。その警備員のシャツの袖には、「アライド・バートン」の記章。

「おいあんた、どうやってこの会社に雇われたんだ？」とジェラードは警備員に問う。「俺は何度も申し込んだのに、なしのつぶてさ」。

警備員は親切だ。「上司に頼んであんたのこと気に懸けてもらうようにしてやるよ」と彼。

ジェラードは警備員に感謝し、出口近くにいるタミーとノアに追いつくべく歩き続ける。

第6部

★2013年★

50　二つのジェインズヴィル

ゼネラルモーターズが去って五年目。その期間と経済的逆境は、回復力に富むコミュニティ――決して屈しない、諦《あきら》めないと決意していたコミュニティ――すら破壊してしまうということは今や火を見るよりも明らかだ。ロック川沿いの街は今や、二つのジェインズヴィルに分裂した。

その一つは、メアリ・ウィルマーが渦中にいるジェインズヴィル。彼女は上機嫌だ。M&I銀行の彼女のコーナーをBMOハリスに変えるという最初の仕事は落ち着きつつある。銀行内での彼女の責任は膨れ上がったが。来月にはBMOハリスの「主要行員《プレミア・バンカーズ》」と投資顧問から成る開発チームの監督者となる予定で、担当地区はウィスコンシン州のグリーンベイからマディソン、ジェインズヴィル、そしてベロイトまで二〇〇マイル近くに及んでいる。☆1プレミア・バンキングというのはBMOハリスの顧客の中の「巨額資産セクター」、すなわち二五万ドルから一〇〇万ドルの預金者に提供されるプランで、「BMOハリスでは、より高い金融的達成にはより高いレベルのサービスが必要と考えます」と同銀行のマーケティング宣材は謳う。メアリの仕事は、金持ちたちに対するサービスの向上になるだろう。

街での彼女はいまだにビジネス・コミュニティの頂点にいて、非営利団体のためのボランティア活動に精を出し、チャリティ・イベントに参加し、地域経済復興のためのロック郡5・0の地域志向の努力を続けている。彼女が見ているのは進展だ。☆2GMの四八〇万平方フィートの廃墟を除けば、郡の産業用地の空き率は三年前の一三％から僅か七％ちょっとにまで落ちた。ロック郡5・0は五ヶ年計画として構想され、この秋には五年目を迎える。だがその後も、メアリと共同議長のダイアン・ヘンドリクスは舵取りを続けるだろう。

一月下旬、[☆3]メアリは〈フォワード・ジェインズヴィル〉の受賞記念昼食会に参加する。そこでは二〇一三年度の終生偉業賞の受賞者を紹介する予定だ。彼女が紹介する実業家は、マーク・カレン。JPカレン＆サンズ有限会社の会長だ。家族所有の建設会社の五代目で、その始祖はポール・ライアンの祖先と同様、ジェインズヴィルのアイリッシュ・マフィアの一派を成した。建設業はジェインズヴィルでも全米でも景気後退時には苦しんだが、JPカレン＆サンズは盤石で、何十年にもわたってウィスコンシン大学をはじめとする大規模建設に携わってきた。ジェインズヴィルにおけるゼネラルモーターズとの長年にわたる契約は組立プラントの沈黙と共に終結したが、それから五年後の今も、今日の偉業賞が証明しているようにマーク・カレンは無傷のままだ。メアリが無傷であるように。

メアリの人生も進展している。今は恋の真っ最中。不動産銀行家との長年にわたる結婚生活は終了し、新しい男と出逢ったばかり。マディソンの建築家。最近、フェイスブックの友達にお気に入りの全部入りリゾートを訊《たず》ねている。一月にメキシコに行くつもりで、また今年中にカリフォルニアのナパ渓谷で一週間ほど過ごす計画を立てている。

「これ以上の幸せはないわ」[☆4]とメアリは、末っ子のコナーの一八歳の誕生日にフェイスブックに投稿し——同日、ワイン・カウントリーへの旅行を予約する。

★

〈フォワード・ジェインズヴィル〉の昼食会と同じ週、ホワイトエーカー家にも援助がある。依然として失業中のジェラードは、ウィスコンシン版のフードスタンプである「フードシェア」にネットで申し込んでいた。月曜日、昼食会の三日前、州政府の女から電話があって、あれこれ訊ねられた。翌日、ジェラードは彼の家族が月に一六〇ドル分の食料援助が認められたと告げられる。家族五人の毎週の食費としてタミーが遣っている額より少ない。アリッサとケイジアは今や一八歳なのだから、当然その収入も世帯収入に含まれますねとフードシェアが主張しなければ、もっとたくさん出ていたはずなのだが。こんなの絶対おかしいよ、とタミーは思う。高校生の子供たちが家計を助けることを州が前提にしているなんて。それでもなお、一六〇ドルというのは大助かりだ。

ホワイトエーカー家が暮らしているのはもうひとつのジェインズヴィルだ。今年、ロック郡でフードシェアを受ける家庭は四万一千軒。組立プラント閉鎖の前年の二倍だ。[☆5] ホワイトエーカー家は街一番の貧乏人というわけではない。家だってまだ手放してはいないし。まあタミーは時折、裏庭にプールのあるステキな家を欲しがってくれるバイヤーを、砂漠に砂粒を探す想いで探すべきなのかなとは思うのだが——そしてもっと家賃の安いところに移るべきなのかなと。この間、ずっと仕事がなかったわけでもない。ただ仕事のある時とない時があって、その賃金が十分ではなかったというだけだ。双子は成績も良いしAPも受けているから、ウィスコンシン大学プラットヴィル校から入学許可を貰っている。ジェインズヴィルから西へ一〇〇マイルほどのところにあるキャンパスで、アリッサのエンジニア、ケイジアの医者の夢にもってこいだ。そのための学費だって何とかする、と自信満々でもある。具体的には決まってないけど。そう、ホワイトエーカー家は最底辺などではない。彼らはただ巨大な下り坂の最中にあるというだけのこと。そしてこの街の多くの家族は、その坂の所為《せい》で単に人生が期待通りのものではなくなってしまったというだけのことだ。

家計の足しにと、タミーはノルウェックスの販売を始めた――彼女のお気に入りの清掃用品のシリーズで、有害な化学物質が含まれていない。カーディーラーから帰った後は、親戚や友人たちの家を借りてノルウェックスの販売パーティ。ちょうどアリッサがタッパーウェアでやっているのと同様だ。

そしてアリッサは、労働時間を延ばす方法を見つけ出したところ。パーカー高の教師の一人が、ヴァーチャル・アカデミーとか何とかいうものに言及した。ジェインズヴィルの学校も参加している州のプログラムだ。これを使えば学生は独自に、オンラインで授業を受けることができる。この街でヴァーチャル・アカデミーを監督する主たる教師はデイヴ・パー。彼は以前、夜明け前のウォルマートで他の買い物客から教員はカネを貰いすぎてるとしつこく怒鳴りつけられたにもかかわらず、今なおジェインズヴィル教職員組合の委員長をやっている。

GMプラント閉鎖の前年にヴァーチャル・アカデミーが発足した時には、その生徒のほとんどは伝統的な教室で学ぶのが苦手な者か、オンラインの方がAPのラインナップが幅広く揃っていることに惹かれた者ばかりだった。デイヴはこの街のティーンエイジャーたちの変化を見てきた。二つの高校、パーカー高とクレイグ高の駐車場のクルマは親が買い与えた新車から、生徒自身が稼いだカネで月賦を払っている中古車に変った。ケイジアとアリッサもその口。クルマ代を捻出したり家計を支えたりするのに、ヴァーチャル・アカデミーは有利だ――そこで学ぶ生徒は、ウィスコンシン州が課しているティーンエイジャーの労働時間制限を免除されている。オンライン・コースは週に七日、昼でも夜でも受けることができ、その生徒は自分自身のスケジュールで学習して好きなだけ働く信認を受けている。このことが、新たに主要な魅力となった。

　アリッサは三つかけ持ちしている仕事のうちの一つ――ママと同じカーディーラーのやつ――の時間を週に一五時間から二四時間に増やせるかも、と計算した。平日の二日間だけ午後一時に入れればいい。だから今月初め、ヴァーチャル・アカデミーが自分に合うかどうかを調べるテストを受けた。その結果、彼女には主体性があり、時間管理能力があり、勤勉で前向きだと判定された。まさにもってこいだ。

　だから一月二四日木曜日午前八時三〇分、つまりメアリが〈フォワード・ジェインズヴィル〉の二〇一三年度の終生偉業賞の受賞者を発表する数時間前に、アリッサはもうパーカー高にはいない。自分で買った黒いASUS《エイスース》のラップトップと共に、家の居間のカウチに座っている。ミニチュア・ピンシャーのロッキーが静かに傍らにいる。アリッサがやっているのは海洋科学、モジュール1・07。「海洋を生きるために適切な場所としているのは何か?」。このモジュールは昨夜読んだが、小テストの前に復習しておきたいのだ。

　今月はもう既に海洋科学の四五の課題のうちの六つを完了している。スケジュール通りにコースを修了できるペースだが、早く上げたいと思っている。課題の一つのためにパワーポイントのプレゼンテーションを作った。「潮流とは何か?」。一月の野外観察のためにロック川に行った――鳥と動物、土手の傾斜、河岸の組成。緑藻類は見られない、と彼女は書いた。鴨もいない。そして次の観察の予測を立てた。一日のうちの同じ時間に行なうのだ。可能な限り変数を一定に保つというのが科学の原理だから。

これまでのところ、彼女のパワーポイントは冬の川の画像と、アリッサがタイプした言葉で終っている。「どうなるのか?」

★

二月四日月曜日、ジェラードは新たな仕事を開始する。彼が仕事を見つけるのに苦労しているという話を聞きつけたタミーの上司が従兄弟に口利きをしてくれたのだ。何でも、修理した自動車部品を修理屋へ卸す会社の支社を営んでいるという。彼は渡りに船と飛びついた。

ジェラードの配達ルートは一日に二〇〇マイル以上。午前六時三〇分にタイムカードを押し、部品の満載されたトラックでシカゴ西部の準郊外の車体工場を回り、そのトラックでジェインズヴィルに戻って来て、それからもしも全てが滞りなく運べば、一〇時間半後にまたタイムカードを押す。シカゴへ向かうイリノイ州内の州間《インターステイト》高速道路の交通がジェラードの不安を掻き立てるようになるまで一ヶ月もかからなかった。郡刑務所時代の閉所恐怖症やパニック障害ほど酷くはなかったが、それでも時折仕事中のタミーに電話して、たらたらと愚痴を吐き出したくなくなるほどには酷い。やれ、クソ忌々しい運転する奴がデカイ顔して走りやがってだの、車体工場のオーナーの野郎があれこれ文句をつけて部品を突っぱねやがるだの、右に曲るなんて解ってるっつーのにGPSの野郎が何マイルも前から右に曲れ右に曲れ右に曲れとクソやかましくってありゃしねえ、だの。

タミーはこうした電話がジェラードのストレスを軽減しているのは承知している。たとえ彼女自身のストレスは増しているとしてもだ。何でこんなことになったんだろう。彼女は家族のためにきちんとした人生設計を立てるタイプではなかった。ただみんなが快適であることを望んでいただけだ。この頃、彼女はアリッサとケイジアに——そして幼いノアにまで——言い聞かせている、あたしたち、人生ゲームじゃ勝ち組だからね。十分なおカネなんてなくても生きる方法を学んだんだから。

ジェラードの一番新しい仕事は妥協の産物だ。時給は一二ドル——生活費としては足りないわけだが、タミーと娘たちの稼ぎがあれば十分だ。だからフードシェアもなくなる。でも仕事は仕事さ、とジェラードは思う、まあまあ生きていけないってわけでもない。

51　夜のドライヴ

「おらおらおら帰るぜ帰るぜこん畜生め!」と男は喚《わめ》きながらドアから飛び出し、テラコッタのタイルの床を早足で突き進む。IDカードをタイムレコーダに滑らせる時にもほとんど減速なし。

フォートウェイン組立プラントの金曜の夜。一週間の仕事の終り。第二シフトの終り——今日は幸運にも一時間の残業があって九時間のシフト、だからこの男が喚いているのは午後一一時四五分。週末を始めるために工場の床に溢れ出す一一〇〇人のGMマンの一人だ。

この集団の一人であるマット・ウォパットは午後一一時一七分にロビーに到着する。ニットキャップを被り、バックパックを肩にかけている。走ってはいないが、やはりとてもとても速く歩いている。金曜の夜の儀式だ。冷え冷えする夜の外気、同僚が今夜も安全運転を、と祈ってくれる。97年型サターンの前で束の間、立ち止まる。金曜日はいつもこのバカでかい駐車場の同じ場所——中列の街灯の下——に駐《と》めているのだ。月曜日にまたここに戻った時に、どこにクルマ駐めたっけと考える必要がないように。そのトランクから雑嚢《ざつのう》を引っ張り出し、とてもとても速く歩き続ける。近くの2003年型ポンティアック・グランプリはもう既にアイドリング中。運転席にはクリス・オールドリッチ。バックシートには自分の身体とドアの間にくしゃくしゃのコートを挟んでいるポール・シェリダン。どちらもジェインズヴィルのGMジプシーだ。クリスが開けてくれたトランクに雑嚢を放り込んだマットは、そのままトランクをバーンと閉めて助手席側から乗り込む。マットがドアを閉めるか閉めないかのうちに、クリスはエンジンを吹かし、轟音と共に発進する。

二八〇マイルの道のりだ。四時間と三五分。まあ捕まらないだろうと思えるスピードよりほんのちょっと速く。マットは電話を出してダーシーに今出たと言う。毎週やっている通り。

クリスがエンジンを吹かしたのはフォートウェインでは午後一一時四五分。ジェインズヴィル時間に合せているのはマットだけではないから、グランプリのダッシュボードの時計は一〇時五四分を告げている。クリスがフォートウェインで働き始めたのは二〇〇九年八月一七日、マットより七ヶ月前だ。クリスはその日を決して忘れない。妻と子供たちが引っ越しを手伝いに来てくれた。だけど彼は「引っ越した」というのが嫌で、フォートウェインに「滞在してる」と言っている。何にせよ、家族は月曜の朝に発ち、彼はオリエンテーションを受けにプラントに向かった。第一シフトだから、この新しいアパートに戻ってきたのは午後三時三〇分。買ったばかりの安物のセットの椅子に座り、壁を睨みつける。一人で。妻と子供たちはもうジェインズヴィルだ。人生最悪の気分だぜ。

それが三年半前。グランプリの走行距離は四万七千マイルだった。今は一三万四四〇七マイル。プラントを出て一〇分足らず、国道114号線に入ろうかというところで、マットがぼそりと言う、「今日で三年目の記念日だ」。

クリスは聞き逃さない。「そんなの祝ってやらねえぜ」、とすかさず言い返す。

マットは既に、仕事に行く前にダーシーに打っていた。「お祝いしてよ、三年目の記念日を」。そして返事が来た。「三年？　もっとかと思った」、そして泣いてる顔文字。

GMのバケーションを織り込んだとしても、この三年の間には真夜中に家に向かって爆走するたくさんの金曜日があった。今週、フォートウェインには一〇インチの積雪があったが、その後融けて今日は晴れていた。今夜は視界良好、ウィスコンシンよりも遥かに平坦なインディアナの農地でのドライヴ、星も明るく輝いている。

「今夜はツイてるな。浣熊《アライグマ》、ダブルでゲットじゃねえか、あ？」とクリス。昨年夏、この国道114号線で、ちょうど同じタイミングで一匹の浣熊が左から、もう一匹が右から飛び出してきて、グランプリは両方を跳ねた。一匹は前のタイヤ、もう一匹は後ろ。

そんなことは毎週はない。

だが今夜は、道路沿いに装飾センスのある家があった。まるでクリスマスみたいにライトアップされているが、緑と金色で、聖パトリックの祝日のシャムロックが飾られている。

それから北に曲って数マイル、それから西に曲って30号線に乗る。四車線に分れていて、クリスとポールとマットはそのルートで合意した。もっと北のインディアナ有料道路を通るジェインズヴィル・ジプシーもいるにはいるが。

30号線を行くと、夏場は道のすぐ下のドライヴイン・シアターに何がかかっているかを当てるゲームができる——クリスとか、あるいは誰にせよ運転を担当してる奴は無理だが、助手席にいる奴が首を伸ばして斜めにスクリーンを垣間見るわけだ。ある時には、物凄い雷雨の中を突っ走ったこともある。遠くまで見わたせるこの平坦な土地では、落雷が真っ直ぐ地面を直撃する様子を見ることができた。

季節を問わず、常にバーボン・バイブルチャーチ*はそこにある。近くを通り過ぎる時には、奇怪なダヴィデとゴリアテの巨大ジオラマが見える。

マットの電話が鳴る。末っ子のブリアが、就寝時間を過ぎてかけてきたのだ。「インディアナだ」と彼は言う。「たぶん三時間くらい。オーケイ、スウィーティ。じゃあお休み。愛してるよ」。

＊ バーボン・バイブルチャーチ：インディアナ州の30号線沿いにある独立聖書協会。

そして今はヴァルパレイゾ。ここでいつものように、パイロット・トラベルセンターというサービスエリアで休憩。ジェインズヴィル・ジプシーの中には次の、イリノイ州境前の最後のファーストフード・ストップまで待つ連中もいる。だがクリスとポールとマットはここがお気に入り。スナックは旨いし、トイレがたくさんある。思い思いのスナックを持って、すぐにクルマに戻る――クリスはテリヤキ・ビーフジャーキー、ポールは普通のジャーキー、マットはスマートフードのポップコーン。それと、噛んで楽しいサワー・パッチ・キッズ一袋、これはブリアとブルックへのお土産。それから北へ、高速49号に乗って、それから西へ有料道路で。

「おまえらクソみてえに制限速度守ってるのな」とポール。ほとんどずっとコートに丸まって寝ていたと思ったら。

「ファックユー」とクリス。「タイヤすっ飛ばしてえのか？」

「タイヤの替え方くらい知っとけや」とポール。

マットが加勢する。「いい仕事してるよ、クリス」。

「サンクス」とクリス。「おかげさまでな」。

そして今や、ゲイリーをひゅーっと通り過ぎる。右側にはその製鋼所のなけなしの生き残りがあり、照明がぱちぱち明滅している。灰色の煙が空に消えていく。炎の煌《きら》めき。ゲイリーはかつて「魔法の街」と呼ばれていた。一九〇六年にUSスティールがやってきて、ミシガン湖南岸に製鋼所を建てた頃だ。[☆6]今やその人口七万八千は一九六〇年の絶頂期の半分以下。二〇〇〇年からでさえ四分の一も減った。[☆7]残された人々の一〇人に四人は貧困だ。ゲイリーはラストベルトがいかなるものかを示す完璧な実例であり、そしてジェインズヴィルはそうならないように必死にあがいている。クリスは運転を続ける。

ジェインズヴィル時間でほぼ午前一時三〇分に、グランプリはEZパス〔日本でいうETC〕で料金所を擦り抜け、イリノイ州に入る——まずはスカイウェイ、それからダン・ライアン高速。一四車線もあるのに渋滞し始める。ダン・ライアン☆8は今日は走りやすい。というのもプラントで残業したお陰でいつもより遅く、「大きな肩の街〔シカゴのこと〕」のほとんどは眠りに就いているからだ。因みに、この渾名《あだな》はこの街に次々と積み重ねられていく仕事の労苦のゆえにカール・サンドバーグが命名した。

空の下にダウンタウンの輪郭が見えてくる。

シカゴのすぐ北で、四人の男を乗せた赤いクルマが通り過ぎる。「運転手はトムだぜ」とクリスが気づく。「後ろのはほぼ間違いなくオリアリだな」。

ジェインズヴィル・ジプシーたちが増えてくる。

マットは数分ほど寝落ちして、ポールと転寝《うたたね》仲間になる。クリスは静かなのが苦手だ。「おめーは実況続けろよ」と目を覚したマットを弄《いじ》る。

タイミング良くマットが起きると、午前二時ちょっと過ぎだが、携帯にメッセージ。先を走っているもう一台のジェインズヴィル・ジプシーのクルマからだ。「マイル標28かその辺、中央分離帯にポリ公」。クリス、減速。九分後、マットがポリ公を発見。「チケットいやーん」とクリス。「払えるかっての」。

一昨年の夏にマットがクルマを停められた時、彼は警官に正直に話した。週日フォートウェインで働いていて、やっと家に帰るところなんです、たぶんちょっとワクワクしすぎてて、だってもうすぐ到着して家族に会えるんですから。警官は解るよと言ってマットを放免した。

ベルヴィディアのクライスラー・プラントを通過。組立プラント閉鎖の際に求人のなかったところ。ロックフォードに着くと、クリスは言う、「ホーム・ストレッチ。二〇分でポールの奴をドライヴウェイに放り出すぜ」。

「ホーリイ・シット、すぐそこじゃないか」とマット。

ポールは静かな鼾《いびき》をかき続けている。

そしてこの時――ジェインズヴィル時間で午前二時四一分――クリスは労働日をフォートウェインで過すことに哲学的になる。「時間の数え方って面白いよな……俺ァあそこで何回クリスマスやらなきゃ、って数えるんだぜ。あと三回、ってな」。

GMマンになったのは一九八六年八月一七日だから、もう二七年になる。当時、ジェインズヴィルは臨死体験を生き延びた後の雇用ブームに沸いていた。本当に最後の日が来た時――二〇〇八年一二月二三日――クリスはプラントで意気消沈しながらデジタルカメラでビデオを撮った。入社日からして、クリスは退職まで三年と七ヶ月。マットは一二年と七ヶ月。

「退職してもよ」とクリス、「おまえらをあそこに放っときたくないんだ。みんなを連れて帰ってやりたい。それが俺の退職後の仕事になるかもな。シャトル野郎になってさ、おまえらを家まで届けてやるのよ」。

グランプリが一七七番出口で州間高速道路から降りた時、ポールが目を覚す。「安心しなよ」とクリスはポールに言う、「一瞬でおまえん家だ」。

午前三時過ぎ、ジェインズヴィル時間で。だってここはジェインズヴィルだから。クリスがポールのドライヴウェイに入って行く。彼を降ろすと、クリスはセンター・アベニューを通ってロック川を渡る。組立プラントはまだ虚ろに立っている。センターウェイ・ストリートからミルトン・アベニューを通り、街の北端にあるマットの豪邸へ。彼とダーシーは何とかそれを維持している。だって彼はジプシーだから。街中を最短距離で突っ切って行く。だけど時には別の道を行くこともある。家にいるのもナイスだし、ジェインズヴィルの街路を見るのもナイスだから。

午前三時二〇分、クリスは暗赤色の玄関ドアのあるベージュの家のドライヴウェイに入って行く。ダーシーは外の電灯を点けておくのを忘れたが、洗濯室の電灯は点けっぱなし――ガレージのドアのすぐ内側、マットが初めてフォートウェインに向かう時、彼女と娘たちが泣いていたところ――で、彼を迎えている。

マットはクリスに二〇ドルをわたす。グランプリのガソリンとオイル交換代だ。「月曜の朝は何時に来てくれる?」とマットは雑嚢をトランクから引っ張り出す直前に訊ねる。

「たぶん八時一〇分、八時一五分」とクリス。「いつも通りさ」。

52 仕事の盛衰

組合であろうとなかろうと、永遠に続く仕事などない。保証などない。セネカ・フーズの労務管理部で働き始めて二年近く、ようやくマイク・ヴォーンはそれを理解した。家族の伝統であるUAW《全米自動車労働組合》の代表が彼の人生だった頃には全く知らなかったことだ。確かに、リア・シーティング社の組合の兄弟姉妹の職場代表を務めることで、かつての彼は形作られた。だが、それだけが彼の唯一の機会だったわけではないことが判明したのだ。

マイクは仕事にも盛衰があることに気づいている。特にセネカでは毎年、最盛期の数ヶ月のために一時的に大量採用することがある。[☆9] 一一〇万平方フィートの処理プラントにはおよそ四〇〇人のフルタイムの労働者がいて、最盛期にはそこに二〇〇〜三〇〇人の臨時が加わる。作物には収穫のリズムがあり、そのほとんどはウィスコンシンの圃場《ほじょう》に生えていて、プラントを通過していく。エンドウ豆は六月から七月末まで、トウモロコシは初秋まででジャガイモと同時に処理され、それからミックスベジタブル、そしてもう一度ジャガイモの季節。マイクは人々にオリエンテーションを受けさせ、人事制度に組み込んでいく。クリスマス季までに最後のジャガイモが処理されてしまえば、もはや彼らは用済みということは承知の上だ。

マイクは通年の従業員だから季節労働者ではないが、この収穫のリズムは彼の仕事にも影響を及ぼす。オフシーズンには彼のシフトは午後三時三〇分から真夜中まで。缶詰シーズンには夜を徹して働く。そしてこの生産シーズンには残業の機会がある。マイクは週に七日、いつでも残業に志願している。六日貰えることもあれば、時には七日全部のこともある。

マイクが残業を買ってでるのは、やらなきゃならない余分の労務管理の仕事があり、そして残業さえしていれば脱落することがないからだ。さらに、徹夜で働くと休みの日の体内時計もおかしくなるから、家にいるくらいならむしろ丑三《うし》つ時にも起きて仕事をしていた方がマシでもある。とはいうものの、可能な限り残業を入れる最大の理由はカネだ。セネカで仕事を始めてから昇給はあったが、賃金はまだリア時代には届かない。だが生産シーズン全部を残業に充てればかなりイケる。彼とバーブはカネのリズムを作り上げた。マイクが夏と秋に稼いだ分の一部は貯金して、寒くて実入りの少ない数ヶ月の間にその一部を遣う——貯蔵食みたいに。こうすればリアの仕事を失う前の水準に近い生活ができる。

彼とバーブは常に節約に努めてきたが、今では貯金が昔よりも大切だと気づいている。一度仕事を失って以来、それは常に彼の頭の片隅にある——同じことがまた起こるかもという恐れを払拭することはどうしてもできない。

そしてもしもう一度そんなことになったとしても、今の彼は自分を信じているしチャンスがどういうものかも信じている。昔の彼にはなかったことだ。全力を傾けて専念すれば、ネガティヴな出来事をポジティヴな結果に変えることができる。これこそが、と彼は認識している、リアの工場のフロアで、組合の兄弟姉妹の小さなグループ相手に彼自身がしてきた助言そのものではないか。何であれ状況を最大限に活用し、新たな計画を立てろというのは。

自分自身で何度も何度もその忠告をしていた時にも、彼はそれが真実だと知っていた。だがそれは頭の中だけのこと――つまり抽象だ。彼は機会を摑むというのがどういうことなのか解っていなかった。ごく間近で、バーブが学校に戻るのを見るまで。生まれてこの方したことのない勉強をしているのを見るまで。彼女に続け。

バーブは新しい仕事でどんどん先へ進んでいる。去年の六月、クリエイティヴ・コミュニティ・リビングサービスは彼女を、住宅コーディネーター／コミュニティ保護から、プログラム・マネージャー／管理者と呼ばれる地位に昇進させた。賃金も少し上がって時給は一三ドルになった。だが今は管理の仕事と、それと彼女の一番のお気に入りの仕事――クライアントを直接手助けすることを兼任している。

自分でも驚いたことに、バーブはリアの閉鎖は生涯最高の出来事だったと信じている。閉鎖のお陰で彼女は自分が逆境に負けない人間だと教えられた。世の中には賃金のためではなく、やり甲斐があるからやるという仕事があることを教えられた。彼女を頼り、昼も夜もなく彼女を呼ぶ発達障害の大人相手の仕事は、しばしば仕事にすら見えないこともある。これも一つの生き方だ。バーブは自分に約束した、リアの組立ラインで肩と手首を傷めた後、郡刑務所での短く憂鬱《ゆううつ》な勤務の後、自分が幸せを感じられないようなところで働き続けるのは二度としないと。彼女はリアを振り返らない。クライアントがどう成長していくか、彼女の助けで自立していけるか、今はただ前だけを見ている。

53 プロジェクト16：49

『シックスティーン・フォーティナイン』の初公開は、アン・フォーベックにとって遠い昔のことのように思える。あれから二年と半年近くが過ぎ去った。彼女と、このプロジェクトでの彼女のパートナーであるベロイトのスクール・ソーシャルワーカーのロビン・スタートは、たった一二ヶ月で女子と男子の避難所を一つずつ作れると考えていた自分たちの甘さを笑っている。

それでも、〈プロジェクト16：49〉の資金集めは進捗《しんちょく》している。かつては身近にホームレスの子供たちがいると考えるだけでショックを受けていたコミュニティで、このプロジェクトは受け入れられている。六月一日、ジェインズヴィルの三六歳になる保険外交員が、自らも少年時代にホームレスだった期間があるということで、三〇日間毎日自転車で街を回ることとなった。合計一六四九マイルを走破して寄付を集めようというのだ。彼はこれをやり遂げ、その過程で一万六千ドルを集めることになる。

去年の春、YWCAがこのプロジェクトと縁を切るという苦渋の決断を下して以来、アンとロビンは夢にも思わなかったほど、非営利団体の設立について学ばされた。〈プロジェクト16：49〉は今や、501（c）（3*）となっている。自らの理事会を持ち、その理事の中にはホームレスの子供も二人いる。理事会は常任理事のなり手を探し始めたところだ。

〈プロジェクト16：49〉のお陰でアンはこれまで、スクール・ソーシャルワーカーとしては想像もしていなかった場所にも足を踏み入れてきた。今日もまた、来たこともない場所にやって来ている──ルーム411サウスと呼ばれる金ピカの会議室だ。ウィスコンシン州議会議事堂、ウォーカー知事執務室の三階上にある。三月中旬、レイバーフェストでホームレスの子供たちの中から二人を馬車に乗せ、メイン・ストリートをパレードしてから六ヶ月になる。午後早い時間、彼女はウィスコンシン州の第一回ホームレス・ユース・シンポジウムで証言するためにここにいる。ジェインズヴィル選出の州下院議員一期目の三ヶ月目、もはやヘルスネットの水曜日のボランティアではないデブラ・コルストが、オークの証言席を囲む机の外辺部に座っている。証言席にいるのはアンとロビン。ウィスコンシン州でホームレスの子供たちと関係する全ての職業人の中から、シンポジウムに招聘《しょうへい》する四人の「コミュニティの声」としてアンとロビンが選ばれたのだ。

アンはこれまで、どこであれ証言などしたことはない。だがその話しぶりは堂に入ったものだ。彼女はデブラをはじめとする金ピカの部屋にいる立法者たちに、ジェインズヴィル学校組織は今年、夜間に睡眠を取るための決まった場所を持たない生徒たち九六八人を抱えています、と話す。この生徒たちのうち、一七〇人は大人の助けなしに独力で暮らしています。この子たちこそ、と彼女は言う、〈プロジェクト16：49〉が助けようとしている生徒なのです。

「ほとんどの場合、子供たちは家から家を転々とします」とアンは証言する。「私たちは子供たちが極度の憂鬱、極度の不安を抱えているのを見てきました。子供たちに未来をあげたいのです」。

アンとロビンはドキュメンタリーの一部を見せる。ブランドンが学校の階段に座り、母親は卒業式に来ないだろうと言っている場面で終る。立法者の中には、初めてこの映画を見た試写会の人々のように涙ぐんでいる者もいる。

アンは自分の宿題を済ませた。フィルムが終わると、あたかも彼女は州議会議事堂でのロビーの大ベテランであるかのように言った。「私たちは幾つかの法的措置を結集することを望んでいます」。この子供たちが援助を得ることは遥かに容易になるでしょう、と彼女は言う、もしも州法が、一六歳や一七歳の子供たちであっても同意する保護者もいない場合、自分で居住支援やバジャーケアに申し込むことを認めてくれるなら。彼女はオレゴン州で見つけたモデルとなる法律を持ってきた。ベロイト選出の立法者がアンに、オレゴンの法律を見られて助かりましたと言う。それで保証されたわけではない、だがたぶん、スタート地点には立てただろう。

54 グラスには半分以上残っている

同じく春の週末、ポール・ライアンはいつものようにキャピトル・ヒルから自宅に戻っている。今夜の彼は小さなステージから、ホリデイ・インの宴会場をぎっしり埋め尽す七五〇人の裕福なジェインズヴィルの市民を見わたしている——メアリ・ウィルマーが〈サークル・オヴ・ウィメン〉に惨めな少女時代を打ち明けた場所、そしてロック郡の共和党支持者たちが集まって、地元っ子がホ

＊ 501（c）（3）：501（c）はアメリカ合衆国の内国歳入法（USC 26）第五〇一条C項の規定により課税を免除される非営利団体。そのうち（3）は、「宗教」、「教育」、「慈善」、「科学」、「文学」、「公共の安全のための検査」、「アマチュアスポーツ競技の振興」、「子供または動物に対する虐待の防止」のいずれかを目的とした団体。

ワイトハウスへのチャンスを失うのを見た場所だ。

副大統領選挙遊説の旅でのポールの体験は、たまたま彼の今夜の論評の主題となっている――個人的で気まぐれで、感傷的で地元愛に満ち満ちた論評だ。この四月最後の金曜日は、〈フォワード・ジェインズヴィル〉の年に一度の晩餐会。この商工会議所は、何としてでも街の経済を復興させんものと狂奔《きょうほん》している。〈フォワード・ジェインズヴィル〉のメンバーである街の実業家や市民団体のリーダーたちは、隙間なく詰め込まれた円卓に就いている。何しろポールを基調講演者に招いたこの二〇一三年の晩餐会は記録を塗り替える大盛況だ。チケットは何週も前に売り切れた。

各テーブルは重い砂色のテーブルクロスで覆われ、各席にはプライム・リブのオランデーズソース、それに記念品として緑の文字入りの透明なタンブラーが置かれている。曰《いわ》く、「グラスの中身は半分以上残っている」*。

ジェインズヴィルの経済危機の初期に、メアリがスローガン――みんなが楽天主義のアンバサダーになる必要があります――を披露した時には街の住民の一部は嘲笑ったものだが、〈フォワード・ジェインズヴィル〉はそれを受け入れた。滲み出る楽天主義は〈フォワード・ジェインズヴィル〉の信条と戦略の中心にある。この組織には今や、ボランティアの「善意のアンバサダー」の中核がいる。彼らはテープカットに参加し、少なくとも年に一度は全ての〈フォワード・ジェインズヴィル〉のメンバーの職場を訪問する。

この夕べのプログラムの開始にあたり、ポールの話の前に〈フォワード・ジェインズヴィル〉の会長であるジョン・ベコードが登壇してビデオを見せる。この時のために特別に作られたビデオで、その目的はジョンの言う「そのー、コミュニティ内、特に匿名のネット上のコメントに蔓延している否定的な態度」を嘲弄することだ。

『ひねくれブロガーたち』というのがそのビデオのタイトル。内容は、ジェインズヴィルの経済に関する楽天的な統計と、悲観論者のブロガーらしい激烈なタイピングや愚痴を描いた漫画とを並列させたものだ。ビデオは「雇用機会の復活」を祝し、二〇一〇年初頭以来、ロック郡で四一の企業によって一九二四件の雇用が創出されたと示す。

宴会場の後ろの方のテーブルにいるジョブセンター所長ボブ・ボレマンズは、ぶつくさとブロガーたちに対するシンパシーを呟いている。「その通りじゃないか」。ボブは市民運動のリーダーとして今夜の晩餐会に参加したが、グラスは半分以上満たされているという、ここにいる大半の人々の見解と意を同じくするものではない。

二千件近い新規の雇用というのは大したものだ。だがビデオもジョンも言及しないのは、この郡の雇用は今なお、GMがプラント閉鎖を告知した時に比べて四五〇〇件も少ないということだ。ビデオのハイライトは、ジェインズヴィル・イノヴェーション・センターが今月オープンするとの告知。連邦の助成と市のカネで創られたもので、スタートアップ企業養成のためのオフィスと工場用地を提供している。だがこれまでのところ、センター内のレンタル用地に興味を示している駆け出

＊ グラスにはまだ半分以上……：glass half full は「半分しか残っていない（half empty）」ではなく「半分も残っている」と捉える表現で、物事を楽観視することを意味する。

し企業はほとんどないという事実には全く触れられない。

ビデオが終ると、ジョンはマイクに戻り、〈フォワード・ジェインズヴィル〉の雑誌の最新号を宣伝する。総力特集は「ジェインズヴィル、ロック郡、そしてウィスコンシン州の未来について楽天的になるべき三三の理由」。彼は聴衆に語りかける、「私たちは誰もが楽天主義のアンバサダーになれる、そしてまさに今、体験している復活の物語に参画できるという見解を唱道している」広告板を思い起こしてくださいと。それからジョンはメアリを紹介する。この女性こそ、ジェインズヴィルの未来に楽天的になるべき三四番目の理由なのです、と。

エレガントな黒いドレスで登壇したメアリは、三年前のこの同じ晩餐会の話から入る。あの時、彼女とダイアン・ヘンドリクスは「この壇上に立ち、たぶん少しショックを受けていらっしゃる聴衆の皆さんを眺めていました。……私たちは皆、本当に苦しい時を体験してきましたので」。それ以来、とメアリは言う、「私たちはコミュニティとしての自分たちを憐れむことを止め、希望とインスピレーション、そしてモチベーションを持つに至ったのです」。

ジョンと『ひねくれブロガーたち』のビデオ、それにメアリ自身は、確かにグレート・リセッションのどん底以来のジェインズヴィルの何らかの進展を証言しているだろう。だが同時に彼らはまた別のものをも証言している――経済発展を求める十字軍である彼らと、その他多くの街の住民の実体験の間に横たわっている楽天性のギャップだ。

二つのジェインズヴィルは今なお、自らを――そして自らのコミュニティを――取り戻そうと苦闘している。両者はいまだに、古き良き「為せば成る精神」を棄ててはいない。それでもなお、この春までにロック郡の人々に経済は回復したかと訊ねれば、一〇人中六人近くがまだだと答えるだろう。別に驚くようなことでもない、景気後退が始まった後で仕事を失った人——あるいは、仕事を失った人と同居している人——の三分の二は、経済はまだ回復していないと答えるだろうから。

さらに、メアリとその仲間の楽天家たちと、それ以外の街の住民の間のギャップに関するもうひとつの報告がある——とある調査によれば一〇人中六人近くの人が、ロック郡は今後、かつてのように労働者が自分の仕事に安心感を持つことのできる場所、あるいは働く意欲のある人には誰にでも良い賃金の良質な仕事が提供される場所には戻らないだろうと考えている。それ以外のほとんどは、そのような場所に戻るには長い時間がかかると考えている。ロック郡が既に、かつてのような安定した雇用の——あるいは、良い賃金の良質な仕事の——街に戻ったと考えているのは五〇人に一人にすぎない。

全般的に見て、半分より少し多いくらいの人が不況が始まる前に比べて家計状況が悪化したと述べている。だが仕事を失った——あるいは同居人が仕事を失った——人に限ると、暮らし向きが悪くなったと述べているのは四分の三近くに上る。そしてまた、以前よりも賃金が低くなったのは全体としては半分より少し多いくらいだが、転職者の中ではそれが三分の二に上る。

つまり、これこそが二つのジェインズヴィルなのだ——被害を免れた者と今も苦しんでいる者。いずれも強い熱意を持って古き良き「為せば成る」精神にしがみついているのは変らないのに。

今宵、仕事を失ったり賃金が減った者たちはこの宴会場には一人もいない。会場内の宴会客らがデザートの苺とチョコレート・ムースのチューリップ・グラスを貪《むさぼ》る中、壇上のメアリは言う、プラント閉鎖直後の暗くて茫然とするような日々以来、売上税収入は増え続け、工場の稼働率は上がり続けています。このコミュニティが成し遂げた進歩はまさに驚くべきものです。

それからポールが壇上に向かう。スタンディング・オヴェイションが長々と響きわたる。それを聞く限り、ジェインズヴィルが——まさに彼の区画で——僅か五ヶ月前に、彼を副大統領としても議員としても拒絶したことなどほとんど忘れてしまいそうになる。〈フォワード・ジェインズヴィル〉はメアリの言う楽天家だが、同時にまたポールの支持者でもある。彼らは彼の選挙遊説のエピソードを賛嘆して聞き入っている——「大砲の中に詰め込まれてこの国に打ち出されたみたいな感じ」という体験だ。これはウィスコンシンの州の動物に因《ちな》んで「空飛ぶアナグマ《フライング・バジャー》」と名づけられた遊説用飛行機の話。そして彼らは、彼が今宵、ジェインズヴィルに届ける恋歌に聞き入っている。僕をどこまでも追い回してくる百戦錬磨の全国紙の記者団には、お気に入りのウィスコンシンのサパークラブ「ザ・バックホーン」まで嗅ぎつけられたよ。高校時代の恩師と、それからベテラン報道記者のスタン・マイラムが全国放送のTVに出てきて、この僕やジェインズヴィルについて説明するのを観たね。家族を故郷に残してきたホテルの部屋ではホームシックに駆られるよ。「まあ、厳密に言えば孤独じゃないよ。二〇人からのシークレット・サービスがドアのすぐ外にいるわけだし、中にはマシンガンを持った奴までいる。スタッフもいるし、法執行官はいるし、まあこういう他人は周囲にいるわけだ。だけど夜にベッドで寝る時、考えるのはこの場所、僕が生まれ育ったこの場所のことなんだ」。

彼らは彼が語る帰郷への頌歌《オード》を気に入っている。つい何時間か前にもやったように、ワシントンからミルウォーキーまで飛び、クルマで家まで戻る。弓矢で狩りをする場所を通り過ぎる。子供の頃に芝刈りをしたライアン有限会社を通り過ぎる。高校時代にクルマを洗った葬儀場を通り過ぎる。少年の頃に教会に通い、今では自らの家族を連れていくセント・ジョン・ヴィアニーを通り過ぎる。いつもいつも、と彼は言う、「同じ気持ちになる――ワシントンDCのストレスが文字通り、振るい落とされていく……この街に戻ってくるとね。ここに住む安心感は言葉では言い表せない。何かに、何かの場所に確かに属しているという感じ、自分自身よりも大きなコミュニティの中に住んでいるという安心感だ」。

ポールは今や、より大きな点に手を伸ばす。つまり「アメリカの理想」。最近考え出したキャッチフレーズで、彼の財政上の保守主義と、苦心して創り上げている、貧困に対する共和党的アプローチの創設者という新たなアイデンティティを融合させるものだ。「アメリカの理想」は、生活上の援助を必要としている人が見るべきは「ニューディール」や「偉大な社会」が推奨する政府ではなく、自分の属するコミュニティの中にある寛大さとリソースである、というポールの信念の新たな表現だ。ジェインズヴィルは、と彼は言う、「極めて多くの献身的な人々のいるコミュニティだよ……ご存じのように、ヘルスネットだのECHOだのを大層気にかけているコミュニティだ」。

ポールが一切言及しないのは、その窮乏はあまりに大きく、ジェインズヴィルが今も誇りとしている慈善には限りがあるということ。ゆえにそのヘルスネットは水曜日毎に引き受ける新患の数を大きく削減しなければならないこと、そしてECHOは始業の二時間も前から人が並んでいるにもかかわらず、一回あたりの割り当ては四〇人までに制限されていることだ。ポールは依然として自らの恋歌に浸り込んでいる。「まさに驚くべきコミュニティだ。家族を養うのにまたとないコミュニティだ。そして毎週末に帰るたびに、何と特別な街なのだろうと思う。そしてこの街を見わたす、文字通り何世代にもわたってここにいる人々を見る。社会科学者たち、彼らはこれを市民社会と呼ぶ。僕はそれをウィスコンシン州ジェインズヴィルと呼ぶ」。

ポールの話も終りに近づき、七五〇人の実業家と市民運動のリーダーはプライム・リブとデザートのムース、それに地元っ子の言葉を堪能した。「ポイントは」とポールは言う、「この街に世代を重ねる家族がいるのには理由があるのだ。その理由はしかとは解らない。だが、この選挙運動中にジャンナと僕がこの街で——民主党の街だ、そして言うまでもなく、僕は共和党員だが——学んだことがあるとすれば、それはこの街には絶対的な暖かさ、もてなしの心、コミュニティ、『ぼくらはここに一緒にいる』という精神があるということ。それこそがこの街を偉大にしている。それこそがこの街を故郷にしているんだ」。

〈フォワード・ジェインズヴィル〉のメンバーは総立ちだ。そしてこのスタンディング・オヴェイションを見れば、ポールが最初に登壇した時のそれは単なる準備運動にすぎなかったのだと思わざるを得ない。彼らは彼のメッセージに打ち震えている。そしてポールもまた、仲間の楽天家たちに取り巻かれて打ち震えている。この春の夜の柔らかな風を浴びに出ようともせず、ポールはその場に留《とど》まっている。妻のジャンナ、兄のトビン、義姉オークリーと共に突っ立っている。宴会場の入口に向かって立ち、旧友に挨拶している。その多くは選挙運動以来だ。

ポールと同様、ボブ・ボレマンズにも早々に退散する理由はない。妻のダイアンは週末で家を空けている。演説が終わると、彼は宴会場とホテルのロビーを繋いでいる廊下にふらふらと出て行き、袖椅子に掛ける。この週末が終れば最新のプロジェクトに戻らねばならない。地元企業に援助を頼み、失業者に新たなスキルを教える革新的な方法を立ち上げるという事業だ。ジョン・ベコードとメアリとポール、そしてこの宴会場に鮨詰めになっている彼らの仲間の楽天家たちによる景気の良い話が、ジョブセンターのドアを通ってくるものとは今なお全く食い違っているということをボブはよく知っている。

今夜、すなわち二〇一三年四月二六日で、ゼネラルモーターズが街を撤収してから四年と四ヶ月と三日。「まだまだ前進していけるだろうと楽観的だった」とボブは思う。「状況を鑑《かんが》みれば、われわれはできる限りのベストを尽したと思う。それで回復しただって？　馬鹿な」。〈フォワード・ジェインズヴィル〉の人々は、ボブの見るところ、現実を砂糖で包めばジェインズヴィルを新たなビジネスにとってより魅力的に見せられると信じている。だが彼の見立て通り、多くの人は今なお傷ついており、今なお住宅ローンや家賃が払えていないというのが厳然たる事実だ。「ただ座して、ものごとは平常に戻ったなどというのは嘘っぱちだ」と彼は考える。「現実を受け入れられない人は問題だ」。

ポールをジョブセンターに招いて、センターの仕事ぶり、この間ずっとまともな仕事を必要としている人々を見てくれと説得するのは、もう数年前に諦めた。だが、ええい、ままよ。ボブは立ち上がって宴会場に戻る。そこでは部屋の向こう側で、ポールが今も握手したりハグしたりサインしたりしている。ボブは群衆の端に立つ。遂に人の数も減り、〈フォワード・ジェインズヴィル〉のメンバーが三々五々、「グラスにはまだ半分以上」と書かれたタンブラーを手にホリデイ・イン・エクスプレスの駐車場へ向かおうとしている時、ボブとポールは顔を合せる。

ボブは下院議員に自己紹介し、名刺をわたす。ボブはポールに、ジョブセンターに立ち寄ってくださいと言う。ポールは快活ムードだ。もちろんだとも、と彼は言う。喜んで伺うよ。

ボブは歩いて立ち去る。この楽天主義に浸った夜に、ポールには彼が知るジェインズヴィルを一《いち》瞥《べつ》しに来るつもりなんてあるのだろうかと訝《いぶか》りながら。

55　卒業の週末

六月初旬——ゼネラルモーターズが組立ラインを閉鎖すると告げてからあと一週間でちょうど五年。卒業シーズンが到来した。

マット・ウォパットは一六年もののサターンでブルックの卒業式に行けるかどうか心配してきた。このクルマは最近、何かと調子が悪くて言うことを聞いてくれない。先月は義理の娘であるブリタニーの結婚式に出るために、珍しく木曜日に一人で家まで帰る予定だった。だがその三日前の夜になって、フォートウェインの組立プラントを出たばかりのところでいつものようにダーシーに電話をしていた時、いきなりのトラブルに見舞われた。「何てこった、ライトが点かないぞ」と彼はダーシーに言った。さらに、五マイル向こうのウィロウズ・オヴ・コヴェントリーのアパートへ向かうために州間高速道路69号線に乗ろうと北へ曲った途端、ヘッドライトもリアライトも、ダッシュボード・ライトも点かなくなった。仕方なくそろそろと道路の路肩に寄せたところで、クルマは完全に死んだ。

幸い、ウィスコンシンのもう一人のGMマンがすぐ後ろにいてくれた。あまり知らない男だったが、同じウィロウズ・オヴ・コヴェントリーのアパートの住人だ。男は自分のクルマを停めて彼を乗せてくれた。

犯人はオルタネータだと判明した。交換費用が二一〇ドル、それにレッカー代も。翌日は遅刻する羽目となった。そんなこんなで、フォートウェインにもう一台のクルマを持つというのは家にいるよりも遥かに高くつくと改めて思い知らされたのだが、新しいクルマなんて買ってるカネはない。実際、彼とダーシーはブリタニーにもう一年待つように説得していた。二一歳というのはいかにも若すぎるし、それにもうすぐ彼女の従兄弟とブルックが高校を卒業するから、そのパーティと重なるのも苦しい。だが恋人と早く結婚したくて仕方のないブリタニーが耳を貸すはずもなく、オルタネータを交換したサターンは五月四日の結婚式の帰省を何とか走り切ってくれた——スターウォーズ・デイというわけで、ケーキの上にはハン・ソロとレイア姫が鎮座していた。インターネットで叙階を受けて既に三人の従兄弟の結婚式も済ませているマットの父マーヴが式を司宰《しさい》した。

ありがたいことにサターンは、ブルックが卒業する週末にも家までのドライヴに耐えてくれた。そんなわけで今は蒸し暑い日曜日の午後、空は今にも降り出しそうな午後一時、開式まであと一時間。式を室内で挙行することが決定され、会場はミルトン高のフットボール場から体育館に移った。つまり最高の観覧席のチケットが十分にないということだ。マットは一方の端のかなり良い席にダーシーとブリアと共に座っている。反対側、体育館の後ろに向かう上の方の列にブリタニーとその夫、マットの姉妹ジャニスとその夫、マットの甥、ダーシーのパパ、ダーシーの姉妹と義理の兄弟、そして当然ながら、ハーレーに乗って卒業式に駆けつけてきたマーヴがいる。マーヴは今もロック郡管理委員を務めてはいるが、実を言うとその退職後の時間をジェインズヴィルとフロリダに分けている。後者に愛人がいるので。だが今は家族のほとんどが一緒にいる。本来の場所で。故郷だ。

二〇一三年度のミルトン高校生全員が体育館に集結する。女子はクリムゾンの帽子にガウン。男子は黒。

マットはサムスンのカムコーダを摑み、ダーシーはカメラを構え、ブリアは携帯電話のカメラを使っている――GMが今も支えている中産階級の生活の小さな象徴たちだ、二つの場所で生活するのは余計なカネがかかるにしても。撮影開始を今か今かと待機するマット。娘が体育館の裏口に姿を現し、スクールバンドの奏でる行進曲「ファンファーレ」のカデンツに乗って自分の席に向かう。「ブルッキー」とダーシーが叫ぶ。アルファベット順の終り近くになって、ようやくブルックは入場口に来る。きらきらと輝く大きなBの文字が角帽を飾っている。

二三五名の卒業生全員の名があるプログラムに、クラスのモットーが書かれている――「現在の状況の中でベストを尽す人は、ものごとをベストにする」。

ブルックは、現在の状況の中でベストを尽す方法は、少なくとも今のところはこの街に留まることだと判断した。家で生活を続ける。理学療法士になることを考えていたが、入学は秋にする方がUロックでは一般的だ。パパはあまり家にいないから、家を出たら高校時代よりもさらに会う機会が減ってしまうし。

午後二時二分、スクールバンドが演奏を止め、四年生の委員長が立ち上がって同級の卒業生に向かって式辞を述べる。「今日から私たちは、実社会に入ります。そこでは可能性は無限です。一所懸命にやるならば、何にだってなれるのです」。それから二人の成績優秀者と校長のスピーチ。誰一人として、ジェインズヴィルの可能性は昔ほど無限ではないことなどおくびにも出さない。合唱部[☆11]がガース・ブルックスの「ザ・リヴァー」を歌う——急流に乗り出せ、流れを踊れ、河岸に座るな。

午後三時を回り、ブルックが壇上で卒業証書を受け取る。ウォパットはアルファベット順のどん尻に近いから、後ろから六人目だ。マットとダーシーは大喜びで手を叩いている。マーヴの轟きわたる声に助けられ、家族からブルックへの大声援は観覧席の両側から上がる。

★

タミー・ホワイトエーカーはモントレイ・スタジアムの観覧席の階段を上がっている。あと三時間半でパーカー高校の卒業式。このスタジアム[☆12]が建てられたのは一九三一年のことだ。ジェインズヴィル市と学校組織がトレードマークの官民協力で力を合せ、ジェインズヴィル名物である多くの公園のひとつに陸上競技とフットボール場、観覧席を作るための政府助成金を勝ち取った。このモントレイ公園はちょうどロック川の川幅が狭まっているところにある。あのバカでかいゼネラルモーターズの組立プラントの対岸だ。それはこのスタジアムができる八年前からシボレーを製造していた。

タミーや多くの親たちがこんなに早くからここにいるのは、今夜の式のための良い席を確保するためだ。コンクリートの観覧席の小さな区画に毛布を広げて場所を取る。その他の準備もほとんど万端整っている。明日の午後の娘たちの卒業パーティに必要なものはたいてい彼女の両親が提供してくれた。母親はケイジアの手を借りてミートボールを二〇〇個も作った。ジェラードの母親と仲の良い、上の従姉妹がそれ以外の料理を担当。もちろん、みんな大好きチキン&スタッフィング・サンドイッチも。タミーはおカネを払うわと言ったけど、従姉妹は受け取らなかった。助かった。

この卒業式前の数時間でまだ決まっていないことのひとつは、アリッサとケイジアがどうやってウィスコンシン大学プラットヴィル校の学費を払うのかということ。二人とも一〇月に既に入学許可を得ている。冬の間、二人は小論文を書き続け、見つけ出せる限りの奨学金に応募して、さらに政府の学費援助書類も書きまくった。ケイジアは二人の学資援助パッケージに気を揉んでいる。その内容がまだよく解っていないのだ。彼女とアリッサは自分たちの収入を全て書き出さなくてはならない――彼女は今年八千ドル、学生にしては凄い稼ぎ――それと両親の収入も。すると、彼女の家族が現実よりも簡単に学費を出せそうな錯覚が生じてしまう。

優秀な評価点、APのコース、Uロックのクラスを綜合すると、二人はトップの成績で卒業しようとしている。アリッサはGPA《成績評価点平均》が四・一五、パーカー高の卒業生三二四人中一二位の成績だ。ケイジアはGPAが三・七で三三位。だから先月、パーカー高のシニア・アワーズ・セレモニーへの招待状が来ても——ワクワクはしたが——驚きはなかった。遂に、何かを摑んだということだ。

そのセレモニーはがっかりだった。今日日《きょうび》、コミュニティから貰える奨学金は潤沢ではない。アリッサとケイジアはヌーン・ロータリーからそれぞれ千ドルずつ、それと小学校の時の教師の名前を冠した奨学金を一〇〇ドル貰った。それとアリッサはジェインズヴィル・コミュニティ基金から千ドル貰い、そして大学の成績が良ければまた貰えることになっている。☆13 どれもまあ、ありがたいのはありがたいのだが、学費と寮費を合せると一年目だけで一人一万五千ドルもかかることを考えると、焼け石に水だ。

それと、二人は八年生の時にウィスコンシン・コヴナントに応募していたことが判明した。成績は少なくとも平均Bを維持して、さらにボランティアもしますという約束だ。これをきちんと守ったので、初年度に五〇〇ドル貰えるという。大した金額ではないが、あの時ちょうど八年生でラッキーだったと思った——ウォーカー知事はこのプログラムを廃止してしまったので、今の子はコヴナントに応募することはもうできない。

これらの奨学金以上に、二人はできる限り働くことにしている。ケイジアはプラットヴィルで二つの仕事をかけ持ちし、アリッサは隔週末に帰宅して、ママが働いているカーディーラーの仕事を続けるつもり。だがそれでもまだ足りない。七月のある日、利息一一%で八千ドルの民間融資を受けた後、アリッサはフェイスブックに次のように投稿することになる。「教育を担当している人が、実は教育なんて受けさせたくないんだなって感じる瞬間。自分に相応《ふさわ》しい教育を受けるために馬車馬みたいに働かなきゃなんて」。

だがそれは一ヶ月後の話だ。今日の午後はまだ、アリッサとケイジアは卒業式の準備に専念している。髪をコークスクリューに巻いて、ケリーグリーンの角帽にガウン。時間になると、ホワイトエーカー家はみんなをスタジアムに連れて行くために数台のクルマが必要になるが、タミーは既に全員分の毛布を広げている。今や一四歳のノアとそのガールフレンド。アリッサのボーイフレンドのジャスティン。ケイジアのボーイフレンドのフィル。母方と父方の祖父母。ジェラードと彼女。

彼らが毛布に座ったところで、一人の男がジェラードに「ハーイ」という。組立プラントの顔馴《な》染《じみ》だが、連絡は取っていなかった。そもそもゼネラルモーターズ時代の知り合いのほとんどはもう連絡を取っていない。

下の正面、フットボール場の端のトラックにいるデリ・ウォーラートが今年の卒業式を仕切る。ハグをし、子供たちや親たちの質問に答え、ものごとを滞りなく進めようと懸命だ。去年、彼女はパーカー・クロゼットの子供たちのために卒業パーティを主宰した。風船とプレゼント、学校管理者、それにやる気の出るスピーチを交えた昼食会。ホワイトエーカー家の双子と違って、クロゼットの子供たちの中には家でパーティをしない子もいる、と彼女は考えのだ。今年はもっと控え目にした──マーブルケーキと苺のフロスティングだ。クロゼットの卒業生四〇人中三二人が出席した。デリを助け、ケイジアをクロゼットに連れてきたAPの心理学教師アミ・ヴェヌーティも来た。来られなかった子は仕事があったのだ。

午後七時、完璧な夕べ。まだ明るくて気温は二〇度前半、微風が吹いている。「威風堂々」の調べに乗ってパーカー高の二〇一三年度の卒業生が二列縦隊で行進し、トラック上の白い折畳み椅子に向かう。アリッサとケイジアは一番前だ。というのもクラス代表に選ばれているからで、傾斜路を上ってフットボール場の端の、ケリーグリーンのリボンで飾られた小さな演台の上の席に座る。

パーカー高の二〇一三年度の卒業式のテーマは「この日を捉えよ《カルペ・ディエム》」。校長のクリス・ラウイが現在を支配することの重要さを説く。何故なら未来は見えないのですから。学生諸君はそれぞれにこの日を捉えました。中には自分と家族を支えるために二つの仕事をかけ持ちし、一日も休まずに学校に通った女子もいます。これは何もアリッサやケイジアのことではない。いや、そうだったのかもしれないが。

数学教師ジョー・ダイはかつてパーカー高フットボール部の主任コーチで、今は陸上部のコーチをしているが、回復力に関する即興の話の中でそのチーム名を借りてきた。「君らは〝ヴァイキングズ〟だ」と彼は卒業生に言う。「困難があれば、ヴァイキングはそれと戦う。嵐があれば、ヴァイキングはそれを乗り切る。無風の時も嵐の時も、ヴァイキングは漕ぎ方を知っている」。

ジェインズヴィルの学校組織それ自体が、最近では予算削減と入学者数の減少に見舞われ、ヴァイキング的な作戦を強いられてきた。今年、教育長は中国へ行って関係を築いてきた。将来的に中国の学生をジェインズヴィルの学校に通わせる算段だ——一人当たり年間二万四千ドルで。ジェインズヴィルの古き良き起業家精神の煌めきだ。

午後八時前、校長は卒業生たちに告げる。「それでは、卒業証書授与」。彼はクラス代表の名前を呼ぶ。アリッサとケイジアもそのうちにいる。彼らは順番に卒業証書のケースを校長にわたし、パーカーの生徒が一人ずつ演壇を横切る。八時三〇分を過ぎた頃、アリッサとケイジアが自分自身の証書をわたされる。それから数分後に、ロック川の河岸に花火が上がる。

少女たちの名が呼ばれると、没しようとする夕陽が対岸の虚ろな組立プラントに黄金の輝きを投げかける。三〇年勤め上げて結構な年金暮らしの祖父たちも、一三年で追い出されたパパも、もう見向きもしないけれど。

エピローグ

二〇一五年のハロウィンの前の水曜日、目を覚したジェインズヴィルの人々は『ガゼット』紙の見出しを見せられた。「終った」[☆1]。最後のタホが組立ラインから出て来て七年、ジェインズヴィルがゼネラルモーターズ全社の中で「待機中」の煉獄《れんごく》に割り当てられた唯一の組立プラントとなってから四年、同社とUAW《全米自動車労働組合》は新たな合意を締結し、それによってこの空虚な怪物《ベヒーモス》は異なるカテゴリ――恒久閉鎖――に入れられることとなったのだ。ここ数年、市は政治的見解と経済状況によって分たれた二つのジェインズヴィルに分裂しつつある。閉鎖されたプラントをどうするかに対する見解が、明らかな分断線となっていた。実業家や経済開発リーダーらはGMに対してプラントの恒久閉鎖の公式宣言を促してきた。跡地を売却し、新たな目的のために再利用するためだ。その日の朝、彼らは喝采した。だが元従業員の多くはこの間ずっと、プラントがいつの日か再開することを願ってきたのだ。彼らにとって今朝のニュースは、特に合衆国の自動車産業が記録的な売上を上げたことと相まって、まるで弔鐘のように感じられた。

強大な不況の最悪の部分に苦しめられた小さな町とはいえ、その運命は一様ではない。広範にわたる外部の力――連邦政府と州、産業と労働者――が、かつて豊かだった中産階級を支えきれないまま、ジェインズヴィルはかなりの程度まで自分自身のリソースに頼る以外になくなった。幸運なことに、これらのリソースの中には、経済的に傷ついた他の幾多のコミュニティよりも多くの寛大さや創意工夫が含まれており――辛辣さは少なかった。それでもなお、時間の経過と共にある者は成功している。ある者は悲嘆に暮れている。ある者はまあ、ぼちぼちだ。

ジェインズヴィルで起こったことに対するこのような理解は、二〇一六年の大統領選挙の後の社会通念とは一致していない。この選挙は合衆国史上、最も驚くべき逆転に終った。ドナルド・トランプがヒラリー・クリントンを下したのだ。現在の社会通念によれば、非正統的な共和党員（ポール・ライアンを初めとする多くのGOPのリーダーたちとの関係がよろしくない）こそが、白人労働者階級や落ちた中産階級など、自分たちの苦痛や憤懣《ふんまん》を理解してくれない政府に対する悲嘆を溜め込んできた人々にとってのなけなしの希望のシンボルとなったのだという。確かにジェインズヴィルに起こった経済的破局は、こうした悲嘆に燃料を焼《く》べた運命の逆転だ。そして今日のジェインズヴィルには確かにこの選挙を象徴するような二極化が起きている。二〇一六年の選挙では、予想に反してウィスコンシン州は三二年ぶりに共和党を支持した。だがそれでも、これだけ多くのことを経てもなお、ジェインズヴィルの民主党的アイデンティティは保たれている。[☆2]ロック郡の投票者の五二％はクリントンを支持した。四年前のオバマの得票差よりも[☆3]一〇ポイント近く少ないとはいえ、その減少が生じた理由は主として民主党に投票する人が減ったからであって、共和党支持者が増えたわけではないのだ。

そんなわけで、大不況《グレート・リセッション》が形の上では終結してから七年半後に、ジェインズヴィルの調子は実際にはどうなのだろうか？　驚くほど良い、あるいはそうでもない。それは測り方次第だ。[☆4]最新の統計によれば、ロック郡の失業率は驚くなかれ四%以下にまで落ちた。今世紀になって以来最低の水準だ。[☆5]大不況の直前と同じだけの人が今では仕事に就いている。配送センターが来て、[☆6]フリトレーやホーメル・フーズなどのベロイトのプラントが人を雇っている。中にはさらに遠くで働いている者もいる。朗報だ。とはいえ現在仕事のある者が全員、期待通りの快適な生活を送るのに十分な収入を得ているわけではない。郡内の実質賃金はプラント閉鎖以後は下落したまま。そして[☆7]合衆国の一部には工場の雇用も現れているが、ロック郡はその限りではない。郡内には二〇一五年の時点で製造業の雇用が九五〇〇あった——二〇〇八年よりも四分の一近くも少なく、一九九〇年と比べれば四五%近くも少ない。

[☆8]ジェインズヴィルの経済発展のための直向《ひたむ》きな努力の結果に関して言えば、市が九〇〇万ドルもの経済援助に合意した医療用アイソトープのスタートアップ企業SHINE《シャイン》メディカル・テクノロジーズ社は規制のハードルをクリアし、原子力規制委員会から建築許可を得た。だが予定は遅れている。当初は二〇一五年の製造開始を見込んでいたが、今では二〇一九年末を目標としている。[☆9]それでも具体的な進展として、SHINEはその本部をマディソン郊外からジェインズヴィルのダウンタウンへと移した。そのために追加の経済援助を市から支給されたのだが——かつてパーカー・ペン社の世界本部があったところから二ブロックのオフィス用地をリノヴェートするという四〇万ドル近いインセンティヴだ。SHINEは一五〇人を雇用する予定だという。今のところ、雇用関係の大きなニュースはダラー・ゼネラル社が街の南側に配送センターの設置を決めたこと。市長は

そのために一一五〇万ドルの経済インセンティヴ・パッケージを用意した――ジェインズヴィルの新記録だ。ダラー・ゼネラルによれば、必要な労働力――当初は三〇〇人、最終的にはおそらく五五〇人――は、ここ数年で最大の雇用ラッシュを引き起こすだろう。そのほとんどは時給一五か一六ドルで――プラント閉鎖時のGMマンの時給二八ドルよりも遥かに低いが、今日日《きょうび》のこの街では相当良い額だ。[☆10]依然として雇用や良い賃金に対する飢餓感が続いていることを象徴するように、ダラー・ゼネラルが最近催した就職説明会には三千人が詰めかけた。

かつて強大な勢力を誇ったUAW九五支部は往時の面影もなく、組合員数は数百名、組合費を払う者も多くないので、常時ユニオン・ホールを貸し出して資金源としている。マイク・ヴォーンの祖父が設計を手伝った会館だ。二〇一四年にはレイバーフェストは通常の三日から二日に縮小された。[☆11]翌年には突然キャンセルされ、かつてパレードが行進していたメイン及びミルウォーキー両ストリートは閑散としたものだった。公式の説明は何もなかったが、これほど労働者の役割が縮小されてしまった今となっては、祝日週末のフェスティバルの維持は難しいのだと多くの者は信じている。二〇一六年には、その前年にカネを遣わなかったこともあって、レイバーフェストは何とか再開された。

組立プラントそれ自体はどうかというと、それが打ち捨てられた産業の大聖堂として、いつまでロック川沿いに鎮座し続けるのかは不透明だ。[☆12]二〇一六年初頭、ジェインズヴィルの市政管理者はゼネラルモーターズに書簡を送り、コミュニティのために二五〇〇万ドルの「レガシー・ファンド」を要求した。書簡によれば、パーカー・ペン社が第二次世界大戦中に行なった似たような博愛的行動によって、ジェインズヴィル基金が創設されたという。だがこれまでのところ、これに対するGMからの返事はない。一方、ウィスコンシン州当局は同社に、プラントに隣接する河床の沈殿物に蓄積された汚染――公衆衛生に害を及ぼすほど深刻なものではない――を除去する責任があると述べている。こうした駆け引きが進行する一方で、ゼネラルモーターズはこの二五〇エーカーに上る土地の売却を試みている。[☆13] GMは見込み客として、廃棄された工業用地の再開発を専門とする四つの企業を選定している。

近年のジェインズヴィルの形成を助けた政治家たちの軌跡も分れた。二〇一五年一〇月二九日、『ガゼット』紙の見出しが組立プラントの恒久的閉鎖を告げた翌日、ポール・ライアンは合衆国下院議長に就任した。前任であるオハイオ州のジョン・ベイナーが突如辞任した時、ポールは当初、自分はその役職を望まないと主張していた。党の長老たちからのプレッシャーに曝《さら》されても、ジェインズヴィルの彼を知る人々は、彼が僅か一〇ヶ月前に就任したばかりの歳入委員長の椅子を――予算オタクの夢を手放す筈はないと信じていたものだ。だが彼は手放した。ライアンは今もこの国の第五四代下院議長を務めている〔二〇一九年一月を以て辞任〕。つまり大統領への序列の二番目だ。

スコット・ウォーカーは、一時は直近の共和党の大統領候補選に色気を出したが、今もウィスコンシン州知事のままだ〔二〇一九年一月七日に退任〕。[☆14] 二〇一四年に再選された時には、一期目に二五万件の民間セクターの雇用を創出するという公約は果たせぬままだった。

州上院議員ティム・カレンはその年、再選を目指さないことを決断した。曰《いわ》く、ウィスコンシン州の政治はあまりにも党派対立が激しくなり、彼が最も関心を払っている問題に集中しなくなったからだと。二〇一五年、『リングサイド・シート――ウィスコンシン州の政治、一九七〇年代からスコット・ウォーカーまで』と題する書籍を出版。数年前に設立した二つの地元基金の運営に尽力すると共に、二〇一八年の知事選を目指している〔結局は不出馬〕。

シャロン・ケネディはブラックホーク技術大学を退職し、ミシガン州に移った。同大学における、仕事を失った中西部の工員の再訓練を考察した書物『「ライン」の末端の教室』を出版。現在はコミュニティ・カレッジの指導者を目指す大学院生の教育に当たっている。

ボブ・ボレマンズは舌癌《ぜつがん》治療後にジョブセンターを退職。今は二つの労働力開発プロジェクトの顧問をしている。軌道に乗るかどうかは未知数だが。それと、二つの地元の非営利団体の委員も務め、ウィスコンシン州の高齢者問題諮問委員会に誘われている。

メアリ・ウィルマーは今もBMOハリス銀行に勤めている。再婚してマディソン郊外に移った。依然としてロック郡5・0などのボランティア活動に従事している。YWCAの〈サークル・オヴ・ウィメン〉の資金調達も続けている。

ダイアン・ヘンドリクスは依然としてABCサプライの会長で、共和党への大口献金者。[☆15]トランプの立候補の際に一九〇万ドル、ウィスコンシン州のスーパーPAC〔特別政治活動委員会〕に八〇〇万ドルを寄付した。後者は二〇一六年の選挙運動の終盤、クリントンに対するネガティヴな広告を出稿した。その功績で彼女はトランプの就任委員会に席を得た。

ジェインズヴィルの学校組織では、ホームレスのティーンのための〈プロジェクト16：49〉の共同創設者アン・フォーベックは転職し、今ではクレイグ高校でソーシャルワーカーをしている。

二〇一四年初頭、〈プロジェクト16：49〉は女子用の家を開所した。これはベロイトのアンのパートナーであるロビン・スタートに因《ちな》んで「ロビン・ハウス」と呼ばれている。これまでのところ、そこには合計三七人の少女が身を寄せた。多い時には一度に七人、中でも一人の学習障害の少女は、両親共にゼネラルモータースで働いていたが、彼女を棄ててインディアナ州のGMへ移った。現在は男子用の家の計画と資金集めが継続中だ。

デリ・ウォーラートは今もパーカー高で社会を教え、パーカー・クロゼットを運営している。付き合いの長いパートナーと結婚し、デリ・イーストマンとなった。今では落ちこぼれの恐れのある生徒の教育専門で、生徒が家に食べ物がない時に備えて、寄贈された食料を教室に備蓄し始めた。二〇一六〜一七年度の学年では、クロゼットはおよそ二〇〇人の生徒を抱えていた――相変らず多い。

元工員たちの中では、バーブ・ヴォーンは成人の発達障害者相手の仕事を続けている。元高校の落ちこぼれだったバーブは二〇一五年以来、ロック郡の高齢者・障害者リソースセンターの理事会のメンバーとなっている。マイクは二〇一六年の夏に転職し、ユナイテッド・アロイの人事管理ゼネラリストとなった。日中に働いている。

故クリスティ・ベイヤーの夫ボブはマディソンの市庁舎ビルでメインテナンスの仕事を続けている。息子のジョシュは結婚し、息子も生まれ、オハイオ州在住。そこで昼間は自動車整備士として働きながら、夜は地元のコミュニティ・カレッジで自動車工学を勉強している。

ホワイトエーカー家では、ジェラードはマディソンの真南にあるマイナス約一八度以下の冷凍倉庫でフォークリフトを運転している。タミーは自動車販売を続けているが、勤め先はトム・ペック・フォード社に変えた。そこでは初期時給が一五ドルなので、前の会社より一ドル多い。息子のノアは高校の四年生で、かつての姉たちのようにカルヴァーズで働いている。卒業後は軍隊に入るつもりだ。双子はといえば、アリッサはウィスコンシン大学プラットヴィル校の四回生で、専攻はエンジニアリング、副専攻は経営学。一セメスターの間、マディソンで製造エンジニアリングの職業体験学生《コーオプ》として働いたので、卒業には五年を要する。二つの仕事をかけ持ちしていて、奨学金も貰い、年間一万七千ドルの学資ローンを組んでいる。ケイジアは学費節約のため、プラットヴィル校の三年間で心理学の学位を取った。時には三つの仕事をかけ持ちすることもある。夏の間に長い付き合いのボーイフレンドと結婚した。学資ローンの返済のために働きながら、この秋〔二〇一七年〕、社会事業で修士の学位を取るためにアイオワ州ダヴェンポートのセント・アンブローズ大学で勉強し始めた。将来は退役軍人やホームレスの人を相手に仕事をしたいと願っている。

ウォパット家では、マーヴは退職後の生活を楽しみ、自宅とフロリダ州ペンサコラの二重生活をしている。後者には愛人がいて、ビーチに賃貸コンドミニアムもあるのだ。依然として依存症の人々の治療や復帰の手伝いもしている。義理の娘ダーシーは今も査定会社に勤めている。ウォパットの二人の娘たちは二〇一六年の大統領選挙で初めて投票年齢に達したのだが、今では家族全員、クリントンがこの国で初めての女性大統領にならなかったことにがっかりし、混乱している。マットはどうかというと、フォートウェイン組立プラントへ通い始めて七年目、毎週月曜日の朝に家を出て、金曜の夜遅くに帰ってくる。今も第二シフトのリーダーで、時給はおよそ三〇ドル。退職してGM

の年金を貰えるようになるまで、あと八年半だ。

謝辞

本書はコミュニティの物語である。また、コミュニティの人々の所産である。彼らなしには、本書は存在し得なかった。

最初に、詮索好きの他所者《よそ》を迎え入れてくれたジェインズヴィルの人々に感謝を献《ささ》げる。その多くのお名前は本書に登場するが、特にここで名を挙げておきたい方々もいる。スタン・マイラムは私がこの街に到着して初めて出逢った人だ。彼は最後までその驚くべき調査能力を活用して滅多にない事実を突きとめてくれたり、あるいは私が目下取り組んでいる状況を確認してくれたりした。『ジェインズヴィル・ガゼット』紙の人々はとても親切で好意的だった。私が真っ先に憶《おぼ》えたのは、地元のビジネス界隈の事情に関するジム・ルートの知識を信じることだ。マーシア・ネルスンとフランク・シュルツはずば抜けたジャーナリストであり、晩餐の友だ。ポール・ライアンはキャピトル・ヒルのオフィスでインタヴューの時間を割いてくれた。彼のスタッフ、特にケヴィン・サイファートは細部の詰めを手伝ってくれた。ボブ・ボレマンズは、とあるウィスコンシン州のサパークラブの楽しさを教えてくれた。デリ・イーストマンはその広い心で私を迎え入れてくれた。作家の妻であるアン・フォーベックは、本を書くという作業がどのようなものかをちゃんと理解してくれていた。ヘドバーグ公共図書館のスタッフ、その素晴らしいジェインズヴィル・ルームと地方史のデータベース、ロック郡歴史協会は、彼らのファイルの中の宝物を指し示してくれた。その他の親切な地元のツアーガイドの皆さんとして――ジェインズヴィル公立学校教育長カレン・シュルト、ロック郡保安官ボブ・スポーデン、元ロック郡検死官ジェニファー・キーチ、郡DV防止プログラム主事クリスティン・ケフラー。だが言うまでもなく、最大の感謝は、この物語の中心にいた家族、ホワイトエーカー家、ウォパット家、ヴォーン家の皆さんに献げられる。私は皆さんの寛大さ、忍耐強さ、信頼を心に刻んでいる。

本書はまた、過去三〇年にわたって私の職場であった『ワシントン・ポスト』紙のサポートなしには為し得なかった。『ポスト』紙の編集部が私にこの情熱を追求するためのより多くの時間を許容してくれたのは望外の喜びである。前編集長マーカス・ブロシュリは、一年間の休職を二年に延ばす許可をくれた。そしてまた、現編集長マーティ・バロンは、全く予想外のことに、執筆のためにさらに一年をくれた。まさに今日のアメリカの新聞界最高リーダーの名声に相応《ふさわ》しい人物だ。また編集局長キャメロン・バー、国内編集長スコット・ウィルソン、そして親しい編集員であるローリー・マギンリー、ローラ・ヘルムス、スーザン・レヴァインにも感謝を。彼らはいずれも、私の長年にわたる危なっかしい活動に暖かい支援をくれた。

編集室を離れている間、私はずっと僥倖《ぎょうこう》に恵まれ、このプロジェクトの全ての段階で大学やシンクタンクに居場所を得ることができた。特にハーヴァード大学ラドクリフ高等研究所にはお世話になった。そこではリザベス・コーエン、ジュディ・ヴィシュニアック、そして故リンディ・ヘスがいつもサポートしてくれた。このキャンパスでは、経済学者ローレンス・カッツと社会学者のロバート・サンプソン及びブルース・ウェスタンが初期段階から良いアイデアと励ましをくれた。さらにまたスタンフォード研究所の貧困・不平等センター所長であるデイヴィッド・グラスキーから、不況の影響に関する最初の個別指導をいただいた。

ウッドロウ・ウィルソン国際学術センターで過した期間もありがたかった。また、ウィスコンシン・マディソン貧困研究所に招待してくれたティモシー・スミーディングに感謝する。彼は公共政策と所得分配に関する英知を分け与えてくれ、また私の在籍中、それ以外の多くの点でも手助けをしてくれた。DCでは、キャシー・クーリアが私のためにアメリカ研究協会のオフィス・スペースを調達してくれ、また滞在期間の延長もしてくれた。ジョージタウン大学では、カルマノヴィッツ労働およびワーキング・プア研究所の人々の親切を忘れない。特に私が原稿を書くスペースを必要としていた時に招き入れてくれ、いつでも相談に乗ってくれた労働史家のジョセフ・マカーティンに感謝する。また、ジョージタウン大学の学部長エド・モンゴメリにも感謝を。合衆国の自動車コミュニティが受けた傷についてひとかたならぬ知識を持ち、早くからとある集まりに私を歓迎してくれた。この集まりは後にマコート公共政策スクールとなった。それと、ジョージタウン大学教育・労働力センター所長アンソニー・カーナヴェイル。低賃金労働市場の専門家であり、良き昼食の友であったハリー・ホルツァー。

これまでずっと私は素晴らしい研究助手たちの知性、勤勉、友情に助けられてきた。（関わった順に）ハーヴァードのステファニー・ガーロックとタラ・メリガン、ウィルソン・センターのダニエル・ボジャー、ジョージタウン大学のアリッサ・ラッセル。全員、要求以上の仕事をしてくれた――そして今もなお、独自の貢献を続けてくれている。

ロック郡の調査が可能となったのは、アニー・E・ケイシー財団の援助のお陰である。ウィスコンシン大学研究センター――特にネイサン・ジョーンズ――が共同研究を受け入れてくれなければ、それは不可能だっただろう。このキャンパスでは、社会学者ゲイリー・グリーンの恩は計りしれない。彼のブレインストーミング、ウィスコンシン州の政治・経済・世論に対する洞察は恐るべきものので、データ分析中の私の無数の質問を快く受け入れてくれた。また、ラトガーズ大学のカール・ヴァン・ホーンには調査質問に関して大いに助けられた。

職業再訓練の分析に関しては、ジョイス財団の支援に感謝する。そこではホイットニー・スミスから専門的な助言をいただき、また我々の発見が、彼女がジェインズヴィルでの再教育に望んでいた恩恵を示せていないにもかかわらず、これを寛大に受け入れてくれた。マタイアス・スカリオーニは、ウィスコンシン州労働開発局から失業と賃金のデータを漁っている時に、不屈かつ情熱的なパートナーとなってくれた――他にもいろいろ。ブラックホーク技術大学では、シャロン・ケネディが門戸を開いてくれ、良き友人となってくれた。マイク・ガグナーは同学のデータと、それに関する専門知識を提供してくれた。データ分析と優れた指導をいただいたのは、ウィスコンシン大学ウィスコンシン戦略センターの労働経済学者ローラ・ドレッサーと、同じくW・E・アップジョン雇用研究所のケヴィン・ホレンベックである。

本書は友人や同僚たちにも大いに助けられた。彼らはさまざまな段階で、執筆途上の原稿を批評してくれた。労働者階級に関する本物の専門家であるジョン・ラッソとシェリー・リンコンは初期の草稿に目を通し、指導と励ましをくれた。ローリー・ハーツェル、トム・シュローダー、パッティ・シムズ――全員、才能あるナラティヴ・エディター――もまた重要な貢献をしてくれた。

また私は幸運にも、才能ある海千山千の著述家である友人たちに恵まれている。彼らの助言を聞き、また相談を聞いてもらうことは不可欠だった。その彼らというのは（アルファベット順）パメラ・コンスタブル、ダーシー・フレイ、スティーヴ・ルクセンバーグ、ダイアン・マホーター、アミイ・ナット、ラリー・タイ。超一流のジャーナリストである畏友ロシェル・シャープは特に、全ての紆余曲折に耳を傾け、着実なサポートをくれた。ベス・グラッサーは、補遺に収録した図表の作成にその手腕を貸してくれた。レニ・シャピロのお陰でマディソンは故郷のように感じられたし、今もそうだ。彼らは、私が多くを学ばせていただいた多くの良き友人たちのほんの一部にすぎない。

あらゆる著述家が、私と同様に編集者に恵まれていれば良いのにと思う。リチャード・トッドに対する感謝はいくらしてもし足りない。彼は原稿の推敲に始まって、尽きることのない賢明な助言、皮肉なユーモア、着実な励ましに至るまで、書き切れぬほどの助力を賜った。プロパブリカの創設者で編集長のポール・スタイガーは、ジェインズヴィルと、職業訓練に関する私の発見に興味を抱き、初期の記事に住処《すみか》を与えてくれた。

マディソンから出し抜けに電話をかけて以来ずっと、スーザン・ラビナーとサイデル・クレイマーは彼らが業界で最も勤勉で執拗な著作権代理人と呼ばれている理由を実感させてくれている。ストーリーの作り方、話の磨き方を私に叩き込み、最後まで叱咤激励してくれた。

サイモン&シャスターの担当編集者プリシラ・ペイントンの「ジェインズヴィルに行きたい」という興味、ストーリーから最上のものを引き出したいという情熱は何にも負けない。そして私は偉大なチームの貢献に感謝する。最終段階を驚くほどの効率で監督してくれた有能なミーガン・ホーガン、熟練の原稿整理の技を見せてくれたフレッド・チェイス、販促のキャット・ボイド、入念に法的観点から見直しをしてくれたイライザ・リヴリン。そしてまた、社長で編集長のジョナサン・カープにも特別の感謝を。彼はジェインズヴィルこそが我々の時代にとっての本質的な物語であると信じてくれた。

何より、本書の懐胎期間中を通じた家族の献身と忍耐を心に刻む。両親であるシンシア&ロバート・ゴールドスタインは今もなお、市民的リーダーシップと、学ぶことへの直向《ひたむ》きさにおける私の最高のロールモデルだ。思いやりのある叔母ジュディ・バーグ。そしてデイヴィッド、ローラ、ミランダ、オリヴィア。みんな愛してる。

原註と出典

本書は主としてストーリーに登場する人々、およびジェインズヴィルのその他の人々とのインタヴュー、および描写された出来事に関する現地調査に基づいている。人名は実名である。私が居合わせなかった出来事および人々の行動・言説・思考・感情の描写は当人およびその場に居合わせた人々の記憶に基づいている。なるべく克明に語って貰うと共に、所々に文献やその他の資料で補った部分もある。

参考文献および記事の一覧は、註の後に付加する。

各章への註

プロローグ

☆1　**二〇世紀が到来すると**　Mike DuPré, *Century of Stories: A 100 Year Reflection of Janesville and Surrounding Communities* (*Janesville Gazette*, 2000), 17.

☆2　**そのはらわた**　Rick Romell, "Janesville GM Plant's Remains Go to Auction," *Milwaukee Journal Sentinel*, May 20, 2009.

第1部　2008年

1　電話鳴る

☆1　**一二日前、彼は……計画を出した**　Rep. Paul Ryan, H.R. 6110 (110th): "A Roadmap for America's Future Act of 2008," introduced May 21, 2008.

☆2　**この街で彼は級長に選ばれ**　Prom '87, George S. Parker High School yearbook, 1987.

2　メインストリートを泳ぐ鯉

☆3　**最初のステップは労働省が規定しているプロトコル**　Jeffrey Salzman, Melissa Mack, Sandra Harvey, and Wally Abrazaldo, "Rapid Response Under the Workforce Investment Act: An Evaluation of Management, Services and Financing," U.S. Department of Labor, Employment and Training Administration, Office of Policy Development and Research, August 2012.

☆4　**六月一一日水曜日**　Ann Marie Ames, "Rock River Flooding Could Threaten City's Downtown," *Janesville Gazette*, June 11, 2008.

☆5　**ボランティアと囚人たちが**　Gina Duwe, "Rock River Rising," *Janesville Gazette*, June 15, 2008; The *Gazette* staff, "The Janesville Gazette's Top Stories of 2008," *Janesville Gazette*, Dec. 31, 2008.

☆6　**ジェインズヴィルに最も近い観測所**　Robert R. Holmes, Jr., Todd A. Koenig, and Krista A. Karstensen, "Flooding in the United States Midwest, 2008," U.S. Geological Survey professional paper no. 1775, U.S. Department of the Interior.

☆7　ストリートの北端近く　Catherine W. Idzerda, "Carp Gathering to Mate in United Way Parking Lot," *Janesville Gazette*, June 21, 2008.

3　クレイグ

☆8　それから一〇年のうちに、同社は　Carol Lohry Cartwright, Scott Shaffer, and Randal Waller, *City on the Rock River: Chapters in Janesville's History* (Janesville Historic Commission, 1998), 61.

☆9　一九〇九年、街で最初の自動車工場が　DuPré, *Century of Stories*, 2.

☆10　ここでクレイグはその機知に富んだ作戦を遂行し　同上, 32.

☆11　GMは一九一九年にジェインズヴィルで初のトラクターを製造　同上.

☆12　「私のこれまでの経験でも……」　Letter from W. C. Durant, Rock County Historical Society, Feb. 26, 1919.

☆13　だが翌年春にシカゴの「進歩の世紀」万国博が開幕すると　Austin Weber, "GM Centennial: Show and Tell," *Assembly Magazine*, July 1, 2008.

☆14　「近代産業のドラマにおけるあらゆる壮麗なスペクタクルの中で」　"The Making of a Motor Car," Souvenir Guide Book to the Chevrolet-Fisher Manufacturing Exhibit, General Motors Building, A Century of Progress International Exposition, Chicago, 1933.

☆15　一九三三年一二月五日、ジェインズヴィルのプラントは再開した　"Janesville a Plant City for 40 of GM's 50 Years," *Janesville Daily Gazette*, March 6, 1958, 24.

☆16　ミシガン州フリントではストライキは四四日にわたって続き　Neil Leighton, "Remembering the Flint Sit-Down Strike oral histories," Labor History Project, University of Michigan-Flint; "The Sit Down Strike of 1936-37," United Auto Workers, Local 659.

☆17　これと対照的に、ジェインズヴィルでは座り込みは　DuPré, *Century of Stories*, 58-59; Gillian King, "The Cogs Fight the Machine: The Great GM Sit-down Strike," *Wisconsin Hometown Stories*, Wisconsin Public Television; Oral history of strike, Janesville Room, Hedberg Public Library.

☆18　その夜の九時　"Shifting Gears: Janesville after GM" (GM history timeline), http://gazetteextra.com/gmtimeline/, *Janesville Gazette*, Dec. 15, 2013.

☆19　それから五週の間　Irving Bernstein, Chapter 5, "Americans in Depression and War," *Bicentennial History of the American Worker*, U.S. Department of Labor, 1976.

☆20　「撃ち続けろ」のスローガン　Letter from War Department to the Men and Women of the Janesville Plant, Dec. 11, 1943.

☆21　一九六七年、ゼネラルモーターズは　Mike Hockett, "Today in Manufacturing History, GM Celebrates 100 Millionth Car Made in US," *Industrial Maintenance and Plant Operation Magazine*, April 2016.

☆22　一九八六年、ゼネラルモーターズは　DuPré, *Century of Stories*, 197.

4　退職祝賀パーティ

☆23　南のエントランスに近づくと　Gina Duwe, "Obama Visit Came Off 'Without

a Hitch,' " *Janesville Gazette*, Feb. 14, 2008.

☆24 マーヴは民主党支持者で　Stacy Vogel, "GM Workers Caught Up in Obama-mania," *Janesville Gazette*, Feb. 14, 2008.

☆25 前日、ゼネラルモーターズは…発表した　Nick Bunkley, "GM Posts Record Loss of $38.7 Billion for 2007," *New York Times*, Feb. 12, 2008.

☆26 「繁栄とは、これまでも常に、容易くやって来るものではありませんでした」 Transcript, Barack Obama, remarks in Janesville, Wisconsin: "Keeping America's Promise," Feb. 13, 2008, American Presidency Project.

6　ルネサンス・センターへ

☆27 その中には、……二人の男もいる　Press release, Office of Wisconsin Governor Jim Doyle, June 23, 2008.

☆28 最後に、知事が陳情をまとめた　Press release on meeting with General Motors, Office of Wisconsin Governor Jim Doyle, Sept. 12, 2008.

7　ママ、何とかしてよ

☆29 四週前の月曜日、歴史に名高い投資銀行リーマン・ブラザーズが　Heather Landy and Neil Irwin, "Massive Shifts on Wall St.," *Washington Post*, Sept. 15, 2008.

☆30 金曜日にはダウ・ジョーンズ工業平均株価は　Vikas Bajaj, "Whiplash Ends a Roller Coaster Week," *New York Times*, Oct. 11, 2008.

☆31 土曜日、ワシントンの……で行なわれた会合で　Adam Plowright, "World Powers Look to Solve Crisis with Collective Efforts," Agence France-Presse, Oct. 11, 2008; "Financial Stress, Downturns and Recoveries," World Economic Outlook, International Monetary Fund, October 2008.

8　「一つの幸せのドアが閉じる時、もう一つのドアが開く」

☆32 彼は責任者としての満足感を感じている　Rock County Community Resource Guide, Southwest Wisconsin Workforce Development Board.

☆33 そんなわけでガイドの A8 頁に　同上.

☆34 そんなわけで一二月一〇日の午後遅く　Meeting minutes, Southwest Wisconsin Workforce Development Board, Dec. 10, 2008.

9　パーカー・クロゼット

☆35 デリは心と魂にお気に入りの詩を　Loren Eiseley, "The Star Thrower," in *The Unexpected Universe* (New York: Harcourt, Brace & World, 1969) からの引用。

第 2 部　2009 年

10　ロック郡 5.0

☆1 ベロイト・コーポレーションは……鋳鉄所として開業し　"From Beloit Iron Works to Beloit Corporation," Beloit Historical Society.

☆2　栄光の工場から……墜落だ　Superfund Program profile: Beloit Corp., U.S. Environmental Protection Agency.

☆3　九人娘の一人だった彼女は　As told to Amy Zipkin, "The Business Must Go On," "The Boss" column, *New York Times*, Nov. 21, 2009.

☆4　二〇〇六年、『Ｉｎｃ.』誌はケンを　Leigh Buchanan, "Create Jobs, Eliminate Waste, Preserve Value," *Inc.*, Dec. 1, 2006.

☆5　彼らは財産を築いた　"The Forbes 400," *Forbes*, Sept. 20, 2007.

☆6　六六歳の屋根屋は……落下した　James P. Leute, "Billionaire Hendricks Dies After Fall," *Janesville Gazette*, Dec. 21, 2007; Krista Brown, "Reports Detail Fatal Fall," *Beloit Daily News*, Dec. 22, 2007.

11　四度目の終末

☆7　労働省への申請書作成　TAA Program Benefits and Services under the 2002 Benefits, Employment and Training Administration, U.S. Department of Labor.

☆8　クリスマスの二日前、GMとリアが生産を止めた日　Reports of mass layoffs and plant closings, Wisconsin Department of Workforce Development, 2008 and 2009.

☆9　GMとリアだけではないのだ　Unemployment rate, Local Area Unemployment Statistics, Janesville-Beloit, Wisconsin, metropolitan statistical area, Bureau of Labor Statistics, U.S. Department of Labor.

12　入札合戦

☆10　その轟きわたる声で　Proceedings of the Rock County Board of Supervisors, June 11, 2009.

☆11　今日はその発表以後の初の会合となる　Transcript, press conference by Fritz Henderson, president and chief executive of General Motors, June 1, 2009; Statement from General Motors, "GM Pulls Ahead U.S. Plant Closures; Reaffirms Intent to Build Future Small Car in U.S," June 1, 2009; Statement on General Motors and Chrysler, Office of Wisconsin Governor Jim Doyle, June 1, 2009.

☆12　リック・ワゴナーはそこにはおらず　GM Statement on Officer and Board Announcements, March 30, 2009; Peter Whoriskey, "GM Chief to Resign at White House's Behest," *Washington Post*, March 30, 2009.

☆13　マーヴが話を終えて投票が集計され　Thomas Content, "State Bid $195 Million to Land GM Auto Line," *Milwaukee Journal Sentinel*, July 8, 2009.

13　音速

☆14　パッケージの総額は一億九五〇〇万ドル　Thomas Content, "State Bid $195 Million to Land GM Auto Line," *Milwaukee Journal Sentinel*, July 8, 2009.

☆15　六月二六日午前七時　"Michigan Gets Small Car GM Plant; Doyle 'Deeply Disappointed,' " Madison.com/Associated Press, June 26, 2009.

☆16　彼らはウィスコンシンの提案を……使ったのだ　Statement regarding GM decision,

Office of Wisconsin Governor Jim Doyle, June 26, 2009.

☆17 合衆国自動車産業の発祥の地であり、国内最高の失業率一五%を抱える Regional and state employment and unemployment monthly news release, Bureau of Labor Statistics, U.S. Department of Labor, July 17, 2009.

☆18 ゼネラルモーターズが閉鎖しようとしている一ダース以上の工場のうち Statement from General Motors, "GM Pulls Ahead U.S. Plant Closures; Reaffirms Intent to Build Future Small Car in U.S," June 1, 2009.

☆19 「できることは何でもやります」 Katherine Yung, "Creative Tax Plan Key to GM Triumph," *Detroit Free Press*, June 28, 2009.

☆20 作戦指令本部設置 同上.

☆21 元々中国で生産されることになっていた Statement from General Motors, "GM Announces Plan to Build Small Car in U.S.," May 29, 2009; Steven Mufson, "After Many Tuneups, A Historic Overhaul; A Global Industry Is Transformed in Race to Reinvent U.S. Automakers," *Washington Post*, May 31, 2009.

☆22 さらに、オリオン組立プラントが……停止している間に Tom Krisher and Dee-Ann Durbin, "Tiny Chevrolet Sonic Helps Detroit Shake Off Rust," Associated Press, Jan. 11, 2013.

☆23 プラントの再開を待つ間 Chrissie Thompson, "Goal: All 2nd-Tier Pay at Orion," *Detroit Free Press*, Oct. 16, 2010.

☆24 何十人ものオリオンの労働者が……ピケを張った Kevin Krolicki, "GM Workers Protest Low-Wage Small-Car Plant," Reuters, Oct. 16, 2010.

☆25 またある者はNLRBに訴えた Brent Snavely, "Laid-off GM Worker Files Complaint Against UAW," *Detroit Free Press*, Oct. 27, 2010.

☆26 NLRBはこの訴えを棄却した Denial Letter, Case 07-CB-017085, International Union UAW and its local 5960 (General Motors LLC), National Labor Relations Board, Feb. 2, 2011.

☆27 二〇一一年八月一日午前六時 David Barkholz, "GM begins Chevrolet Sonic Production at Suburban Detroit Plant," *Autoweek*, Aug. 1, 2011.

☆28 ポール・ライアンは……共同声明を出した Press release, "Reaction of Wisconsin Congressional Delegation Members to GM's Decision on the Location of its New Auto Line," June 26, 2009.

☆29 待っていても仕方がない、とポールは思う James P. Leute, "So What Does 'Product-ready' Mean?," *Janesville Gazette*, June 27, 2009.

14 組合マンは何をする?

☆30 鉛鉱にまで遡る Carol March McLernon, *Lead-mining Towns of Southwest Wisconsin* (Charleston, S.C.: Acadia Publishing, 2008), 20, 28.

15 ブラックホーク

☆31 ブラックホーク技術大学の名は、ネイティヴ・アメリカンであるスーク族

の有名な戦士に由来する　Michael J. Goc, "Origins," *Wisconsin Hometown Stories*, Wisconsin Public Television.

☆32　一九一一年、それは合衆国で初の……職業学校のシステムとなった　Video, "100 Years of Making Futures," Wisconsin Technical College System, 2011.

16　クラスで一番

☆33　一本の薔薇が私の庭になる　Leo Buscaglia による引用に基づく。

17　計画と救難信号

☆34　翌一〇月二九日、……記事が両紙の一面を飾る　James P. Leute, "Public-Private Economic Development Initiative Is a First for Rock County," *Janesville Gazette*, Oct. 29, 2009; Hillary Gavan, "Rock County 5.0 Launched with Cooperative Effort," *Beloit Daily News*, Oct. 29, 2009.

☆35　「素晴らしいアイデアである」　Editorial, "Joining Forces for the Future," *Beloit Daily News*, Oct. 30, 2009.

☆36　だが今、人々の経済崩壊の信号は　Records, U.S. Bankruptcy Court, Western District of Wisconsin.

☆37　中にはすぐに逃亡計画を立てられない者もいた　Foreclosure records, Office of the Trea-surer, Rock County, Wisconsin.

☆38　またある者は、失業率が依然として……高止まりしているロック郡で　Local Area Unemployment Statistics, Janesville-Beloit, Wisconsin, metropolitan statistical area, Bureau of Labor Statistics, U.S. Department of Labor, Sept., Oct., Nov., Dec. 2009.

18　ホリデイ・フード・ドライヴ

☆39　昨年、二〇〇八年のフード・ドライヴのために　Stacy Vogel, "Hundreds Turn Out for Food Drive," *Janesville Gazette*, Dec. 20, 2008.

☆40　フード・ドライヴは、と彼は『ガゼット』紙の記者に語った　Stacy Vogel, "UAW/GM Food Drive Is About Helping, Not Mourning," *Janesville Gazette*, Dec. 21, 2008.

☆41　今年、ECHO は一四〇万ポンドに上る食料を配った　ECHO の記録。

☆42　そこで再び『ガゼット』紙に登場したマーヴは　Rochelle B. Birkelo, "Food Drive Comes to End," *Janesville Gazette*, Nov. 21, 2009.

第3部　2010年

19　パーカー・ペン最後の日

☆1　ジョージ・サフォード・パーカーは……に生まれた　Obituary, "George W. Parker Dies in Chicago. Famous Pen Manufacturer Stricken at 73. Was Most Widely Known Janesville Citizen," *Janesville Gazette*, July 19, 1937.

☆2　ジェインズヴィルにやって来た時には、一九歳の痩せてひょろ長い青年だった　Len Provisor and Geoffrey S. Parker, "History of the Parker Pen Co., Part III,

Janesville," *The Pennant* (publication of the Pen Collectors of America), Winter 2006, 5.
☆3 ヴァレンタイン兄弟が運営する学校　同上, 4.
☆4 卒業すると、……就職が叶って喜んだが　同上, 7.
☆5 リチャード・ヴァレンタインがパーカーに……声をかけると　同上.
☆6 ジョン・ホランド社のペンはインク漏れを起こしやすく　Len Provisor and Geoffrey S. Parker, "George S. Parker, Part IV, The Early Years, Return to Janesville c. 1884," *The Pennant*, Spring 2007, 7.
☆7 「より良いペンを作ることはいつでも可能だ」 Heritage House/Parker Pen Museum, London, U.K. のウェブサイト。
☆8 翌年、彼は最初のペンの特許を取り　Len Provisor and Geoffrey S. Parker, "George S. Parker, Part IV, The Early Years, Return to Janesville c. 1884," *The Pennant*, Spring 2007, 8, 10.
☆9 土地にキャンプ・チーリオ　Len Provisor and Geoffrey S. Parker, "The Early Years, George S. Parker, Part V, George Parker Travels the World," *The Pennant*, Summer 2007, 12.
☆10 住宅団地パークウッド　「ウィスコンシン州ジェインズヴィルに対するパークウッドの贈与はパーカー•ペン社により、同社社長ジョージ•S•パーカー、および秘書W・F・パーマーにより計画され、一九一六年六月一七日に以下に記述する土地に区画された」。Janesville city document, Rock Country Historical Society archives.
☆11 音楽の才能のある者をチェックするよう指導した　Philip Hull, *Memories of Forty-nine Years with the Parker Pen Company*, 2001, 17.
☆12 彼の死後……アロウ・パーク工場が開業した時　Len Provisor and Geoffrey S. Parker, "The Early Years, George S. Parker, Part V, George Parker Travels the World," *The Pennant*, Summer 2007, 12.
☆13 第一次世界大戦中　"Parker Pen Writing Instruments: A Chronology," Parker Pen Co.
☆14 一九四五年五月……ドイツ降伏の協定文書は　Heritage House/Parker Pen museum ウェブサイト上の年表より。
☆15 一九六四年のニューヨーク万国博覧会では　brochure: "Peace Through Understanding Through Writing, the Parker International Pen Friend Program," New York World's Fair, 1964.
☆16 二年後、すなわちリンダが入社した年　Mike DuPré, obituary for George S. Parker II, *Janesville Gazette*, Nov. 7, 2004.
☆17 一九八六年、彼は同社を……売却した　同上.
☆18 一九九三年、ジレット社が……買収　"Company News: Gillette Completes Acquisition of Parker Pen," *New York Times*, May 8, 1993.
☆19 六年後、ペン事業は再び買収された　Jim Leute, "Writing Is on Wall at Sanford," *Janesville Gazette*, Aug. 19, 2009.
☆20 最後に残った一五三名の従業員　David Schuyler, "Newell to Close Janesville

Plant," *Milwaukee Business Journal*, Aug. 18, 2009.

☆21 毎金曜日の夕方 Lyrics to song, "May the Good Lord Bless and Keep You," Meredith Wilson, 1950.

☆22 精巧なパーカー・ペンのフロートが出た The Heritage House/Parker Pen museum. ウェブサイト上の年表より。

☆23 八月のこの日に同社広報は Jim Leute, "Writing Is on Wall at Sanford," *Janesville Gazette*, Aug. 19, 2009.

20 ジプシーになる

☆24 この冬までに何百人というジェインズヴィルのGMマンが Jim Leute, "It's Been a Year. How Are We Doing? Where Are We going?," based on General Motors figures, *Janesville Gazette*, Dec. 20, 2009.

☆25 これまでのところ、五五人が Jim Leute, "More Janesville GM Workers Get Jobs in Fort Wayne," *Janesville Gazette*, Jan. 28, 2010.

21 家族はGMより大事

☆26 二人は父が……理解している "On This Date . . . ," *Beloit Daily News*, Dec. 22, 2011.

☆27 ウィスコンシン州は一四歳以上の…… Guide to Wisconsin's Child Labor Laws, Wisconsin Department of Workforce Development.

☆28 大規模削減によって……数ヶ月後の二〇〇六年三月 Statement, Rick Wagoner, chairman and CEO, General Motors, March 22, 2006.

☆29 それを受け入れた三万五千人近い労働者 "More than 900 Take Buyout at Janesville GM Plant," Associated Press, June 27, 2006.

☆30 二〇〇八年二月、オバマが……訪れる前日 Bill Vlasic, "G.M. Offers Buyouts to 74,000," *New York Times*, Feb. 13, 2008.

☆31 五月、同社は依然として Jim Leute, "Former GMers Face Transfer Deadlines," *Janesville Gazette*, May 11, 2010.

22 オーナー・コード

☆32 証書をわたされる二六八名の学生 Ted Sullivan, "Blackhawk Tech Graduates Include Displaced Workers," *Janesville Gazette*, May 16, 2010.

☆33 ドリーム・センターの中央ステージを占めた彼女は Video excerpts, Blackhawk Technical College graduation, May 15, 2010.

☆34 つい先頃、彼女は……マディソンまでクルマで出かけ Sharon Kennedy, testimony before Wisconsin Assembly Committee on Workforce Development, Feb. 12, 2009.

☆35 「クリスティ・ベイヤーは困難を勝利に変える」 Newsletter, CORD, Southwest Wisconsin Workforce Development Board, June 1, 2010.

☆36 クリスティは、今度は……記事になる Neil Johnson, "Hard Work Turns into Second Careers," *Janesville Gazette*, June 15, 2010.

23　ホワイトハウスが街に来る日

☆37　これを見逃す彼ではなかった　"Remarks by the President on the American Automotive Industry," The White House, March 30, 2009.

☆38　GMの変革の兆しとして　同上.

☆39　ホワイトハウスは彼を追い出したが　Bree Fowler, "Wagoner Leaving GM with Compensation Worth $23M," Associated Press Financial Wire, March 30, 2009.

☆40　この特別の配慮は　"Remarks by the President on the American Automotive Industry," The White House, March 30, 2009.

☆41　ホワイトハウス・カウンシルのエグゼクティヴ・ディレクターが　Annual Report of the White House Council on Automotive Communities and Workers, The White House, May 25, 2010.

☆42　そこでは一〇〇人以上の人間が待機している　Attendee List, Southwest Wisconsin Workforce Development Board, June 11, 2010.

☆43　今朝の彼はワシントンにいて　Paul Ryan on the *Scott Hennen Show*, YouTube, June 11, 2010.

☆44　モンゴメリは……小さなスカート付きのテーブルに就く　Photograph with story by Bob Shaper, "White House Official to Janesville: 'Don't Wait,' " WKOW 27, June 11, 2010.

☆45　これは聴聞ツアーだから、モンゴメリは……聞いている　モンゴメリ訪問中のプレゼンテーション用資料。Southwest Wisconsin Workforce Development Board, June 11, 2010.

☆46　まさしくこのようなアイデアが　"Bridge to Work," Fact Sheet and Overview, American Jobs Act, The White House, September 8, 2011.

☆47　最後に話をまとめながら、ボブの……スイッチが入る　Montgomery 訪問中の Bob Borremans によるメモ。June 11, 2010.

☆48　彼が街に来る前の日　News release, "Georgetown Appoints Edward Montgomery Dean of Public Policy," Georgetown University, June 10, 2010.

☆49　モンゴメリ訪問の三日後、オバマ大統領は……発表する　"Statement by President Obama on Dr. Ed Montgomery," The White House, June 14, 2010.

☆50　さらに一年後のことになるだろう　News release, "Secretary of Labor Hilda L. Solis announces new director for administration's Office of Recovery for Auto Communities and Workers," U.S. Department of Labor, July 6, 2011.

☆51　連邦政府会計検査院は……批判を出す　"Treasury's Exit from GM and Chrysler Highlights Competing Goals, and Results of Support to Auto Communities Are Unclear," U.S. Government Accountability Office, May, 2011, 32-41.

24　レイバーフェスト 2010

☆52　それが来るのは夕方近く　Catherine W. Idzerda, "Weekend's LaborFest Has Something for All," *Janesville Gazette*, Sept. 3, 2010.

☆53　この「JOBS NOW!」の集会は　Krissah Thompson and Spencer Hsu, "Tens of

Thousands Attend Progressive 'One Nation Working Together' Rally in Washington," *Washington Post*, Oct. 2, 2010.

☆54 **中西部機械工組合** News release, "Janesville, Wisconsin, Laborfest 'JOBS NOW' rally draws statewide attention," International Association of Machinists, Sept. 1, 2010.

☆55 **順番が来た時、ミルウォーキー市長トム・バレットは** フェイスブックに投稿されたビデオ, "Barrett for Wisconsin, Janesville Jobs NOW! Rally," Sept. 5, 2010.

☆56 **大統領のシャツの袖は捲り上げられている** Video, "Presidential Remarks on the Economy, Laborfest in Milwakee", C-SPAN, Sept. 6, 2010.

☆57 **「中産階級の経済的安定の土台には」** "Remarks by the President at Laborfest in Milwaukee, Wisconsin," The White House, Sept. 6, 2010.

☆58 **今年は選挙の年なので、候補者たちは** Candidates at the Janesville LaborFest Parade 2010, YouTube, Sept. 6, 2010, https://www.youtube.com/watch?v=Xy03uejOAH4.

☆59 **選挙キャンペーンで今日発表するステートメントは** News release, "Walker : Obama Admits $1 Trillion Stimulus Bill Failure, Continues to Call for End to Boondoggle Train," Scott Walker campaign, Sept. 6, 2010.

☆60 **今日彼は『ガゼット』紙の記者に** Ann Marie Ames, "Rock County Close to Home for Walker," *Janesville Gazette*, Sept. 7, 2010.

☆61 **白いポロシャツにカーキ色のスラックス** Candidates at the Janesville Labor-Fest Parade 2010, YouTube, Sept. 6, 2010, https://www.youtube.com/watch?v=Xy03uejOAH4.

25 プロジェクト 16：49

☆62 **学校組織が抱える今年のホームレス児童は四〇〇人以上** Homeless data, School District of Janesville Demographic and Student Membership Report, 2016, 8.

☆63 **ケイラ・ブラウン、コリー・ウィンターズ、ブランドン・ルシアンはロック郡のティーンエイジャー** R. E. Burgos, director, *Sixteen Forty-Nine*, 2010.

☆64 **最後に、観客の女性の一人が** Ann Marie Ames, "Movie Showing Highlights Plight of Janesville's Homeless Kids," *Janesville Gazette*, Sept. 18, 2010.

第4部 2011年

28 楽天主義のアンバサダー

☆1 **今朝の『ガゼット』紙に……寄稿コラムが掲載された** Mary Willmer, guest op-ed, "All Can Play Roles in Moving County Forward," *Janesville Gazette*, Jan. 4. 2011.

☆2 **舞踏会はモノナ・テラス** Jason Stein, "First the Dance, Then the Work," *Milwaukee Journal Sentinel*, January 4, 2011.

☆3 **メアリは、この新しい州知事夫妻が……様子を楽しんだ** 同上.

☆4　壮麗な儀式で　Video, “Inauguration of Governor Scott Walker,” C-SPAN, Jan. 3, 2011.

☆5　知事の就任宣誓演説では　同上; transcript of Governor Scott Walker’s inaugural address, Jan. 3, 2011.

☆6　彼のすぐ真後ろ、……椅子に座っているのは　Video, “Inauguration of Governor Scott Walker,” C-SPAN, Jan. 3, 2011.

☆7　メアリとダイアンが見守る中、……ウォーカーが　スコット・ウォーカー就任記念舞踏会と抗議者のビデオ、News 3 WISC-TV, Madison, Wisconsin, Jan. 3, 2011.

☆8　この名前は、……注目を集めようとしている　Scott Foval, “Progressives Vow to Hold GOP Lawmakers Accountable,” *Wisconsin Gazette*, Jan. 13. 2011.

☆9　ウォーカーが……際立たせるため　Rock the Pantry フェイスブックページへの投稿、Jan. 3, 2011.

☆10　知事は今朝から州境巡りを開始した　Photo gallery, “Wisconsin Open for Business: Governor Scott Walker Unveils the New ‘Wisconsin Welcomes You,’ ” Office of Governor Scott Walker, Jan. 18, 2011.

☆11　その前に彼の今日の予定は　“Wisconsin’s Governor Comes After Illinois Business,” WREX, Rockford, Illinois, Jan. 18, 2011.

☆12　ABCのガラスの自動ドアを通って　Brad Lichtenstein, 371 Productions, *As Goes Janesville* (Independent Lens, PBS), 2012.

☆13　ダイアンは彼に躙り寄り、その目を真っ直ぐに見つめる　同上.

☆14　「ああ、そうだな」とウォーカーは答える　同上.

☆15　「正鵠を射ていますわ」　同上.

☆16　ロック郡5.0のリーダーたちは……判断している　James P. Leute, “Walker Backs Interstate Expansion; Touts State’s Business Opportunities,” *Janesville Gazette*, Jan. 19, 2011.

☆17　「あなたは私どもの仕事を極めてやりやすくしてくださいました」　同上.

☆18　ベロイトから始めて、ウォーカーは今日　同上.

☆19　メアリは携帯にメッセージをタイプし　Mary Willmer, フェイスブックへの投稿、Jan. 18, 2011.

30　これが民主主義

☆20　翌日の土曜日には……集結する　Joe Tarr, “Wisconsin Capitol Protests Massive for Second Consecutive Saturday,” *Isthmus*, Feb. 26, 2011.

☆21　一九一一年、ジェインズヴィル組立プラントがシボレーの生産を開始する一〇年以上前に　Ken Germanson, “Milestones in Wisconsin Labor History,” Wisconsin Labor History Society.

☆22　一九三二年……ウィスコンシン州は失業手当のシステムを確立した最初の州となった　同上.

☆23　マディソンで、一九三二年のことだった　AFSCME History Timeline, website of the American Federation of State, County and Municipal Employees.

☆24 そして一九五九年にはウィスコンシン州は Primer on Wisconsin Labor History, Wisconsin Labor History Society.

☆25 院生たちは円形大広間と……割り当てている "Uprising at the Capitol: Week 2," *Isthmus*, Feb. 25, 2011; Ben Jones, "As Protest in Madison Goes into Its Second Week, Many Camp Out in State Capitol," *Marshfield News*, Feb. 25, 2011; John Tarleton, "Inside the Wisconsin Uprising: Teaching Assistants Help Spark a New Movement in Labor," *Clarion*, newspaper of the Professional Staff Congress, City University of New York, April 2011.

☆26 イアンズには……電話とネットによるオーダーが溢れ返っている Steven Greenhouse, "Delivering Moral Support in a Steady Stream of Pizzas," *New York Times*, Feb. 25, 2011.

☆27 午前一時、ウィスコンシン州議会下院の共和党員たちが Jason Stein, Steve Schultze, and Bill Glauber, "After 61-Hour Debate, Assembly Approves Budget-Repair Bill in Early-Morning Vote," *Milwaukee Journal Sentinel*, Feb. 25, 2011.

☆28 僅か一〇秒で投票終了 Mary Spicuzza and Clay Barbour, "Budget Bill: Lawmakers, Already Frustrated, Brace for Impending Battle over Budget," *Wisconsin State Journal*, Feb. 26, 2011.

☆29 疲労困憊したGOPの議員たちはそのままぞろぞろと議場を出て行き 写真 "Anger in Orange," *Wall Street Journal*, Feb. 25, 2011.

☆30 議会警察は今や……告げている Clay Barbour and Mary Spicuzza, "Campout: Huge Protest Inside the Capitol Will Break Sunday for Cleanup, Police Say," *Wisconsin State Journal*, Feb. 26, 2011.

☆31 彼らがイリノイ州ガーニーのラ・キンタ・インに滞在していた時 Tim Cullen, *Ringside Seat: Wisconsin's Politics, the 1970s to Scott Walker* (Mineral Point, WI: Little Creek Press, 2015), 191-92.

☆32 翌日曜日、抗議の一三日目 同上, 193-94.

☆33 三月六日、二〇日目 同上, 195-97.

☆34 二三日目、共和党上院議員らは議会運営上の策略を仕掛ける Mary Spicuzza and Clay Barbour, "Budget Repair Bill Passes Senate, Thursday Vote Set in Assembly," *Wisconsin State Journal*, March 10, 2011.

☆35 抵抗運動の二五日目 Jason Stein, Don Walker, and Patrick Marley, "Walker Signs Budget Bill, Legal Challenges Mount," *Milwaukee Journal Sentinel*, March 11, 2011.

☆36 民主党上院議員らがイリノイ州に脱出した日、ポールは……インタヴューを受け Video from interview with Paul Ryan, *Morning Joe*, MSNBC, Feb. 17, 2011.

☆37 公務員労働者に対する憤懣が膨れ上がってきたタイミング Frank J. Schultz, "Janesville School Board Votes to Cut Teachers," *Janesville Gazette*, April 7, 2011.

31 ジェインズヴィル時間

☆38 導入された労働者は ゼネラルモーターズ、フォートウェイン組立プラン

ト、人事管理部の数字。

32 プライドと恐怖

☆39 彼は『ガゼット』紙の記者に言うだろう　Neil Johnson, "Blackhawk Technical College Graduates Pack Commencement," *Janesville Gazette*, May 14, 2011.

☆40 昨年ブラックホークで勉強を始めた時　TAA Statistics, Trade Activity Participant Report Data for FY 2010 for United States Total, Employment and Training Administration, U.S. Department of Labor; Trade Adjustment Assistance for Workers, Report to the Committee on Finance of the Senate and Committee on Ways and Means of the House of Representatives, Employment and Training Administration, U.S. Department of Labor, December 2010.

☆41 全国では昨年この援助を受けた訓練生の半数近くが　FY2010 TAA Statistics; National TAA Program Statistics, Trade Activity Participant Report Data for FY 2011 for United States Total, Employment and Training Administration, U.S. Department of Labor.

33 レイバーフェスト 2011

☆42 マディソンの『ウィスコンシン・ステイト・ジャーナル』紙　Clay Barbour, "Two Sides on One Mission; Dale Schultz, Tim Cullen Are Out to Show State Residents That Politicians Can Work Together, Bipartisan Barnstorming," *Wisconsin State Journal*, July 29, 2011; Frank J. Schultz, "Democratic, Republican Senators Work to Forge Relationship," *Janesville Gazette*, Aug. 19, 2011.

☆43 その怒りは……若い男として具現化している　"Paul Ryan Labor Day Confrontation," YouTube, https://www.youtube.com/watch?v=YD0lh1Z j81I.

☆44 ストーナーはは先月のロック郡の失業率が……言及しない　Unemployment rate and employment, Local Area Unemployment Statistics, Janesville-Beloit, Wisconsin, metropolitan statistical area, Bureau of Labor Statistics, U.S. Department of Labor.

☆45 ゼネラルモーターズと……合意に到達する　Nick Bunkley, "G.M. Contract Approved, with Bonus for Workers," *New York Times,* Sept. 29, 2011.

☆46 もしもスプリングヒルが再開するなら、と同紙の記事は推論する　Jim Leute, "Auto Recovery Would Bode Well for Janesville GM Facility," *Janesville Gazette*, Sept. 22, 2011.

34 クロゼットの発見

☆47 パーカーに勤め始めた頃から彼女はデリのクロゼットを手伝ってきた　パーカー高校のデータより。

第5部　2012年

37　SHINE

☆1　だが今は共に政府の応援を受けたこの二つのスタートアップ企業は　Fact sheet, “NNSA Works to Establish a Reliable Supply of Mo-99 Produced Without Highly Enriched Uranium,” National Nuclear Security Administration, U.S. Department of Energy, Oct. 29, 2014.

☆2　二年前、とあるマディソンの経済誌は　“2010's 40 Executives Under 40,” *Business Madison*, March 2010.

☆3　そして遂に三週間ほど前、ピーファーは言った　News release, “SHINE Medical Technologies to Site New Manufacturing Plant in Janesville,” SHINE Medical Technologies, Inc., Jan. 24, 2012.

☆4　『ジェインズヴィル・ガゼット』のSHINE関連の記事によれば　James P. Leute, “Janesville Working with Medical Isotope Maker on Incentive Agreement,” *Janesville Gazette*, Jan. 25, 2012.

☆5　SHINEを獲得するための経済的インセンティヴとして　Vic Grassman, Economic Development Director, Economic Development Department Memorandum to Janesville City Council, “Action on a Proposed Resolution Authorizing the City Manager to Enter into a T.I.F. Agreement with SHINE Medical Technologies,” Feb. 13, 2012.

☆6　この未来の産業地区とベロイトのもう少し小さな用地を合せて　Jim Leute, “Business Park Deemed Shovel-Ready,” *Janesville Gazette*, July 25, 2012.

☆7　だが大局的に見れば……いかに莫大なものか　2012 annual budget, City of Janesville, 1.

☆8　しかもSHINEに対するインセンティヴの話が　同上, 13.

☆9　今夜の会合のために市の経済開発部長は……用意していた　Vic Grassman, Economic Development Director, Economic Development Department Memorandum to Janesville City Council, Action on a Proposed Resolution Authorizing the City Manager to Enter into a T.I.F. Agreement with SHINE Medical Technologies, Feb. 13, 2012.

☆10　何しろ順に議会で証言した一〇人の市民の中で　Video, meeting of the Janesville City Council, Feb. 13, 2012.

☆11　ミーティング開始から一時間近く……ピーファーがようやくマイクの前に立つ　同上.

☆12　演説する議員の一人はラス・スティーバー　同上.

☆13　既に議会のメンバーだった四年前には、とある契約殺人未遂事件の被害者となった　Ted Sullivan, “Prison Time Ordered in Contract Killing Case,” *Janesville Gazette*, April 19, 2009.

☆14　ユーリの演説の核心は　ジェインズヴィル市議会のビデオ, Feb. 13, 2012.

☆15　議会のメンバーが投票に移るまでに　同上.

39　チャリティ不足

☆16　ここはもはや、ジョセフ・A・クレイグが……ジェインズヴィルではない　Obituary, "J. A. Craig Dies at 91, Leader in Many Fields," *Janesville Gazette*, Dec. 31, 1958.

☆17　今日のジョージ・S・パーカーは？　Obituary, "George W. Parker Dies in Chicago. Famous Pen Manufacturer Stricken at 73. Was Most Widely Known Janesville Citizen," *Janesville Gazette*, July 19, 1937.

41　リコール

☆18　リコール戦は悪意に満ちた応酬となり……二倍ものカネが注ぎ込まれている　"Recall Race for Governor Cost $81 Million," Wisconsin Democracy Campaign, July 25, 2012.

☆19　昨年冬、彼を支持する製造業の団体が　Frank J. Schultz, "Billboard Near Shuttered GM Plant Causes Stir," *Janesville Gazette*, Jan. 12, 2012.

☆20　何十年もの間、ロック郡の共和党は　"Recall Race for Governor Cost $81 Million," Wisconsin Democracy Campaign, July 25, 2012.

☆21　数週前の時点で、ウォーカーとバレットは一％以内の僅差にまで迫っていた　News releases, Marquette University Law School Poll, May 2, 2012, May 30, 2012.

☆22　ロック郡5.0はその経済開発の仕事においては無党派だが　Tom Kertscher, "A Closer Look at Recall Donations," *Milwaukee Journal Sentinel*, May 17, 2012.

☆23　ウォーキショー郡エキスポセンターのステージ上　Governor Scott Walker victory speech, C-SPAN, June 5, 2012.

☆24　州全体では知事は勝ったかもしれない　Statewide percentage results, 2012 Recall Election for Governor, Wisconsin Elections Commission.

☆25　ロック郡はウィスコンシン州の七二の郡の中で……一二の郡の一つだ　County by county report, 2012 Recall Election for Governor, Wisconsin Elections Commission.

43　候補者

☆26　午前九時二八分。盛り上がる壮大な音楽　Mitt Romney VP announcement with Rep. Paul Ryan, C-SPAN, Aug. 11, 2012.

☆27　「ポール・ライアンはワシントンで働いているが、彼の心情は」　同上.

☆28　ポールは実際、昨日の午後までは故郷にいたのだ　Rachel Streitfeld, "Ryan's Clandestine Journey to Romney's Ticket Went from 'Surreal to Real,' " CNN, Aug. 12, 2012.

☆29　一ヶ月ほど前、彼は数日間の抗議の末に幹部会を辞めた　Patrick Marley, "Cullen Returns to Caucus Fold; Senator Had Quit over Assignments," *Milwaukee Journal Sentinel*, July 29, 2012.

☆30　一四年間の議員生活を経た　Mitt Romney VP announcement with Rep. Paul Ryan, C-SPAN, Aug. 11, 2012.

☆31 **感動的な場面だ** Romney-Ryan bus tour rally in Waukesha, Wisconsin, Waukesha County Expo Center, C-SPAN, Aug. 12, 2012.
☆32 **今から二週間後** Paul Ryan send-off rally in Janesville, Wisconsin, JATV, Aug. 27, 2012.

44 レイバーフェスト 2012

☆33 **三年前……最初のレイバーフェストには** Gina R. Heine, "Janesville Labor Fest Run by the Community, for the Community," *Janesville Gazette*, Sept. 4, 2009.

45 薬瓶

☆34 **彼が入ると、彼女はグレイのTシャツに白いレギンス** クリスティ・ベイヤーの予備的死亡調査報告書、Rock County Coroner.
☆35 **左側を下に側臥して** クリスティ・ベイヤーの死に関する記録中の救急報告書、Rock County Coroner.
☆36 **その日……六〇歳の労働者が自ら命を断った** Sara Jerving, "Suicide Crisis Centers Report Increase in Calls. Is the Economy to Blame?," *Janesville Gazette*, Feb. 21, 2010.
☆37 **それ以来、ロック郡の自殺者数は** Rock County Coroner のデータ。
☆38 **合衆国全域で自殺者数は** Aaron Reeves, David Stuckler, Martin McKee, David Gunnell, Shu-Sen Chang, and Sanjay Basu, "Increase in State Suicide Rates in the USA During Economic Recession," *The Lancet*, Nov. 6, 2012.
☆39 **医療チームが甦生を図るが** クリスティ・ベイヤーに関する記録中のマーシー病院の報告書, Rock County Coroner.
☆40 **午前六時三二分、チームは** 同上.
☆41 **検屍官の検屍の結果、クリスティの死因は** クリスティ・ベイヤーに関する検死報告書, Rock County Coroner.

46 サークル・オヴ・ウィメン

☆42 **四週前の週末、全てのM&I銀行の看板は** Jim Leute, "Bank Makes Name Change Official," *Janesville Gazette*, Oct. 6, 2012.
☆43 **昨年、BMOはM&Iを買収した** Paul Gores, "M&I Absorbed into Harris Bank; Former 'Crown Jewel' of Banks Had Been Slumping for Years," *Milwaukee Journal Sentinel*, July 6, 2011.
☆44 **BMOが買収した時点で、M&Iは** John McCrank, "Canada's BMO Buying U.S. M&I Bank for $4.1 Billion," Reuters, Dec. 17, 2010.

47 初めての投票

☆45 **彼はクリーヴランド……に向かっている** "On the Trail: November 6, 2012," "Political Ticker" blog, CNN.
☆46 **そうは言っても、ウィスコンシン州もまた……スウィング・ステイトの一つ**

だ　Chris Cilizza, "The 9 Swing States of 2012," *Washington Post*, April 16, 2012; Attendance figure from a White House pool report, Nov. 5, 2012.

☆47　**一〇人中六人が大統領の第二期に投票した**　County by county report, 2012 Fall General Election, Wisconsin Elections Commission.

☆48　**彼自身の区画ですら**　Precinct details, 2012 General Election, Rock County Clerk.

48　ヘルスネット

☆49　**このバジャーケア・プラス・コアは二〇〇九年七月に開設されたが**　Thomas DeLeire et al., "Evaluation of Wisconsin's BadgerCare Plus Core Plan for Adults Without Dependent Children," Report #1, University of Wisconsin Population Health Institute, 1.

49　またも失業

☆50　**今は一人しかいない。対して一四〇〇人の生徒の半分近くは**　"Percent of Children Living in Low-Income Household," School District of Janesville Demographic and Student Membership Report, 2016, 7.

☆51　**学校組織全体としては……集めたが**　教育長 Karen Schulte によるブログ投稿。"What's Right in the School District of Janesville: Delivering Bags of Hope," Dec. 27, 2012.

第 6 部　2013 年

50　二つのジェインズヴィル

☆ 1　**プレミア・バンキングというのは BMO ハリスの顧客の中の**　販促資料、BMO Harris bank.

☆ 2　**GM の四八〇万平方フィートの廃墟**　Jim Leute, "Marketing Tightening for Industrial Real Estate," *Janesville Gazette*, Jan. 28, 2013.

☆ 3　**一月下旬、メアリは……参加する**　フェイスブックへの投稿、Mary Willmer, Jan. 24, 2013.

☆ 4　**「これ以上の幸せはないわ」**　フェイスブックへの投稿、Mary Willmer, May 19, 2013.

☆ 5　**今年、ロック郡でフードシェアを受ける家庭**　FoodShare Wisconsin caseload data, Wisconsin Department of Health, 2007, 2013.

51　夜のドライヴ

☆ 6　**今やその人口七万八千は**　Indiana City/Town Census Counts, 1900 to 2010, and Population Estimates for Indiana's Incorporated Places, U.S. Census Bureau data compiled by STATS Indiana, Indiana Business Research Center, Indiana University.

☆ 7　**残された人々の一〇人に四人は貧困**　Gary, Indiana, QuickFacts, U.S. Census Bureau.

☆ 8　**ダン・ライアンは今日は走りやすい**　Carl Sandburg, "Chicago."

52 仕事の盛衰

☆9 一一〇万平方フィートの処理プラント Jim Leute, "Janesville Plant Is Key for Seneca Foods, Company Says," *Janesville Gazette*, June 20, 2013.

54 グラスには半分以上残っている

☆10 二千件近い新規の雇用というのは大したものだ Employment statistics, Local Area Unemployment Statistics, Janesville-Beloit, Wisconsin, metropolitan statistical area, Bureau of Labor Statistics, U.S. Department of Labor, June 2008 and April 2013.

55 卒業の週末

☆11 合唱部がガース・ブルックスの「ザ・リヴァー」を歌う Garth Brooks, "The River."

☆12 このスタジアムが建てられたのは一九三一年 Carol Lohry Cartwright, Scott Shaffer, and Randal Waller, *City on the Rock River: Chapters in Janesville's History* (Janesville Historic Commission, 1998), 186.

☆13 どれもまあ、ありがたいのはありがたいのだが Average cost, Wisconsin resident, 2013-14 cost chart, University of Wisconsin-Platteville.

エピローグ

☆1 「終った」 Elliot Hughes and Neil Johnson, " 'It's over': Janesville GM Plant Identified in UAW Contract as Closing," *Janesville Gazette*, Oct. 28, 2015.

☆2 ロック郡の投票者の五二%は 2016 Fall General Election Results, Wisconsin Elections Commission.

☆3 一〇ポイント近く少ない 同上.

☆4 最新の統計によれば、ロック郡の失業率は Local Area Unemployment Statistics, Janesville-Beloit, Wisconsin, metropolitan statistical area, Bureau of Labor Statistics, U.S. Department of Labor, October 2016.

☆5 大不況の直前と同じだけの人が今では仕事に就いている State and Area Employment Statistics, Janesville-Beloit, Wisconsin, metropolitan statistical area, Bureau of Labor Statistics, U.S. Department of Labor, October 2016.

☆6 フリトレーやホーメル・フーズなどのベロイトのプラントが Job listings and job fair announcements, Rock County Job Center.

☆7 合衆国の一部には工場の雇用も現れているが Ted Mellnik and Chris Alcantara, "Manufacturing Jobs Are Returning to Some Places. But These Jobs Are Different," *Washington Post*, Dec. 14, 2016, based on analysis of Bureau of Labor Statistics quarterly employment and wages data.

☆8 ジェインズヴィルの経済発展のための直向きな努力の結果に関して言えば Memorandum and order (authorizing issuance of construction permit) in the matter of SHINE Medical Technologies Inc., U.S. Nuclear Regulatory Commission, Feb. 25, 2016.

☆9 **それでも具体的な進展として、SHINEは** Neil Johnson, "SHINE Confirms Move to Downtown Janesville," *Janesville Gazette*, Sept. 21, 2016.

☆10 **依然として雇用や良い賃金に対する飢餓感が続いていることを象徴するように** Catherine W. Idzerda, "Thousands Attend Dollar General Job Fair," *Janesville Gazette*, Sept. 18, 2016.

☆11 **翌年には突然キャンセルされ** Dave Delozier, "Labor Fest Likely Victim of GM Closure in Janesville," WISC-TV News 3, Sept. 7, 2015.

☆12 **二〇一六年初頭、ジェインズヴィルの市政管理者は** Elliot Hughes, "Janesville Asks GM to Create $25 Million 'Legacy Fund,'" *Janesville Gazette*, March 8, 2016.

☆13 **ＧＭは見込み客として** Elliot Hughes, "Four 'Qualified Parties' Identified for GM Property Sale," *Janesville Gazette*, June 20, 2016.

☆14 **二〇一四年に再選された時には** James B. Nelson, "Economists Say Time Has Run Out on Top Campaign Promise," *PolitiFact*, Sept. 18, 2014.

☆15 **トランプの立候補の際に一九〇万ドル** Federal Election Commission data; Reform America Fund, contributors 2016 cycle, OpenSecrets.org

参考文献

以上で言及した資料の他に、ここに私の思考形成に役立った他の本、および景気後退の効果に関する最近の研究動向を追うのに役に立った論文や報告書を挙げる。

書籍

- Bartlett, Donald L., and James B. Steele. *The Betrayal of the American Dream*. New York: PublicAffairs, 2012.
- Ehrenreich, Barbara. *Nickel and Dimed: On (Not) Getting By in America*. New York: Henry Holt, 2001.
- Garson, Barbara. *Down the Up Escalator: American Lives in the Great Recession*. New York: Doubleday, 2013.
- Greenhouse, Steven. *The Big Squeeze: Tough Times for the American Worker*. New York: Alfred A. Knopf, 2008.
- Grunwald, Michael. *The New New Deal: The Hidden Story of Change in the Obama Era*. New York: Simon & Schuster, 2012.
- Grusky, David B., Bruce Western, and Christopher Wimer, eds. *The Great Recession*. New York: Russell Sage Foundation, 2011.
- Kennedy, Sharon A. *Classroom at the End of the "Line": Assembly Line Workers at Midwest Community and Technical Colleges*. North Charleston, SC: CreateSpace Independent Publishing Platform, 2013.
- Linkon, Sherry Lee, and John Russo. *Steeltown U.S.A.: Work and Memory in Youngstown*.

Lawrence: University Press of Kansas, 2002.
- Milkman, Ruth. *Farewell to the Factory: Auto Workers in the Late Twentieth Century.* Berkeley: University of California Press, 1997.
- Osterman, Paul, and Beth Shulman. *Good Jobs America: Making Work Better for Everyone.* New York: Russell Sage Foundation, 2011.
- Packer, George. *The Unwinding: An Inner History of the New America.* New York: Farrar, Straus & Giroux, 2013.
- Peck, Don. *Pinched: How the Great Recession Has Narrowed Our Futures and What We Can Do About It.* New York: Crown, 2011.
- Putnam, Robert D. *Our Kids: The American Dream in Crisis.* New York: Simon & Schuster, 2015.（柴内康文訳『われらの子ども』創元社、2017 年）
- Smith, Hedrick. *Who Stole the American Dream?* New York: Random House, 2012.
- Van Horn, Carl E. *Working Scared (or Not at All): The Lost Decade, Great Recession, and Restoring the Shattered American Dream.* Lanham, MD: Rowman & Littlefield, 2013.

論文と報告書

- Brooks, Clem, and Jeff Manza. "Broken Public? Americans' Responses to the Great Recession." *American Sociological Review* 78 (2013): 727-48.
- Burgard, Sarah A., Jennie E. Brand, and James S. House. "Causation and Selection in the Relationship of Job Loss to Health in the United States." Working paper, University of Michigan, August 2005.
- Davis, Steven J., and Till von Wachter. "Recessions and the Costs of Job Loss." Brookings paper on Economic Activity, Brookings Institution, Fall 2011.
- Farber, Henry S. "Job Loss in the Great Recession: Historical Perspective from the Displaced Worker Survey, 1984-2010." Working paper 17040, National Bureau of Economic Research, May 2011.
- Goldsmith, Arthur, and Timothy Diette. "Exploring the Line Between Unemployment and Mental Health Outcomes." *The SES Indicator*, e-newsletter of the Public Interest Directorate Office of Socioeconomic Status, American Psychological Association, April 2012.
- Heinrich, Carolyn, and Harry J. Holzer. "Improving Education and Employment for Disadvantaged Young Men: Proven and Promising Strategies." *Annals of the American Academy of Political and Social Science* 635 (May 2011): 163-91.
- Heinrich, Carolyn J., Peter R. Mueser, and Kenneth R. Troske. "Workforce Investment Act Non-Experimental Net Impact Evaluation." IMPAC International, LLC, December 2008.
- Heinrich, Carolyn J., Peter R. Mueser, Kenneth R. Troske, Kyung-Seong Jeon, and Daver C. Kahvecioglu. "A Nonexperimental Evaluation of WIA Programs." In *The Workforce Investment Act: Implementation Experiences and Evaluation Findings,* edited by Douglas J. Besharov and Phoebe H. Cottingham (Kalamazoo, MI: W. E. Upjohn Institute for Employment Research, 2011), 371-404.

- Hollenbeck, Kevin, Daniel Schroeder, Christopher T. King, and Wei-Jang Huang. "Net Impact Estimates for Services Provided Through the Workforce Investment Act." Paper for Office of Policy and Research, Employment and Training Administration, U.S. Department of Labor, 2005.
- Hurd, Michael D., and Susann Rohwedder. "Effects of the Financial Crisis and Great Recession on American Households." Working Paper 16407, National Bureau of Economic Research, September 2010.
- Jacobson, Louis S. "Strengthening One-Stop Career Centers: Helping More Unemployed Workers Find Jobs and Build Skills." Discussion paper, The Hamilton Project, Brookings Institution, April 2009.
- Jacobson, Louis, Lauren Focarazzo, Morgan Sacchetti, and Jacob Benus. "Improving America's Workforce Through Enhanced Collaboration Between the Public Workforce System and Community Colleges." IMPAQ International LLC, submitted to U.S. Department of Labor, Dec. 10, 2010.
- Jacobson, Louis, Robert J. LaLonde, and Daniel Sullivan. "The Impact of Community College Retraining on Older Displaced Workers: Should We Teach Old Dogs New Tricks?" *Industrial & Labor Relations Review* 58, no. 3 (2005): 398-415.
- Kalil, Arial, Kathleen M. Ziol-Guest, and Jodie Levin Epstein. "Non-standard Work and Marital Instability: Evidence from the National Longitudinal Survey of Youth." *Journal of Marriage and Family* 72 (2010): 1289-1300.
- Kalil, Arial, and Patrick Wightman. "Parental Job Loss and Children's Educational Attainment in Black and White Middle Class Families." *Social Science Quarterly* 92 (2011): 56-77.
- Katz, Lawrence. "Long-Term Unemployment in the Great Recession." Testimony for the Joint Economic Committee, U.S. Congress, April 29, 2010.
- Kessler, Ronald C., Blake Turner, and James S. House. "Effects of Unemployment on Health in a Community Survey: Main, Modifying and Mediating Effects." *Journal of Social Issues* 44, no. 4 (1988): 69-85.
- Kochhar, Rakesh. "A Recovery No Better than the Recession: Median Household Income, 2007 to 2011." Pew Social & Demographic Trends, Pew Research Center, June 2014.
- Stanley, Marcus, Lawrence Katz, and Alan Krueger. "Developing Skills: What We Know About the Impact of American Employment and Training Programs on Employment, Earnings and Educational Outcomes." G8 Economic Summit, 1998.
- Stucker, David, Sanjay Basu, and David McDaid. "Depression Amidst Depression: Mental Health Effects of the Ongoing Recession," background paper to *Impact of Economic Crises on Mental Health*, World Health Organization Regional Office for Europe, 2010.
- Sullivan, Daniel, and Till von Wachter. "Job Displacement and Mortality: An Analysis Using Administrative Data." *The Quarterly Journal of Economics* 3 (2009): 1265-1306.
- Van Horn, Carl, and Cliff Zukin. "Shattered American Dream: Unemployed Workers

Lose Ground, Hope, and Faith in Their Futures." Part of series of Work Trends surveys, John J. Heldrich Center for Workforce Development, Bloustein School of Planning and Public Policy, Rutgers University, December 2010.
- Van Horn, Carl, Cliff Zukin, and Allison Kopicki. "Left Behind: The Long-term Unemployed Struggle in an Improving Economy." Part of series of Work Trends surveys, John J. Heldrich Center for Workforce Development, Bloustein School of Planning and Public Policy, Rutgers University, September 2014.
- Von Wachter, Till, Jae Song, and Joyce Manchester. "Long-Term Earnings Losses Due to Mass Layoffs in the 1982 Recession: An Analysis of U.S. Administrative Data from 1974 to 2004." Working paper, Columbia University, April 2009.
- Zukin, Cliff, Carl Van Horn, and Charley Stone. "Out of Work and Losing Hope: The Misery and Bleak Expectations of American Workers." Part of series of Work Trends surveys, John J. Heldrich Center for Workforce Development, Bloustein School of Planning and Public Policy, Rutgers University, September 2011.

補遺1：ロック郡における調査の説明および結果

一冊の書物の中に登場させられる人物には限りがある。そして筆者は、単に彼らの逸話的な体験を書くのみならず、より広範な経済状況と、近隣住民の態度まで記したいと熱望していた。この理由のために筆者はロック郡の調査を行なうこととした。同郡はウィスコンシン州南部の一角を占めており、ジェインズヴィルはその郡庁所在地である。

本調査はウィスコンシン大学調査センターとの共同で実施され、数名の社会学者の協力を得た。ウィスコンシン大学マディソン校のコミュニティおよび環境社会学教授ゲイリー・グリーンが中心となって筆者と共に調査票の作成と結果の分析に当たった。

調査期間は2013年の晩冬から春にかけてで、大不況《グレート・リセッション》の公式終結からはほぼ5年、ジェインズヴィル組立プラント閉鎖からは4年以上が経過している。調査方法はロック郡の住所録から無作為に抽出された2000件のデモグラフィクス標本に対してメールで質問票を送付した。全体的な回答率は高かった——59.7%である。

ほとんどの質問は受取人全員に対するものだが、一部の質問は景気後退開始以後に仕事を失った者、あるいは家族の中にレイオフされた者がいる者の経験にフォーカスしている。後者の質問の一部は、景気後退期の失業による影響に関する全国調査の項目を模範とし、その回答との比較を試みた。

全般的に、調査結果はロック郡における失業の広がりを実証していた。回答者の3人に1人以上が失業者もしくはその家族であった。景気後退それ自体の後も長年にわたって賃金の低下と経

済的な悲観論が続いていたことが示された。調査結果はまた、労働組合員数の減少、組合に対するはっきりと二分された態度を示していた。またそれは、失業がウィスコンシン州南部の人々に惹き起こした経済的・感情的苦痛を証言していた――半数が食費に事欠き、3分の2近くが家族関係に重圧を強いられたとしている。

ここに主要な調査結果を示す――

回答者の4分の3が、2013年の合衆国経済は依然として停滞していると回答。

【1－1】あなたはこの国の経済的停滞は終ったと思いますか、それとも経済は依然として停滞していると思いますか？

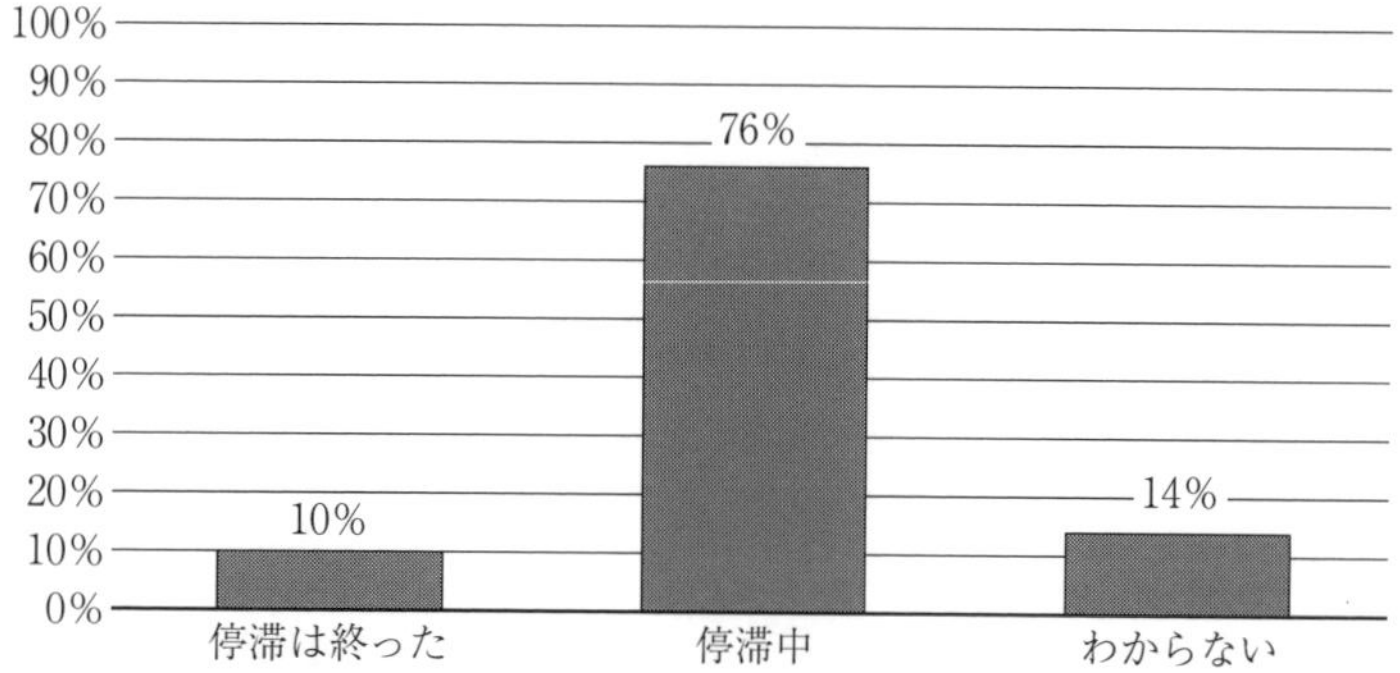

全般的に、半分より少し多い人々が、景気後退前よりも経済状況が悪化したと答えた。ここに2つのジェインズヴィルを垣間見ることができる――失業者もしくはその家族は、そうでない者よりも暮らし向きが悪化したと答える傾向が遥かに高かった。

【１－２】現在の家計について、５年前よりも良くなりましたか、あるいは悪くなりましたか？

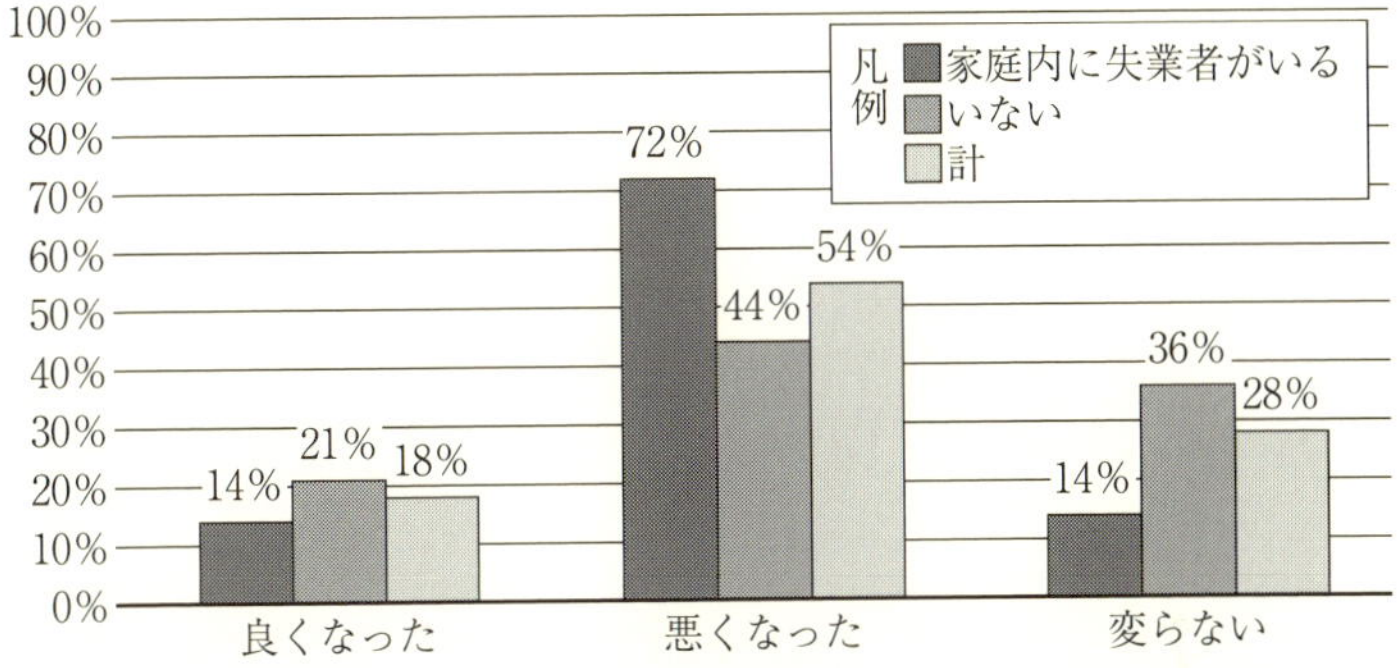

３分の１以上が経済的な理由で失業した者、もしくはその家族だった。

【１－３】過去５年間で、あなたもしくは家族の誰かが、事業閉鎖、仕事の枯渇、レイオフなどの理由で仕事を失いましたか？

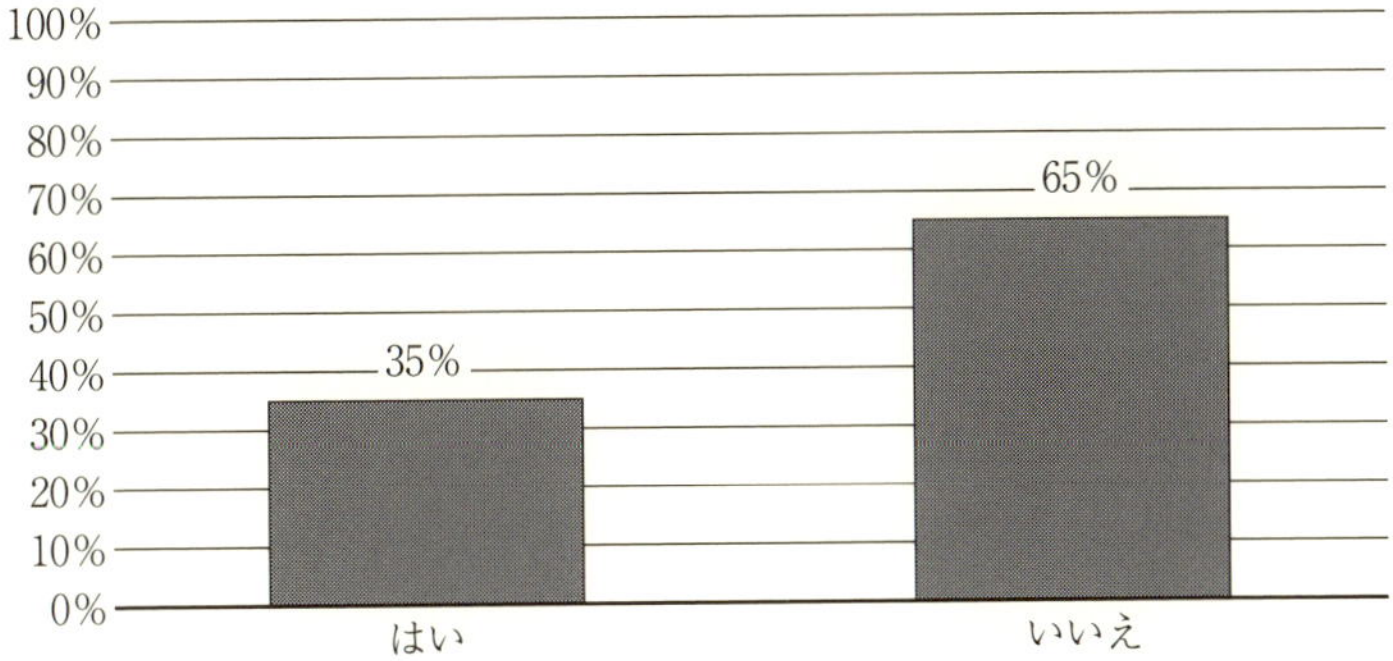

不動産価値の下落は広範囲に及んでいる。

【１－４】あなたの住宅の価値は過去５年間で低下しましたか？

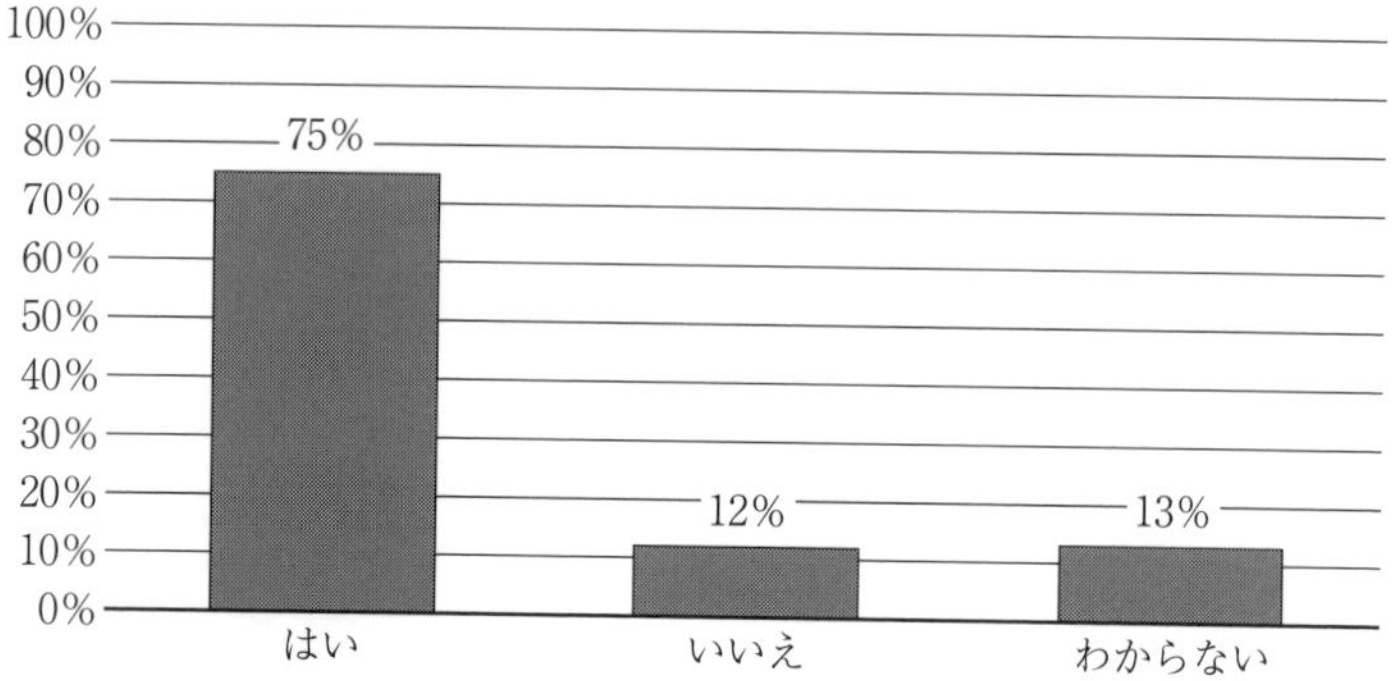

そして理由を問わず、転職者の半数以上が――レイオフに限らず――収入を減らしていた。

【１－５】過去５年間に新しい仕事に就いた人にお尋ねします。以前の仕事に比べて収入は増えましたか、同じくらいですか、それとも減りましたか？

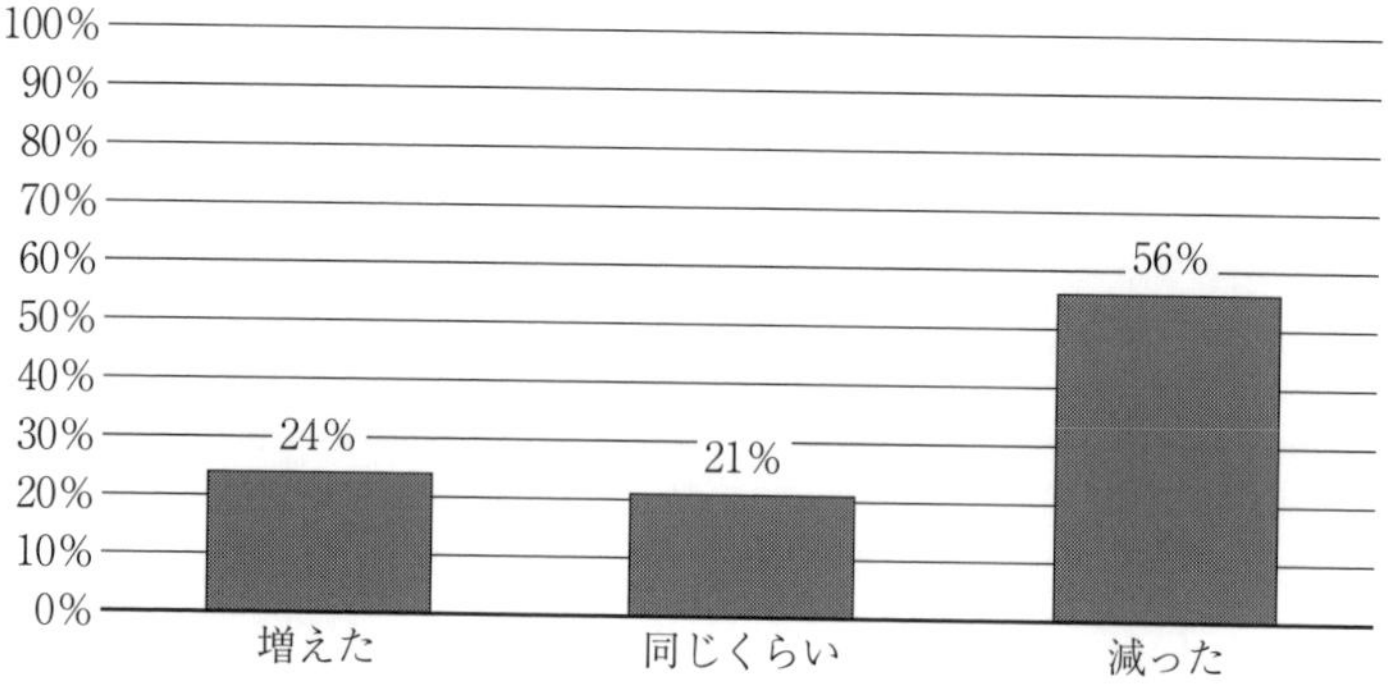

経済面での悲観論は広範囲に及んでいる。

【1－6】ロック郡に関して、以下の各項目で将来どのようなことが起こると思いますか？

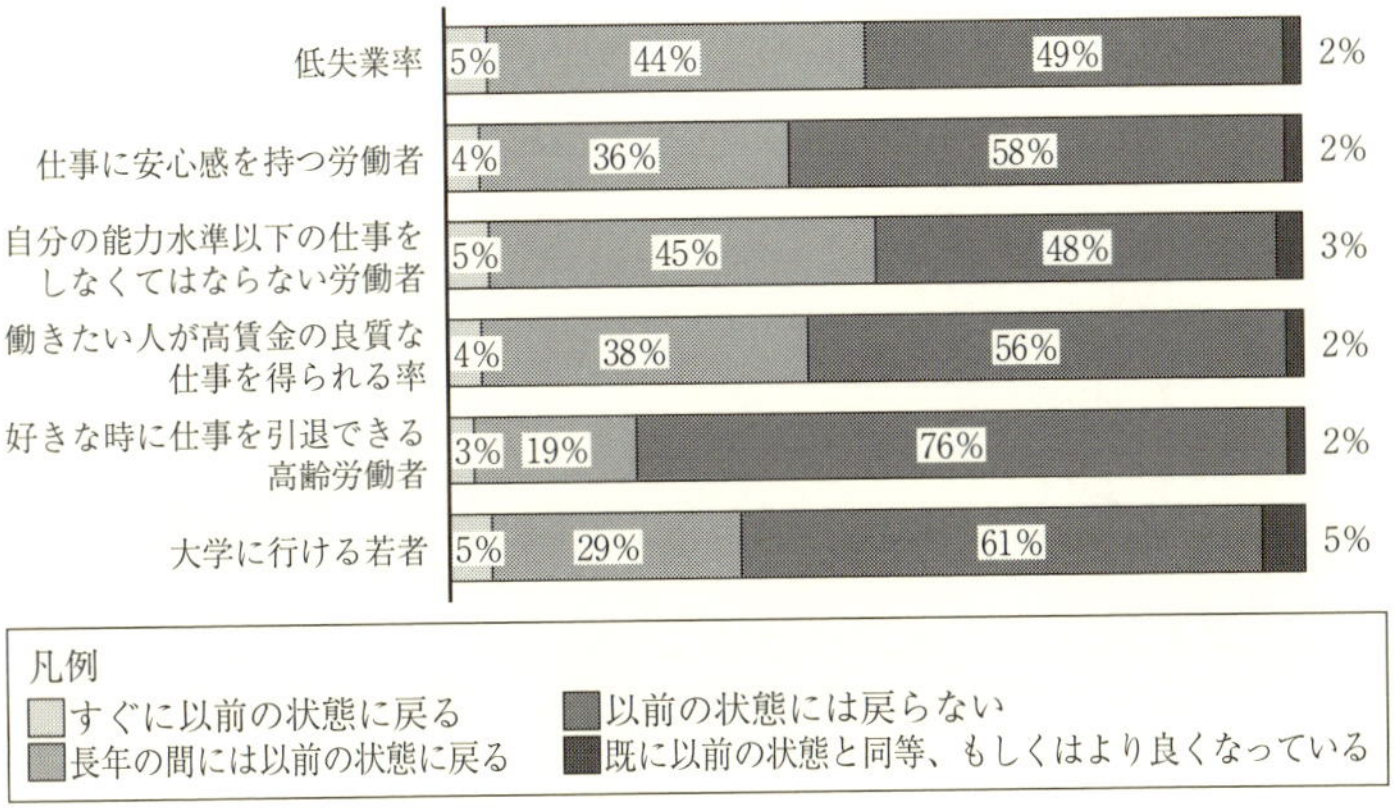

全般的に、およそ3分の1が政府は失業者対策を今以上に推進すべきと答えた。家庭内にレイオフがいる者の方が政府のより強い支援を望む者が多いが、多数派ではない。

【1－7】失業者に対する政府の支援は？

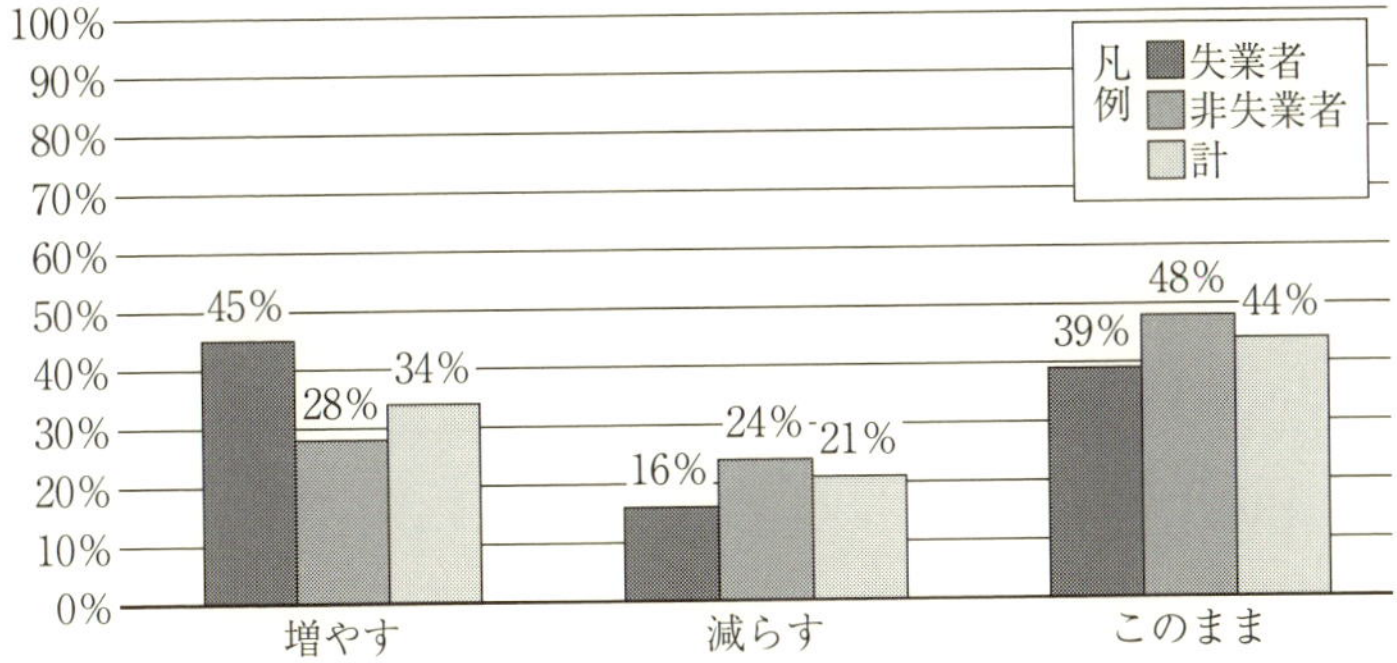

ほぼ半数が組合に加入していたが、そのほとんどは元組合員。

【１－８】あなたは労働組合に入っていますか、あるいはかつて入っていましたか？

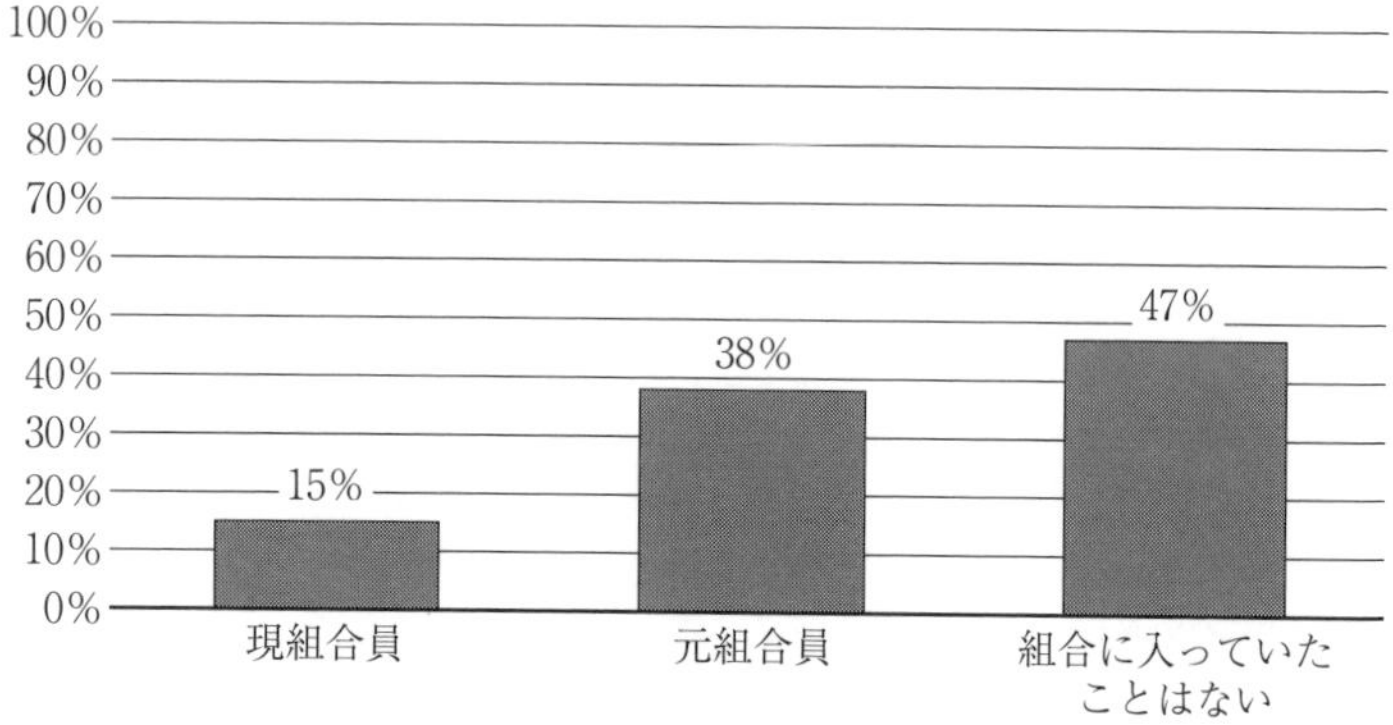

組合に関する見解はほぼ二分された。

【１－９】全般的に見て、あなたは労働組合が合衆国経済全般に対して主として有益だと思いますか、主として有害だと思いますか？

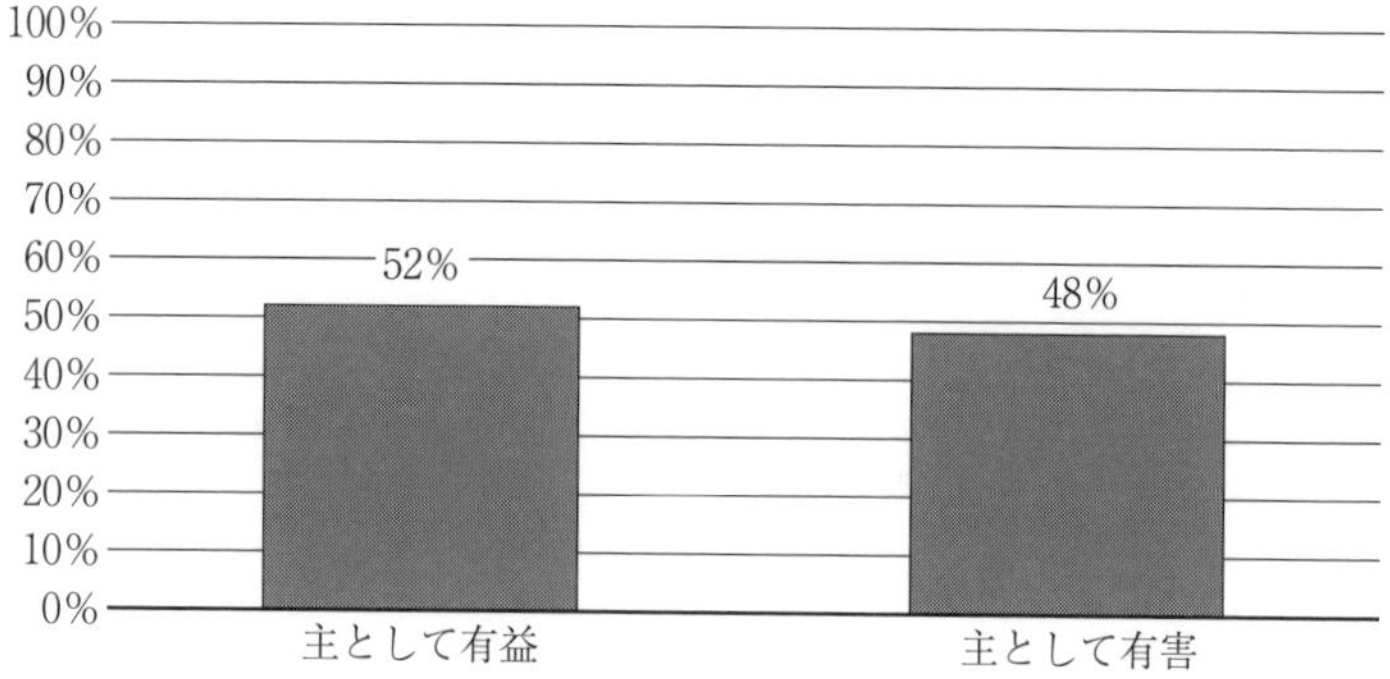

本人もしくは家族が失業した者の多くがそれに対して経済的に対処しようとした。以下はこれらのなかのどれかを行なったと答えた者のパーセンテージ。

【1－10】あなたもしくは家族が失業中に、次のようなことをしましたか？

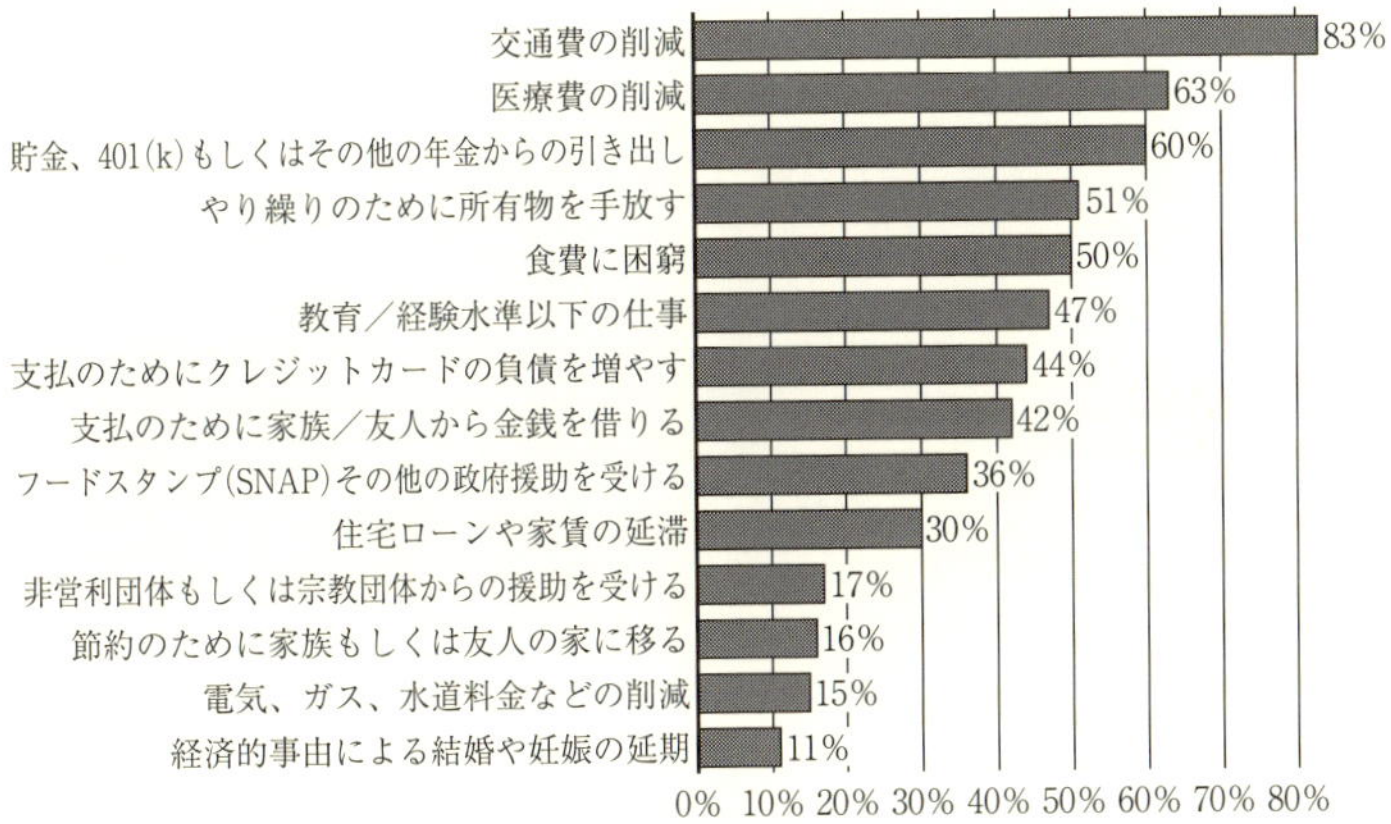

多くの者にとって、自分もしくは家族の失業は感情及び対人関係に影響を及ぼしている。

【１－11】あなたや家族が失業中に、以下のようなことが起こりましたか？

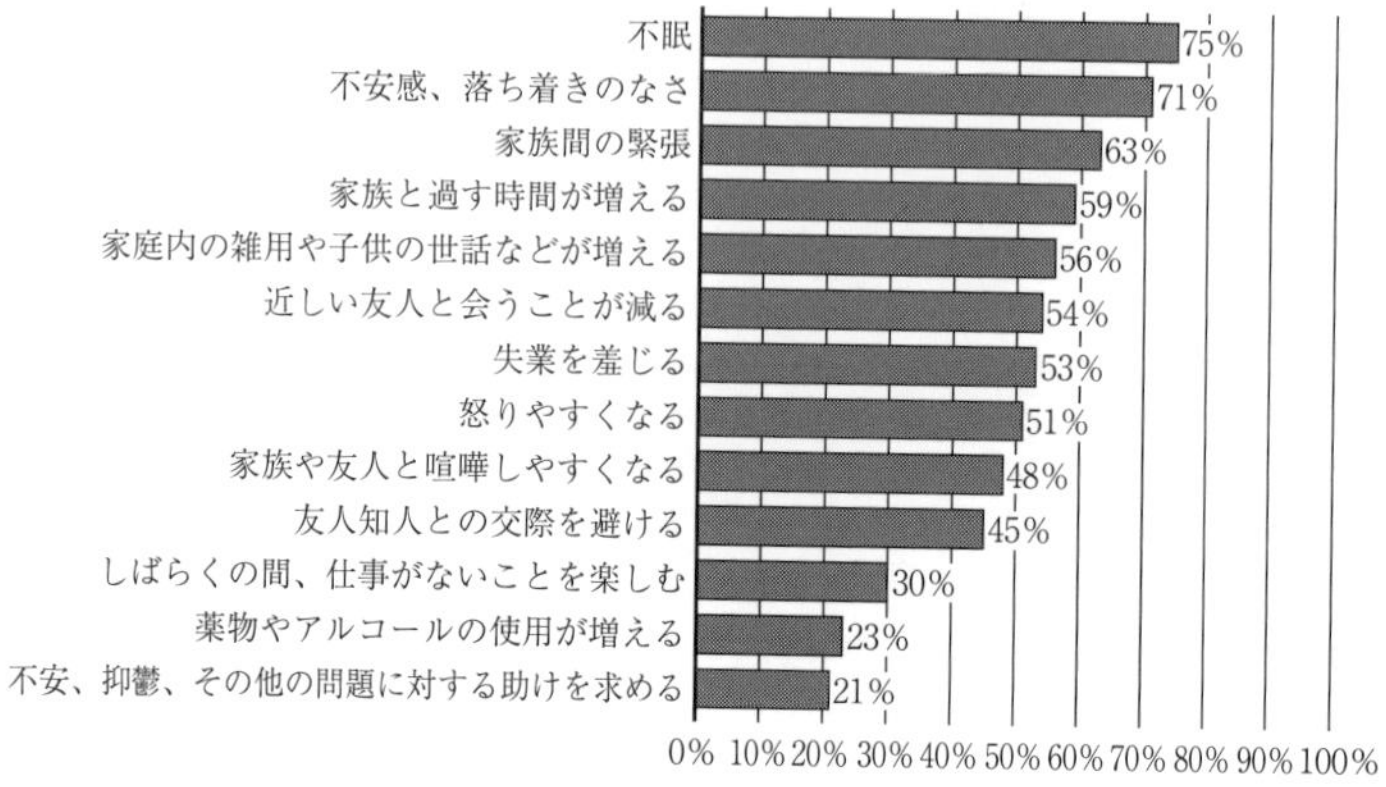

補遺2：職業再訓練に対する分析の説明および結果

経済に関してほぼ全ての点で見解を異にする人々の間ですら、こと失業者に関しては、同じ分野で別の仕事を見つけられそうにない場合は学校に戻って別の分野の教育を受けるべき、というのが共通見解になっている。連邦政府は毎年、このような失業者の再訓練のために何億ドルも費やしている。しかしながら、この政策が有効か否かに関する調査は徹底的には為されていない。

そこで筆者は、GMのジェインズヴィル組立プラントおよびその周辺で何千もの人々が仕事を失った後の数年間に、ウィスコンシン州南部において再訓練がレイオフ労働者の役に立ったのかどうかを調べる決意をした。

主旨は、学生に戻った工員が学業および求職においてどの程度うまくいっているかを調べることである。筆者はブラックホーク技術大学にフォーカスした。ジェインズヴィルにある2年制の学校で、職業プログラムに特化している。大不況《グレート・リセッション》の直後、あまりにも多くの失業者がブラックホークに殺到したために、この小さな学校は1世紀に及ぶウィスコンシン州の技術大学制度の歴史上、最多の入学者を抱えることとなった。

調査結果は驚くべきものであった——職業訓練はジェインズヴィルおよびその周辺において、より多くの仕事や高賃金を得るための道ではないということが判明したのだ。少なくとも、雇用自体が極めて少ないこの時期においてはそうであった。

この分析は、他の場所で行なわれた幾つかの先行研究に倣《なら》った。学校に戻った失業者を個別調査し、その後の労働と賃金の状況を調べ、再訓練を受けていない失業者と比較するという手法である。

筆者はミシガン州カラマズーにあるW. E. アップジョン雇用研究所の上級エコノミストであるケヴィン・ホレンベック、及びウィスコンシン大学マディソン校のウィスコンシン戦略センター副所長である労働エコノミストのローラ・ドレッサーと共同調査を行なった。

分析したデータには幾つかの種類がある。ウィスコンシン州労働開発局からは2つのデータセットの提供を受けた。失業した者を特定するために、我々は同局にある2008年夏から2011年秋までのロック郡及び近隣のグリーン郡、すなわちブラックホークの学生のほとんどが居住するウィスコンシン州南部の地域の住民の失業救済金請求記録を参照した。我々はまた、同局の失業保険賃金の記録も用いた。これはあらゆる州が収集している――そして全ての雇用主が報告を義務づけられている――種類の各従業員の賃金の情報である。ロック、グリーン両郡の賃金記録は、四半期分の収入を示している――すなわち3ヶ月の間に従業員に支払われた分である。ブラックホークからはまた、ジェインズヴィルで大量の雇用の喪失が始まった2008年夏、及び2010年夏の単位修得プログラムに参加した学生全員の記録の提供を受けた。これらの記録は年齢、性別、人種、民族などの基本的デモグラフィクス、及び当該学生が補習を必要としたか否か、何を学習したか、卒業したか否かといった学習情報も含んでいる。

これらの記録には氏名は含まれない。データセットをリンクさせるため、労働開発局の経済顧問部の当時の労働エコノミストであったマタイアス・スカリオーニは社会保障番号を用い、その後、データの匿名性保持のために番号を消去した。我々は主として、調査中のある時点において失業手当を受けていたブラックホークの学生を見つけるという方法で同校の失業者を特定した。また、雇用状況について訊ねているブラックホークの新入生質問票も参

照した。失業中であると回答した学生がこの分析に回された。複数にわたって数えられる者がないよう留意した。

分析のために、我々は「ビフォア期」(景気後退前、レイオフ前)として2007年を、および「アフター期」として我々が情報を有していた最後の年――2011年の半ばまでを措定した。このようにして我々は何名の失業者が再教育以前と以後に賃金労働に従事しているかを見ることができた。それがフルタイムかパートタイムかは特定できなかったので、我々は彼らを以下のように分類した。1年の各四半期に収入のある「安定労働者 steady workers」。少なくとも1四半期には収入があるが、ない時期もある「間歇《かんけつ》労働者 intermittent workers」。及び収入が報告されていない者である。データにはウィスコンシン州での収入のみが含まれ、他の州での収入は含まれていないが、他の情報の示唆するところによると、この地区の住民で他地区の仕事をする者は比較的少ない。我々は再訓練以前と以後の彼らの収入を比較した。それから、彼らの仕事と収入を、ロック、グリーン両郡の失業給付から取得したそれ以外の労働者及び同時期にキャンパスにいたそれ以外の学生と比較した。

全般的に、我々はブラックホークに行った失業者の3分の1が所定期間内に学習プログラムを終えたことを見出した。これは同時期に同キャンパスにいた他の学生よりも少し多い。

ここに、他の主要結果のいくつかを示す。

学校に戻った失業者は、学校に行かなかった者に比べて再訓練後の就職率が低い。

【2－1】就職率

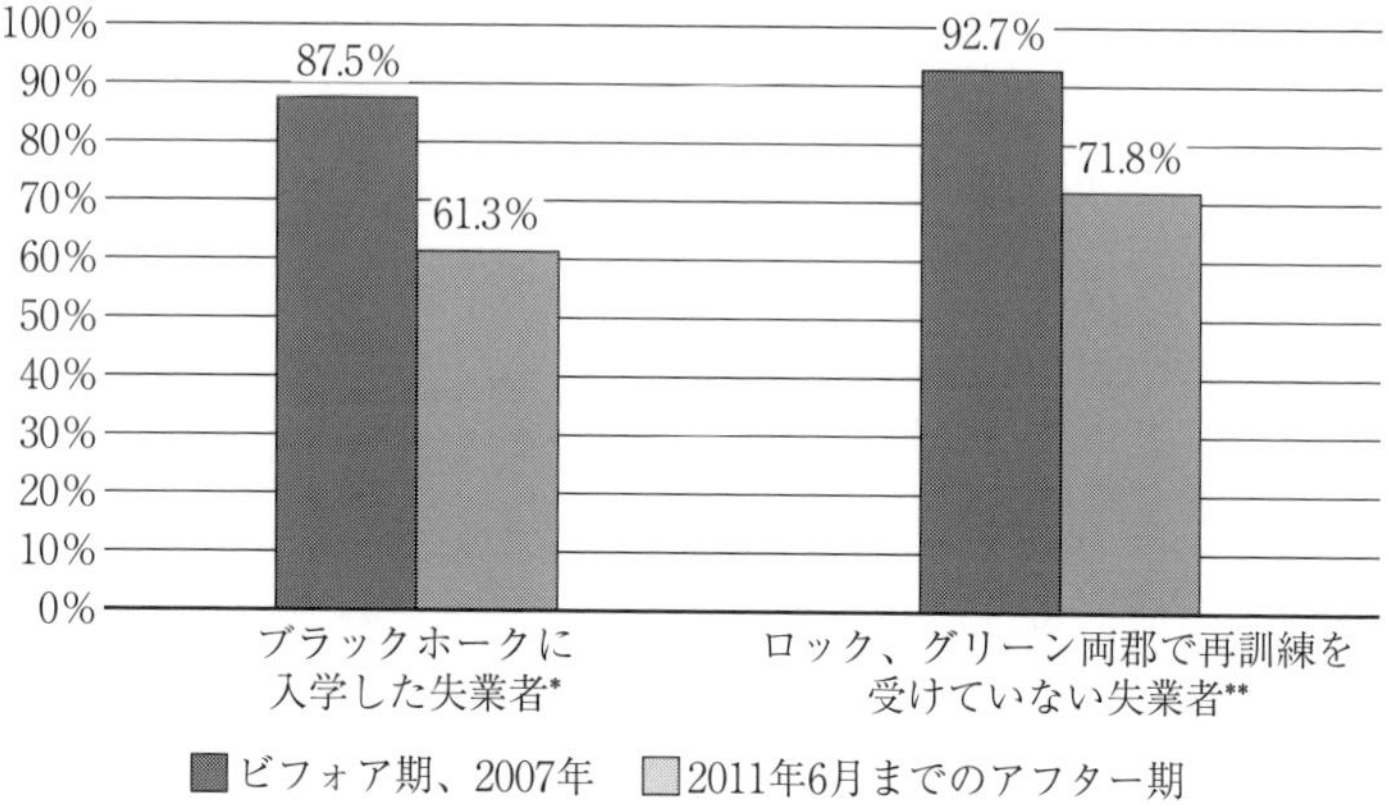

＊　1,740人、2008年夏から2010年夏まで
＊＊　30,777人、2007年から2011年夏までに失業給付を受けた者

再訓練は結果として求職において有利となったわけではない。学校に戻った者の中で安定した仕事に就けた者の割合は、戻らなかった失業者よりも少なかった。さらに悪いことに、再訓練を受けた者のさらに多くは全く賃金を得ていなかった。

【２－２】どれだけの人が働いているか？

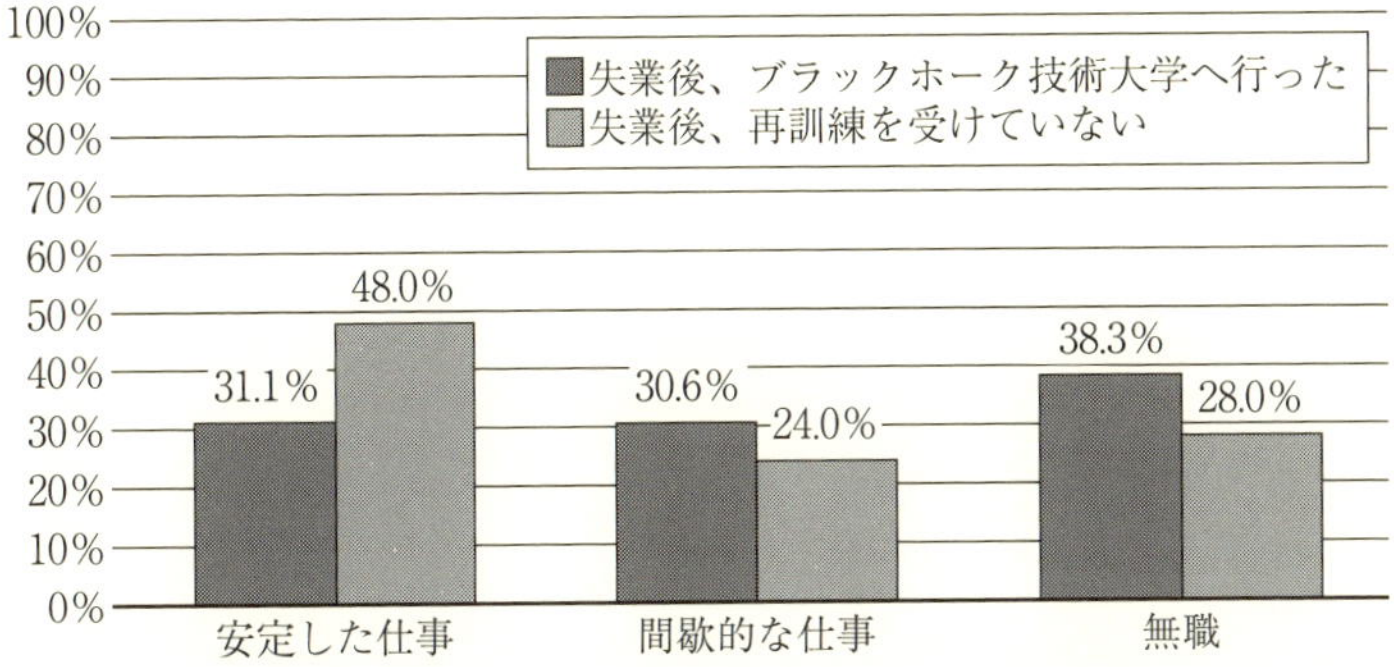

2011年6月までの年度

学校に行った失業者はその後、行かなかった者よりも収入が少なかった。景気後退前には、両群の収入はほぼ同じだった。

【２－３】

再訓練は引き合うか？			
	ブラックホーク技術大学に入学した失業者	再訓練を受けていない失業者	その他のブラックホークの学生
2007年度各四半期の平均収入	$7,294	$7,239	$1,636
2011年6月までの年度の各四半期の平均収入	$3,348	$6,210	$2,788
平均変化額	-$1,935	-$534	$985
平均変化率	-35.5%	-7.5%	47%

再訓練後に定職に就いた失業者は、景気後退前は比較的高い初任給から開始していた者である。その後も、彼らの賃金は再教育を受けた他の失業者よりも若干高かった――だが、学校へ行かなかった安定労働者よりも遥かに低かった。

【２－４】

職に就けた者にとってすら、再訓練は引き合ったか？		
	ブラックホークに入学したレイオフ労働者	訓練を受けなかったレイオフ労働者
ビフォア期 2007年度各四半期の平均収入	$9,675	$8,390
アフター期 2011年6月までの年度の各四半期の平均収入	$4,821	$7,637
平均変化額	-$2,269	-$279
平均変化率	-28.5%	-3.5%

ブラックホークのプログラムを卒業したレイオフ労働者は、卒業できなかった者よりも多くの金額を稼いでいた。だがそれ以前はさらに多くを稼いでいたので、これらの卒業生は結局、脱落組よりも賃金の下落幅は大きかった。

【２－５】

卒業は助けになったか？		
	卒業者	脱落者
ビフォア期 2007年度各四半期の平均収入	$10,174	$5,833
アフター期 2011年6月までの年度の各四半期の平均収入	$4,275	$2,926
平均変化額	-$4,974	-$1,105
平均変化率	-49.0%	-25.9%

失業者の一群は、特例的な「キャリア及び技術教育プログラム」(CATE) を通じて追加の支援を受けた。ブラックホークの職員と地元実業界のリーダーによる、就職に最有望と思われる学習分野の予測に基づき、これらの学生の一部は情報テクノロジーと臨床検査技師の養成プログラムで準学士を取得させられた。その他の者は、准看護師、溶接、ビジネスの資格を取れる短期の資格プログラムを受けた。我々は、これらの有望なプログラムを選んだ失業学生が、他のプログラムの受講生よりも就職に有利であったか否かを見た。結果はそうではなかった。

【2－6】

有望な分野は有利だったか？		
	前	後
有望	81%	62%
その他のプログラム	89%	61%

賃金労働者のパーセンテージ

ブラックホークに行った失業者の多くは一般的な学生よりも年長だった。年長になればなるほど、景気後退以前と以後では、収入の下落が大きかった。

【2－7】

どの年齢群が最も傷ついたか？					
	18-24	25-34	35-44	45-54	55+
2007年度各四半期の平均収入	$1,173	$4,316	$11,761	$11,747	$10,760
2011年6月までの年度の各四半期の平均収入	$2,519	$3,178	$4,128	$4,540	$3,387
平均変化額	$1,307	-$883	-$5,755	-$6,175	-$6,944
平均変化率	98.9%	-23%	-53%	-59%	-67%

翻訳者あとがき

本書は、エイミー・ゴールドスタイン著〝ジェインズヴィル——アメリカの物語〟（Amy Goldstein, JANESVILLE; An American Story, Simon & Schuster Paperbacks, New York, 2018）の全訳です。ごらんの通り、原題は非常にシンプルなものですが、日本では「ジェインズヴィル」という地名自体にあまり親しみがないということで、幾つかの要素を付け加えた邦題となりました（なお、翻訳者個人は邦題として『ジェ工哀史』というのを考えていたのですが、却下されて幸いです）。表題となっている「ジェインズヴィル」はアメリカはウィスコンシン州ロック郡の郡庁所在地の街です。

一般の日本人にとって、アメリカの各州ごとのお国柄の違いというものはなかなかイメージしづらいものがありますが、ウィスコンシン州は五大湖に接するアメリカ中西部の州です。別名「穴熊州」と呼ばれますが、これはかつてこの州が鉛鉱業を産業基盤としており、鉛鉱床を掘って住み着く人が多くいたことに由来するそうです。一九世紀末頃から酪農が盛んとなり、チーズの生産でも知られるようになりました。名物としてはもうひとつ、ドイツ系移民が持ち込んだソーセージ「ブラットヴルスト（ブラッツ）」があります。政治的には、二〇世紀初頭に登場した知事ロバート・M・ラフォレット以来、進歩主義の伝統を脈々と受け継いでいます。

そんなウィスコンシン州の一都市であり、本書の舞台となるジェインズヴィル市は一八三五年の創立。州内では最南端に位置しており、二〇一〇年の統計では人口六万三五七五人と、規模こそさほどではありませんが、かつては二つの世界的企業の城下町として知られていました。一つは一八八八年にこの街で設立された万年筆のトップメーカー、パーカー・ペン。そしてもう一つがかつてアメリカを代表する自動車メーカーとして栄華を恣《ほしいまま》にしたゼネラルモーターズです。

ゼネラルモーターズがジェインズヴィルにプラントを建てたのは一九一九年のこと。以後、この街はこの二大企業を中心として発展してきました。主として女性はパーカー、男性はゼネラルモーターズに勤めていることがこの街における一種のステータス・シンボルとなるほどで、特に後者はさまざまな関連企業や下請という形で膨大な雇用を生み出し、街を潤してきました。

パーカーの創業者であるジョージ・S・パーカーと、この街にゼネラルモーターズを誘致したジョセフ・A・クレイグの二人の実業家を範として、ジェインズヴィルの人々は伝統的に進取の気性に富み、何ごとも「為せば成る」という楽天主義によって、度重なる危機を乗り越えてきました。また、両企業の手厚い福利厚生と待遇のお陰もあって、この街では労働運動こそ盛んでありましたが、労使の対立が激化することはほとんどなく、協調と寛容の精神が労使の間に行き渡っていました。

何もかも順風満帆、ではないにしても、どんな苦難もいずれ必ず乗り越えていけると信じて日々を営んできたジェインズヴィルの人々の運命が大きく激変する時がやがて訪れます。二〇〇〇年代後半から世界の市場で観察された長期にわたる景気衰退局面——いわゆる「大不況《グレート・リセッション》」です。

アメリカでは、このグレート・リセッションは二〇〇七年一二月に始まり、公式的には二〇〇九年の六月に終結したとされています。二一世紀に入って以後、業績悪化に苦しんできたゼネラルモーターズはグレート・リセッションの直撃を喰《く》らい、二〇〇七年度には実に三兆円という巨額の赤字を出すに至りました。そして同社はついに、二〇〇八年一二月を以てジェインズヴィル組立プラントでの自動車生産を終了。翌二〇〇九年六月、負債総額一六兆円を抱えて倒産してしまいます。

本書は、ある日突然、街の存立基盤であったゼネラルモーターズの組立プラントを失ったジェインズヴィルの人々の、それぞれの苦闘を描くドキュメンタリーです。これまでさまざまな苦難を各人の知恵と工夫で乗り越えてきた歴史と、その経験に基づく「為せば成る」精神の伝統を持つジェインズヴィルの人々にとってすら、今回のゼネラルモーターズ撤退の衝撃はあまりにも大きすぎました。職を失った人の多くは、新たなスキルと資格を求めて、地元の職業訓練カレッジであるブラックホーク技術大学の再訓練プログラムに殺到するのですが——。

著者エイミー・ゴールドスタインは三〇年にわたって『ワシントン・ポスト』紙の記者を務め、その間、ホームレスの避難所からエアフォース・ワンに至る多種多様な場所で取材活動に従事してきました。彼女が特に深い関心を寄せているのは公共政策を左右する政治の動向、そしてそれがごく普通の人々に対して及ぼす影響です。メディケアやメディケイド等の医療制度、社会保障、福祉、住宅問題、社会的セーフティネットなどを得意分野とし、ジョージ・W・ブッシュ政権時代には『ワシントン・ポスト』紙のホワイトハウス・レポーターとして、主として国内政策を担当しました。

モニカ・ルインスキーのスキャンダルから過去六名の最高裁判所長官の指名まで、さまざまなニュース報道を手がけ、二〇〇二年には911の新聞報道でピューリッツァ賞を受賞。二〇〇九年にも移民の医療問題でピューリッツァ賞のファイナリストとなっています。現在は『ワシントン・ポスト』紙のメイン・リポーターとして、医療負担適正化法と、その見直しを図る共和党の策動を追っています。

本書『ジェインズヴィルの悲劇』はゴールドスタインの初の著作で、長期にわたる綿密な取材と多数の、ごく普通の人々へのインタヴュー、それに広範な学術的研究に基づいて、突如として主要産業を失った街と人々の受けた衝撃と混乱、および「その後」を描いています。記者としての長年の経験を踏まえた徹底した取材とともに、取材対象となった人々に対する著者の満腔《まんこう》の共感、そして鋭い洞察力は、読者の胸を打つでしょう。また、いくつもの学術機関と連携した厳密な統計調査に基づき、職業再訓練プログラムの是非までをも問いかける内容となっている点においても、本書は凡百のルポルタージュとは一線を画していると言えましょう。そんなわけで本書は本国アメリカでも高く評価され、フィナンシャル・タイムズ&マッキンゼーの二〇一七年度ビジネス・ブック・オヴ・ザ・イヤーに選ばれました。また日本でも話題となった『ヒルビリー・エレジー』の著者J・D・ヴァンスも本書に書評を寄せ、著者ゴールドスタインを「才能あるストーリーテラー」、本書を「ビューティフルなストーリー」と絶賛しています。

ドキュメンタリーである以上、当然のことなのですが、本書の物語はその最終ページ――二〇一七年の時点を以て一旦は幕を閉じます（その後の顚末に関しましては、判明している範囲で翻訳の際に補完しました)。ですが、本書に登場したごく普通のアメリカ人たちのほとんどは現在もなお、読者である私たちと同じ時を生き、それぞれの苦闘を続けています。彼らの人生が幸多からんものとなることを祈って止みません。そしてこの邦訳書が、読者の皆様にとって「今のアメリカ」を知り、そこに生きる人々に対する共感を呼び起こす一助となれば、翻訳者としてこれに優る喜びはありません。

二〇一九年

翻訳者識

『ジェインズヴィルの悲劇』
参考地図
（創元社作成）

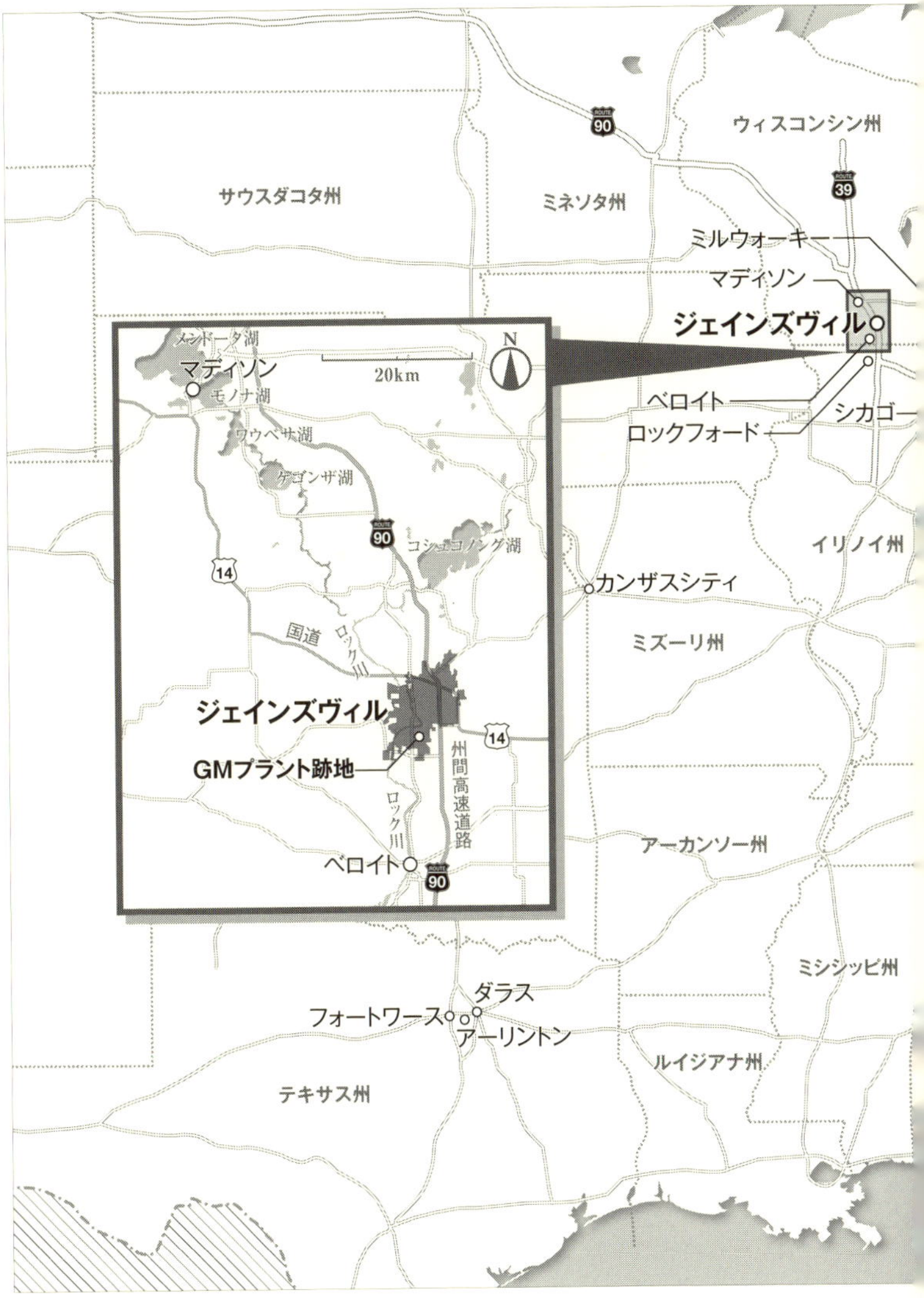
ウィスコンシン州
サウスダコタ州
ミネソタ州
ミルウォーキー
マディソン
ジェインズヴィル
ベロイト
シカゴ
ロックフォード
イリノイ州
カンザスシティ
ミズーリ州
アーカンソー州
ミシシッピ州
ダラス
フォートワース
アーリントン
ルイジアナ州
テキサス州
メンドータ湖
マディソン
モノナ湖
20km
N
ワウベサ湖
ケゴンサ湖
コシュコノング湖
国道
ロック川
ジェインズヴィル
GMプラント跡地
州間高速道路
ロック川
ベロイト
ROUTE 90
ROUTE 39
14

〈著者〉エイミー・ゴールドスタイン *Amy Goldstein*

『ワシントンポスト』で30年間記者を務めたジャーナリスト。社会政策にフォーカスをあてた取材を多く行なう。ハーヴァード大学、ニーマン財団のフェローとしてラドクリフ大学院でジャーナリズムを学ぶ。ワシントンDC在住。2002年にピューリッツァ賞を受賞している。

〈翻訳者〉松田和也 *Matsuda Kazuya*

翻訳家。主要翻訳書に、スティーヴン・ネイフ＆グレゴリー・ホワイト・スミス『ファン・ゴッホの生涯』（国書刊行会）、コリン・ウィルソン＆デイモン・ウィルソン『殺人の人類史』（青土社）、スキップ・ホランズワース『ミッドナイト・アサシン』（二見書房）、ダニエル・レヴィン『喜劇としての国際ビジネス』スコット・クリスチャンソン『図説 世界を変えた100の文書』（いずれも創元社）などがある。

ジェインズヴィルの悲劇《ひげき》

ゼネラルモーターズ倒産《とうさん》と企業《きぎょう》城下町《じょうかまち》の崩壊《ほうかい》

2019年6月10日　第1版第1刷　発行

著　者 …… エイミー・ゴールドスタイン

翻訳者 …… 松田和也

発行者 …… 矢部敬一

発行所 …… 株式会社 創元社

https://www.sogensha.co.jp/

本社　〒541-0047 大阪市中央区淡路町4-3-6

Tel. 06-6231-9010 Fax. 06-6233-3111

東京支店　〒101-0051 東京都千代田区神田神保町1-2 田辺ビル

Tel. 03-6811-0662

印刷所 …… 株式会社 太洋社

ISBN978-4-422-36010-2 C1036